MÄDCHEN VERMISST

LISA REGAN

MÄDCHEN VERMISST

Übersetzt von Reinhard Ferstl

bookouture

Die Originalausgabe erschien 2022 unter dem Titel „Local Girl Missing"
bei Storyfire Ltd. trading as Bookouture.

Deutsche Erstausgabe herausgegeben von Bookouture, 2023
1. Auflage August 2023

Ein Imprint von Storyfire Ltd.
Carmelite House
50 Victoria Embankment
London EC4Y 0DZ

deutschland.bookouture.com

ISBN: 978-1-83790-869-1
eBook ISBN: 978-1-83790-868-4

Für Jessie Botterill, die alles möglich macht

EINS

Sie ist acht Jahre, als sie zum ersten Mal hört, mit welch unterschiedlichen Geräuschen Knochen brechen können. Manche knacken. Andere knirschen wie Kies, über den man geht. Und wieder andere knallen sogar. An jenem Tag hört sie aber noch andere Geräusche. Dabei ist sie nur in die Garage gegangen, um zu sehen, ob ihr Dad wie versprochen den Reifen ihres Fahrrads geflickt hat. Er verspricht viel, hält es aber nicht immer. Meistens macht Mom dann, was er versprochen hat, und entschuldigt sich die ganze Zeit für ihn. Diesmal aber war es ein wichtiges Versprechen und er hat es ihr drei Mal bei drei verschiedenen Anlässen gegeben.

»Ja, ich flicke den Reifen. Ich verspreche es dir.«

Aber als sie in die Garage kommt, sieht sie ihren Dad nicht. Stattdessen sind da Männer. Manche kennt sie, obwohl sie ihre Namen nicht weiß. Andere hat sie noch nie gesehen. Sie stehen um etwas herum, das auf dem Boden liegt. Zuerst wird sie ganz aufgeregt vor Freude. Ihr Rad! Sie sind gekommen, um Dad beim Reifenflicken zu helfen. Diesmal hält er also sein Versprechen. Vielleicht hat er nur deshalb so lange gewartet, weil er Hilfe beim Reparieren brauchte.

Dann schreit jemand vor Schmerz auf und sie merkt, dass sie sich getäuscht hat. Ihr Blick fällt rechts an den Männern vorbei. Sie sieht, dass ihr Fahrrad an der Garagenwand lehnt und noch immer einen platten Reifen hat. Einen Augenblick lang ist sie verwirrt. Dann hört sie ein weiteres Geräusch. Ein feuchtes Klatschen und gleich darauf ein Geräusch wie das, das ihre Wasserpistole macht, wenn sie damit nach oben zielt und der Strahl im Bogen an die Wand plätschert. Dann ein Gurgeln.

In ihrer Brust kneift etwas. Es fühlt sich beim Atmen seltsam an.

Die Männer haben sie noch nicht gesehen. Sie hat Angst davor, was passiert, wenn sie merken, dass sie da ist. Die Tür ins Haus scheint weit weg. Sie ist wie gelähmt. Die Männer reden nun und wirken wieder entspannter. Trotzdem hat sie Angst davor, dass sie sich umdrehen und sie bemerken. Wie von selbst bewegen sich ihre Beine in die Garagenecke gegenüber dem Fahrrad. Sie versteckt sich hinter einer Schneefräse und macht sich so klein wie nur möglich. Gleichzeitig konzentriert sie sich auf das Kneifen in ihrem Körper und das seltsame Gefühl beim Luftholen, als würde ihr Atem stocken und sich in ihr verfangen.

Da hört sie wieder das Geräusch brechender Knochen.

Es scheint Ewigkeiten zu dauern, bis es aufhört und die Männer weggehen. Sie kann ihre Beine nicht mehr spüren, ebenso wenig den kalten Betonboden unter sich. Überhaupt fühlt sich alles an ihr taub an, wie in einem Traum. Sie fragt sich, ob es nicht tatsächlich ein Traum ist, doch da taucht einer der Männer vor ihr auf und sieht auf sie herab. Er zieht seine großen, buschigen Augenbrauen besorgt zusammen. Sie hat nicht einmal Angst, als er sich zu ihr herunterbeugt und sie aus ihrem Versteck hebt. Sie erkennt ihn, er ist ein guter Freund ihres Vaters. Seinen richtigen Namen kennt sie nicht, ihr Vater nennt ihn Mug. Sie weiß, dass das ein Spitzname ist. Sie hat einmal ihre Mutter gefragt, warum der Freund ihres Vaters so seltsam heißt. »Das ist ein Spitzname, Pea. Ich nenne dich ja auch Pea, obwohl du nicht so heißt.«

»Hast du das gesehen, Kleines?«, fragt Mug sanft und leise.

Pea antwortet nicht. Sie will nicht darüber reden. Sie will nur, dass ihr Fahrrad repariert wird. Und sie will zurück nach drinnen, zu ihren Spielsachen, will vergessen, dass es die Garage überhaupt gibt.

Er trägt sie, wie ihr Dad sie getragen hat, als sie noch ganz klein war, hält sie so, dass sie auf seinem Unterarm sitzt wie auf einer Stange. So bringt er sie wieder zurück in das Haus. Dort ist alles still und sonnig und warm. Er setzt sie auf das Sofa, behutsam, als sei sie aus Glas.

»Hör mal, Kleines«, sagt er zu ihr. »Wie wär's, wenn wir deinen Eltern nichts davon erzählen? Sie haben so viel um die Ohren und würden sich Sorgen machen, wenn sie wüssten, was du gesehen hast.«

Pea nickt, denn sie will nicht einmal darüber nachdenken, was sie gesehen hat. Niemals. Soweit es sie angeht, ist es nie passiert.

»Braves Mädchen«, sagt Mug und tätschelt ihr den Kopf.

ZWEI

Josie hielt das Lenkrad so fest umklammert, dass ihre Hände schmerzten. Der undurchdringliche Nebel verschluckte alles um sie herum. Sie warf einen Blick auf die Geschwindigkeitsanzeige. Mit gerade einmal fünfundzwanzig Stundenkilometern krochen sie voran. In diesem Tempo würden sie noch eine ganze Weile brauchen, bis sie die restlichen acht Kilometer nach Hause hinter sich gebracht hatten. Noch durchdrang das schwache Tageslicht kaum den dichten grauen Schleier. Vielleicht vertrieb die Sonne bis zu ihrer Ankunft ja den Nebel. Die digitale Anzeige auf ihrem Armaturenbrett erinnerte sie daran, dass es fast sieben Uhr dreißig am Morgen war. Ihre Augen fühlten sich trocken an und brannten. Sie und ihr Mann Noah waren seit mehr als zwölf Stunden unterwegs und beide erschöpft.

Vom Beifahrersitz brummte Noah: »Wir hätten noch einen Tag auf St. Thomas bleiben sollen.«

»Und riskieren, mitten in einen Hurrikan zu geraten?«, sagte Josie. »Nein, danke.«

»Zusammen in einem Hotelzimmer eingesperrt zu sein wäre gar nicht so übel gewesen«, erwiderte er.

Josie spürte seine warme Hand auf ihrem Schenkel und lächelte. Die Röte stieg ihr in die Wangen bei dem Gedanken an die vergangene Woche im Strandresort, an die vielen Stunden, die sie nackt verbracht hatten, nur sie beide, die ganze Welt nichts als eine ferne Erinnerung. Achtzehn Monate nach der Hochzeit hatten sie es endlich geschafft, richtige Flitterwochen auf St. Thomas zu verbringen. Beide arbeiteten bei der Polizei von Denton, Josie als Detective, Noah als Lieutenant. Denton war ein kleiner, aber reger Ort in den Bergen von Mittelpennsylvania. Obwohl der Stadtkern in einem Tal lag, zogen sich die Randbereiche entlang gewundener Straßen bis in die Berge der Umgebung hinauf. Und auf einer solchen Straße waren sie gerade unterwegs.

Nach mehreren verschobenen Flügen waren sie vor zwei Stunden in Philadelphia gelandet. Fast hätten sie es geschafft, auf der Autobahn bis nach Hause zu kommen, aber eine Reihe nebelbedingter Unfälle hatte sie ausgebremst. Es war Josies Idee gewesen, die Autobahn zu verlassen und über Landstraßen nach Denton zu fahren. Sie kannte sie wie ihre Westentasche, doch der Nebel war ein größeres Problem, als sie beide gedacht hatten.

Noah drückte ihren Schenkel. »Fahr einfach auf die Seite. Wir warten, bis die Sonne den Nebel vertrieben hat. Das ist am sichersten. Außerdem fällt mir mindestens eine Beschäftigung ein, mit der wir uns die Zeit hier im Auto vertreiben könnten.«

Josie schmunzelte und überlegte ernsthaft, ob sie sein Angebot annehmen sollte. Ihre Arbeit hielt sie beide auf Trab und war eine große Belastung, denn täglich erlebten sie schreckliche Dinge, die für sie mitunter kaum zu ertragen waren. An vielen Tagen retteten sie sich nur mit Mühe über die Runden. Die vergangene Woche hatte Wunder bewirkt. Noch nie hatte Josie sich Noah so nahe gefühlt. Es knisterte zwischen ihnen mehr als damals bei ihrem ersten Date. So erschöpft sie auch war, so sehr sehnte sich jede Zelle ihres Körpers danach, sich in seiner Berührung zu verlieren.

Als habe er ihre Gedanken gelesen, fügte er hinzu: »Nur um das klarzustellen: Ich habe davon gesprochen, ein Nickerchen zu machen.«

Sie warf ihm einen kurzen Seitenblick zu, bemerkte sein teuflisches Grinsen und lachte. »Wetten, dass ich dich umstimmen könnte?«

»Versuch's doch«, forderte er sie auf.

Aber selbst das Anhalten am Straßenrand war riskant, denn sie konnten nur wenige Meter weit sehen. Hinzu kam, dass sich gerade diese Straße in stetem Auf und Ab an der Flanke eines hohen Bergs entlangzog. Hier gab es Abhänge, denen Josie nicht zu nahe zu kommen wagte. Sie rief vor ihrem inneren Auge eine Karte der Gegend auf und versuchte abzuschätzen, an welchem Abschnitt dieser Straße sie sich befanden. Wenn ihre Berechnungen stimmten, waren sie gerade in der Nähe eines weitläufigen, grasbewachsenen Areals, neben dem sie gefahrlos halten und ein, zwei Stunden warten konnten.

»Vielleicht kann ich hier halten«, begann Josie, als plötzlich ein Geräusch den dichten Nebel durchdrang.

»Hast du das gehört?«, fragte Noah und fuhr die Seitenscheibe herunter.

»Hörte sich an wie ein Schrei«, meinte Josie. Sie drückte einen Knopf auf der Konsole und schaltete das leise vor sich hin summende Gebläse aus, fuhr aber langsam weiter. Konzentriert sah sie auf die Straße vor sich und lauschte angestrengt.

Wieder ein Schrei, diesmal näher. Plötzlich nahm vor dem Auto eine Gestalt im Nebel Formen an. Josie konnte undeutlich eine schlanke Silhouette, weiße Kleidung und langes, dunkles Haar erkennen. Sie stieg auf die Bremse, doch da war die Silhouette schon wieder verschwunden. Der Nebel verschluckte alles.

Noah legte eine Hand auf das Armaturenbrett. »Was zum Teufel war das?«

»Ein Mädchen, glaube ich«, antwortete Josie.

Sie horchten eine Weile, doch war nichts mehr zu hören.

»Bleib stehen«, sagte Noah. »Irgendwo.«

Das Auto rollte noch ein paar Meter, dann lenkte Josie es vorsichtig auf den Kies am Straßenrand und hoffte, dass sie noch genug Platz hatten und nicht direkt neben einem Abhang standen. »Schalt die Warnblinkanlage ein, nicht dass wir in dieser Suppe auch noch das Auto verlieren«, bat Noah sie.

Sie stiegen aus, sahen sich in alle Richtungen um und versuchten, im Nebelschleier etwas zu erkennen.

Eine unheimliche Stille lag über der Welt. Es war, als hätte der dichte Dunst alles erstickt. Das Licht des anbrechenden Tages konnte ihn kaum durchdringen. Josie hörte nicht einmal Vögel singen. Noah deutete nach links. »Sie ist dorthin gelaufen.«

Sie gingen, Josie voran, über die Straße. »Hallo?«, rief sie.

Auf der gegenüberliegenden Seite der Straße rückten mehrere dicke Baumstämme ins Sichtfeld. »Da ist ein Wald«, sagte Josie. »Er erstreckt sich von hier aus mehrere Kilometer bis zur alten Textilfabrik in der Nähe der Highschool Denton East.«

Sie gingen ein paar Schritte in das Gehölz hinein und riefen nach dem Mädchen.

Keine Antwort.

Josie warf einen Blick zurück zur Straße. Die gelben Lichter der Warnblinkanlage waren im Nebel gerade noch zu erkennen. »Die eigentliche Frage ist doch: Wovor ist sie davongelaufen?«

Noah wandte sich um und ging zurück zum Auto. Josie folgte ihm. Neben dem Auto fiel das Gelände leicht ab. Hinter einer grasbewachsenen Fläche begann ein weiterer Wald. Sie und Noah stapften durch das taufeuchte Gras, konnten aber nach wie vor nur wenige Meter weit sehen.

Leise Musik erfüllte die Luft. Als sie weitergingen, erkannte Josie den Text eines neu erschienenen Lieds, gesungen von einer gerade erst ins Rampenlicht getretenen jungen Künstlerin namens Vyla Grace. Der beliebte Song war zurzeit allgegenwärtig und wurde ständig im Radio und Fernsehen gespielt. Josie kannte den Text, ohne ihn je bewusst auswendig gelernt zu haben.

Stay or die, tell the lie. You don't love me.

»Hier entlang«, sagte Noah. Er nahm sie bei der Hand, zog sie mit sich und ging in Richtung Musik, musste dabei jedoch mehrmals die Richtung wechseln.

Keep me here. You don't care. You don't love me.

Auf einmal war ein leise brummender Automotor zu hören. Jemand hatte in der Nähe angehalten. Oder einen Unfall gehabt.

Etwas knirschte unter Josies Fuß. Sie strauchelte. Nur Noahs Hand hinderte sie am Fallen. Als sie sich wieder gefangen hatte, sah sie nach unten. Sie war auf einer Puderdose ausgerutscht. Der Spiegel war zerbrochen, elfenbeinfarbener Puder lag zerbröselt auf dem Gras. Sie gingen weiter und folgten einer Spur aus allerlei Gegenständen: Da war eine Haarbürste mit blauem Griff, zwischen deren Borsten dicke braune Haare hingen, ein Stift rosa Lipgloss und ein Handy, das mit dem Display nach unten lag und in einer dicken, flaschenförmigen rosa Gummihülle mit der Aufschrift »Boys' Tears« steckte.

Die Musik wurde lauter.

I'll tell your lie, tell your lie until I die from your savage heart. You don't love me.

Da hörten sie ein Stöhnen. Und ein Rascheln. Noah öffnete den Mund, um etwas zu rufen, doch Josie drückte seine Hand und signalisierte ihm, still zu sein. Sie konzentrierte sich auf das Geräusch, das von rechts zu kommen schien, deutete in die Richtung und gab Noah ein Zeichen, ihr zu folgen. Als die Geräusche – der Song, der Automotor und etwas, was nach einem Kampf klang – immer deutlicher wurden, fing Josies Herz an, schneller zu schlagen.

Unweit von ihnen entfernt sah sie rote Bremslichter durch den Nebel leuchten. Dahinter bemerkte sie zwei Beine in blauen Jeans. Die Füße steckten in rosa karierten Sneakers. Am Sohlenmuster konnte sie erkennen, dass es sich um eine unter Jugendlichen im Highschoolalter beliebte Marke handelte.

Dann wurde die gesamte Szenerie sichtbar.

Das Mädchen lag auf dem Rücken. Ein Mann in einem hellgrauen Anzug saß auf ihr und hatte seine Hände um ihren Hals gelegt.

»Wo ist es?«, fauchte er. »Wo zum Teufel ist es?«

»Hey!«, rief Josie und riss sich von Noah los. Sie warf sich mit ihrem ganzen Gewicht auf den Mann. Beide rollten von dem Mädchen weg. Josie landete auf dem Rücken. Feuchter Tau drang durch ihr T-Shirt und benetzte ihr Haar. Der Mann lag schwer auf ihr. Sie spürte seinen heißen, keuchenden Atem an ihrem Ohr. Wie von weither hörte sie Noah ihren Namen rufen. Mit einem Ruck ihres Beckens warf sie den Mann ab. Er ging nicht auf sie los, sondern rollte zur Seite, kämpfte sich auf die Beine und stolperte von ihr weg.

»Stehenbleiben!«, rief Josie und sprang auf. Instinktiv griff sie nach ihrer Pistole – und ins Leere. Sie hatte keinen Dienst, sondern war auf dem Heimweg von ihren Flitterwochen.

Der Mann erstarrte. Er warf einen Blick über die Schulter

zu ihr. Der Nebel hüllte ihn ein, doch da er nur wenige Schritte von ihr entfernt war, konnte sie sein Gesicht deutlich erkennen. Sie schätzte ihn auf Ende dreißig oder Anfang vierzig. Er hatte dunkles, zerzaustes Haar. Dreitagebart. Braune, angsterfüllte Augen. Auf seinem weißen Hemd zeichneten sich Blutflecken ab.

»Polizei«, sagte Josie. »Rühren Sie sich nicht vom Fleck.«

Er wurde bleich, riss die Augen auf und sah sie entsetzt an. Dann drehte er sich um und rannte weg.

DREI

Aus dem Augenwinkel sah Josie, wie sich Noah neben das Mädchen kniete. Der Nebel drohte die Gestalt des Mannes vor ihr komplett zu verschlucken. Sie lief hinter ihm her und versuchte, ihn im Blick zu behalten. Er rannte von der Straße weg in Richtung der Bäume, dicht gefolgt von Josie. Als sie in den Wald kamen, verlor sie ihn aus den Augen, doch sein schwerer Atem und das Knacken von Zweigen unter seinen Füßen verrieten ihn. Schon nach wenigen Sekunden war sie im feuchten Nebel nass. Ihr Schweiß vermischte sich mit dem Wasser aus der Luft.

»Stehenbleiben!«, rief sie ihm nach.

Im Nebel war er nicht mehr auszumachen, doch Josie wusste, dass sie aufholte, denn sie hörte ihn immer deutlicher keuchen. Seine Schritte wurden schwerer. Das leicht ansteigende Terrain bremste ihn zusätzlich, sodass sie immer näher an ihn herankam und ihn schließlich sogar schemenhaft sah. Das Grau seines Anzugs verschmolz zwar mit dem grauen Morgendunst, doch sein dunkles Haar war unschwer zu erkennen.

»Stehenbleiben!«, rief sie wieder.

Er blickte über die Schulter, als sei er erstaunt, dass sie so nah war, wurde jedoch nicht langsamer. Stattdessen ruderte er im Laufen noch hektischer mit den Armen, sodass die Schöße seines Jacketts neben ihm wild flatterten. Der Baumbestand wurde lichter, immer mehr große Felsen kamen in Sichtweite. Josie versuchte, sich an die Gegend zu erinnern. Ihr fiel ein, dass sie sich einem Hang über dem Roaring Creek näherten. Das Flüsschen hatte eine Schlucht durch die Berge gegraben und mündete in der Nähe der East Bridge von Denton in den Susquehanna. Ein Sturz aus dieser Höhe wäre lebensgefährlich, obwohl alle Wasserläufe in Denton und Umgebung durch die jüngsten schweren Regenfälle Anfang Oktober derzeit stark angeschwollen waren.

»Vor Ihnen ist ein Abgrund«, schrie Josie. »Bleiben Sie stehen. Sie fallen!«

Seine Körperhaltung verriet ihr, dass er zögerte. Er stolperte. Mit seinen Halbschuhen rutschte er im Schlamm und Unterwuchs aus. Dennoch lief er weiter und kletterte auf einen großen Felsen. Oben blieb er unsicher schwankend stehen. Josie fragte sich, ob er das Flüsschen unten sehen konnte oder ob im Tal wie auch um sie herum nichts als grauer Nebel war. Sie wagte es nicht, ihm noch näher zu kommen. Erschreckte sie ihn zu sehr, konnte er in die Tiefe stürzen. So blieb sie am Fuß des Felsens stehen und wartete, bis er sich wieder gefangen hatte und auf sicheren Beinen stand. Unten war das stete Rauschen des Flüsschens zu hören. Wieder warf er einen Blick zu ihr zurück.

Auf seiner Stirn und Oberlippe stand der Schweiß. Das von dunklen Bartstoppeln gesäumte Gesicht war geisterbleich. Seine Hände zitterten. In seinen dunklen Augen sah Josie nur eines: Angst. Er wandte sich wieder dem Abgrund zu.

»Was auch hier vorgeht, Sie müssen nicht flüchten. Ich will nur mit Ihnen reden. Das ist alles.«

Keine Antwort.

»Lassen Sie uns ganz ruhig bleiben«, beschwor Josie ihn. »Wir müssen nicht einmal darüber reden, was gerade passiert ist oder warum Sie weglaufen. Fangen wir einfach mit unseren Namen an. Ich heiße Josie. Und Sie?«

Er warf ihr über die Schulter hinweg einen kurzen Blick zu, sagte aber nichts.

»Okay«, versuchte Josie es erneut. »Sie brauchen mir Ihren Namen nicht zu sagen. Wir müssen überhaupt nicht reden, wenn Sie nicht wollen. Aber warum kommen Sie nicht einfach herunter? Es ist hoch dort oben. Sie könnten sich verletzen, wenn Sie in den Roaring Creek stürzen.«

Er sprach so leise, dass sie ihn fast nicht verstand. »Ich werde nicht stürzen. Ich werde springen.«

»Das würde ich Ihnen nicht raten. Sie müssen das nicht tun. Was auch in Ihrem Leben passiert ist, wir können darüber reden. Wir überlegen, wie wir Ihnen helfen.«

»Niemand kann mir helfen«, erwiderte er. Er beugte den Oberkörper über die Felskante.

Josie trat einen Schritt vor und versuchte, in Reichweite zu kommen. »Das können Sie nicht wissen«, sagte sie. »Das wissen Sie erst, wenn Sie versuchen, Hilfe anzunehmen. Hören Sie, alles, was ich im Moment von Ihnen will, ist, vom Abhang wegzugehen. Nur das.«

Ohne sie anzusehen, fragte er: »Kann ich ihn überleben? Den Sprung?«

Sie zögerte. Die Wahrheit war: Sie wusste es nicht. Es hing davon ab, wie hoch der Wasserstand war, wie reißend die Strömung, wie er aufschlug, wo er in das Flüsschen stürzte, ob sich dort Geröll oder Schwemmgut befand und wie gut er schwimmen konnte.

»Ich riskiere es«, sagte er und sprang.

Josie machte einen Satz nach vorn und warf sich auf das Felsplateau. Sie streckte beide Arme, um ihn oder ein Stück seiner Kleidung zu erwischen. Der Stoff seiner Hose streifte noch ihre Finger, dann war er weg.

Er stürzte lautlos. Schwer atmend und erschüttert trat sie ein Stück vor bis zur Felskante und sah nach unten. Doch da war nichts außer dichtem, grauem Nebel.

VIER

Die Sonne war inzwischen aufgegangen und versuchte beherzt, den Nebel zu durchdringen. Trotzdem brauchte Josie die PhoneFinder-App auf ihrem Handy, um zu Noah zurückzugelangen. Noch bevor er in Sichtweite kam, hörte sie bereits die Musik aus dem Auto, das sie gesehen hatten. Dieses Mal drangen die getragenen Klänge einer Ballade durch die Bäume zu ihr.

> *I'll love you in every lifetime.*
> *Forever doesn't stand a chance.*

Noah kniete noch immer neben dem Mädchen, war aber inzwischen mit Wiederbelebungsmaßnahmen beschäftigt. Josie begann zu laufen und machte weitere Gegenstände im Gras aus: eine Tube Wimperntusche, ein Schlüsselbund, ein Handyladegerät und eine Packung Kaugummi. Noah beugte sich über das Gesicht des Mädchens, schob ihr Kinn in Position und blies Luft in ihre Lungen. Zweimal. Dann legte er wieder seine Hände übereinander auf ihre Brust und setzte die Herzdruckmassage fort. Sein weißes T-Shirt klebte ihm auf der Haut und auch sein Haar war schweißnass. Josie kniete sich neben ihn und schob ihn beiseite, um zu übernehmen. Noah protestierte nicht, sondern ließ sich erschöpft nach hinten fallen. Als Josie ihren Mund auf die kalten Lippen des Mädchens legte, zog er sein Handy hervor.

»O Gott«, stöhnte er. »Es sind schon fast zwanzig Minuten vergangen.«

Sie setzte die Herzdruckmassage fort und zählte im Geist mit. Unterdessen rief Noah in der Einsatzleitzentrale an, gab ihren ungefähren Standort durch und schilderte in aller Kürze die Lage.

Nach einer neuerlichen Mund-zu-Mund-Beatmung sagte Josie: »Ich habe das zweite Mädchen nicht mehr gesehen. Der Verdächtige ist in den Roaring Creek gesprungen. Wir brauchen einen Suchtrupp.«

Noah gab es an die Zentrale weiter, während Josie mit der Herzdruckmassage fortfuhr. Schweiß tropfte von ihrer Nasenspitze und fiel auf das dunkle T-Shirt des Mädchens. Sie hatte keine Ahnung, wie viele Minuten vergangen waren, als Noah wieder übernahm. Die Muskeln in ihren Armen und Schultern brannten. Dennoch kam es ihr so vor, als würde die Kälte aus dem Körper des Mädchens noch an ihren Handflächen haften. Trotz der langen Zeit, die sie nun schon versuchten, sie wiederzubeleben, hatte sie bisher keine Reaktion gezeigt. Deshalb bezweifelte Josie, dass es ihnen noch gelingen würde, sie zurückzuholen. Sie war tot.

»Noah«, sagte sie und berührte seine Schulter. »Sie ist tot.«

Er schüttelte den Kopf und blies noch zweimal Luft in ihre Lungen, bevor er die Herzdruckmassage fortsetzte. »Ich kann nicht aufhören.«

Josie beobachtete ihn, wie er mit zusammengebissenen Zähnen und gerunzelter Stirn weiterkämpfte. Ihr war klar, dass er eine ähnliche Situation durchmachte wie vor vier Jahren, als sie seine Mutter leblos in ihrem Garten entdeckt hatten.

Damals war er völlig erstarrt und Josie hatte versuchen müssen, sie zurückzuholen, doch war es ihr nicht gelungen. Sie wusste, dass er seine Untätigkeit immer bereut hatte. Heute würde er erst mit den Wiederbelebungsmaßnahmen aufhören, wenn der Rettungsdienst kam.

Josie wartete, bis seine Muskeln so müde waren, dass er langsamer wurde, und schob ihn dann zur Seite. »Ich übernehme wieder.«

Gemeinsam setzten sie ihre Bemühungen fort, obwohl das Mädchen immer kälter wurde. Das Sonnenlicht schien durch den Nebel und hatte ihn bereits größtenteils aufgelöst, als das Rettungsfahrzeug und die Streifenwagen eintrafen. Als erster Sanitäter kam Sawyer Hayes herbeigelaufen. Trotz einer gemeinsamen Großmutter war er mit Josie nicht blutsverwandt. Sie hatten eine nicht ganz unbelastete Beziehung zueinander, aber als sich ihre Blicke trafen, schien er die Lage sofort zu erfassen. Zuerst sah er in das Gesicht des Mädchens, dann zu Josie und nickte ihr zu. Er kniete sich neben Noah und schob ihn beiseite. Sein Partner eilte herbei und sie untersuchten gemeinsam das Mädchen. Josie und Noah traten zurück und atmeten kurz durch.

Zum ersten Mal sah sich Josie das Mädchen genauer an. Sie war wohlproportioniert und hatte langes, dunkles Haar, in dem inzwischen viele Gras- und Erdreste hingen, hohe Wangenknochen, eine schmale Nase und dünne Lippen. Selbst an diesem trüben Morgen war ihr olivbraunes Gesicht stark geschminkt, wie Josie sehen konnte. Sie trug falsche Wimpern und einen winzigen Diamantstecker im linken Nasenflügel. Dennoch wirkte sie, wie sie so vor ihnen lag, mit ihrer geschmeidigen, faltenfreien Haut jung und makellos. Auf ihrem bauchfreien Top stand in glitzernden Lettern LOVE.

Sawyer sah zu Josie. »Nach dem, was Fraley der Leitstelle durchgegeben hat, sind inzwischen mehr als dreißig Minuten vergangen, seit ihr mit den Wiederbelebungsmaßnahmen begonnen habt. Sie ist tot.«

Josie dachte an den Mann, der seine Hände um ihren Hals gelegt hatte. »Ich rufe Dr. Feist und die Spurensicherung an.«

»Das mache ich«, sagte Noah, das Handy schon in der Hand. Er ging ein Stück weit weg, um zu telefonieren.

Zwei uniformierte Polizisten kamen herbei. Josie schilderte ihnen, was passiert war, und wies sie an, den Tatort zu sichern und die übrigen anwesenden Einheiten in den Wald zu schicken, um nach dem Mann und dem zweiten Mädchen, das sie gesehen hatten, zu suchen. Als sie gingen, meinte Sawyer: »Höre ich da Musik?«

»Ja«, antwortete Josie. »Sie kommt aus dem Auto.«

Zum ersten Mal, seit sie angehalten hatten, fand Josie Zeit, sich die Umgebung und alles, was ihnen im dichten Nebel verborgen geblieben war, anzusehen. Sie ging um den Wagen herum. Er war ein Stück weit von der Straße entfernt abgestellt. Beide Vordertüren standen offen. Die Karosserie war unbeschädigt. Vermutlich hatten die Mädchen ebenso angehalten wie sie und Noah. Auf der Fahrerseite sah man Schleifspuren im Gras. Sie führten zu dem toten Mädchen. Um sie herum lagen die Gegenstände verstreut, über die Josie vorhin fast gestolpert wäre. Neben einem Hinterreifen sah sie eine umgestülpte große, braune Handtasche und einen rosa Rucksack, aus dem schwarze Jeans und ein weißes T-Shirt quollen. Auf der Beifahrerseite waren weitere Gegenstände über den Boden verteilt: eine zweite, allerdings kleinere und schwarze Handtasche mit halb abgerissenem Reißverschluss und daneben eine kleine Dose Ibuprofen, eine Damenbinde, ein Stift, eine kleine Geldbörse und ein Handy mit schlichter violetter Hülle. Dann lag da noch ein Matchbeutel, aus dem ebenfalls Kleider gezerrt und ins Gras geworfen worden waren. Josie sah eine weitere schwarze Jeans, eine weiße Bluse und etwas, das nach einem Baumwollpyjama aussah.

»Dr. Feist und die Spurensicherung sind unterwegs«, sagte
Noah, als er wieder zu ihr kam. »Außerdem habe ich Gretchen
angerufen, denn das hier ist mehr als nur ein Autounfall. Was
haben wir?«

Josie war erleichtert zu sehen, dass die Spannung etwas aus
seinem Gesicht gewichen war. Seine Augen waren klar. Er
wirkte hellwach und auf das Hier und Jetzt konzentriert.

»Zwei Mädchen, soweit ich sehe«, begann sie. »Ich denke,
sie haben angehalten. Ich weiß nicht, ob der Kerl mit ihnen im
Auto war oder nicht ...«

»War er nicht«, sagte Noah. »Weiter vorn steht ein weiterer
Wagen am Straßenrand. Einer der Streifenpolizisten gibt
gerade die Nummer in das System ein, um den Besitzer zu
ermitteln. Und dieses Auto hier überprüfen sie auch gleich.«

»Ausgezeichnet«, meinte Josie. »Vielleicht ist ihnen der Typ
gefolgt. Sie haben angehalten, er hat sie überholt und sein Auto
ebenfalls abgestellt.«

»In dem Nebel haben sie ihn wahrscheinlich nicht kommen
sehen«, sagte Noah.

»Er ist direkt zu ihrem Auto gegangen. Es sieht so aus, als
sei die Fahrerin herausgezerrt worden.«

Josie verschlug es den Atem, als sie sich die Beifahrerseite
genauer ansah. Das hellbraune Armaturenbrett war völlig blut-
verspritzt. Auf dem Sitz befanden sich zwei große Blutflecken,
die allmählich trockneten und braun wurden.

»Er ist auch auf die Beifahrerin losgegangen«, stellte Noah
fest. »Aber sie konnte weglaufen.«

»Ich habe keine Waffen gesehen«, gab Josie zu bedenken.
»Soweit ich sehen konnte, hatte er auch keine, als ich so nahe an
ihm dran war, dass ich mit ihm reden konnte.«

Noah deutete auf das Armaturenbrett. »Sieh dir das Muster
der Blutspuren an. Wahrscheinlich hat er ihren Kopf an das
Armaturenbrett geschlagen und ihre Nase gebrochen. Gebrochene Nasen bluten stark.«

»Hoffen wir, dass das alles war, was er mit ihr gemacht hat. Beide Handtaschen waren ausgeleert«, bemerkte Josie. »Er hat etwas gesucht. Noah, das zweite Mädchen ist noch da draußen. Und sie ist verletzt.«

»Ich fordere mehr Suchtrupps an«, erwiderte Noah und hatte das Handy schon in der Hand. »Mal sehen, ob wir etwas finden, mit dem wir sie identifizieren können.«

Josie wollte den Tatort nicht noch mehr verändern, als sie es schon getan hatten, indem sie über ihn hinweggelaufen waren. Aber da draußen im Wald irrte eine Jugendliche verängstigt und allein herum. Sie brauchten möglichst schnell weitere Informationen. Also ging sie zum Rettungswagen und bat um ein Paar Einweghandschuhe. Normalerweise hatten sie im Dienst immer welche dabei. Aber im Moment waren sie streng genommen noch im Urlaub.

Sawyer gab ihr ein Paar und sie streifte sie über. Auf der Fahrerseite des Autos lag eine Brieftasche. Sie machte ein Foto vom Tatort, um ihn exakt in dem Zustand zu dokumentieren, in dem er sich befunden hatte, bevor sie ihn veränderte. Dann hob sie die Brieftasche auf. »Dina Hale«, las sie auf dem Führerschein des Mädchens. »Achtzehn Jahre. Wohnhaft in Denton.«

Noah beendete das Gespräch, steckte sein Handy ein und kam zu ihr. Über ihre Schulter hinweg warf er einen Blick auf das Führerscheinfoto. Darauf hatte das Mädchen glatt frisiertes, glänzendes Haar. Sie lächelte breit. Einer ihrer Vorderzähne war kaum merklich schief, was ihrer strahlenden Erscheinung aber keinen Abbruch tat. »Das ist definitiv die Fahrerin.«

Josie hielt ihm den Führerschein hin, damit er ihn mit seinem Smartphone fotografieren konnte. Dann legte sie ihn wieder auf den Boden. Die Spurensicherung würde ihn später aufsammeln, um ihn zu untersuchen. Auf der anderen Fahrzeugseite mussten sie eine Weile suchen, aber schließlich fanden sie dort auch die Geldbörse des zweiten Mädchens und fotografierten sie, bevor sie sie aufhoben.

»Alison Mills«, las Josie vor. »Ebenfalls aus Denton. Siebzehn.«

Alisons Haare waren heller als die von Dina, aber ebenfalls braun und zudem gelockt. Sie hatte ein blasses Gesicht mit Sommersprossen. Auf ihrem Führerscheinfoto lächelte sie nervös, als sei sie überrascht, ihre Fahrerlaubnis überhaupt bekommen zu haben. Nach den Aufnahmen zu urteilen war Dina wohl die Selbstbewusstere und Extrovertiertere der beiden. Traurigkeit ergriff Josie. Waren sie beste Freundinnen gewesen? Das war nur eine der vielen Fragen, die sie Alison würden stellen müssen.

Aber zuerst mussten sie sie finden.

Noah machte auch von diesem Führerschein ein Foto, dann steckte Josie ihn in die Geldbörse zurück. »Wir haben noch Zeit, bis Dr. Feist und die Spurensicherung eintreffen, um alles zu untersuchen«, sagte sie. »Gretchen ist unterwegs. Der Tatort ist gesichert. Wir sollten uns an der Suche nach Alison Mills beteiligen.«

FÜNF

Josie schickte Alison Mills' Führerscheinfoto an alle Kolleginnen und Kollegen. Dann gesellten sie und Noah sich zu den Suchtrupps im Gehölz gegenüber der Straßenseite, auf der Dinas Leiche lag. Die Sonne vertrieb die Nebelreste und wärmte den Tag, sodass sie endlich klare Sicht auf den Wald hatten. Es war unmöglich zu sagen, in welche Richtung das Mädchen gelaufen war. Josie und Noah wussten nur, dass sie nicht auf der Straßenseite gewesen war, von der aus Josie den Mann zum Abhang über dem Roaring Creek verfolgt hatte. Wenn sie sich in gerader Linie von der Stelle, an der die beiden sie zuletzt gesehen hatten, von der Straße wegbewegt hatte, musste sie irgendwann den Osten von Denton in der Nähe der verlassenen Textilfabrik erreichen. War sie aber im Wald geblieben, kam sie irgendwann zu den Stacks, einem Areal hinter der Highschool Denton East. Hier lagen mehrere große Steinplatten übereinander und bildeten Felszungen, auf denen sich oft Schüler aufhielten, um zu rauchen, zu trinken und anderen zweifelhaften Aktivitäten nachzugehen. Das Mädchen konnte aber auch die Fabrik hinter sich gelassen haben und auf die Straße gelangt sein, die parallel zur Fabrik und der Highschool ins Stadtzentrum führte. Allerdings war es nicht leicht, sich im Wald zurechtzufinden. Gerade dieser Teil des bewaldeten Gürtels um Denton war, wie Josie wusste, recht gleichförmig und hatte wenig bis gar keine natürlichen Orientierungspunkte. Sie konnte durchaus im Kreis gelaufen sein.

Während Josie, Noah und die übrigen Suchmannschaften durch den Wald stapften, riefen sie immer wieder Alisons Namen. Vielleicht war sie müde geworden und hatte eine Pause eingelegt. Oder sie hatte versucht, zum Auto zurückzukehren, da sie ihr Handy dort zurückgelassen hatte. Sie konnte nicht wissen, dass Josie und Noah angehalten hatten und Polizisten waren. Ein seltsamer Mann war auf einer kurvigen Bergstraße aus dem Nebel gekommen und hatte sie und ihre Freundin überfallen. Sie war verletzt, völlig verschreckt und blutete.

Stunden vergingen. Die Sonne stieg immer höher. Obwohl die Temperaturen um diese Jahreszeit nachts schon ziemlich stark fielen, waren die Tage in Denton Mitte Oktober mit jedem Jahr wärmer geworden. Irgendwann brachen Josie und Noah die Suche ab und kehrten zum Tatort zurück. Inzwischen waren sie völlig durchgeschwitzt und hatten einen Bärenhunger. Einige der Suchleute hatten zwar frische Blutspuren entdeckt, Alison jedoch nicht gefunden. Als die beiden zu der Stelle zurückstapften, an der sie ihr Auto stehen gelassen hatten, sah Josie Gretchen am Straßenrand stehen und etwas in ihr bewährtes Notizbuch schreiben. Gretchen war Mitte vierzig und die mit Abstand erfahrenste Ermittlerin im Team. Bevor sie zur Polizei von Denton gestoßen war, hatte sie fünfzehn Jahre lang als Kriminalbeamtin bei der Mordkommission in Philadelphia gearbeitet.

Neben ihr stand ein Polizist in Uniform. Er sah sich jedes Fahrzeug, das beim Passieren des Tatorts langsamer fuhr, ganz genau an und winkte es dann weiter. Gretchen blickte auf, als Noah und Josie zu ihr kamen, und schüttelte den Kopf. Sie steckte sich ihren Stift hinter das Ohr. »Ich dachte, ihr beiden hättet strikten Befehl von Chief Chitwood gehabt, euch in den Flitterwochen von jeder Arbeit fernzuhalten. Nach meinen Berechnungen ist heute euer letzter Urlaubstag.«

Noah lachte. »Ich habe Josie ja gesagt, wir hätten noch einen Tag bleiben sollen.«

Josie wischte sich mit dem Handrücken den Schweiß von der Stirn. »Wenn ich es mir im Nachhinein recht überlege, wäre es gar nicht so schlecht gewesen, in einen Hurrikan zu geraten. Was habt ihr gefunden?«

Gretchen griff in ihre kurzen, zur Igelfrisur gestylten graubraunen Haare und zog sich die hochgesteckte Lesebrille auf die Nase. Sie blätterte eine Seite in ihrem Notizbuch um. »Dina Hale haben wir in das Leichenschauhaus bringen lassen. Das Auto, das sie gefahren hat, ist auf einen Guy Hale registriert, der unter derselben Adresse wohnt wie Dina. Dem Altersunterschied nach zu urteilen vermutlich ihr Vater. Die Spurensicherung ist gleich fertig. Sie hat beide Fahrzeuge beschlagnahmt. Ich lasse die Suchtrupps weiter nach Alison Mills Ausschau halten. Sie hat Priorität. Außerdem suchen wir euren Angreifer. Ein paar Teams sind am Roaring Creek flussauf- und flussabwärts bis zur Mündung unterwegs, um ihn zu finden.«

Noah fuhr sich mit der Hand durch das nasse Haar. »Ist er schon identifiziert?«

Gretchen nickte. »Wir glauben, dass es sich um den vierzigjährigen Elliott Calvert aus Denton handelt. Das hier ist sein Auto. Ich habe mir über das mobile Datenterminal eine Kopie seines Führerscheins besorgt. Bitte bestätigt, ob es sich um den Mann handelt, den ihr gesehen habt.« Sie fasste in die Gesäßtasche ihrer Jeans, zog ihr Smartphone heraus und legte es auf ihr Notizbuch. Nachdem sie ein paarmal darübergewischt hatte, drehte sie das Display so, dass Josie und Noah Elliott Calverts Führerscheinfoto sehen konnten.

Noah schüttelte den Kopf. »Ich konnte sein Gesicht nicht gut genug erkennen.«

Josie dagegen meinte: »Das ist er. Ich bin mir sicher.«

»Ist er vorbestraft?«, fragte Noah.

»Nein«, antwortete Gretchen. »Ein paar Verkehrswidrigkeiten, das ist alles. Ich habe etwas recherchiert, während ich darauf gewartet habe, dass die Spurensicherung den Tatort untersucht. Er hat Accounts in den sozialen Medien, die er kaum nutzt, doch konnte ich herausfinden, dass er für Stamoran arbeitet. Ein Architekturbüro. Er ist verheiratet und scheint vor Kurzem Vater geworden zu sein.«

Josie schüttelte den Kopf. »Ich will mir gar nicht vorstellen, was passiert, wenn ich seiner Frau erzählen muss, was heute hier vorgefallen ist.«

»Warum attackiert ein verheirateter Vierzigjähriger, der gerade erst Vater geworden ist, hier draußen zwei Mädchen?«, fragte Noah. »Was wollte er von ihnen?«

»Das müssen wir herausfinden«, erwiderte Gretchen. »Wie gesagt, wir haben Einheiten, die gerade nach dem Kerl suchen. Im Augenblick geht Alison Mills vor, vor allem, da sie verletzt ist. Jemand muss zu ihrer Adresse fahren und mit den Eltern reden. Im Augenblick halten wir uns noch ziemlich bedeckt, aber bald wird sich herumsprechen, dass die Polizei jemanden sucht. Ich will nicht, dass die Eltern aus den sozialen Medien oder der Presse erfahren, dass ihre Tochter vermisst wird. Hoffentlich finden wir sie vorher. Aber auf jeden Fall sollten ihre Eltern wissen, was passiert ist. Dafür brauche ich eure Hilfe. Mettner und Amber sind dieses Wochenende weg. Sie kommen erst Montag wieder.«

Detective Finn Mettner war der vierte und jüngste im Team. Er hatte sich in der Polizei von Denton allmählich hochgearbeitet und war vom derzeitigen Chief, Bob Chitwood, zum

Detective befördert worden. Amber Watts, seine Freundin, arbeitete als Pressesprecherin für die Polizei von Denton.

»Wir reden mit der Familie«, sagte Josie.

»Perfekt«, erwiderte Gretchen. Sie musterte sie über ihre Lesebrille hinweg, schnüffelte und rümpfte die Nase. »Vielleicht duscht ihr vorher noch und zieht euch um.«

Josie warf einen Blick auf ihre schmutzigen, verschwitzten Kleider, dann auf Noah, der nicht viel besser aussah. »Klar«, meinte sie. »Kein Problem.«

SECHS

Josie und Noah schleppten ihr Gepäck ins Haus. Instinktiv wartete Josie darauf, das Tappen ihres Boston Terriers Trout auf dem Holzboden zu hören. Sie rechnete fest damit, dass er, wie immer, wenn sie nach Hause kamen, überschwänglich auf sie zuschoss. Vor lauter Vorfreude schlug ihr Puls schneller. Dann fiel ihr ein, dass sie ihn die Woche bei ihrer Freundin Misty DeRossi und ihrem Sohn Harris gelassen hatten.

Noah blieb in der Tür stehen und lächelte. »Kein Trout. Komisches Gefühl, nicht?«

Josie lächelte. »Wahrscheinlich haben ihn Misty und Harris so verwöhnt, dass er nicht einmal mehr mit uns nach Hause kommen möchte.« Selbst Pepper, der Chiweenie von Misty und Harris, liebte Trout.

»So wird es sein«, meinte Noah. Er nahm ihre Koffer und ging die Treppe hoch.

Josie folgte ihm. »Aber wir holen ihn trotzdem noch heute Abend. Ich kann es gar nicht erwarten, ihn zu sehen.«

»Ich auch nicht«, sagte Noah über seine Schulter hinweg. »Obwohl es herrlich war, eine Woche lang neben meiner Frau schlafen zu dürfen. Statt neben einem furzenden Hund.«

Zwanzig Minuten später waren sie geduscht. Sie hatten frisch gewaschene Hosen und ihre Poloshirts der Polizei von Denton angezogen. Aus einer im Haus versteckten verschließbaren Kassette holten sie ihre Pistolen und Polizeiausweise. In der Küche öffnete Josie den Kühlschrank. Sie rechnete fest mit einem Sammelsurium abgelaufener Lebensmittel und einem fauligen Geruch. Stattdessen stand da eine große Tupperdose mit einem Zettel darauf. Josie erkannte Mistys Handschrift.

Ich weiß, dass keiner von euch kochen ~~kann~~ wollen wird, wenn ihr nach Hause kommt. Hier habt ihr deshalb einen Auflauf. Wärmt ihn euch einfach ein paar Minuten in der Mikrowelle. PS: Trout hat gesagt, er will jetzt für immer bei uns bleiben. Nein, war ein Scherz. Er vermisst euch. Ein bisschen wenigstens. Ich kann es gar nicht erwarten, euch Turteltäubchen zu sehen. Genießt das Essen! M.

Josie lachte und stellte die Dose in die Mikrowelle.

»Was ist?«, fragte Noah.

Sie reichte ihm den Zettel. Er las ihn, während das Essen warm wurde. Als ein köstlicher Geruch aus der Mikrowelle zog, sagte er: »Es macht mir überhaupt nichts aus, dass sie angedeutet hat, keiner von uns beiden könne kochen.«

Als sich Josie vor Jahren von ihrem ersten Ehemann, dem inzwischen verstorbenen Ray Quinn, getrennt hatte, war er eine Beziehung mit Misty eingegangen. Ihr Sohn Harris war kurz nach Rays Tod zur Welt gekommen. Anfangs hatte Josie Misty lediglich geholfen, den Alltag mit Harris zu bewältigen. Doch mit der Zeit war eine der wichtigsten Freundschaften sowohl für Josie als auch Noah daraus geworden. Josie hatte die meiste Zeit ihres Lebens keine engen Freundinnen gehabt – ja, kaum überhaupt je Freunde. Aber mit Misty hatte sich das geändert. Josie war durch sie ein besserer Mensch geworden und konnte sich ein Leben ohne sie nicht mehr vorstellen. Ihre Unterstützung im Lauf der Jahre war unverzichtbar geworden und half Josie und Noah in vielerlei Hinsicht, mit dem Druck zurechtzukommen, den ihr Beruf mit sich brachte. Bei dem Gedanken daran fiel Josie wieder ein, was heute Morgen passiert war. Sie fragte sich erneut, wie eng Dina und Alison befreundet gewesen waren. Hatten sie nur eine oberflächliche Beziehung gehabt oder waren sie beste Freundinnen gewesen? Auf jeden Fall waren mit Dinas Tod viele Leben zerstört worden. Dinas Familie würde nie wieder so sein wie vorher. Selbst Alison würde immer an den Ereignissen von heute zu tragen haben. Wie verängstigt musste das Mädchen jetzt, in diesem Augenblick, sein – auf der Flucht, allein, verletzt und immer in dem Bewusstsein, dass auch ihre Freundin angegriffen worden war.

Josie nahm den Geschmack des Gerichts kaum wahr, war aber trotzdem dankbar, dass Misty etwas für sie gezaubert hatte. Sie hatten seit Stunden nichts mehr gegessen und brauchten Energie für das, was ihnen bevorstand. Im Auto sah Josie auf ihr Handy. »Nichts Neues von Gretchen«, informierte sie Noah. »Sie hat die alte Textilfabrik durchsuchen lassen, doch haben die Einheiten dort nichts gefunden. Wo kann dieses Mädchen nur hin sein?«

»Ich weiß es nicht«, antwortete Noah, während er Alison Mills' Adresse in das Navigationssystem eingab. »Sie muss es aus dem Wald heraus geschafft haben. Sonst wären die vielen Leute, die seit Stunden nach ihr suchen, schon längst auf sie gestoßen. Es wundert mich, dass sie in der alten Fabrik nichts gefunden haben.«

Josie fuhr aus der Einfahrt. »Das bedeutet, dass sie bis auf die andere Waldseite gekommen sein muss, womöglich bis zur Highschool – die Trupps werden dieses Areal als Nächstes durchkämmen. Vielleicht hat sie es sogar bis zu einem dichter bebauten Viertel dahinter geschafft. Allerdings weiß dort niemand, dass sie vermisst wird. Deshalb würde auch niemand die Polizei rufen, wenn er sie sehen würde.«

Als sie durch Denton fuhren, meinte Noah: »Aber sie wurde überfallen. Sie ist verletzt. Selbst wenn sie nur eine gebrochene Nase hat, ist sie vielleicht noch immer benommen, orientierungslos, verängstigt. Warum sollte sie nicht die erste Person anhalten, die sie sieht, und sie bitten, die Polizei für sie zu rufen?«

»Sie kann durchaus auch irgendwo verletzt, ohnmächtig oder hilflos liegen. Wenn du recht hast und er ihren Kopf an das Armaturenbrett geschlagen hat, hat sie eventuell eine Gehirnerschütterung«, gab Josie zu bedenken. Vielleicht konnte das Mädchen sich nicht mehr selbst helfen.

»Wenn sie so schwer verletzt wäre, hätten wir sie im Wald gefunden, bevor sie die Stadt erreicht hätte.«

»Nicht unbedingt«, widersprach Josie. »Erinnerst du dich an den dementen Herrn, der aus der Alzheimer-Station in Rockview abgehauen ist?«

Sie fuhr durch das gittermusterartig angelegte Zentrum Dentons in den Norden der Stadt, der wesentlich lockerer bebaut war.

Noah seufzte. »Das habe ich ganz vergessen. Wir haben mit dreißig Leuten nach ihm gesucht.«

»Und alle sind wir direkt an ihm vorbeimarschiert, nicht wahr?«, sagte Josie. »Weil er irgendwie in ein Gebüsch gekrochen und dort eingeschlafen ist. Niemand hatte geglaubt, dass er dort hineingehen würde. Du würdest dich doch auch nicht in ein Gebüsch legen, oder?«

»Wenn ich dement wäre, vielleicht schon«, entgegnete Noah. »Auf jeden Fall haben ihn die Hunde binnen Minuten gefunden. Wir brauchen Hunde für die Suche nach Alison Mills. Ich schreibe Gretchen eine Nachricht.« Er holte sein

Handy heraus. »Sie soll die Hundestaffel des Sheriffs anfordern.«

Noah tippte auf dem Display herum. Josie konzentrierte sich unterdessen auf das Fahren. Zwischen den Häusern war immer mehr Grün zu sehen. Die breiten Siedlungsstraßen mit Gehwegen gingen allmählich über in enge Bergstraßen zwischen schmalen, unbefestigten Seitenstreifen, ähnlich der Straße, auf der sie heute Morgen am östlichsten Rand von Denton auf die Mädchen gestoßen waren.

»Hier ist es«, sagte Josie und bremste neben einem hellroten Briefkasten.

Sie bog in eine lange Zufahrt ein, die sich einen Hügel bis zum gedrungenen, zweistöckigen Haus der Familie Mills hochwand. Vor dem hellbraunen Gebäude standen keine Autos. Die Tore der angebauten Garage waren geschlossen. Trotzdem stellte Josie das Auto ab und ging mit Noah zur Eingangstür. Noah klingelte. Sie warteten eine ganze Weile. Er klingelte noch einmal. Schließlich hörte Josie Schritte hinter der Tür. Sie ging auf und vor ihnen stand eine Frau Ende vierzig. Josie erkannte sofort die Ähnlichkeit mit Alison: das lockige braune Haar, die helle Haut und die Sommersprossen auf ihrem Gesicht. Sie war größer als Josie und trug eine gelbe, weite Bluse mit V-Ausschnitt und eine Jeans. Außerdem war sie barfuß. Ihre Zehennägel hatte sie blau lackiert.

»Mrs Mills?«, fragte Josie.

»Ja, ich bin Marlene Mills. Ich ... Was ist denn?«

»Sind Sie Alison Mills' Mutter?«

Auf ihrem Gesicht erschien ein fragender Ausdruck. Ihr Blick wanderte zwischen Noah und Josie hin und her und fiel auf das auf die linke Brust ihrer Poloshirts genähte Emblem der Polizei von Denton sowie auf ihre Pistolenholster. Ihre Augen wurden immer größer. Mit schriller Stimme rief sie: »Was ist los? Was geht hier vor? Wo ist Alison?«

Noah begann: »Mrs Mills, mein Name ist Lieutenant ...«

Sie unterbrach ihn. »Wo ist meine Alison?« Ihre Stimme wurde lauter, bis sie schrie. »Was ist mit ihr passiert? Bitte. Sagen Sie, was los ist. Ist sie tot?«

SIEBEN

Josie trat einen Schritt nach vorn und packte Marlene am Oberarm, bevor sie zu Boden sank. Noah stellte sich schnell rechts neben sie und legte ihr einen Arm um die Taille. So hielten sie Marlene aufrecht, während Josie ihr beschwichtigend ins linke Ohr sprach. »Mrs Mills, bitte beruhigen Sie sich. Wir müssen mit Ihnen über Alison reden. Es ist sehr wichtig.«

Tränen glänzten in ihren Augen, als sie sich Josie zuwandte und sie prüfend ansah. »Sagen Sie mir die Wahrheit! Ist sie tot? Bitte sagen Sie mir nur, was los ist. Die Polizei kommt nicht einfach so zu jemandem, um mit ihm über sein Kind zu sprechen, wenn sie nicht eine schlechte Nachricht ... O Gott, sagen Sie mir doch, was los ist.«

»Wir glauben nicht, dass Alison tot ist«, sagte Noah.

Sie erstarrte einen Augenblick und drehte den Kopf ruckartig zu ihm. »Was soll das heißen? Sie *glauben* nicht, dass sie tot ist? Sagen Sie schon!«

Sie begann wieder zu wanken, fing sich jedoch, sodass sie loslassen konnten. »Mrs Mills«, sagte Josie, »ich verspreche Ihnen, dass wir Ihnen alles erklären, aber Sie müssen sich erst einmal beruhigen. Können wir nicht nach drinnen gehen und uns setzen?«

Marlenes Körper zitterte. Sie sah sie einen Moment lang mit tränennassen Augen an. Dann nickte sie und führte sie in ein großes, luftiges Wohnzimmer. Es war in verschiedenen Grautönen gehalten, von den Wänden bis zur Sitzgruppe mit Zierkissen und zerknüllter Decke. Am Rand der Decke sah Josie den in Weiß aufgestickten Schriftzug »Familie Mills«. Auf den Beistelltischen links und rechts standen mehrere gerahmte Fotografien von Alison. Eine zeigte Alison mit ihrer Mutter und einem Mann, von dem Josie annahm, dass er ihr Vater war.

»Ist Alisons Vater auch hier?«, wollte Josie wissen.

Marlene ließ sich in eine Ecke der Sitzgruppe fallen und schüttelte den Kopf. Sie wies auf den Platz neben sich und bedeutete Josie und Noah, sich zu setzen. »Er ist in Hongkong. Ausgerechnet. Beruflich. O mein Gott. Ich sollte ihn anrufen, nicht wahr? Was ist dort gerade für eine Uhrzeit? Ich schätze, das spielt keine Rolle, oder? Er muss doch wissen, was hier los ist.«

Ihr Blick wanderte im Raum umher und fiel schließlich auf den Couchtisch, auf dem neben allerlei Gegenständen wie einer Fernbedienung, einer Zeitschrift, einem Stapel Post und einer Schachtel Papiertücher auch ein Handy lag. Josie nahm es und reichte es ihr.

»Mrs Mills, wir müssen wirklich zuerst mit Ihnen reden.«

Marlene ließ das Handy in ihren Schoß fallen. Sie fuhr sich nervös mit den Händen über das Gesicht, das inzwischen rosarot angelaufen war. »Tut mir leid, tut mir leid. Ich bin völlig fertig. Sie müssen verstehen, bei allem, was wir mit Alison durchgemacht haben, obwohl wir es jetzt hinter uns haben, rechne ich doch ständig mit irgendwas, verstehen Sie? Ich warte auf die nächste Hiobsbotschaft.«

Josie nahm sich vor, später darauf zurückzukommen und zu fragen, was sie mit Alison erlebt hatten, das Marlene so panisch hatte reagieren lassen. »Mrs Mills, heute Morgen um etwa sieben Uhr dreißig sind Lieutenant Fraley und ich von einem Aufenthalt außerhalb der Stadt zurückgekehrt. Wir fuhren auf der Widow's Ridge Road. Es war so nebelig, dass man nur wenige Meter weit sehen konnte. Da lief uns eine Gestalt vor das Auto. Wir beschlossen, anzuhalten und nachzusehen, ob jemand Hilfe brauchte. Als wir ausstiegen, sahen wir ein weiteres Fahrzeug am Straßenrand stehen. Dieses Auto ist auf Guy Hale zugelassen.«

»Dinas Dad«, sagte Marlene. »Von den beiden ist immer Dina diejenige, die fährt. Alison besitzt kein eigenes Auto. Hatten sie einen Unfall? Wo sind sie? Mein Gott, sie sind im Krankenhaus, nicht wahr? Ich muss dorthin. Ich hole schnell meine Handtasche ...«

Noah hob eine Hand, um sie zu unterbrechen. »Bitte, Mrs Mills, lassen Sie uns ausreden.«

Josie fuhr fort. »Wir glauben nicht, dass es ein Unfall war. So wie es aussah, hatten sie wegen des Nebels angehalten. Als wir zum Auto gingen, sahen wir einen Mann, der allem Anschein nach auf Dina losging. Wir glauben, dass Alison weggelaufen ist und diejenige war, die wir über die Straße haben laufen sehen.«

Marlene schüttelte den Kopf. »Ein Überfall? Das verstehe ich nicht. Nein, nein. Warum sollte jemand zwei Mädchen überfallen? Das ergibt keinen Sinn. Wo ist Alison hin? Geht es ihr gut?«

»Wir konnten sie noch nicht finden«, sagte Noah. »Deshalb sind wir hier.«

»Oh«, rief Marlene. Sie nahm wieder ihr Handy. »Ich rufe sie an. Ich rufe an und sage ihr, sie soll heimkommen. Oder ich fahre zu ihr, weil sie kein Auto hat. Natürlich. Ich kann ja nicht einfach sagen, dass sie nach Hause kommen soll. Wie soll sie das machen? Laufen?« Sie stieß ein nervöses, schrilles Lachen aus.

Josie beugte sich vor und legte eine Hand auf ihren Unterarm. »Mrs Mills, sie hat ihr Handy neben dem Auto liegen lassen.«

»Was? Nein, nein. Das würde sie nicht machen. Sie kennen die Kinder von heute nicht. Ihre Handys sind ihnen so wichtig wie die Luft zum Atmen. Sie würde es nie zurücklassen.«

»Wir haben es als Beweismittel gesichert«, sagte Josie.

»Mrs Mills«, begann Noah erneut. »Da ist noch etwas. Wir glauben, dass Alison möglicherweise durch die Auseinandersetzung mit diesem Mann eine Verletzung davongetragen hat.«

Marlene schlug beide Hände vor die Brust. »Um Gottes willen, nein. Was ist passiert? Was heißt das? Denken Sie, dass sie verletzt ist? Warum sagen Sie mir nicht endlich, was los ist?« Sie war immer lauter geworden und schrie nun fast.

Was los war, versuchten sie ihr schon die ganze Zeit zu erklären, doch hatte es sich bislang als sehr schwierig erwiesen, mit ihr ein normales Gespräch zu führen. Beschwichtigend sagte Josie: »Soweit wir wissen, ist Alison vor dem Angreifer geflüchtet und in den Wald gelaufen. Wir durchkämmen den Wald inzwischen mit Suchtrupps. Bisher haben wir sie noch nicht entdeckt, doch tun wir alles, um sie zu finden, Mrs Mills. Das verspreche ich Ihnen.«

»Was ist mit der Verletzung? Wie ist das passiert?«

»Das wissen wir noch nicht genau«, erwiderte Josie. »Wir haben Blutspuren vor Ort gefunden. Da sie sich auf der Beifahrerseite des Autos befinden, gehen wir davon aus, dass sie von Alison stammen.«

Marlenes Brust hob und senkte sich schwer unter ihren Händen. Ihr Gesicht hatte jede Farbe verloren. Josie befürchtete, sie würde ohnmächtig werden. Noah stand auf und kniete sich vor sie. »Mrs Mills, ich weiß, dass das für Sie sehr schwer ist, aber wir tun alles, um Ihre Tochter zu finden. Jetzt möchte ich, dass sie ein paarmal tief durchatmen. Können Sie das für mich tun?«

Sie schüttelte vehement den Kopf, sah ihm dabei aber in die Augen. Er nickte, legte eine Hand auf seine eigene Brust und atmete langsam und übertrieben stark ein und aus. »Sehen Sie mich an«, bat er sie. »So ist es gut. Ein, aus. Schön langsam.«

Nach wenigen Augenblicken fiel Marlene in denselben Atemrhythmus wie Noah. Sie bekam wieder etwas Farbe. Josie ging durch das Haus nach hinten und fand die Küche. Auf einem Abtropfbrett standen saubere Gläser. Sie füllte eines mit Leitungswasser, ging damit zurück ins Wohnzimmer und reichte es Marlene. Sie nahm ein paar Schlucke und gab es Noah, der es auf den Couchtisch stellte. »Es tut mir so leid«, keuchte sie.

»Dazu gibt es keinen Grund«, entgegnete Josie. »Wir verstehen, dass Sie das sehr belastet. Deshalb möchten wir Alison so schnell wie möglich finden.«

»Und dazu brauchen wir Ihre Hilfe«, sagte Noah noch immer freundlich lächelnd, als er sich Marlene zugewandt auf den Rand des Couchtischs setzte.

Sie atmete noch ein paarmal tief durch und nahm ihr Handy, ließ es jedoch wieder fallen und fragte: »Mehr wissen Sie nicht? Nur, dass die Mädchen mit dem Auto unterwegs waren, angehalten haben, von einem Mann überfallen wurden, Alison geblutet hat und weggelaufen ist? Denken Sie, dass sie angeschossen oder mit einem Messer verletzt wurde? Liegt sie vielleicht irgendwo in einem Graben im Sterben?«

»Waffen scheinen nicht im Spiel gewesen zu sein«, beruhigte Josie sie. »Sie schlug möglicherweise mit dem Kopf an das Armaturenbrett, wodurch ihre Nase brach. Die Blutmenge, die wir gefunden haben, lässt nicht den Schluss zu, dass sie zu verbluten droht.«

Und Noah fügte hinzu: »Detective Quinn und ich waren heute Morgen mit den Suchtrupps unterwegs. Wir haben noch etwas Blut gefunden, aber nur einige wenige Tropfen.«

»Das ist ein gutes Zeichen, oder?«, fragte Marlene hoffnungsvoll.

»Wir denken schon«, erwiderte Josie.

»Was ist mit Dina? Geht es ihr gut? O Gott, ich sollte wahrscheinlich ihren Dad anrufen.« Sie nahm wieder ihr Handy.

Josie sah Noah an. Sie konnten ihr nicht sagen, dass Dina Hale tot war, bevor die Familie nicht darüber unterrichtet worden war. Außerdem würde sie das nur noch mehr aufwühlen.

»Jemand aus unserem Team wird mit Dinas Vater sprechen«, beschwichtigte Noah sie. »Fürs Erste müssen wir Ihnen jetzt wirklich ein paar Fragen stellen.«

Josie atmete erleichtert auf, als Marlene das Handy wieder weglegte und Noah ansah. Sie war viel zu abgelenkt und außer sich, um zu merken, dass ihre Frage, ob es Dina gut ging, noch nicht beantwortet worden war. »Fragen? Welche Fragen?«

ACHT

»Fangen wir mit heute Morgen an«, schlug Josie vor. »Wann haben Sie Alison das letzte Mal gesehen?«

»Nicht heute Morgen«, entgegnete Marlene. »Sie hat letzte Nacht bei Dina übernachtet. Sie sind Kolleginnen. So haben sie sich überhaupt erst kennengelernt – über die Arbeit.«

»Wo arbeiten sie?«, fragte Noah.

»Im Eudora-Hotel. Meine Freundin Sadie ist dort Reinigungskraft. Letztes Jahr hat sie mir erzählt, dass die Veranstaltungsabteilung junge Mädchen sucht, die bei besonderen Events das Cateringteam verstärken. Sie arbeiten immer nur ein paar Stunden am Wochenende. Ihre Arbeit besteht im Wesentlichen darin, Tabletts mit Essen und Getränken herumzutragen und Gästen anzubieten. Manchmal servieren sie auch Gerichte und räumen schmutziges Geschirr weg. Was die Cateringabteilung eben von ihnen verlangt. Sie sind bei Hochzeiten, Partys, Workshops, Konferenzen und sonstigen Unternehmensveranstaltungen dabei. Überall dort, wo ein Catering notwendig ist. Für sie ist es leicht verdientes Geld. Oft bekommen sie auch sehr gutes Trinkgeld.«

»Haben die beiden letzte Nacht auch gearbeitet?«, wollte Josie wissen.

»Ja, bei irgendeiner Unternehmensfeier. Die dauern meistens ziemlich lang. Sie sollten heute Morgen außerdem bei einem Brunch für eine ortsansässige gemeinnützige Organisation mithelfen. Deshalb hat Alison beschlossen, bei Dina zu übernachten. Dina hätte sie heute nach der Arbeit herbringen sollen. Mein Gott!« Wieder presste sie sich beide Hände auf die Brust.

Bevor sie erneut panisch wurde, fragte Noah: »Wann haben Sie das letzte Mal mit Alison telefoniert?«

Marlene nahm ihr Handy, sah es aber nicht an. »Gestern Abend. Sie hat mir eine Nachricht geschickt und geschrieben, dass sie sicher bei Dina angekommen sei und …« Sie stockte, ihr Atem wurde schneller. Dann tippte sie ihre PIN in das Smartphone, wischte ein paarmal darüber und hielt zuerst Josie, dann Noah das Display hin.

Gut bei Dina angekommen. Lange Nacht, aber viel Trinkgeld. Gute Nacht, Mom. Liebe dich ganz, ganz doll.

Hinter dem Wort »Trinkgeld« waren Geldsack-Emojis und am Ende der Nachricht mehrere Herzchen und Küsschen. Ganz am Schluss stand ein Riesenrad-Emoji.

»Wofür steht das Riesenrad?«, fragte Josie.

Marlene drehte das Display wieder zu sich, um es sich anzusehen. Sie lachte kurz. »Eigentlich doof. Alison und ich … wir haben dieses … ich weiß nicht, wie ich es nennen soll. Ein Spiel? Eine Tradition? Immer wenn wir uns eine Nachricht schicken, fügen wir mindestens ein Emoji hinzu, das überhaupt nichts mit dem zu tun hat, was wir uns geschrieben haben. Ich weiß, es ist völliger Blödsinn, aber wir haben einen Riesenspaß dabei. Sehen Sie, ich habe ihr mit einem Gabel-Emoji geantwortet.« Sie scrollte nach unten und hielt ihnen wieder das Display hin, damit sie ihre Antwort sehen konnten.

Freut mich, das zu hören. Gute Nacht. Liebe dich tausendmal. Bis morgen.

Marlene hatte die Nachricht mit drei Herzen und einer Gabel beendet.

Josie lächelte. »Das ist aber nett.«

»Angefangen hat es mit einem Versehen«, erklärte Marlene. »Als ich das Smartphone bekommen habe, habe ich unabsichtlich irgendwelche Emojis an meine Nachrichten angehängt. Daraus ist dann diese Sache geworden.«

»Wissen Sie, wann die beiden heute Morgen im Hotel hätten sein sollen?«, fragte Noah.

»Ich bin mir nicht sicher, aber auf jeden Fall früh. Es war zwar ein Brunch, doch müssen die Mädchen immer zeitig antanzen, um alles vorzubereiten.«

»Hat Sie niemand vom Eudora angerufen, als Alison heute nicht zur Arbeit erschienen ist?«, fragte Josie.

»Nein, aber das würden die auch nicht tun. Klar, ich bin Alisons Kontakt für Notfälle, aber sie ist fast achtzehn. Wenn sie nicht erscheinen würde, würden sie sie direkt anrufen. Auch Dina. Vielleicht haben sie es ja getan. Ich weiß es nicht.«

»Wie Detective Quinn bereits angedeutet hat«, erklärte Noah, »haben wir Alisons Handy als Beweismittel gesichert. Läuft ihr Handyvertrag auf Ihren Namen, weil sie noch minderjährig ist?«

»Ja. Wir haben einen Familienvertrag.«

»Wir bräuchten Ihr Einverständnis, den Inhalt des Handys zu überprüfen, Mrs Mills. Bevor wir es Ihnen zurückgeben.«

Mit großen Augen sah sie zwischen beiden hin und her. »Den Inhalt überprüfen?«

»Da die Mädchen heute Morgen überfallen wurden«,

erklärte Josie, »prüfen wir routinemäßig, ob die beiden in den Tagen oder Wochen vor dem heutigen Vorfall belästigt oder bedroht wurden. Dazu gehört auch, dass wir ihre Smartphones ansehen und alle Nachrichten sowie Social-Media-Posts der letzten Wochen durchgehen. Können Sie sich denken, wer es in letzter Zeit auf eines der Mädchen abgesehen haben könnte?«

Marlene schüttelte langsam den Kopf. »Nein. Keine Ahnung. Ich bin sicher, Alison hätte es mir erzählt. Ich weiß, das sagen alle über ihre Kinder, nach dem Motto: *Oh, sie erzählen mir alles, ich weiß alles, was sie online und offline tun und mit wem sie worüber reden.* Meistens ist das völliger Quatsch. Aber Alison ist da wirklich entspannt. Ich will nicht, dass sie Geheimnisse vor uns hat. Wir haben ihr immer gesagt, wenn sie in Schwierigkeiten gerät, muss ihr erster Gedanke sein: ›Ich lasse mir besser von Mom und Dad helfen‹, und nicht, ›Mom und Dad dürfen das nicht erfahren‹. Aber wenn Sie sich ihr Handy ansehen wollen, nur zu.«

»Danke«, sagte Josie. »Was ist mit Dina? Hat Alison erwähnt, ob Dina Schwierigkeiten mit jemandem hatte?«

Wieder langsames Kopfschütteln. »Nein. Nie.«

»Waren Alison und Dina eng befreundet?«, fragte Josie.

»Ja. Sie haben sich auf Anhieb gut verstanden, als sie sich letztes Jahr im Hotel zum ersten Mal begegnet sind. Sie gehen nicht auf dieselbe Highschool, haben sich aber seither fast jedes Wochenende auf der Arbeit gesehen und sind dadurch so etwas wie beste Freundinnen geworden. Alison hat viele Freundinnen, aber wenn ich mich festlegen müsste, wer ihre beste ist, würde ich sagen, es ist wahrscheinlich Dina.«

»Hatten Alison oder Dina je in der Schule Ärger oder sind mit dem Gesetz in Konflikt gekommen?«, hakte Noah nach.

Josie war klar, dass sich das problemlos überprüfen ließ, sobald sie wieder im Revier waren. Aber es war immer aufschlussreich zu erfahren, wie viel die Eltern wussten und inwieweit sie Anteil am Leben ihrer Kinder hatten. Manchmal erzählte ein Elternteil der Polizei, dass sein Kind ein wahrer Engel sei, doch dann stellte sich heraus, dass dieser Engel schon seit Wochen oder noch länger in der Schule Schwierigkeiten hatte oder für etwas vorgeladen worden war und die Eltern keinen blassen Schimmer davon hatten. Andere Eltern wiederum wussten genau, was ihre Kinder oder deren Freunde trieben.

»Alison nicht«, antwortete Marlene. »Aber ich weiß, dass Dina früher Probleme wegen Ladendiebstahls bekommen hatte. Alison hat es mir erzählt.«

»Was ist mit Drogen?«, fragte Josie.

Marlene schürzte die Lippen einen Augenblick und atmete dann lange und hörbar aus. »Falls Alison Drogen genommen hat, dann hat sie es mir nicht erzählt. Ich vermute, dass sie und Dina schon mindestens einmal Marihuana geraucht haben, aber ich konnte es nie beweisen. Ich habe Alison viele Male Vorträge gehalten. Das einzige Mal, als ich dachte, dass sie vielleicht Marihuana geraucht hat, habe ich ihr wirklich zugesetzt und herauszufinden versucht, ob sie Rauschgift oder Alkohol konsumiert, aber sie hat es beharrlich verneint. Falls sie seither mit Drogen zu tun hatte, dann weiß ich es nicht. Ich habe in diesem Haus nichts gefunden, was darauf hindeutet. Auch mein Mann nicht und er hat mit ihr ebenfalls über die Gefahren von Rauschgift und Alkohol gesprochen.«

»Sie sagten, Ihr Mann sei in Hongkong«, sagte Noah. »Wie lange ist er dort schon?«

Als die Sprache auf ihren Mann kam, warf Marlene einen Blick auf ihr Handy. Das Display war dunkel. Sie hob den Daumen, als wolle sie es aktivieren, berührte es aber doch nicht. »Seit ungefähr zwei Monaten. Er arbeitet für ein Großunternehmen, das Solaranlagen in alle Welt verkauft und installiert. Leider muss er für das aktuelle Projekt in der Hongkonger Niederlassung anwesend sein. Er hatte früher sein eigenes kleines Unternehmen, das Solaranlagen für Hausbesitzer errichtete. Doch dann gab es, nun, es gab Probleme. Viele Probleme. Dann war da die Sache mit Alison. Wir stottern noch immer ihre Arztrechnungen von damals ab.«

»Welche Probleme hatte Ihr Mann mit seinem Unternehmen?«, wollte Noah wissen.

Marlene klammerte sich an ihr Handy. Sie wiegte sich vor und zurück, langsam und rhythmisch wie ein Metronom der Angst. »Sein Geschäftspartner Billy starb. Die beiden waren seit der Kindheit beste Freunde gewesen. Haben alles zusammen gemacht. Ihr Unternehmen fing gerade an, erfolgreich zu werden, als dieser schreckliche Autounfall passierte. Die Polizei meinte, Clint sei schuld gewesen.« Sie sah auf ihre Füße und schüttelte den Kopf. »Er hat es sich nie verziehen. Wird er auch nie. Sie wollten eine Kosteneinschätzung vornehmen und anschließend zusammen essen gehen. Clint saß am Steuer. Alison war mit im Auto. Clint war, naja, er war abgelenkt. Telefonierte mit einem Kunden. Er hatte keine dieser Freisprechanlagen und hielt sein Handy daher in der Hand. Vor ihm fuhr ein Sattelschlepper, der einen Reifen verlor – sicher wissen Sie, wie das ist, wenn die anfangen zu brennen, sich zerlegen und überall herumfliegen? Clint konnte den meisten Teilen ausweichen, aber als er versuchte, ein großes Reifenstück zu umfahren, verlor er die Kontrolle über das Auto. Es kam von der Straße ab und überschlug sich. Eine schreckliche Sache. Auf jeden Fall war er danach nicht mehr derselbe. Nicht, nachdem er Billy verloren hatte. Alison war verletzt. Sie hatte sich das Becken gebrochen, es musste mehrfach geschraubt werden. Dann infizierten sich die Operationsnähte, was wir anfangs gar nicht merkten, weil sie einen riesigen Gips trug. Sie bekam eine Blutvergiftung, wäre fast gestorben. Anschließend musste sie noch ein paarmal operiert werden. Monatelang war sie wegen diverser chirurgischer Eingriffe immer wieder im Krankenhaus. Das Krankenhaus war sozusagen unser zweites Zuhause! Dann kamen noch die

Physiotherapie und die Nachbehandlungen dazu. Zum Schluss waren wir pleite.«

»Das tut mir sehr leid«, erwiderte Josie. »Als sie vorhin sagten, ›was wir mit Alison durchgemacht haben‹, meinten Sie damit den Unfall und die vielen Operationen?«

Marlene nickte. »Ja.«

»Leidet sie noch auf irgendeine Weise unter Spätfolgen?«

»Nein, das nicht. Es ist jetzt drei Jahre her, aber ich mache mir noch immer Sorgen wegen ihr. Deshalb war ich so außer mir, als Sie kamen. Ich weiß, dass sie sich vollständig erholt hat, aber Sie wissen ja, wie es ist im Leben.« Sie hörte auf zu schaukeln, hob entschuldigend die Hände und drehte dabei die Handflächen nach oben. Das Handy fiel wieder in ihren Schoß. »Gerade wenn man damit beschäftigt ist, sich wegen etwas Sorgen zu machen, kommt etwas völlig anderes daher und macht einen fertig! Wie jetzt. Die ganze Zeit hatte ich Angst, dass sie sich wieder das Becken bricht oder etwas macht, das dem Becken schadet. Aber keinen Augenblick hätte ich geglaubt, dass sie verloren gehen oder überfallen werden würde!«

»Wir wissen im Moment noch nicht sehr viel«, stellte Noah klar. »Aber wir werden uns den Mann, den wir am Tatort angetroffen haben, ganz genau ansehen. Wir haben Grund zu der Annahme, dass er es gezielt auf Dina und Alison abgesehen hat.«

Marlene nahm ihr Handy wieder in die Hand, begann aber nicht wieder zu schaukeln. »Auf sie abgesehen? Wie meinen Sie das?«

»Das wissen wir noch nicht genau«, erwiderte Josie. »Aber es war sehr neblig und noch früh am Morgen. Er ist an ihnen vorbeigefahren, hat angehalten, ist ausgestiegen und zu ihrem Auto gegangen. Wir glauben, dass er etwas gesucht hat.«

»Was denn? Was kann ein erwachsener Mann bei zwei Mädchen suchen?«, fragte Marlene ungläubig.

»Das wissen wir noch nicht«, antwortete Noah.

»Vielleicht hat er sie verwechselt«, meinte Marlene.

»Das könnte durchaus sein«, pflichtete Josie ihr bei. »Wir kennen noch nicht alle Fakten. Sagt Ihnen der Name Elliott Calvert etwas?«

Marlene schüttelte den Kopf.

Josie nickte Noah zu, der sein Smartphone herausholte und das Foto von Elliott Calverts Führerschein aufrief. Er zeigte es Marlene, doch ihr Blick blieb leer. »Den habe ich noch nie im Leben gesehen.«

»Sind Sie ganz sicher?«, hakte Josie nach. »Denken Sie einen Moment darüber nach. Kann es sein, dass er dort verkehrt, wo sich auch Ihre Familie öfter aufhält? Ist er vielleicht ein Kollege? Von Alison? Von Ihnen? Oder Ihrem Mann?«

»Ich glaube nicht. Ich kenne ihn nicht. Ein Kollege von mir ist er mit Sicherheit nicht. Ob von Alison, weiß ich nicht. Womöglich arbeitet er mit meinem Mann zusammen. Aber warum sollte er dann unsere Tochter angreifen?«

Noah deutete auf das Handy in Marlenes Schoß. »Mrs Mills, ich denke, es ist an der Zeit, dass Sie Ihren Mann anrufen. Nachdem Sie mit ihm gesprochen haben, können wir ihm das Foto hier schicken. Vielleicht kennt er Elliott Calvert.«

»Okay, gut«, sagte sie, als sei sie erleichtert, zu tun zu haben. Etwas Sinnvolles beisteuern zu können. »Können Sie mich danach dorthin bringen, wo Sie Alison gesehen haben? Wo es passiert ist?«

»Da ist nichts mehr, Mrs Mills«, sagte Noah. »Die Fahrzeuge wurden beschlagnahmt und weggebracht und alle persönlichen Dinge als Beweismittel gesichert. Die Suchtrupps sind vermutlich noch dort, aber ...«

»Bitte«, bettelte sie mit brüchiger Stimme. »Bitte. Ich muss sehen, wo es passiert ist.«

»Geht in Ordnung«, beschwichtigte Josie sie. »Wir haben

die Hundestaffel des Sheriffs angefordert. Manchmal können Hunde Menschen schneller aufspüren als wir. Es wäre gut, wenn Sie uns etwas von Alison geben könnten, an dem noch der Geruch Ihrer Tochter haftet.«

»Da ist ein Hoodie, den sie ständig zu Hause trägt«, meinte Marlene. »Ich sage ihr immer, dass sie ihn waschen soll, aber sie macht es nur selten.«

»Das wäre ideal«, sagte Josie. »Wir warten hier, während Sie sich mit Ihrem Mann in Verbindung setzen und den Hoodie holen. Dann bringen wir Sie dorthin, wo es passiert ist.«

NEUN

An der Stelle, an der Josie und Noah Elliott Calvert gesehen hatten, als er Dina Hale überfallen hatte, standen noch immer mehrere Polizeifahrzeuge. Mehrere Stunden waren seit dem Vorfall vergangen. Inzwischen strahlte die Sonne hell am klaren blauen Himmel. Ein lauer Wind strich durch die Bäume. Vögel zwitscherten munter und flatterten von Ast zu Ast. Der Tag wirkte viel zu heiter für die schreckliche Tragödie, die sich erst am Morgen neben der Straße hier ereignet hatte. Marlene saß auf der Rückbank des Wagens. Mit einer Hand umklammerte sie ihr Handy, in der anderen hielt sie Alisons schwarzen Hoodie. Seit sie von ihr zu Hause losgefahren waren, hatte sie kaum ein Wort gesagt. Immer wieder warf Josie einen Blick in den Rückspiegel. Marlene schien nach wie vor unter Schock zu stehen.

Als Josie zwischen den vielen Fahrzeugen einen Platz zum Parken suchte, wollte Noah von Marlene wissen: »Was hat Ihr Mann gesagt?«

»Was? Ach so. Er will die erste Maschine nach Hause nehmen. Allerdings bin ich nicht sicher, ob er so kurzfristig einen Direktflug bekommt. Außerdem dauert schon der Flug achtzehn Stunden und nach Philadelphia gibt es sowieso keine direkte Verbindung. Er müsste auf dem John F. Kennedy Airport in New York landen und dann noch stundenlang hierherfahren ...«

»Was ist mit Elliott Calvert? Kennt Ihr Mann ihn? Hat er ihn auf dem Foto erkannt?«

»Nein«, antwortete Marlene. »Wir haben keine Ahnung, wer er ist oder warum er die Mädchen überfallen hat. Vielleicht sollten Sie Dina oder ihre Eltern fragen ...«

Bevor Marlene sich wieder nach Dinas Zustand erkundigen konnte, rief Josie: »Hier kann ich halten!«

Sie fand eine Lücke zwischen den Fahrzeugen und manövrierte ihr Auto hinein. Das Absperrband war noch immer zwischen den Bäumen am Straßenrand gespannt. Als sie ausstiegen und zum abgeriegelten Bereich gingen, fiel ihr auf, dass alles schon entfernt war – die Autos ebenso wie die persönlichen Sachen, die am Straßenrand verstreut gelegen hatten. Gretchen stand noch ziemlich genau dort, wo sie sie zurückgelassen hatten, und schrieb hektisch etwas in ihr Notizbuch, während sie ihr Smartphone zwischen Schulter und Ohr geklemmt hatte.

»Noch immer hier?«, fragte Noah, als er auf sie zukam.

Gretchen hielt ihren Stift mit einer Geste in die Höhe, die andeutete, dass sie sich einen Augenblick gedulden sollten. Unterdessen drückte Marlene Alisons Hoodie an ihre Brust und ließ ihren Blick über das abgesperrte Areal wandern. »Ist es hier passiert?«

»Ja«, antwortete Josie. Sie deutete in etwa dorthin, wo die Autos gestanden hatten, und dann in die Richtung, in die Alison weggelaufen war.

Marlene drehte sich langsam um die eigene Achse und betrachtete die vielen Polizeifahrzeuge. »Suchen die alle nach meiner Alison?«

»Ja«, antwortete Josie. »Allerdings ist es durchaus möglich, dass sie sich bereits bis zur Stadt durchgeschlagen hat.«

Marlene zog ihr Handy zwischen den Falten des Hoodies hervor und sah auf das Display. »Wenn sie es bis in die Stadt geschafft hat, warum hat sie dann nicht jemanden angehalten und gefragt, ob sie telefonieren darf? Sie hätte den Notruf wählen oder jemanden darum bitten können. Oder mich anrufen. Sie kennt meine Nummer auswendig, dazu braucht sie ihr Smartphone nicht. Ich habe ihr die Nummer mit vier Jahren als Lied beigebracht.«

Marlene begann ihre Telefonnummer leise zur Melodie eines bekannten Kinderlieds zu singen. Sie brach abrupt ab, als Gretchen zu ihr kam und ihr die Hand hinstreckte. »Detective Gretchen Palmer. Sie müssen Mrs Mills sein. Es tut mir sehr leid, dass wir uns unter diesen Umständen begegnen. Ich nehme an, meine Kollegen haben Sie bereits über alles in Kenntnis gesetzt.«

Marlene nickte und hielt Gretchen den Hoodie hin. »Der ist für die Hunde.«

Gretchen nahm ihn und bedankte sich. »Der Sheriff trifft in schätzungsweise zwanzig Minuten ein. Deshalb bin ich noch hier. Wie Sie sehen, wurden beide Autos beschlagnahmt. Auch den Tatort hat man bereits untersucht. Ich denke, ich kann das Absperrband jetzt abnehmen.«

Während sie redete, entfernte sich Marlene. Sie ging am Absperrband auf und ab, fuhr mit dem Fingern darüber und starrte auf das leere Areal, als suche sie etwas. Ihre Tochter? Eine Erklärung? Beides?

»Sie weiß nicht, dass Dina tot ist«, flüsterte Josie Gretchen zu.

»Okay«, erwiderte Gretchen. »Ihr beide müsst als Nächstes Dinas Familie die Nachricht überbringen.«

»Gibt es nichts Neues über Alison oder Calvert?«, fragte Noah.

»Die Suchtrupps haben ein paar Kilometer flussabwärts, kurz bevor der Roaring Creek in den Fluss mündet, ein Handy gefunden, vermutlich das von Calvert. Es steckte am Ufer zwischen zwei Felsen.«

»Das kann irgendjemandem gehören, meinst du nicht?«, wandte Noah ein.

Gretchen zuckte die Schultern. »Möglich. Aber ein paar Meter weiter sind sie auf einen Manschettenknopf mit den Initialen ›EC‹ gestoßen. Ich halte es für sehr wahrscheinlich, dass das Handy Calvert gehört. Wir besorgen uns eine richterliche Verfügung dafür. Außerdem muss jemand seiner Frau einen Besuch abstatten, um sie darüber zu informieren, was hier abläuft, und herauszufinden, was sie weiß und warum dieser Kerl auf die Mädchen losgegangen ist. Falls sie überhaupt eine Ahnung von der ganzen Geschichte hat.«

»Das können wir erledigen, nachdem wir mit Dinas Familie gesprochen haben«, schlug Josie vor.

»Sehr gut«, meinte Gretchen. Sie deutete auf Marlene. »Habt ihr etwas aus ihr herausbekommen?«

Josie und Noah rekapitulierten das Gespräch mit Marlene. Während sie erzählten, nickte Gretchen immer wieder und schrieb etwas in ihr Notizbuch. »Wusste sie nicht, was die Mädchen vorhatten oder warum dieser Mann hinter ihnen her gewesen sein könnte?«

»Nein«, entgegnete Noah. »Vielleicht haben wir bei Dinas Eltern mehr Glück.«

Marlene kam zurück. Sie wirkte noch genauso schockiert wie im Auto. »Mrs Mills«, begann Gretchen. »Wie ich schon gesagt habe, ist eine Hundestaffel auf dem Weg hierher, um uns bei der Suche nach Alison zu unterstützen. Wir fragen uns, ob Alison verängstigt ist, weil sie niemanden gebeten hat, Sie anzurufen oder den Notruf zu wählen, falls sie es bis in die Stadt geschafft hat. Es wäre auf jeden Fall verständlich, nach dem, was sie heute Morgen durchgemacht hat.«

Marlene nickte.

»Wie reagiert Ihre Tochter unter Druck?«, fragte Gretchen. »Bleibt sie ruhig? Wird sie panisch? Macht sie zu?«

Marlene biss sich auf die Unterlippe. »Alison ist im Grunde noch ein Kind. Der einzige echte Druck, den sie je hatte, war die Zeit nach dem Unfall, als sie monatelang im Krankenhaus lag.«

»Das war auf jeden Fall ein großer Druck, Mrs Mills«, pflichtete Gretchen ihr bei. »Wie hat sie da reagiert?«

»Sie hat zugemacht«, antwortete Marlene. »Spritzen hasst sie. Da musste sie jedes Mal weinen, wenn sie eine bekommen hat. Aber ansonsten wurde sie immer ganz still. Es war dann schwer, sie aus der Reserve zu locken. Warum fragen Sie?«

Gretchen lächelte. »Ich versuche nur, abzuschätzen, wie sie heute Morgen reagiert haben könnte. Wenn sie so verängstigt war, dass sie nicht mehr klar zu denken imstande war, hat sie sich vielleicht versteckt, statt jemanden um Hilfe zu bitten. Es wäre auch nachvollziehbar, wenn sie sich nicht an einen Fremden gewandt hätte, nachdem sie kurz zuvor von einem angegriffen worden war.«

Die tiefen Sorgenfalten in Marlenes Gesicht glätteten sich. »Ja, natürlich«, sagte sie erleichtert. »Da haben Sie recht. Das ergibt einen Sinn. Wo, glauben Sie, könnte sie sein?«

»Wir hatten gehofft, dass Sie uns das sagen können«, schaltete sich Josie ein. »Gibt es einen Ort, zu dem sie womöglich geflüchtet ist und der näher an der Highschool liegt als Ihre Wohnung? Wo sie sich sicher fühlen würde, bis sie sich wieder gefangen hätte?«

»Sie meinen, zum Haus einer Freundin oder so?«, fragte Marlene.

Josie sagte nicht, dass eine Freundin, zu der sich Alison geflüchtet haben könnte, sie vermutlich die Polizei rufen oder mit ihrer Mutter telefonieren lassen würde, wenn sie es nicht sogar selbst erledigen würde.»Ja«, antwortete sie.»Oder sonst irgendwohin, wo sie glaubt, sich verstecken zu können.«

»Ich weiß es nicht.«

»Schon okay«, beschwichtigte Gretchen sie.»Es hätte ja sein können. Mrs Mills, ich danke Ihnen sehr für Ihre Hilfe. Ich muss Sie aber noch um zweierlei bitten.«

»Ja, natürlich«, erwiderte Marlene.»Schießen Sie los.«

»Sie müssen jetzt nach Hause, für den Fall, dass Alison dort auftaucht. Detective Quinn und Lieutenant Fraley fahren Sie zurück. Und wenn Sie dort sind, erstellen Sie bitte eine Liste all ihrer Freunde mit sämtlichen Telefonnummern für uns. Wenn Sie sich dazu in der Lage fühlen und uns noch mehr helfen wollen, können Sie außerdem alle auf der Liste anrufen und fragen, ob sie Alison gesehen haben. Und falls nicht, sollen sie Sie anrufen, wenn sie auftaucht.«

»Kann ich machen«, sagte Marlene.»Kann ich auf jeden Fall machen. Ich fange gleich damit an.«

Noah ging mit ihr zurück zum Auto. Josie sah Gretchen an. »Wenn Elliott Calvert in der Nähe der Stadt aus dem Roaring Creek gestiegen ist und Alison es ebenfalls bis nach Denton geschafft hat, wie groß ist die Chance, dass sie sich dort begegnen?«

»Sie sind in entgegengesetzte Richtungen gelaufen«, wandte Gretchen ein.

»Sicher, aber nur einmal angenommen, dass sie es beide bis ins Zentrum geschafft haben, wären sie nicht weit voneinander entfernt. Sie ist einmal davongekommen, aber ein zweites Mal ...«

Gretchen fiel ihr ins Wort.»Ich werde alles tun, um zu verhindern, dass es ein zweites Mal gibt. Und jetzt beteilige ich mich an der Suche, während ihr beiden mit den Familien redet. Ich möchte dieses Mädchen lebend finden.«

ZEHN

Die Hales bewohnten ein Reihenhaus am Rand von Denton in einer Siedlung auf einem Berg etwa sechs, sieben Kilometer von der Stelle, an der Josie und Noah dazwischengegangen waren, als Elliott Calvert Dina attackiert hatte. Die Gebäude sahen alle gleich aus. Zu unterscheiden waren sie lediglich an den Hausnummern, den Autos in der Zufahrt und Veränderungen, die die Besitzer an den Fassaden vorgenommen hatten. Vor dem Haus der Familie Hale stand eine sportliche, kirschrote Toyota-Limousine in der Einfahrt. Josie und Noah gingen um sie herum und klingelten an der Haustür.

Noch bevor die Tür aufging, hörten sie eine Frauenstimme. »... du wieder deinen Schlüssel vergessen? Kümmere dich endlich besser um deine Sachen. Du hast Glück, dass ich noch da bin. Ich wollte gerade zu ...«

Als die Frau die Tür öffnete und Josie und Noah vor sich stehen sah, verstummte sie und erstarrte wie zuvor Marlene Mills. Dann ließ sie einen Arm fallen und murmelte: »Shit.«

Die Frau war das exakte Gegenteil von Marlene Mills. Sie hatte Jeans, schwere schwarze Stiefel und eine eng anliegende schwarze Bluse an, die ihr üppiges Dekolleté preisgab. Ihr Haar hatte sie dunkelviolett gefärbt. Sie trug einen Nasenring und war an beiden Armen von oben bis unten tätowiert. Josie schätzte sie auf Ende dreißig, Anfang vierzig.

»Sind Sie Mrs Hale?«, begann Josie. »Dinas Mutter?«

Sie fluchte noch einmal leise. Dann sagte sie: »Ja, ich bin ihre Mutter. Britta Hale. Ihrer Miene nach zu urteilen müssen Sie hereinkommen.«

»Ich denke schon«, erwiderte Noah. Er hielt ihr seinen Ausweis hin. Josie tat es ihm nach. »Ich bin Lieutenant Noah Fraley von der Dentoner Polizei. Das ist meine Kollegin, Detective Josie Quinn.«

Sie warf kaum einen Blick auf ihre Ausweise, trat zurück und bedeutete ihnen, einzutreten. Das Haus der Hales war wesentlich kleiner als das der Familie Mills. Obwohl Wände und Möbel durchgehend hellbraun waren, fiel Josie auf, dass die Einrichtung im New-Age-Stil gehalten war. An einer Wand im Wohnzimmer hing ein Gemälde. Es zeigte eine in weißes Licht getauchte Gestalt im Lotussitz vor blauem Hintergrund. Um sie herum waren vom Scheitel bis zum Kreuzbein leuchtende Chakren zu sehen. Auf dem Couchtisch lag ein petrolgrüner Teller mit einigen Kristallen darauf. Ein Regal mit mehreren Büchern stand in der Ecke. Die Hälfte der Titel hatte Tattoos, die andere Hälfte Spiritualität zum Thema. Auf einem Regalbrett lag ein hölzerner Räucherstäbchenhalter, in dem noch ein halb heruntergebranntes Stäbchen steckte. Darüber hing ein Foto von Britta, Dina und einem Mann, von dem Josie annahm, dass es sich um Guy Hale handelte. Es zeigte die drei lächelnd vor Cinderellas Schloss in Disney World. Dina sah auf der Aufnahme aber noch wesentlich jünger aus.

Weder Josie noch Noah setzten sich und Britta bot ihnen auch nicht an, Platz zu nehmen. Stattdessen stand sie ihnen gegenüber auf der anderen Seite des Zimmers, verschränkte die Arme und betrachtete sie argwöhnisch.

Noah räusperte sich. »Ist Mr Hale auch hier?«

»Äh, nein«, antwortete Britta mit brüchiger Stimme. »Er ist auf der Arbeit. Ihm gehört das Tattoostudio Razor in der Stadt. Muss ich ... soll ich ihn anrufen?«

Josie sah, dass ihre resolute Fassade zu bröckeln begann. Nach allem, was Marlene ihnen erzählt hatte – dass Dina schon Probleme wegen Ladendiebstahls und möglicherweise Drogen gehabt hatte –, war Britta wahrscheinlich zunächst davon ausgegangen, dass sie wegen kleinerer Vergehen hier waren. Aber mit jeder Sekunde, die verstrich, spielte sie in Gedanken andere, schlimmere Szenarien durch, wie Josie erkannte.

Josie war fest davon überzeugt, dass es in solchen Situationen das Beste war, die schlechte Nachricht ohne Umschweife zu überbringen. Ein Hinauszögern oder behutsames Herantasten machte es nicht leichter, die Botschaft zu ertragen. »Mrs Hale«, begann sie. »Sie werden Ihren Mann auf jeden Fall anrufen müssen. Es tut mir sehr leid, aber Ihre Tochter Dina wurde heute Morgen ermordet.«

Einen Augenblick lang hingen die Worte in der Luft, als bräuchten sie eine Weile, um durch den Raum zu gelangen, anzukommen und aufgenommen zu werden. Britta rang nach Luft. Sie schloss die Augen und begann zu wanken. Noah ging auf sie zu, um sie aufzufangen, falls sie ohnmächtig wurde. Aber bevor er sie erreicht hatte, öffnete sie die Augen und hob die Hand, um ihn zu stoppen.

»Wir können Ihren Mann für Sie anrufen, wenn Sie möchten«, schlug Josie ihr vor.

Britta schüttelte den Kopf. »Nein. Ich mache das.«

Sie neigte sich zur Seite und ließ sich auf den nächsten Stuhl fallen. Aus ihrem BH zog sie ein Handy hervor. Nachdem sie ein paarmal darübergewischt und darauf getippt hatte, hielt sie es sich ans Ohr. Josie konnte Guy Hales Stimme am anderen Ende nicht hören, aber Britta sagte: »Komm sofort nach Hause. Nein. Keine Fragen. Komm einfach nur. Sofort.«

Sie beendete das Gespräch und warf ihr Smartphone auf

den Couchtisch. Dann klemmte sie beide Hände zwischen die Knie und wiegte sich zitternd vor und zurück. Ihre Haare fielen nach vorn und hingen über beide Gesichtshälften. Ein blaues Schmetterlingstattoo wurde in ihrem Nacken sichtbar. Sie weinte lautlos. In Josie kamen schlagartig eigene Erinnerungen hoch. Auch sie hatte solche Tränen geweint, hatte diesen Schmerz gefühlt, der so überwältigend und unvorstellbar war, so gegen jede Realität, wie man sie kannte, dass nicht genug Luft blieb, um Töne hervorzubringen. Sie hatte das Bedürfnis, zu Britta zu gehen und sie in die Arme zu nehmen. Aber gleichzeitig wollte sie Britta keinesfalls zu nahetreten. Jeder reagierte auf schockierende Nachrichten anders. Manche wollten nicht berührt werden, vor allem nicht von Fremden. Außerdem musste Josie Professionalität wahren.

Nach einer Weile hob Britta den Blick und wischte sich die Tränen mit den Handballen weg.

»Mrs Hale«, sagte Noah. »Wir gehen nach draußen, bis Ihr Mann kommt. So können Sie etwas für sich sein.«

Sie begannen in Richtung Tür zu gehen, aber Britta rief ihnen nach: »Halt! Bitte, bleiben Sie.«

Diesmal wies sie auf die Couch ihr gegenüber und bedeutete ihnen, sich zu setzen. Es folgte ein langer Augenblick quälender Stille, in der sie sich nur ansahen. Dann schniefte Britta: »Ich möchte Ihnen ein paar Fragen stellen, aber ich warte, bis Guy kommt. Er müsste gleich da sein.«

Es vergingen fünfzehn Minuten, bis sie das Geräusch von Reifen auf Asphalt vernahmen. Eine Autotür wurde zugeschlagen und kurz danach waren Schritte auf der Vordertreppe zu hören. Die Eingangstür ging krachend auf. »Brit! Brit!«

Guy hielt inne, als er nach links blickte und sie alle sitzen sah. Er hatte langes, braunes, zu einem Pferdeschwanz gebundenes Haar, tief liegende braune Augen und einen Kinnbart. Seine Arme waren wie die seiner Frau mit Tattoos übersät. Er trug eine Lederweste und darunter ein weißes T-Shirt mit dem Aufdruck *Razor Tattoo Shop.*

»Mr Hale«, begrüßte Josie ihn.

Er sah seine Frau weinen und blickte zu den beiden Detectives auf der Couch. »Nein«, rief er. »Nein. Nein. Wo ist Dina?«

Josie und Noah standen auf, um ihm ihre Ausweise zu zeigen und sich vorzustellen, doch Britta sagte: »Sie ist tot.«

Er starrte sie an. Die Farbe wich aus seinem Gesicht. Er sank zusammen und fiel auf die Knie. Britta rutschte aus ihrem Sessel und kroch zu ihm. Beide weinten. Josie und Noah warteten, bis sie sich etwas gefangen hatten. Schließlich erhoben sich beide und standen auf wackeligen Beinen. Britta setzte sich wieder in den Sessel. Guy stützte sich auf die Lehne und hatte einen Arm um die Schultern seiner Frau gelegt. »Was ist passiert?«, fragte er.

Josie und Noah erzählten, was sie heute Morgen gesehen und erlebt hatten.

»Moment«, sagte Guy. »Sie sagen, ein Kerl habe die Mädchen am Straßenrand im Nebel stehen sehen und beschlossen, einfach zu ihrem Auto zu gehen und über sie herzufallen?«

»Wir glauben, dass er etwas gesucht hat«, antwortete Josie. »Aller Wahrscheinlichkeit nach hatte er es gezielt auf die Mädchen abgesehen.«

»Er wohnt nicht hier in der Nähe«, fuhr Noah fort. »Aber er war zur gleichen Zeit wie Dina und Alison, also sehr früh, dort auf der Straße unterwegs. Es ist durchaus möglich, dass er sie beobachtet hat, ihnen gefolgt ist und sie bei der nächstmöglichen Gelegenheit überfallen hat. Vielleicht war es aber auch eine Zufallsbegegnung. Wir haben noch nicht genügend Informationen, um das mit Sicherheit sagen zu können. Aber weil er nach etwas gesucht hat, nehmen wir an, dass er die Mädchen schon im Visier hatte.«

Guy und Britta sahen sich an, sagten aber nichts.

»Der Mann, den ich gesehen habe, heißt Elliott Calvert«, sagte Josie. »Sagt Ihnen der Name etwas?«

»Nein«, antwortete Guy. Er sah auf Britta hinunter und fragte: »Könnte es einer der Typen aus der Bar sein?«

»Ich weiß es nicht«, antwortete sie. An Josie und Noah gewandt sagte sie: »Ich arbeite im Atlas Taproom, einer Bierkneipe. Wir haben viele Stammkunden. Sie ist gut besucht. Haben Sie ein Bild von ihm?«

Noah rief Elliott Calverts Führerscheinfoto auf und zeigte es ihnen. Beide sahen sich das Bild ausdruckslos an. Schließlich sagte Britta: »Nie gesehen. Und ich kann mich gut an Gesichter erinnern. Muss ich, bei meiner Arbeit. Kennst du ihn? War er je in deinem Laden?«

Guy schüttelte den Kopf. »Ich habe ihn noch nie gesehen.«

»Die halbe Polizei sucht im Augenblick nach ihm. Die andere Hälfte nach Alison. Wir machen so lange weiter, bis wir ihn haben.«

Britta schniefte wieder. »Was ist mit Dina? Wo ist sie jetzt?«

»Im Leichenschauhaus«, erwiderte Noah. »Wir geben Ihnen die Kontaktdaten der Rechtsmedizinerin, damit Sie sich mit ihr in Verbindung setzen können, um zu erfahren, wann Dinas Leichnam freigegeben wird.«

Britta begann wieder zu schluchzen. Ihr ganzer Körper bebte. Guy legte beide Arme um sie und flüsterte ihr etwas Unverständliches ins Haar, während er sich mit ihr vor und zurück wiegte.

Josie stand auf. »Mr und Mrs Hale, wir haben noch einige Fragen an Sie, können aber ein andermal wiederkommen. Sie können allerdings auch ins Revier fahren, wenn Sie sich dazu in der Lage fühlen. Wie es Ihnen lieber ist.«

Noah schrieb Dr. Feists Name und Telefonnummer auf die

Rückseite einer seiner Visitenkarten und gab sie Guy. Dann folgte er Josie zur Tür.

Britta rief: »Warten Sie. Bitte. Ich weiß nicht ... Ihre Fragen, wenn wir sie beantworten, können wir Ihnen damit helfen, herauszufinden, warum das mit unserer Kleinen passiert ist?«

Josie wandte sich zu ihnen um. »Ja, sicher, aber Sie müssen wirklich nicht jetzt gleich mit uns reden, Mrs Hale.«

»Ich will. Ich will jetzt reden. Ich will, dass Sie diesen Calvert finden und ihn für den Rest seines Lebens wegsperren. Ich will wissen, warum er das meiner Dina angetan hat. Bitte bleiben Sie.«

Josies und Noahs Blicke wanderten zwischen beiden hin und her. Die Eltern versuchten, sich zu fassen. Sie richteten sich auf, streckten den Rücken durch und schoben das Kinn vor. Für Dina wollten sie stark sein. Es brach Josie das Herz, das zu sehen.

»Okay«, sagte sie und ging mit Noah zur Couch zurück. »Aber sobald es Ihnen zu viel wird, sagen Sie es einfach, und wir hören auf.«

»Was wollen Sie wissen?«, fragte Britta und wischte sich die Tränen von den Wangen.

»Fangen wir mit letzter Nacht an«, begann Noah. »Marlene Mills sagte, dass Alison bei Dina übernachtet habe.«

Britta sah zu Guy hoch. Er nickte. »Ja. Brit war auf der Arbeit.«

»Ich fahre etwa um vier oder fünf nachmittags los, komme meistens aber erst um vier Uhr morgens nach Hause. Da schlafen alle. Ich bin letzte Nacht sofort todmüde ins Bett gefallen. Dina hat vor Jahren angefangen, ihre Zimmertür abzuschließen. Deshalb habe ich aufgehört, nach ihr zu sehen, wenn ich heimgekommen bin.«

»Ich war zu Hause«, ergänzte Guy. »Die beiden kamen um elf Uhr abends von der Arbeit nach Hause. Erschöpft. Sie waren auf einer Unternehmensfeier gewesen. Mussten früh wieder raus und zurück zur Arbeit. Dina und Alison wissen, dass Alison jederzeit hierbleiben kann. Sie hatten Hunger. Dina bat mich, ihnen einen Käsetoast zu machen. Sie ist zwar schon achtzehn, aber ich habe ihn ihr trotzdem gemacht. Ich habe gesehen, wie müde sie waren, und Dina hat ihre Schmolllippe gezogen ...« Er brach abrupt ab, keuchte und hielt den Atem an.

Britta streichelte seinen Arm. Mit belegter Stimme sagte sie: »Dina zeigt ihm diese Schmolllippe, seit sie zwei war. Damit kriegt sie ihn immer rum.«

Guy leckte sich seine trockenen Lippen und fuhr mühsam fort. »Sie sind ins Bett gegangen. Ich habe nicht gehört, wie sie aufgestanden sind. Als ich um neun aufgewacht bin, waren sie schon weg.«

»Hat jemand von Ihnen noch etwas von Dina gehört, nachdem sie das Haus verlassen hatte?«, wollte Josie wissen.

Beide schüttelten den Kopf. »Nein«, antwortete Britta, »aber das ist nicht ungewöhnlich. Sie ist schließlich achtzehn und gerade dabei, ihren Highschoolabschluss zu machen. Wir lassen ihr so viele Freiheiten wie möglich. Normalerweise meldet sie sich nur bei uns, wenn sie etwas will.«

»Wir haben Dinas Handy am Tatort gefunden«, erklärte Josie. »Läuft der Vertrag auf ihren Namen oder ist sie bei Ihrem Vertrag mit dabei?«

»Sie ist bei uns mit dabei«, sagte Guy.

»Würden Sie uns in diesem Fall die Erlaubnis geben, das Handy zu untersuchen, bevor wir es Ihnen zurückgeben?«, fragte Josie.

Guy zuckte die Schultern. Er sah zu seiner Frau hinab, die ebenfalls mit den Achseln zuckte. »Klar«, sagte sie. »Warum nicht? Denken Sie, dass Sie da etwas finden?«

»Das lässt sich noch nicht sagen«, entgegnete Josie. »Aber wenn darauf etwas ist, das sie auf irgendeine Weise mit Calvert in Verbindung bringt, dann müssen wir das wissen.«

»Hatte Dina in den letzten Tagen oder Wochen Probleme mit jemandem?«, fragte Noah.

»Nicht dass wir wüssten«, antwortete Guy und fuhr sich mit der Hand über seinen Kinnbart. Er sah fragend Britta an, die nickte.

»War Dina mit jemandem zusammen oder hat sie sich gelegentlich mit jemandem getroffen?«, wollte Noah weiter wissen.

Beide Eltern schüttelten den Kopf. »Nein«, antwortete Britta. »Und wenn, dann hat sie es uns nicht gesagt.«

»Würden Sie sagen, dass Alison ihre beste Freundin ist?«, fuhr Josie fort.

»Ja«, erwiderte Britta. »Inzwischen auf jeden Fall. Und wir sind froh, dass sie sich begegnet sind.«

Guy fügte hinzu: »Alison ist ein anständiges Mädchen und hat einen guten Einfluss auf Dina.«

Britta senkte den Blick. »Bevor sie sich mit Alison angefreundet hat, hat sie mit Leuten aus ihrer Highschool herumgehangen.«

»Ein nichtsnutziges Pack war das«, schimpfte Guy. »Haben nur herumgesessen und Drogen genommen. Oder in Geschäften geklaut. Dina hat ein paarmal Probleme mit der Polizei bekommen. Das war eine schwierige Zeit. Ihre Noten gingen in den Keller. Aber sie hat sich gefangen. Dann hat sie diese Arbeit im Hotel gefunden und für einen Teenager ganz ordentlich verdient. Und Alison kennengelernt.«

»Schon seit mindestens einem Jahr oder länger gab es mit Dina keine Probleme mehr«, fügte Britta hinzu.

Guy sah wieder auf seine Frau hinab und strich sich erneut über den Kinnbart. Josie spürte das Handy in ihrer Tasche vibrieren, ignorierte es jedoch.

»Könnten Sie beide uns eine Liste ihrer ganzen Freundinnen und Freunde von jetzt und früher aufschreiben?«, fragte Noah.

»Natürlich«, erwiderte Britta. »Aber wir haben die

Nummern nicht. Da ist ihr Handy wahrscheinlich eine bessere Quelle.«

»Hätte Dina es Ihnen erzählt, wenn sie Probleme mit jemandem gehabt hätte?«, wollte Josie wissen.

Britta seufzte. »Ich weiß es nicht. Nicht dass sie kein Vertrauen in uns gehabt hätte, aber wir beide sind sehr beschäftigt. Ich und Guy arbeiten fast immer abends – ich meine, er kommt um acht oder neun heim, aber ich bin leider fast die ganze Zeit, in der Dina hier ist, nicht zu Hause. Ich weiß nicht, ich ...« Sie brach ab und drückte sich die Faust auf den Mund. Guy rieb ihr den Rücken.

Josie wartete einen Augenblick und fragte dann: »Können Sie sich vorstellen, dass Dina oder Alison etwas hatten, was andere ebenfalls wollten? Etwas, was für jemanden von Wert sein könnte?«

Beide Eltern schüttelten den Kopf. »Ich bin ehrlich zu Ihnen«, erwiderte Britta. »Dina hat Drogen konsumiert. Sie hat viel Marihuana geraucht. Ich weiß, dass sie es von irgendwoher bekommen hat. Möglicherweise hat sie auch anderes Zeug probiert, aber das ist nur eine Vermutung. Wir haben sie nie dabei erwischt. Ich dachte wirklich, dass sie seit letztem Jahr die Finger davon gelassen hätte, aber vielleicht war das auch nicht der Fall. Vielleicht hatte sie Drogen bei sich?«

»Nein«, widersprach Guy und fuhr sich wieder über das Kinn. »Hatte sie nicht. Ich ... also, ich habe ihr Zimmer vor ein paar Wochen durchsucht.«

Brittas Kopf fuhr zurück. Sie löste sich von Guy. »Was? Warum? Das hast du mir nie gesagt.«

Seine Hand wanderte wieder nach oben. Er legte sie kurz auf seinen Mund und fuhr sich dann wieder über seinen Kinnbart und spielte mit ihm. Inzwischen war sich Josie sicher, dass es eine nervöse Marotte war, die verriet, dass Guy Hale etwas verschwieg. Er vermied es, seiner Frau in die Augen zu sehen. »Da war nichts, wirklich. Sie kam mir nur ungewöhnlich müde vor. Ich habe sie gefragt, ob sie etwas nimmt, und sie schwor hoch und heilig, dass das nicht der Fall sei. Wir haben uns ein bisschen gestritten deswegen und da hat sie gesagt, ich solle doch ihr Zimmer durchsuchen. Ich war so wütend, dass ich es gemacht habe. Sie hat die Wahrheit gesagt. Da war nichts.«

Britta kniff den Mund zusammen. Verärgert wandte sie den Blick von ihrem Mann ab. Josie wusste, wenn Dina Drogen gehabt hätte, wären sie mit Sicherheit in ihrem Auto oder ihrer Handtasche gewesen – beides hatte die Polizei beschlagnahmt. Elliott Calvert war sofort davongelaufen, als Josie und Noah aufgetaucht waren. Was er auch gesucht hatte, er hatte es nicht gefunden. Außerdem hätte Dina beträchtliche Mengen Drogen haben müssen, wenn sie jemand deswegen umbrachte. Bei einer Jugendlichen, die bereits regelmäßig Rauschgift konsumiert hatte, war diese Möglichkeit zwar nicht ganz auszuschließen, ganz gleich, ob Drogen bei dem Vorfall heute Morgen eine Rolle gespielt hatten oder nicht. Aber Josie hatte den Eindruck, dass irgendetwas faul an der Sache war. Entweder Guy Hale enthielt ihnen etwas vor oder sie mussten mehr über Elliott Calvert erfahren. Oder beides.

»Sie haben meine Karte«, sagte Noah. »Wenn Ihnen noch etwas einfällt, rufen Sie mich an. Setzen Sie sich außerdem möglichst bald mit Dr. Feist in Verbindung. Es tut uns sehr leid, was passiert ist.«

Sie ließen die Eltern in ihrem Wohnzimmer sitzend zurück. Der Abstand zwischen ihnen war größer geworden. Josies und Guys Blicke trafen sich, als sie und Noah sich zum Gehen wandten. Sie sah ihn eindringlich an. Er hielt ihrem Blick nicht stand.

Sie gingen schweigend zum Auto. Josie blieb neben der Fahrertür stehen und holte ihr Handy hervor. Eine Nachricht von Gretchen war gekommen.

Die Hunde suchen nach Alison. Nichts Neues. Wir haben noch immer eine vermisste Jugendliche und einen verschwundenen Verdächtigen. Könnt ihr als Nächstes zu den Calverts fahren?

Über das Autodach hinweg sagte Noah zu ihr: »Denkst du, dass der Vater uns etwas verschweigt?«

»Ganz sicher«, erwiderte sie und antwortete Gretchen mit einem *Ja.*

Noah blickte zurück zum Haus und murmelte: »Vielleicht finden wir ja noch heraus, was es ist.«

Da hörte Josie eine Tür knallen und sah Guy über die Einfahrt auf sie zulaufen. »Warten Sie!«, rief er.

»Mr Hale?«, sagte sie und steckte ihr Smartphone ein. »Gibt es noch etwas?«

Er nickte und sah zurück zum Haus. Die Tür blieb zu. Er trat näher an ihr Auto heran und senkte die Stimme. »Meine Frau weiß das nicht. Ich habe es ihr nicht gesagt, weil ... na ja, ich wollte nicht, dass sie sich Sorgen macht.«

»Worum geht es?«, fragte Noah.

»Vor ein paar Wochen bin ich von der Arbeit nach Hause gekommen. Britta war in der Bar und Dina mit Alison im Kino. Unser ganzes Haus war auf den Kopf gestellt.«

Josie trat einen Schritt näher an ihn heran. »Auf den Kopf gestellt? Wie meinen Sie das?«

»Na, wie in einem Film«, entgegnete er. »Als sei jemand eingebrochen und hätte alles durchsucht. Die Bücher aus den Regalen lagen auf dem Boden. Die Sofapolster waren aus der Couch gerissen und beiseite geworfen worden. Jede Schublade in der Küche war ausgeräumt worden. So sah es im ganzen Haus aus. In den Schränken, in unseren Schlafzimmern. Ich stand mit weit offenem Mund da, als Dina nach Hause kam. Wahrscheinlich habe ich dasselbe gedacht wie Britta: Vielleicht nahm sie wieder Drogen und hing mit zwielichtigen Typen herum. Den ›Freunden‹, die sie damals hatte, hätte ich nicht über den Weg getraut. Ein paarmal haben sie uns Geld gestohlen. Ich habe es immer zurückbekommen. Das heißt, Dina hat es zurückbekommen.«

»Haben Sie nie die Polizei eingeschaltet?«, fragte Josie.

Er schüttelte den Kopf. »Es waren mal zwanzig Dollar hier, mal zwanzig Dollar da. Das meiste, was sie einmal mitgehen ließen, waren sechzig Dollar. Ich habe Dina gesagt, wenn sie es zurückgäben, würden wir die Sache vergessen. Ansonsten würde ich die Polizei rufen. Ich habe das Geld immer zurückbekommen. Allerdings habe ich sie nie wieder in mein Haus gelassen.«

»Hat diesmal etwas gefehlt?«, wollte Noah wissen.

Guy warf wieder einen Blick zur Haustür, um sicher zu sein, dass seine Frau nicht dort stand. Dann schüttelte er langsam den Kopf. »Nein, das ist das Merkwürdige. Dina und ich haben als Erstes nach unseren Wertsachen gesehen. Alles war noch da. Ich habe einen Safe unter dem Bett, nur so einen kleinen tragbaren, nichts Großartiges. Ich bewahre dort zweitausend Dollar für Notfälle auf. Jemand hatte ihn aufgebrochen, aber das Geld nicht mitgenommen. Auch Brittas und Dinas Schmuck war noch da. Alles.«

Josie und Noah tauschten einen fragenden Blick aus. »Sie haben nicht die Polizei gerufen?«, fragte Josie.

Er zuckte die Schultern. »Was sollte ich denen sagen? Dass jemand eingebrochen ist und alles auf den Kopf gestellt hat? Es war ja nicht einmal ein richtiger Einbruch. Das Küchenfenster nach hinten stand offen. Jemand hatte einfach das Fliegengitter entfernt und war eingestiegen. Außer dem Safe war so gut wie nichts kaputt, nur ein einziger Teller war zerbrochen. Das Schlimmste war, alles wieder aufzuräumen. Wir haben Stunden gebraucht.«

»Was hat Dina dazu gesagt?«, fragte Noah.

»Ich habe sofort ihre alten Freunde verdächtigt und sie

angeschrien. Noch jetzt schäme ich mich dafür. Ich habe ihr einige üble Sachen an den Kopf geworfen, habe sie beschuldigt, wieder Drogen zu nehmen und sich mit Leuten herumzutreiben, von denen sie sich fernhalten sollte. Sie schwor hoch und heilig, dass es nicht so war. Was ich gerade drinnen gesagt habe, stimmt: Ich habe sie beschuldigt, sie hat es abgestritten und ich habe ihr Zimmer durchsucht. Das Zimmer, ihr Auto, ihre Handtasche, alles. Da war nichts. Sie schwor, nichts damit zu tun zu haben. Ich habe ihr geglaubt. Vielleicht, dachte ich, hat jemand uns verwechselt und das falsche Haus erwischt.«

»Haben Sie den Safe noch?«, wollte Noah wissen.

Guy sah wieder zur Haustür. Von Britta war nichts zu sehen. »Er war hin. Ich musste ihn wegwerfen. Warum? Denken Sie, dass Sie davon Fingerabdrücke hätten nehmen können?«

»Die Chance ist sehr, sehr gering, aber einen Versuch wäre es wert gewesen«, meinte Noah. »Wenn Ihnen sonst noch etwas einfällt, das die Einbrecher angefasst haben könnten und worauf ihre Fingerabdrücke eventuell noch sind, können wir das untersuchen. Aber wir müssten auch von Ihnen und Ihrer Frau Abdrücke nehmen, um Sie auszuschließen.«

Und von Dina, dachte Josie bei sich. Aber das konnte Dr. Feist erledigen. Einem trauernden Vater gegenüber wollte sie das nicht erwähnen.

»Meine Frau ... ich ... ich will sie nicht verängstigen«, fuhr Guy fort. »Andererseits, schlimmer als jetzt kann es nicht werden, deshalb ...«

»Wenn Sie etwas finden, stecken Sie es in einen Papierbeutel, keinen Plastikbeutel, und bringen es zum Revier«, sagte Noah. »Dann lassen wir es von unserer Spurensicherung untersuchen. Wenn wir etwas finden, können wir Ihnen Bescheid sagen.«

Josie warf einen Blick zum Haus. »Haben Sie keine Überwachungskameras? Von Ring, Wyse oder Nest zum Beispiel?«

Guy schüttelte den Kopf. Mit einer ausladenden Handbewegung deutete er auf die anderen Häuser. »Sehen Sie sich um. Schön hier, nicht wahr? Wir haben noch nie Probleme gehabt. Manchmal spielen die Nachbarskinder im Sommer auf der Straße Baseball. Hin und wieder geht dabei ein Fenster zu Bruch und die Eltern bezahlen es. Das war's auch schon. Wir sind in diese Siedlung gezogen, weil es hier so sicher ist.«

Josie wusste, dass er recht hatte. Es gab einige Wohngegenden in Denton, vor allem am Stadtrand, in denen die Verbrechensrate gleich null war. Die hier gehörte dazu.

Noah streckte ihm die Hand hin und Guy schüttelte sie. »Danke, dass Sie uns darüber informiert haben. Wenn wir noch Fragen haben, melden wir uns.«

Guy stand mit den Händen in der Tasche in der Einfahrt und sah ihnen nach.

Als sie wegfuhren, meinte Noah: »Das Ganze wird von Stunde zu Stunde mysteriöser. Wohin als Nächstes?«

»Zu Elliott Calverts Adresse.«

ELF

Sie ist zehn, als sie das erste Mal zuschlägt. Nicht weil sie es will, sondern weil Mug sagt, dass jeder wissen sollte, wie man zuschlägt, sogar kleine Mädchen. »Vor allem kleine Mädchen«, sagt er. Pea weiß nicht genau, was er damit meint. In der Schule sind es immer die Jungs, die kämpfen. Sie schubsen sich gegenseitig an Wände und Tische, sodass Mrs Rex' Stifthalter umfällt. Einmal hat ein Junge namens Timmy Tralies den Kopf eines anderen Jungen hart an die Kreidetafel geschlagen. Richtig fest. Pea hat überhaupt nicht gefallen, wie sich das anhörte. Für den Bruchteil einer Sekunde war sie erstarrt und hatte sich in die Garage damals zurückversetzt gefühlt – zu *der Sache*, die nie passiert war und die sie nie gesehen hatte.

Aber die Mädchen in der Schule kämpfen nicht. Das Schlimmste, was sich die Mädchen antun, ist, sich gegenseitig auszuschließen. »Soziale Ausgrenzung«, nennt es Peas Mutter. Ihr Vater meint, es seien »kleine Miststücke, die sich wie kleine Miststücke aufführen«. Als er das sagte, musste Pea lachen, bis ihre Mutter sie ganz böse ansah. Sie hörte auf zu lachen, aber als ihre Mutter weg war und ihr Vater ihr zublinzelte und eine Grimasse zog, lachte sie noch einmal ein bisschen.

»Hörst du mir überhaupt zu, Kleines?«, sagt Mug und zerzaust ihr Haar. »Pass auf. Es ist wichtig.«

Sie ist wieder bei der Sache. Sie sitzen im Wohnzimmer. Auf dem großen Fernseher ist eine Reportage über einen Jungen zu sehen, der nach der Schule von ein paar anderen Jungen verprügelt wurde. Das erinnert sie an das, was damals in der Garage passiert ist. Mug ist da, denn er wartet auf ihren Vater. Sie wollen zusammen irgendwohin fahren. Sie fahren immer zusammen irgendwohin.

Pea verdrängt ihre Erinnerungen an *das* und murmelt: »Warum tun die Menschen immer anderen weh?«

»Manchmal muss man anderen wehtun«, sagt Mug.

»Mom sagt, man muss nie jemandem wehtun«, widerspricht Pea.

Ihr Vater hätte sich die ganze nächste Stunde darüber lustig gemacht. Er mag die »Schwächlingsphilosophie« ihrer Mutter nicht. Aber Mug sagt nur: »Man muss anderen wehtun, wenn sie dir wehzutun versuchen. Manchmal muss man ihnen wehtun, bevor sie dir wehtun können. Zum Beispiel, wenn du weißt, dass sie kommen.«

Pea versteht das nicht, aber sie will nicht mehr über das Wehtun reden.

»Komm, ich zeige dir, wie man kämpft«, sagt Mug.

Er zeigt Pea, wie sie sich breitbeinig und leicht zur Seite gedreht hinstellen muss (»sie dürfen nie deine Körpermitte erreichen«), beide Arme gehoben (»lass sie immer oben«) und die Hände zur Faust geballt (»Daumen draußen, immer über den Fingern; klemm die Finger mit ihm fest«). Mug geht in die Knie, sodass sein Gesicht auf einer Höhe mit ihrem ist. Er hält zwei fleischige Hände hoch und dreht die Handflächen zu ihr. Sie sind rau und schwielig, mit Schmutz in den Falten. »Komm schon, Kleines, schlag mich, so fest du kannst. Hier drauf. Direkt auf meine Handflächen.«

Pea schlägt ein paarmal zaghaft darauf. Dann sagt sie: »Ich will das nicht mehr machen.«

Sie erkennt echtes Verständnis in seinen Augen. »Niemand möchte kämpfen, Kleines. Aber manchmal muss man die Dinge selbst in die Hand nehmen. Jetzt versuch es noch einmal.«

ZWÖLF

Die Calverts wohnten im Westen von Denton, einer weiteren relativ sicheren Stadtgegend. Die Häuser waren gehobener Standard, aber nicht luxuriös. Josie wusste von einem früheren Fall, dass die meisten hier als Angestellte arbeiteten. Viele Mütter blieben zu Hause, solange die Kinder noch klein waren, und überließen den Vätern das Geldverdienen. Das Haus der Calverts war ein elegantes zweistöckiges Gebäude im Neu-Tudor-Stil mit sorgsam gepflegten Blumenbeeten entlang der Vorderseite. Die letzten Herbstblumen darin hielten sich nur noch mühsam aufrecht, als wollten sie mit letzter Kraft zeigen, was in ihnen steckte, bevor die Kälte Einzug hielt. Josie und Noah parkten ihr Auto auf der Straße und gingen über die Einfahrt zum Haus. Josie klingelte. Einen Augenblick später öffnete ihnen eine schlanke, schwarzhaarige Frau mit einem zum zerzausten Bun hochgesteckten Haar. Sie trug ein weißes Tanktop, auf dem orangefarbene Spritzer zu sehen waren, und eine rosa Jogginghose. Flauschige Pantoffeln in Pink vervollständigten das Outfit. Auf ihrer Hüfte hatte sie ein Baby mit rosigen Wangen sitzen. Es trug einen Strampler und hatte ein rosa Lätzchen um den Hals, die beide ebenfalls mit orangefarbenen Flecken übersät waren. Das noch sehr lichte blonde Haar war der Kleinen mit einem rosa Schleifchen nach oben gebunden worden.

»Kann ich Ihnen helfen?«, fragte die Frau.

Josie und Noah zeigten ihre Ausweise. »Ich bin Detective Josie Quinn«, stellte sich Josie vor, »und das ist mein Kollege, Lieutenant Noah Fraley. Wir suchen Elliott Calvert.«

Sie sah sich ihre Ausweise an und zog dabei eine fein gezogene Augenbraue hoch. »Sie suchen Elliott? Weswegen?«

»Sind Sie seine Frau?«, fragte Noah.

»Tori«, stellte sie sich vor und setzte das Baby um. Das Kind zeigte keinerlei Interesse an Josie oder Noah und steckte sich die Finger in den Mund, woraufhin es ordentlich zu sabbern begann. Mit der gleichen Hand versuchte es anschließend, seiner Mutter in den Haarknoten zu fassen. Tori schob seine Hand sanft nach unten. Etwas Speichel blieb an ihren Haaren hängen und zog sich in einem dünnen Schleimfaden von ihrem Kopf zum Mund des Babys.

Josie fragte sich, warum es ihr noch nicht in den Sinn gekommen war, dass mit Elliott vielleicht etwas passiert sein könnte. Marlene Mills hatte schon allein beim bloßen Anblick von Josie und Noah instinktiv reagiert. Auch Britta Hale war Sekunden nach ihrer Ankunft, noch bevor sie die schreckliche Nachricht erfahren hatte, sichtlich erschüttert gewesen. Tori dagegen wirkte völlig entspannt.

»Mrs Calvert, dürfen wir eintreten?«, fragte Josie.

Das Baby gurrte laut und begann zu kichern, als freue es sich über etwas. Tori lachte. »Tut mir leid«, erwiderte sie. Sie sprach weiter völlig ruhig und entspannt. »Brauchen Sie nicht einen Durchsuchungsbeschluss oder so etwas, um ohne Grund anderer Leute Häuser zu betreten? Irgendwie komisch, oder? Wenn Sie Elliott suchen, der ist auf der Arbeit. Ich gebe Ihnen die Adresse, wenn Sie mir sagen, worum es geht. Schließlich ist er mein Mann.«

»Wir brauchen keinen Durchsuchungsbeschluss, nur um mit jemandem zu reden, Mrs Calvert«, entgegnete Noah. »Ihr Mann ist nicht auf der Arbeit. Wir versuchen, ihn zu finden.«

Wieder wollte das Baby in Toris Haarknoten fassen. Dieses Mal erwischte es eine lange Strähne und zog sie der Mutter aus den Haaren. Es hielt sie fest und stopfte sie sich in den Mund. Tori hinderte es nicht daran. Zum ersten Mal, seit sie die Tür geöffnet hatte, war so etwas wie Sorge in ihrem Gesicht zu erkennen. »Ihn zu finden? Wie meinen Sie das?«

»Mrs Calvert«, begann Josie, »heute Morgen um etwa sieben Uhr waren mein Kollege und ich auf der Widow's Ridge Road unterwegs. Es war nebelig. Wir wollten gerade an den Rand fahren und anhalten, da sahen wir Ihren Mann, wie er eine Jugendliche am Straßenrand angriff.«

Tori starrte sie lange an. In ihrem Gesicht wechselten sich Verunsicherung, Skepsis, Angst, Verwirrung, Schreck und Ungläubigkeit ab. Sie lachte. Das Baby lachte mit und wedelte mit der schleimigen Haarsträhne in der winzigen Hand, als feiere es einen Erfolg. »Das ist absurd. Mein Mann würde so etwas nie tun. Außerdem ist er, wie gesagt, schon den ganzen Tag auf der Arbeit.«

Josie und Noah erwiderten darauf nichts.

Tori verdrehte die Augen, setzte das Baby wieder um und wandte ihnen den Rücken zu. »Na schön. Ich rufe ihn an und dann werden Sie ja sehen.«

Josie und Noah standen in der Tür und sahen zu, wie sie den Flur entlang in einen Raum ging, der vermutlich die Küche war. Mit einem an das Ohr gepressten Smartphone kehrte sie sogleich wieder zurück. Das Baby sah es und wollte danach greifen, aber Tori hielt es außerhalb seiner Reichweite. Ein langer Augenblick verstrich. Tori nahm das Handy vom Ohr und sah es an, als hätte es sie gerade im Stich gelassen. »Er geht nicht ran. Ich ... ich rufe in seinem Büro an.«

Während sie das Kind sanft auf ihrer Hüfte schaukelte, rief

sie mühsam die Nummer auf und drückte den Anrufbutton. Wieder verging eine Weile. Sie schüttelte den Kopf. »Das war seine Durchwahl. Ich rufe die Rezeptionistin an, sie ist vielleicht noch da. Normalerweise arbeiten sie samstags nicht, aber in letzter Zeit war ziemlich viel los.« Wieder suchte sie auf ihrem Handy eine Nummer und rief an. »Hallo, Steph? Hier ist Tori Calvert. Ist mein Mann im Büro? Können Sie mich bitte zu ihm durchstellen?«

Stille. Tori runzelte die Stirn. »Und heute Morgen? War er da? Haben Sie ihn heute überhaupt schon gesehen?«

Als das Baby sich wieder nach dem Handy streckte, rutschte es Tori aus dem Arm. Josie sprang durch die Tür und erwischte das Kind gerade noch, als es Tori durch die Arme glitt. Die Kleine schien das alles für ein Spiel zu halten und kreischte vor Vergnügen. Josie hielt sie eng an sich und schaukelte sie. Tori nahm es kaum zur Kenntnis – sie war viel zu sehr darauf konzentriert, was die Rezeptionistin sagte. »Das ist unmöglich«, erwiderte sie. »Er sagte, er würde zur Arbeit fahren. In letzter Zeit hat er wie wild geschuftet. Mir hat er immer erzählt, er sei mit der Locke-Heights-Sache spät dran.«

Josie stand inzwischen so nah bei der Frau, dass sie die Stimme am anderen Ende schwach verstehen konnte. »Tut mir leid, Mrs Calvert. Er war heute nicht hier.«

Tori verabschiedete sich nicht einmal. Sie beendete das Gespräch abrupt, indem sie einfach auf den roten Button tippte, und warf das Handy auf einen Flurtisch neben sich. Dann sah sie sich um, als wisse sie nicht, wo sie sei. Es schien ihr nicht einmal aufzufallen, dass Josie inzwischen das Baby hielt.

Noah trat in den Flur. »Mrs Calvert«, versuchte er es wieder. »Können wir bitte reinkommen und Ihnen ein paar Fragen stellen?«

Tori blickte sich weiter im Flur mit seinem polierten Holzboden, den großen Kunstblumen in Töpfen und den reich geschnitzten, schweren Holzstühlen neben dazu passenden Tischen um, als wisse sie nicht mehr, wo sie sei. Schließlich warf sie die Arme in die Luft und ließ sie wieder fallen. »Also gut«, sagte sie. »Warum nicht? Kommen Sie mit in die Küche.«

Sie folgten ihr in den hinteren Teil des Hauses in die Küche, die modernisiert worden war und ganz in Weiß und Chrom erstrahlte. Das einzige Überbleibsel des Tudorstils, in dem man das Haus ursprünglich erbaut hatte, waren die dicken Holzbalken an der Decke. Am Tisch stand ein Hochstuhl und direkt gegenüber ein Küchenstuhl. Auf dem Essbrett des Hochstuhls befand sich ein mit einem orangefarbenen Brei gefüllter Becher und ein Babylöffel. Josie musste an die Zeit denken, als Mistys Sohn Harris noch ein Baby gewesen war. Nach dem Hochstuhl, der Babynahrung und dem Gewicht und Aussehen des Bündels auf ihrem Arm zu urteilen war die Kleine etwa fünf Monate alt. Sie deutete auf den Becher, der auf dem Essbrett stand, und fragte: »Süßkartoffeln?«

Tori sah sich noch immer mit leerem Blick um. »Was?«

Josie trat direkt vor sie und sagte: »Haben Sie Ihrer Tochter Süßkartoffelbrei gegeben?«

Tori blinzelte und schien allmählich zu sich zu kommen. In ihren Augen glänzten Tränen. Zum ersten Mal bemerkte sie, dass Josie ihre Tochter im Arm hatte. Lächelnd dankte sie ihr, nahm das Kind, setzte es in den Hochstuhl und schnallte es fest. »Sie mag Süßkartoffeln«, flüsterte sie. »Aber ich habe den Eindruck, noch mehr mag sie es, wenn sie den Brei überall verteilen kann, statt ihn in den Mund zu stecken.«

Die Kleine klopfte mit beiden Händen auf das Essbrett, sang »dadada« und lachte kreischend. Sie griff nach dem Becher und dem Löffel, aber Tori kam ihr zuvor, nahm beides und begann, ihr den Brei löffelweise in den Mund zu stecken. »Bitte setzen Sie sich«, sagte sie zu Josie und Noah.

Beide nahmen am Tisch Platz. »Sie ist ein sehr zufriedenes Baby«, meinte Noah.

Tori lächelte schwach. »Nicht wahr? Ich glaube, wir hatten viel Glück mit ihr. Wenn sie zahnen, ist es nicht leicht, aber meine Mutter sagt, das sei normal.«

»Ist sie fünf Monate alt?«, fragte Josie.

Tori wirkte überrascht, nickte aber. »Ja, nächste Woche wird sie fünf Monate. Sie heißt Amalise.«

»Ein sehr schöner Name«, sagte Josie.

»Er war der einzige, auf den wir uns einigen konnten«, murmelte Tori. Beim nächsten Löffel schmatzte Amalise, gab ein langes »Buhbuhbuh« von sich und besprühte sich, den Stuhl und ihre Mutter mit Süßkartoffelbrei. Wieder lachte sie glucksend.

Tori stand auf und ging zur Spüle. Sie schnappte sich eine Handvoll Papiertücher und hielt sie unter den laufenden Wasserhahn. »Sind Sie sicher, dass Elliott derjenige ist, den Sie suchen?«, fragte sie.

»Ja, wir sind sicher«, erwiderte Josie.

Tori setzte sich wieder auf ihren Stuhl und wischte Amalise das Gesicht mit den Papiertüchern ab. Das Baby wehrte sich und drehte den Kopf hin und her, um den Tüchern auszuweichen. Als Tori fertig war, fütterte sie die Kleine weiter. »Wo ist mein Mann?«, fragte sie resigniert.

»Das wissen wir nicht«, antwortete Josie. »Als wir ihn sahen, ist er vor uns davongelaufen. Ich habe ihn bis in den Wald verfolgt. Er ist von einem Abhang in den Roaring Creek gesprungen. Die Suchtrupps haben am Ufer ein paar Kilometer flussabwärts sein Handy – wir nehmen zumindest an, dass es seines ist – und einen seiner Manschettenknöpfe gefunden. Wir vermuten also, dass er den Sprung überlebt hat und zu Fuß weitergeflüchtet ist.«

Tori sah Josie in die Augen. Entsetzt fragte sie: »Gesprungen?«

»Leider«, erwiderte Josie.

»Hat er etwas gesagt?«

Amalise beugte sich seitlich über die Stuhllehne und streckte Josie eine schleimige Hand hin. Josie tat so, als würde sie etwas von dem Süßkartoffelbrei essen, was das Baby mit größtem Entzücken zur Kenntnis nahm. »Er hat mich gefragt, ob der Sprung ihn das Leben kosten würde. Bevor ich antworten konnte, meinte er, das Risiko würde er eingehen. Dann ist er gesprungen.«

Tori kratzte die Reste der Süßkartoffeln aus dem Becher und gab sie Amalise, die sie allerdings nicht schluckte, sondern die Hände auf den Mund legte und den orangefarbenen Brei ausspuckte, sodass er zwischen den Fingern hervorquoll.

»Es tut mir leid«, sagte Tori. »Es ... fällt mir gerade sehr schwer zu verstehen, was hier abläuft. Können Sie mir noch einmal genau erklären, was passiert ist? Ich meine, woher wollen Sie wissen, dass es wirklich mein Mann war? Was hatte er überhaupt auf der Widow's Ridge Road zu suchen? Und was sollte er von den beiden Mädchen wollen?«

»Das versuchen wir gerade herauszufinden«, erwiderte Noah.

Sie berichteten ihr beide, was sich am Morgen zugetragen hatte. Abschließend meinte Josie: »Das Auto, das neben dem der Mädchen hielt, war ein Nissan Altima, zugelassen auf Ihren Mann unter dieser Adresse.«

Tori blinzelte die Tränen weg. Sie sah zu, wie Amalise sich den Süßkartoffelbrei in die Haare schmierte, hinderte sie jedoch nicht daran. Gefühlt mehrere Minuten saß sie einfach da. Noah stand auf und holte ein frisches Bündel feuchter Papiertücher. Vorsichtig wischte er Amalises Gesicht und Hände ab und versuchte anschließend, so viel Brei wie möglich aus ihren Haaren herauszubekommen. Tori blinzelte sich wieder in die Realität zurück und sagte: »Danke. Es tut mir leid. Ich bin komplett durch den Wind, um ehrlich zu sein. Das kam völlig überraschend. Elliott ist nicht der Typ, der jemandem so etwas antun könnte. Ich versuche nur, zu begreifen, was zum Teufel hier abgeht.«

»Das verstehen wir«, beschwichtigte Josie sie. »Auch wir versuchen, nachzuvollziehen, was passiert ist und warum.«

»Geht es den Mädchen gut? Sie sagten, es seien zwei gewesen.«

»Ja, es waren zwei«, antwortete Noah. »Eine ist tot. Die andere ist verletzt und wird vermisst.«

Tränen liefen Tori über die blassen Wangen. »Mein Gott. Das gibt es doch nicht. Denken Sie, dass mein Mann dieses Mädchen umgebracht hat?«

»Wir würden gern mit ihm darüber reden, was passiert ist«, antwortete Josie. »Mrs Calvert, wann haben Sie Ihren Mann das letzte Mal gesehen?«

Tori tupfte sich mit den feuchten Tüchern die Augen, verteilte damit aber nur Süßkartoffelbrei auf ihrer Wange. Es schien ihr egal zu sein. »Gestern spätabends. Er kam gegen ein Uhr nach Hause. Ich war sauer. Wir haben gestritten. Amalise ist davon aufgewacht. Er ist in das Kinderzimmer gegangen, um sie zu beruhigen, und irgendwann im Schaukelstuhl neben ihrem Bettchen eingeschlafen. Ich wusste, dass er heute sehr früh ins Büro fahren würde, weil er es mir gesagt hatte, als wir stritten. Er weiß, dass es im Moment besser ist, mich nicht zu wecken, wenn ich schlafe – ich bekomme wegen der Kleinen so wenig Schlaf. Er muss also aufgestanden sein, sich angezogen haben und weggefahren sein. Amalise hat mich um sieben geweckt. Ich habe sie über das Babyphon gehört.«

»Weswegen haben Sie sich gestritten?«, fragte Noah.

Tori wedelte mit den Papiertüchern in der Luft herum. »Es ging um das Kind, worum sonst? Haben Sie Kinder?«

»Nein«, antworteten beide im Chor.

»Es ist nicht so toll, wie man denkt, das kann ich Ihnen sagen. Verstehen Sie mich nicht falsch. Ich liebe die Kleine und würde für sie sterben. Ich würde alles für sie tun. Sie ist mein Leben. Aber mit ihr hat man viel Arbeit und wenig Schlaf.«

Josie wäre fast herausgerutscht: »Ich erinnere mich«, verkniff es sich aber gerade noch. Sie hatte Misty geholfen, als Harris noch ganz klein gewesen war. Obwohl sie selbst kinderlos war, hatte sie hautnah erlebt, wie anstrengend es für ihre Freundin gewesen war. Josie, Noah und Rays Mutter hatten alles getan, um Misty zu unterstützen, vor allem im ersten Jahr nach Harris' Geburt. So aber sagte sie nur: »Ich bin sicher, dass das sehr anstrengend ist. Und wenn Ihr Mann so viel arbeitet, macht das die Sache nicht gerade leichter.«

Tori nickte. Amalise klopfte sich mit der Handfläche auf den Mund. Dabei gelangen ihr weitere Laute, die sie in Verzückung versetzten. »Es ist so viel schwerer allein. Ich habe niemanden, der mir hilft. Wir stammen beide nicht von hier. Bevor wir hergezogen sind, haben wir in New York gelebt. Seine Familie ist noch dort. Meine ist noch weiter weg, sie wohnt im nördlichen Bundesstaat New York. Meine Mom ist ein paarmal hierhergekommen, um mich zu unterstützen, vor allem am Anfang. Ich hatte einen Kaiserschnitt und brauchte Wochen, bis ich mit Amalise allein zurechtkam. Aber obwohl sie mir gelegentlich etwas unter die Arme greift, reicht das einfach nicht. Wenn Elliott zu Hause ist, beschäftigt er sich meistens gerade einmal zehn Minuten mit ihr, dann setzt er sich vor den Fernseher oder sieht auf sein Handy. Für mich ist das eine große Belastung. Wir haben in letzter Zeit viel gestritten.«

»Haben Sie sich in New York kennengelernt?«, wollte Josie wissen.

Tori lachte. »So ungefähr. Wir haben beide dort gelebt, uns aber über eine Dating-App kennengelernt. Das war vor sechs Jahren und jetzt sitze ich hier.«

Sie sah Amalise liebevoll an, aber Josie erkannte in ihrem Blick eine tiefe Traurigkeit. Sie fragte sich, was Tori aufgegeben hatte. »Sind Sie wegen der Arbeit hergezogen?«, fragte sie.

Tori seufzte. Ihre Schultern sackten nach unten. »Wegen Elliotts Arbeit. Er ist Architekt. Irgendein Typ, den er noch aus dem College kennt, hat vor einer Ewigkeit hier ein Unternehmen gegründet. Nach unserer Heirat hat er Elliott eine Stelle angeboten. Das hörte sich sehr gut an. Ich war Ballerina an der Allard Ballet Company in New York. Ein paar Jahre hätte ich noch tanzen können, aber Elliott überredete mich, früher aufzuhören, damit wir eine Familie gründen konnten. Wir waren beide überzeugt, dass das die perfekte Lebensplanung sei. Ich stand ganz hinter der Sache und er auch – dachte ich zumindest, bis das Baby da war. Nicht dass ich es bedaure.« Sie streckte den Arm und kitzelte Amalises rundes Bäuchlein, was die Kleine mit kreischendem Lachen quittierte. Trotz ihres Kummers musste Tori ebenfalls lachen. »Jetzt habe ich dieses süße Käferchen. Und ich würde es um nichts in der Welt mehr hergeben.«

»Abgesehen davon, dass die Vaterrolle für Ihren Mann neu war: Gab es etwas, das ihn irgendwie belastet hat?«, fragte Noah.

Tori zuckte die Schultern. »Er arbeitet seit Monaten an einem ganz großen Projekt. Macht einen Haufen Überstunden. Groß gestresst kam er mir zwar deshalb nicht vor, aber viel zu Hause war er auch nicht. Seit Monaten spricht er über nichts anderes mehr als dieses Locke-Heights-Projekt. Mir kommt es vor, als würde sich unser ganzes Leben darum drehen. Ich kann es gar nicht erwarten, bis er damit fertig ist und wir ...« Sie hielt inne. Ihre Augen weiteten sich, als ihr klar wurde, dass die Locke-Heights-Sache völlig bedeutungslos geworden war. »Sie werden ihn verhaften, nicht wahr?«, flüsterte sie.

»Ich fürchte, ja«, antwortete Josie.

»Ich würde Ihnen gern Fotos der beiden Mädchen von heute Morgen zeigen«, sagte Noah. »Vielleicht kennen Sie die beiden. Wäre das okay für Sie?«

Tori nickte.

Noah rief auf seinem Handy die Führerscheinfotos von Dina und Alison auf und ging um den Tisch herum, um sie Tori zu zeigen. Sie wischte mehrmals zwischen beiden Fotos hin und her, schüttelte aber den Kopf. »Die habe ich noch nie gesehen. Und wenn, dann kann ich mich nicht an sie erinnern.«

»Als wir am Tatort ankamen, fragte er eines der Mädchen: ›Wo ist es?‹. Wissen Sie, was er damit gemeint haben könnte?«

»Wo ist was?«, fragte Tori verdutzt.

»Wir glauben, dass er etwas gesucht hat«, entgegnete Noah. »Anscheinend glaubte er, die Mädchen hätten es. Was könnte er Ihrer Meinung nach gewollt haben?«

Amalise hielt die Augen auf ihre Mutter gerichtet und probierte ein neues Geräusch aus. »Mamamama.«

»Ich weiß es wirklich nicht«, beteuerte Tori. »Noch einmal: Ich kann mir nicht vorstellen, dass Sie den Richtigen verdächtigen. Mein Mann war hier vielleicht nicht der ideale Vater, aber was Sie mir da erzählen, ist völlig absurd und passt so gar nicht zu ihm. Er ist nett und charmant, ein freundlicher Mann. Ich hatte nie auch nur im Geringsten das Gefühl, dass er jemandem etwas antun könnte.«

»Nimmt Ihr Mann irgendwelche Medikamente?«, wollte Josie wissen.

Wieder schüttelte Tori den Kopf. »Er nimmt Omeprazol gegen Sodbrennen. Sonst nichts.«

»Illegale Drogen?«, fragte Noah.

»Nein. Nicht Elliott.«

»Hat er Ihres Wissens je Drogen konsumiert?«

»Nein. Nicht dass ich wüsste. Wenn er welche genommen hat, bevor wir uns kennengelernt haben, dann hat er mir nie davon erzählt. Und auch seine Familie und seine Freunde haben nie etwas in der Richtung erwähnt.«

»Was ist mit Alkohol?«, bohrte Noah weiter. »Trinkt er?«

Amalise klopfte mit beiden Händen auf den Hochstuhl, als werde sie ungeduldig, weil der Nachschub an Süßkartoffeln nachgelassen hatte. »Gelegentlich ein Bier«, antwortete Tori. »Das war's aber auch schon. Meistens am Wochenende, wenn er sich ein Spiel ansieht oder so. Er sieht viel Sport. Als wir noch ausgegangen sind – also, bevor ich schwanger wurde –, trank er mehr, aber nie so viel, dass es ein Problem war.«

»Mrs Calvert«, sagte Josie, »können Sie sich irgendeinen Grund vorstellen, warum Ihr Mann auf zwei Mädchen losgegangen ist?«

»Nein, absolut nicht.«

»Besitzt Ihr Mann Schusswaffen?«, fragte Noah.

»Eine Waffe? Elliott? Nein.«

»Soweit wir wissen, befindet sich Ihr Mann derzeit auf der Flucht«, fuhr Noah fort. »Können Sie sich einen Ort vorstellen, wohin er geflüchtet sein könnte, um den Strafverfolgungsbehörden zu entgehen? Einen Ort, an dem er sich verstecken kann?«

Amalise klatschte wieder in die Hände und wechselte zurück zum »Dadadada«.

»Nein, wirklich nicht«, erwiderte Tori. »Vielleicht in sein Büro? Das ist der einzige Ort, an dem er sich außer unserem Haus überhaupt aufhält. Wir hatten noch keine Gelegenheit, Freundschaften hier zu schließen, deshalb weiß ich nicht, wo er sonst hingehen könnte, wenn er sich verstecken wollte.«

»Besitzen Sie oder Ihr Mann weitere Häuser außer diesem?«, erkundigte sich Noah.

»Nein. Nur das hier.«

Josie dachte daran, dass die Calverts vielleicht einen gemeinsamen Handyvertrag hatten. Allerdings galten Handys nicht als Teil der ehelichen Gütergemeinschaft, selbst wenn sie über einen gemeinsamen Vertrag liefen. Deshalb konnte Tori ihnen gar nicht die Erlaubnis geben, das Smartphone ihres Mannes anzuzapfen. Leichter und schneller ging es, dafür eine richterliche Verfügung einzuholen.

Josie und Noah standen auf und dankten Tori. »Falls Ihr

Mann nach Hause kommt oder Sie kontaktiert, wählen Sie bitte sofort den Notruf«, bat Josie sie. »Oder rufen Sie mich an.« Sie gab Tori ihre Visitenkarte.

»Vielleicht überlegen Sie sich auch, ob Sie nicht eine Weile bei Ihrer Mutter bleiben sollten, bis wir mehr über die Sache wissen«, schlug Noah vor.

Tori sah schockiert von Josies Karte hoch. »Denken Sie, dass Elliott mir etwas antun könnte? Wollen Sie das damit sagen?«

»Wir wissen es nicht«, antwortete Josie. »Aber nach seinem Verhalten von heute zu urteilen machen wir uns tatsächlich Sorgen um Ihre Sicherheit und die von Amalise. Wir fordern Sie nicht auf, die Stadt zu verlassen. Es ist nur ein Vorschlag. Aber vielleicht ist es besser, wegzufahren, wenigstens für ein paar Tage.«

»Nein.« Tori schüttelte den Kopf. »Auf keinen Fall. Elliott würde mir oder Amalise nie etwas tun. Niemals.«

»Na gut«, sagte Josie. »Aber wir möchten Sie trotzdem bitten, uns anzurufen, wenn Sie ihn sehen oder von ihm hören.«

DREIZEHN

Es war spät, doch die Suche nach Alison Mills und Elliott Calvert hatte noch nichts ergeben, wie Gretchen ihnen mitteilte. Chief Chitwood hatte sie angewiesen, heimzufahren und sich etwas auszuruhen, während er die Arbeit der Suchteams über Nacht koordinierte. Außerdem bestand er darauf, dass Josie und Noah, die eigentlich erst ab dem nächsten Tag wieder offiziell Dienst hatten, die Nacht zu Hause verbrachten. So sehr Josie an der Sache dranbleiben und weiterarbeiten wollte, so wusste sie doch, dass der Chief recht hatte. Sie brauchten Ruhe und etwas zu essen, um am Morgen wieder fit zu sein.

Sie fuhr mit Noah zu Misty, um Trout zu holen. Josie war erleichtert, als sie feststellte, dass Mistys Nachricht tatsächlich Spaß gewesen war und Trout sich freute, mit ihnen nach Hause zu fahren. Kaum waren sie und Noah durch Mistys Tür gegangen, kam Trout schon durch den Flur gelaufen. Beide knieten sich hin und begrüßten ihn. Er war vor Freude außer sich, als er sie sah. Sein Schwanz wedelte frenetisch, während er an ihnen hochsprang, ihr Gesicht leckte und vor Aufregung winselte. Auch Mistys Chiweenie Pepper beteiligte sich an der überschwänglichen Begrüßung. Es dauerte mehrere Minuten, bis sich die beiden Hunde beruhigt hatten.

Bald kam auch Harris angelaufen. Der Sechsjährige stürmte wie ein Kugelblitz durch den Flur direkt in Josies Arme. »Endlich seid ihr wieder da! Endlich!«, rief er. Josie drückte ihn fest und vergrub ihr Gesicht in seinen Haaren, sog den Duft nach Wassermelonenshampoo und Traubensaft ein. Er trug einen Paw-Patrol-Schlafanzug und hielt eine Dinosaurier-Actionfigur in der Hand. Als sie sein dichtes blondes Haar und die strahlenden blauen Augen sah, raubte ihr die Ähnlichkeit mit ihrem verstorbenen Mann Ray fast den Atem. Je älter er wurde, desto öfter überkamen sie unvermutet solche Emotionen. Misty stand mit einem Geschirrtuch in der Hand in der Küchentür und lächelte.

»Ihr habt für eure Rückkehr einen schlechten Zeitpunkt erwischt, nicht wahr?«, fragte sie.

Josie erhob sich. »Direkt auf dem Rückweg. Tut mir leid, dass wir so spät dran sind. Aber das Essen, das du für uns bereitgestellt hast, haben wir wirklich genossen.«

»Ja, das war wirklich sehr nett von dir«, meinte auch Noah, der noch immer kniete.

Harris sprang auf Noahs Rücken und sie begannen sich ringend auf dem Flurboden zu wälzen. Es war ihr neuestes Ding. Verunsichert sprang Trout zwischen ihnen und Josie hin und her. Er wusste nicht, was er tun sollte. Schließlich bellte er Noah und Harris an.

»Hört auf, Jungs, und kommt in die Küche«, sagte Misty. »Wir essen jetzt.«

Josie knurrte der Magen, als sie Misty folgten. Auf dem Weg in die Küche stieß Trout immer wieder an ihr Bein. Sie drehte sich um und sah Noah, der sich inzwischen mit Harris auf dem Rücken aufgerichtet hatte und sich mit ihm im Kreis drehte. Harris' Lachen erfüllte das ganze Erdgeschoss.

Das Haus war Mistys ganzer Stolz. Das große viktorianische Gebäude lag in einem von Dentons Altstadtvierteln. Misty hatte es früher mit reich verzierten antiken Möbeln ausgestattet gehabt, die zum Teil noch Originale aus der viktorianischen Zeit im neunzehnten Jahrhundert gewesen waren. Das Ganze hatte stets wie ein Interieur gewirkt, wie man es aus Zeitschriften kannte. Dann war Harris gekommen. Seitdem hatte Misty einen Großteil des viktorianischen Mobiliars durch praktischere Einrichtungsgegenstände ersetzt, die der kleine Bewohner wie erwartet mit Schmutzflecken übersät und mit etlichen Schrammen in Mitleidenschaft gezogen hatte.

In der Küche duftete es nach Braten. Wann immer Josie und Noah zu Besuch kamen, hatte Misty etwas für sie gekocht. Josie fragte sich, wie sie das anstellte, denn alleinerziehend zu sein war eine Vollzeitbeschäftigung. Noah kam mit Harris, der sich inzwischen an seine Knöchel klammerte, in die Küche.

»Hört jetzt bitte auf«, sagte Josie. »Euer Getobe macht mich nervös.«

»Ihm passiert schon nichts«, entgegneten Noah und Misty gleichzeitig.

Noah hob Harris mit gekonntem Griff hoch und stellte ihn auf die Beine. Sogleich klammerte der Kleine sich an Noahs Schenkel und versuchte, an ihm hochzuklettern. »Das macht aber so viel Spaß, JoJo.«

Josie schüttelte den Kopf. Von ihnen dreien war sie die Ängstlichste, wenn es um Harris ging, und noch besorgter als seine Mutter, die ihm mehr Freiräume und Unabhängigkeit ließ – auch beim Spielen.

Kurz darauf saßen sie alle an Mistys Tisch beim Abendessen, während Trout sich darunter ausgestreckt und seinen warmen kleinen Körper auf Josies Füße gelegt hatte. Misty erkundigte sich nach ihren Flitterwochen, dann verlagerte sich das Gespräch auf Harris' sechsten Geburtstag, den sie im Vormonat mit einer kleinen Feier im Erwachsenenkreis und einem Kuchen begangen hatten. Harris hatte sich einen Kindergeburtstag mit all seinen Schulfreunden gewünscht, aber Misty hatte ihm erklärt, dass seine Schulkameraden bereits jedes Wochenende auf einer anderen Geburtstagsparty waren. Also hatten sie Harris' Feier auf Mitte Oktober verlegen müssen.

»Ich möchte eine Hüpfburg«, verkündete Harris. »Eine große mit Rutsche.«

Noah lachte. »Die macht sicher Spaß. Darf ich auch mit drauf?«

Harris sah ihn an. »Ich weiß nicht. Du bist ziemlich groß. Mom, können wir uns eine besorgen, auf der auch Onkel Noah Platz hat?«

Misty schüttelte den Kopf. »Ich habe nicht gesagt, dass du eine Hüpfburg bekommst, Harris.«

»Wegen dem Garten?«

»Was ist mit dem Garten?«, fragte Josie.

Misty seufzte. »Er ist nicht groß genug für die Hüpfburg, die sich Harris vorstellt. Ich könnte höchstens eine für die Kids mieten. Ich befürchte, er hat schon allen erzählt, dass er eine bekommt.«

Sie sah ihren Sohn mit übertrieben hochgezogener Braue an. Er kicherte, sagte aber nichts. Misty fuhr fort: »Schlecht wäre sie nicht, denn so hätten sie stundenlang eine Beschäftigung, aber sie ist nun einmal zu groß für unseren Garten.«

»Stellt sie in unseren Garten«, schlug Josie vor und sah Noah an. Er hatte gerade den Mund voll, nickte aber begeistert.

Misty lachte. »Ich kann doch nicht eine Geburtstagsparty für meinen Sechsjährigen auf eurem Grundstück abhalten. Seid ihr verrückt?«

»Warum nicht?«, fragte Noah. »Wir haben viel Platz. Außerdem hast du eine Woche lang auf unser ›Kind‹ aufgepasst.«

»Ihr habt ein Kind?«, fragte Harris.

»Er meint Trout«, antwortete Josie.

Harris kicherte. »Er ist nicht euer Kind! Auch wenn ihr ihn so behandelt.«

Nun war es an Misty zu kichern. »Da hat er nicht ganz unrecht.«

Noah schüttelte den Kopf. »Das tut mir nicht einmal leid. Im Ernst, mach doch die Geburtstagsfeier in unserem Garten. Besorg die Hüpfburg.«

Und Josie fügte hinzu: »Aber eine, die auch einen erwachsenen Mann aushält.«

Harris stellte sich auf seinen Stuhl und stieß beide Fäuste in die Luft. »Das wird die beste Geburtstagsparty aller Zeiten!«

Während Noah nach Hause fuhr, lag Trout auf Josies Schoß. Sie gingen mit ihm spazieren, doch er drehte sich alle paar Schritte um, als habe er Angst, dass sie jeden Augenblick wieder verschwinden könnten. Zu Hause krochen sie schließlich ins Bett. Josie stöhnte vor Genuss, weil sie wieder zu Hause und mit Trout vereint war. Das Essen mit Harris und Misty hatte ihr eine behagliche Zufriedenheit beschert. Als sie langsam in den Schlaf glitt, nagte ein Schuldgefühl an ihr, weil sie sich so wohl fühlte, während die Hales ins Unglück gestürzt worden waren, das Leben von Tori und Amalise Calvert eine dramatische Wendung genommen hatte und das Schicksal der Familie Mills in der Schwebe hing.

»Hör auf«, flüsterte Noah von seiner Seite des Betts.

Trout, der am Fußende gelegen hatte, kroch langsam zwischen sie.

»Hör womit auf?«, fragte Josie.

»Dich schlecht zu fühlen, weil du dich gut fühlst.«

Sie waren nun seit fünf Jahren zusammen und seit einem Jahr verheiratet, doch noch immer rätselte Josie, wie er es anstellte, ihre Gedanken und vor allem ihre Gefühle zu lesen.

Nicht einmal sie selbst war sich manchmal darüber im Klaren.

»Ich kann nicht anders.«

»Versuch es«, sagte er.

Er streckte den Arm über Trout hinweg zu ihr, berührte sie am Arm und ließ seine Finger sanft von ihrer Schulter bis zu ihrem Handgelenk und zurück wandern. Sie wurde sogleich ruhiger.

»Wir erleben jeden Tag, wie schwer es ist, glücklich zu sein«, fügte er hinzu. »Wie das Glück innerhalb von Sekunden zerstört werden kann.«

»Ja«, pflichtete Josie ihm bei. »Gerade deshalb habe ich ein schlechtes Gewissen, wenn ich es genieße.«

»Wenn du das genießt, was du gerade fühlst?«, fragte Noah. »Wie froh wären die Hales, wenn sie es könnten. Sie würden alles dafür geben, eine Zufriedenheit wie du und ich in diesem Augenblick zu erleben. Du weißt, dass ich recht habe. So ging es mir, als meine Mom umgebracht wurde.«

»Und mir, als meine Großmutter starb«, flüsterte Josie. »Manchmal, wenn ich sie am meisten vermisse, kommt es mir so vor, als würde ich noch immer alles dafür geben, ein bisschen Frieden und Freude zu empfinden.«

»Du empfindest es jetzt in diesem Augenblick«, betonte Noah. »Und du hast es empfunden, als wir weg waren.«

Josie fasst seine Hand, als sie wieder bei ihrem Handgelenk angelangt war. Sie drückte sie und sagte: »Diese Freude hatte viel mit dir zu tun, vor allem das, was du mit dein …«

»Josie«, unterbrach er sie lachend, »du weißt, was ich meine. Ich sage nur, dass es okay ist, wenn wir glücklich sind.«

Sie hätte ihm nur zu gern geglaubt.

VIERZEHN

Josie wachte noch vor dem Morgengrauen auf. Keuchend schnappte sie nach Luft. Gerade als sie die Augen öffnete, entglitten ihr die letzten Traumfetzen. Sie wusste, dass ihr Gehirn während des Schlafs auf Hochtouren gearbeitet hatte – so sehr, dass ihrem Körper vorgegaukelt worden war, sich anstrengen zu müssen. Als sie vollends wach war, konnte sie sich nicht mehr an die exakte Abfolge ihrer Träume erinnern – sie wusste nur noch, dass sie durch den Wald gerannt war. Sie war jedoch nicht vor jemandem weggelaufen, sie hatte jemanden gesucht. Was nachvollziehbar war, nach dem, was sie am Vortag erlebt hatten. Neben ihr schnarchten Noah und Trout. Sie sah auf ihren Digitalwecker – er zeigte vier Uhr drei-ßig. Sie versuchte, ihr pochendes Herz wieder in einen normalen Rhythmus zu bringen, indem sie beide Hände auf den Bauch legte und sich auf ihren Atem konzentrierte. Ihre Therapeutin hatte ihr eine ganze Reihe von Atemübungen für die verschiedensten Situationen gezeigt. Sie war noch immer nicht davon überzeugt, dass sie halfen, machte sie aber. Viel-leicht würde sie eines Tages den Unterschied bemerken. Als sich ihr Körper beruhigte, wartete sie darauf, dass der Schlaf zurückkehrte. Oder hoffte es zumindest.

Aber ihre Gedanken wanderten immer wieder zu Elliott Calvert.

Ich werde nicht stürzen. Ich werde springen.

Was er auch gesucht haben mochte, er war so verzweifelt gewesen, dass er zwei Jugendliche deshalb überfallen hatte. Und als er vor dem Abhang über dem Roaring Creek gestanden hatte, war es ihm egal gewesen, ob er den Sprung überlebte oder nicht. Er hatte Angst gehabt, so viel stand fest, aber er war auch verzweifelt gewesen. Was trieb einen Menschen in eine solche Verzweiflung, dass er alle Kontrolle verlor und nichts mehr auf sein eigenes Leben gab?

Und vor allem: Wo zum Teufel war er?

Josie drehte sich, nahm ihr Handy vom Nachtschrank und sah nach, ob Nachrichten vom Chief oder anderen Leuten ihrer Abteilung gekommen waren. Nichts. Sie schrieb Chitwood:

Hat die Suche schon etwas ergeben?

Seine Antwort kam nach wenigen Augenblicken.

Nein. Schlafen Sie weiter.

Josie ignorierte seine Anweisung.

Schicken Sie mir den genauen Fundort seines Smartphones und Manschettenknopfs.

Die Zeitanzeige auf ihrem Handy sprang eine Minute weiter. Sie konnte den Chief von dort, wo er sich in Denton gerade aufhielt, förmlich schimpfen hören. Nach sechs Minuten kam ein Foto im Thread an. Es zeigte eine Landkarte mit einem Pfeil, der auf einen Punkt in der Mitte zeigte. Dann erschien eine weitere Nachricht:

Ich meine es ernst, Quinn. Gehen Sie wieder schlafen.

Josie setzte sich auf und schwang die Beine über die Bettkante. Hinter sich hörte sie Noahs schlaftrunkene Stimme: »Was machst du?«

Mit Daumen und Zeigefinger vergrößerte sie das Foto und zoomte dorthin, wo Elliott Calverts Sachen gefunden worden waren. Josie war in Denton aufgewachsen, hatte hier das College besucht und ihr ganzes Leben in der Stadt verbracht. Sie kannte sie besser als die meisten ihrer Kolleginnen und Kollegen.

»Josie«, ermahnte Noah sie, nun mit schon wacherer Stimme.

Calvert war gut drei Kilometer von der Stelle, an der er in den Roaring Creek gesprungen war, aus dem Wasser gestiegen. Er hatte das Flüsschen an dem der Stadt abgewandten Ufer verlassen. Die Gegend dort war dicht bewaldet, das Gelände schwierig. Als Josie noch Streife gefahren war, hatten einmal zwei Jugendliche hier gejagt. Einer der beiden war gestürzt und hatte sich das Bein gebrochen. Der andere hatte ihn zurückgelassen, um Hilfe zu holen. Erst nach drei Stunden hatte er eine Straße erreicht und ein Auto anhalten können. Als die Polizei verständigt war, erkannte sie, dass sie es nicht mit Fahrzeugen bis zu dem verletzten Jungen schaffen würde. Sie hatte versucht, mit einem Geländewagen wenigstens in seine Nähe zu kommen, aber schließlich hatten Josie und ein weiterer Beamter ihn zu Fuß auf einer Trage aus dem Wald getragen. Das war nicht das letzte Mal gewesen, dass sie jemanden von dort hatten herausholen müssen. Die Gegend war als Jagdrevier für Rotwild beliebt.

»Josie«, wiederholte Noah.

Trout bekam nichts mit und schnarchte unverdrossen weiter.

»Ich weiß, wo Calvert ist«, sagte Josie.

Ein Stöhnen war auf Noahs Bettseite zu hören. »Wäre es möglich, dass du dem Chief schreibst, wo er sich aufhält, damit er sich darum kümmert?«

»Der Chief kommt nicht durch diesen Teil des Waldes. Sein lädiertes Bein macht ihm noch zu schaffen.«

Noah berührte ihre Hüfte mit seiner warmen, schweren Hand. »Nein, aber er hat jede Menge Streifenbeamte zu seiner Verfügung, die das für ihn erledigen können.«

Josie hielt ihm ihr Handy hin, damit er die Karte sehen konnte. »Es ist nicht gerade leicht zu erklären, wo Calvert sich befindet. Da sind keine Orientierungspunkte. Aber ich weiß, wo ich suchen muss.«

Sie spürte, wie sich das Bett bewegte. Trout protestierte grunzend gegen die Störung. Plötzlich waren Noahs Lippen auf ihrem Nacken. Sie wanderten mit zarten Küssen zu ihrem Ohr. Dann flüsterte er: »Okay. Ziehen wir uns an.«

Es dämmerte, als sich Josie, Noah, der Chief und zwei Uniformierte an dem Streckenabschnitt der Straße trafen, die der Stelle, an der Elliott Calvert den Roaring Creek verlassen hatte, am nächsten war. Über dem Land lag leichter Nebel, der aber bei Weitem nicht so dicht war wie am Tag zuvor. Die Sicht würde also gut genug sein. Die Funkgeräte krächzten, als sie prüften, ob sie funktionierten. Chief Chitwood stand auf dem schmalen Seitenstreifen. Zwei Autos fuhren langsam vorbei in Richtung Stadt. Er gab ihnen Zeichen, weiterzufahren. Ein Fahrer blieb stehen und fuhr das Fenster herunter, um dem Chief Fragen zu stellen. Josie verstand nicht, was sie sagten, konnte aber an der lauter gewordenen Stimme des Chiefs hören, dass er verärgert war. Er wedelte mit seinen dünnen

Armen in der Luft herum und bedeutete ihm, sich in Bewegung zu setzen. Als er sich ihnen wieder zuwandte, sah Josie, dass sein blasses, von Aknenarben gezeichnetes Gesicht gerötet war.

»Wichtigtuer«, brummte er und kam zu ihnen zurück, während er eine aus der Reihe tanzende weiße Haarsträhne auf den kahl werdenden Kopf zurückklopfte.

Einer der uniformierten Beamten, Brennan, sagte: »Wir haben dieses Areal bereits durchsucht. Calvert ist da nicht.«

»Quinn glaubt, dass er noch hier ist und sich in einer Jagdkanzel versteckt«, entgegnete der Chief.

Brennan schnaubte. »Denken Sie, wir hätten nicht nach Kanzeln gesucht?«

Und sein Partner, ein Beamter namens Daugherty, fügte hinzu: »Detectives, das ist nicht unsere erste Suchaktion im Freien.«

Josie nickte. »Natürlich nicht. Das wollte ich damit auch nicht sagen. Wie viele Kanzeln haben Sie entdeckt?«

Sie starrten sie an. »Überhaupt keine«, antwortete Daugherty. »Wir haben zwei Leitersitze gefunden. Das war's.«

»Woher sollen wir überhaupt wissen, ob da draußen Kanzeln stehen?«, ergänzte Brennan. »Davon gibt es kein Verzeichnis. Jeder kann eine aufstellen, solange er die Erlaubnis des Grundbesitzers hat. Da können gar keine sein oder ein Dutzend.«

»Wenn es Dutzende gäbe, hätten wir sie definitiv gesehen«, meinte Daugherty.

Brennan sah ihn scharf an.

Daugherty verdrehte die Augen. »Sie sind frei stehend. Man kann sie gar nicht übersehen.«

»Das stimmt nicht«, widersprach Josie. »Nicht alle sind frei stehend.« Sie zog ihr Handy heraus und rief den Screenshot der Karte auf, den ihr der Chief geschickt hatte. »Der Bereich zwischen dem Roaring Creek und unserem Standort hier an der Straße gehört Al Funk.«

Wieder verständnisloses Starren. »Er ist inzwischen über achtzig. Lebt in Rockview«, fuhr Josie fort.

»In dem Altenheim?«, fragte Brennan.

»Ja«, antwortete Josie. »Meine Großmutter kannte ihn. Sie hat uns vorgestellt. Das Land gehört ihm seit über fünfzig Jahren. Er hat hier gejagt. Genauso wie seine Kinder, Enkel und Urenkel. Er hat sogar entfernten Verwandten und Freunden erlaubt, es als Jagdrevier zu nutzen.«

»Ja und?«, sagte Daugherty. »Wir haben, wie gesagt, lediglich zwei Leitersitze entdeckt. Beide leer. Keine Jagdkanzeln.«

Zwei Scheinwerfer wurden im Morgenlicht sichtbar. Ein Auto fuhr die schmale Straße entlang und wurde langsamer, als es sich ihnen näherte. Der Chief winkte es weiter.

Josie schüttelte den Kopf. »Funk hat eine Kanzel. Sie ist groß und kaum zu sehen, vor allem zu dieser Jahreszeit, in der noch alles grün ist. Seine Familie nutzt die Kanzel weiterhin. Sie hat das ganze Jahr dort Vorräte deponiert. Wenn Elliott Calvert sie entdeckt hat – und angesichts der Tatsache, dass wir ihn noch nirgends gefunden haben, ist das durchaus möglich –, könnte er sich dort eine Weile versteckt haben. Funks Enkel hat dort immer eine Munitionsbox aus Stahl dort stehen, in der er Müsliriegel und Wasser in Flaschen aufbewahrt. Calvert wartet vermutlich ab, bis wir die Suche einstellen und es hell wird, damit er die Kanzel verlassen kann. Dann wird er sich aus dem Staub machen.«

»Woher kennen Sie die Kanzel?«, fragte Daugherty mit leicht vorwurfsvollem Ton.

»Sie ist so hoch, dass es dort schon zu Unfällen gekommen ist. Einer von Funks Urenkeln ist vor ein paar Jahren heruntergefallen und hat sich ein Bein gebrochen.«

»Wenn wir nicht darauf gestoßen sind, als wir gesucht haben«, fragte Brennan, »wie hat Calvert sie dann gefunden?«

»Funk hat mir erzählt, dass er ein leuchtend oranges Kletterseil an der Kanzel befestigt hat, damit man sie leichter findet und zu ihr hochklettern kann. Wenn Sie bei der Suche nicht darauf gestoßen sind, hat Calvert das Seil vermutlich nach oben gezogen, nachdem er in die Kanzel gestiegen ist.«

»Seid ihr jetzt endlich fertig mit der Befragung von Detective Quinn?«, schnauzte der Chief die Polizisten an. »Dieser Calvert hat zwei Teenager überfallen. Er ist eine Gefahr für meine Stadt. Wenn er noch da draußen ist und sich in einer Jagdkanzel versteckt, möchte ich, dass er gefunden wird. Jetzt.«

Die beiden sahen überallhin, nur nicht zu Josie, und nickten. »Gehen wir«, sagte Noah. »Wir verteilen uns so, dass wir einen möglichst großen Bereich des Waldes durchkämmen.«

Als sie sich anschickten, in den Wald zu gehen, meinte Josie noch: »Funk hat die Kanzel selbst gezimmert. Sie befindet sich zwischen drei Bäumen. Zwei Hickorybäumen und einem Trompetenbaum.«

»Selbst gezimmert?«, fragte Brennan.

»Genau«, erwiderte Josie. »Aus Holz. Sie sitzt oben zwischen den Bäumen und ist mit Sprühfarbe lackiert, damit man sie nicht so leicht sieht. Außerdem ist um die Bäume herum viel Laub, weshalb die Leiter schwer zu finden ist. Deshalb das Kletterseil. Wenn ich recht habe und Calvert das Seil nach oben gezogen hat, damit es nicht mehr zu sehen ist, müsst ihr sehr sorgfältig suchen.«

Sie verteilten sich, blieben aber in Sichtweite zueinander. Langsam kämpften sie sich durch das immer dichter werdende Unterholz und stiegen über Baumwurzeln und große Steine. Die einzigen Geräusche waren ihre Schritte und die zwitschernden und singenden Vögel, die von Baum zu Baum flogen. Die Luft war noch leicht kühl und feucht, doch erwärmte sie sich rasch, als die Sonne das Laubdach durchdrang. Josie hielt sich ein paar Meter vor Noah und den anderen. Sie versuchte, sich an den Weg zur Kanzel zu erinnern. In den Wäldern in und um Denton befanden sich verschiedenste Felsformationen. Die meisten waren den Einheimischen vertraut, aber Josie suchte nach einem ganz bestimmten Gebilde. Es war klein, kaum bekannt und befand sich in der Nähe von Funks Kanzel. Sie wusste nur davon, weil sie und Funk darüber geredet hatten, als sie sich in Rockview begegnet waren. Als sie ihn gefragt hatte, wie er jedes Mal, wenn er jagen gegangen war, die Kanzel wiedergefunden hatte, hatte er ihr verraten, dass er immer nach einem kleinen, runden Felsblock mit einem Sporn obenauf suchte, der aussah wie ein Katzenohr.

Es dauerte nicht lange, bis sie den Katzenohrfels gefunden hatte. Trotzdem war sie bereits so durchgeschwitzt, dass sich der Schweiß in ihrem Kreuz sammelte und einen kühlenden Film auf der nackten Haut ihrer Arme bildete. Sie drehte sich um und sah Noah und die beiden Uniformierten herbeistapfen. »Die Kanzel muss da vorn sein«, sagte sie.

Noah begann schneller zu marschieren, doch die anderen blieben davon unbeeindruckt und sahen nicht einmal hoch.

Josie hatte es noch richtig in Erinnerung. Ein paar Schritte hinter dem Katzenohrfels stand einer der drei Bäume, an denen Funks Kanzel angebracht war. Sie blieb vor dem dicken, knorrigen Stamm des Trompetenbaums stehen und warf einen Blick in seine Krone. Hoch oben zwischen dicht belaubten Ästen war ein kleines Stück der Kanzelwand sichtbar. Das mit einem grünen Tarnmuster lackierte Holz fügte sich so gut in die Umgebung ein, dass Josie zweimal hinsehen musste. An einer Seite des Stamms zog sich Kudzu, eine Kletterpflanze, hoch und wand sich wie ein Aderngeflecht durch das Geäst. Ein Teil der Triebe hing nach unten und bildete eine Art grünen Laubvorhang. Josie schob ihn beiseite, ging hindurch und stand nun in der Mitte zwischen den drei Bäumen. Über sich sah sie den Boden der Kanzel.

In der Öffnung, durch die sie soeben gegangen war, erschien Noahs Gesicht. »Das ist sie«, sagte er. »Du hattest recht. Ich sehe nur nirgends ein oranges Seil. Wo ist die Leiter?«

Josie deutete auf einen der Hickorybäume. An ihm zog sich eine Leiter aus Kanthölzern hoch, die an den Stamm geschraubt und ebenfalls mit einem Tarnmuster bemalt worden waren.

Noahs Blick folgte den Sprossen bis nach oben zur Kanzel. »Das ist echt steil.«

»Und hoch«, ergänzte Brennan, als er und Daugherty ebenfalls unter die Kanzel traten. »Wie kommt man überhaupt dort oben in die Kanzel hinein?«

»Vor der Tür ist eine ungefähr sechzig mal neunzig Zentimeter große Plattform angebracht. Darauf kann man stehen.«

»Eine Kanzel mit Veranda?«, wunderte sich Daugherty.

»So ungefähr«, erwiderte Josie.

»Also eigentlich ein Baumhaus«, bemerkte Brennan.

Oben war ein Knarren zu hören. Sie blickten nach oben.

»Er ist oben. Bringen wir uns in Stellung.«

Sie verließen das Areal unter der Kanzel und umstellten die Bäume. Josie suchte einen Platz, von dem aus sie einen Teil der Plattform vor der Kanzeltür im Auge behalten konnte. Noah war einige Schritte von ihr entfernt. Er sah sie an. »Hat Funk oder jemand von seiner Familie zufällig eine Schusswaffe dort oben deponiert?«

Josie schüttelte den Kopf. »Nein. Dafür sind sie zu vorsichtig.«

Er nickte. Dann legte er seine Hände an den Mund, formte sie zum Trichter und rief: »Elliott Calvert! Hier ist die Polizei von Denton. Bitte verlassen Sie die Kanzel.«

Oben war kein Geräusch zu hören und keine Bewegung zu erkennen. Noah rief wieder. Sie warteten. Nach dem dritten Mal fragte Brennan: »Sind Sie sicher, dass er dort oben ist?«

Josie rief: »Mr Calvert. Hier ist Detective Josie Quinn vom Polizeirevier Denton. Wir sind uns gestern begegnet. Bitte kommen Sie heraus.«

Wieder hörte man ein Knarren. Josie glaubte zu sehen, wie die Tür zur Kanzel aufging, aber die Äste waren so dicht belaubt, dass man es nicht genau erkennen konnte. »Mr Calvert?«, rief sie wieder.

Schritte waren zu hören, dann bewegte sich ein Ast. Josie behielt die Plattform im Auge und versuchte, einen Blick auf Calvert zu erhaschen.

»Sir, kommen Sie jetzt herunter. Sie müssen mit uns kommen.«

Was als Nächstes passierte, dauerte nur Sekunden, zog sich nach Josies Empfinden jedoch wie in Zeitlupe in die Länge. Eine Hand schob sich zwischen den Ästen hervor, die die Plattform verdeckten. Noah rief: »Josie, pass auf!« Hinter der Hand erschien am Rand der Plattform Elliott Calverts Gesicht. Ihr Gehirn war noch dabei, zu verarbeiten, was sie sah, als plötzlich sein ganzer Körper durch die Luft flog. Strampelnd und mit den Händen rudernd raste er auf sie zu, eine verschwommene Gestalt aus zappelnden Armen und Beinen. Noahs Körper rammte sie so hart, dass alle Luft aus ihren Lungen gedrückt wurde. Mit der linken Körperseite schlug sie auf dem Waldboden auf. Sie spürte nichts mehr, konnte nicht atmen, nicht denken. Über ihr war nur Noahs Gesicht. Er sah sie besorgt an. Josie spürte, dass er ihr Gesicht berührte, fühlte jedoch nichts. Dann war Stöhnen zu hören, tief, guttural. Schmerzenslaute.

»Josie, versuch zu atmen.« Allmählich drangen Noahs Worte zu ihr durch.

Endlich öffneten sich ihre Atemwege und sie saugte so viel Luft ein, wie sie nur konnte. Noah setzte sie auf. Sie blickte sich um, um herauszufinden, woher das Stöhnen kam. »Es ist Calvert«, sagte Noah.

Wenige Schritte von ihr entfernt lag er auf dem Boden. Er krümmte sich und presste sich einen Arm auf die Brust. Sein aschfahles Gesicht nahm allmählich eine ungesund grünliche Farbe an. Brennan und Daugherty standen neben ihm und sahen zu, wie er sich auf die Seite rollte und erbrach.

Noah zog Josie auf die Beine. »Er ist gesprungen. Beinahe wäre er auf dich gefallen.«

»Danke«, stieß sie keuchend hervor und klopfte sich ihre Jeans ab.

Trockenes Würgen schüttelte Calverts Körper. Als Josie zu ihm ging, sah sie, dass zwischen den Fingern seiner rechten Hand, mit der er sich das linke Handgelenk hielt, Blut austrat.

»Ich glaube, er hat sich etwas gebrochen«, sagte Daugherty. »Ist ziemlich hart aufgeschlagen.«

»Er ist ein gutes Stück gefallen«, meinte Brennan.

»Nicht gefallen«, korrigierte Noah ihn. »Gesprungen.«

Josie streifte sich den Schmutz von den Kleidern. Sie ignorierte den stechenden Schmerz in ihrer linken Körperseite, ging zu Calvert und kniete sich neben ihn. Dann holte sie ein Paar Latexhandschuhe aus der Tasche, zog sie an und legte ihm eine Hand auf die Schulter. »Mr Calvert. Lassen Sie mich Ihren Arm sehen.«

Calvert atmete schwer durch die zusammengebissenen Zähne. Er hielt die Augen fest geschlossen und drehte sich langsam auf den Rücken. Als er den Griff seiner rechten Hand lockerte, begann sein Körper zu zittern. »Er steht unter Schock«, stellte Josie fest. »Funken Sie den Chief an. Wir brauchen einen Rettungswagen.«

Brennan begann in sein Funkgerät zu sprechen.

»Kein Rettungswagen schafft es bis hierher«, sagte Noah. »Wir müssen ihn hinaustragen.«

Calvert riss die Augen auf. »Nein. Nein. Nein.«

Vorsichtig schob Josie seine rechte Hand weg, damit sie das ganze Ausmaß der Verletzungen an seinem linken Arm sehen konnte.

»O Gott!«, stieß Brennan hervor.

Als Josie den blutüberströmten Knochensplitter sah, der sich durch die Haut von Calverts Unterarm gebohrt hatte, atmete sie tief durch und bemühte sich um einen möglichst neutralen Gesichtsausdruck. Hinter sich hörte sie Daugherty würgen.

Josie legte Calverts Finger wieder mit sanftem Druck über die offene Wunde, bemüht, den hervorstehenden Knochen nicht zu berühren. Zwischen seinen Fingern tropfte Blut heraus. Sie drehte sich um und rief laut, um Daughertys Würgelaute zu übertönen: »Daugherty, laufen Sie zu den Autos zurück und holen Sie einen Verbandskasten aus Ihrem Streifenwagen. Bringen Sie ihn her. So schnell Sie können.«

Er richtete sich auf. Von seinem Kinn hing ein Speichelfaden.

»Jetzt sofort«, befahl ihm Josie. »Los.«

Er wischte sich den Mund mit dem Handrücken ab und begann Richtung Straße zu laufen.

Noah schüttelte den Kopf. »Wir müssen versuchen, ihn so wenig wie möglich zu bewegen.«

Josie legte ihre freie Hand auf Calverts Stirn. Selbst durch den Handschuh konnte sie spüren, wie kalt und klamm seine Haut geworden war. Sie legte ihm die Finger auf die Halsschlagader und spürte seinen galoppierenden Puls.

»Ich glaube, wir müssen ihn tatsächlich hinaustragen«, meinte Noah.

»Ich glaube nicht, dass das geht«, meldete sich Brennan.

»Früher oder später muss er von hier weg«, entgegnete Josie. »Wir können nicht stundenlang warten, bis medizinische Ausrüstung hergeschafft wird. Brennan, während wir auf den Verbandskasten warten, bringen Sie mir einen Stock, der ungefähr Unterarmlänge hat. Je dicker, desto besser. Noah, gib mir deine Jacke.«

Er verstand, was sie vorhatte, ohne dass sie es ihm erklären musste. Rasch zog er seine Jacke aus und begann sie zu einer Schlinge zu binden. Brennan lief davon, um einen Stock zu suchen. Calverts Schmerzensgeheul verebbte allmählich zu einem Stöhnen und Wimmern. Minuten später kam Daugherty mit dem Verbandskasten zurück. »Der Chief sagte, der Rettungswagen würde bereitstehen, wenn wir zurückkommen.«

Mit Noahs Hilfe wickelte Josie einen sterilen Verband um die Wunde. Den Bereich um die Verletzung polsterten sie mit Mullbäuschen, um sie vor jeglichem Kontakt zu schützen. Als Brennan mit einem Stock zurückkehrte, befestigten sie ihn mit Klebeband an Calverts Unterarm und schienten ihn damit so gut es ging. Brennan half Josie, Calvert aufzusetzen, während Noah seinen Kopf durch die zusammengebundenen Ärmel seiner Jacke steckte. Tränen liefen Calvert über das Gesicht, als Josie Noah half, den gebrochenen Arm in die improvisierte Schlinge zu legen. Gemeinsam hievten sie ihn auf die Beine. Noah schob sich unter Calverts unversehrten Arm und stützte ihn, während sie durch den Wald stapften. Brennan und Daugherty folgten ihnen.

Sie wechselten sich alle vier beim Stützen von Calvert ab und manövrierten ihn so durch die Bäume. Zweimal kippte er um, weil ihn seine wackeligen Beine nicht mehr trugen. Wie durch ein Wunder aber fingen sie ihn jedes Mal auf, bevor er mit seiner Wunde an etwas stieß. Dreimal würgte er trocken. Schweiß lief ihm in Strömen über die Wangen und den Nasenrücken. Die einzigen Geräusche waren sein schwerer Atem, seine gelegentlichen Schmerzensschreie und das Gezwitscher der Vögel in den Bäumen hoch über ihnen.

Es kam ihnen wie Stunden vor, bis sie die Straße erreichten. Wie der Chief versprochen hatte, wartete schon ein Rettungswagen mit geöffneten Türen. Sawyer und ein weiterer Sanitäter eilten herbei, als sie die Beamten mit Calvert aus dem Wald kommen sahen. Sie legten ihn auf die Trage im Heck des Fahrzeugs und begannen mit der Untersuchung, in deren Verlauf sie sich gegenseitig die Ergebnisse und Instruktionen zuriefen. Auf der Krankenliege wirkte Calvert klein, fast zerbrechlich. Es fiel schwer zu glauben, dass es sich um denselben Mann handelte, der am Vortag zwei Mädchen brutal attackiert hatte.

Josie stand in der Tür des Rettungswagens. »Ich rufe jetzt Ihre Frau an, Mr Calvert«, sagte sie zu ihm.

Er sah sie mit großen Augen an. »Nein, rufen Sie sie nicht an. Nicht meine Frau. Machen Sie, was Sie wollen, aber nicht meine Frau anrufen.«

Sawyer kam zu Josie und packte die Türgriffe. »Wir bringen ihn jetzt ins Krankenhaus, das Denton Memorial. Er muss operiert werden.«

Josie nickte. Als Sawyer die Türen schloss, rief Calvert wieder: »Nicht meine Frau anrufen. Alles, nur nicht das. Es ist gefährlich. Bitte.«

FÜNFZEHN

Josie entdeckte die Kaffeesahne am hinteren Ende eines Tisches, der versteckt in einer dunklen Ecke der Krankenhaus-Cafeteria stand. Sie stellte zwei Pappbecher mit dampfendem Kaffee auf die klebrige Tischfläche und begann den Inhalt der Sahnepads hineinzugießen. Auch noch Zucker oder sogar Sticks zum Umrühren bereitzustellen wäre wohl zu viel verlangt gewesen. Seufzend verschloss sie die Becher mit einem Deckel und trug sie durch das Labyrinth aus Fluren, bis sie die Notaufnahme gefunden hatte. Sie und Noah waren hinter dem Rettungswagen hergefahren, während der Chief zum Revier zurückgekehrt war. Als man Calvert in die Notaufnahme transportierte, war er schon wesentlich ruhiger geworden, sah aber immer noch so aus, als würde er vor Schmerzen gleich ohnmächtig. Nachdem Josie ihm seine Rechte verlesen und mitgeteilt hatte, dass er wegen des Angriffs auf Dina Hale verhaftet sei, war er sofort in die radiologische Abteilung gebracht worden. Während sie und Noah warteten, von dort Bescheid zu bekommen, hatte sie sich auf die Suche nach Kaffee gemacht.

Noah lehnte an der Theke des Stationszimmers und tippte

auf dem Display seines Handys herum. Josie stellte ihm einen Kaffeebecher hin. »Zucker gibt's nicht«, sagte sie.

»Schon okay.« Er legte sein Smartphone auf die Theke, nahm den Becher, zog die Lasche hoch und trank daraus. Dann sah er ihn mit angewidertem Gesicht an. »Ich habe das Gefühl, dass mir das noch leidtun wird.«

»Geht mir auch so«, sagte Josie und nahm drei kräftige Schlucke der Brühe, die so bitter war, dass sie kaum die Bezeichnung Kaffee verdiente.

»Denkst du, sie haben ein Reinigungsmittel in die Kaffeemaschine gegossen?«, fragte Noah.

Sie schüttelte den Kopf. »Kann schon sein. Hast du mit dem diensthabenden Arzt gesprochen?«

»Ja. Sie bringen Calvert gleich hoch in die Chirurgie. Da er sich offiziell in unserem Gewahrsam befindet, schickt der Chief einen uniformierten Beamten, der ihn bewacht, bis er so weit wiederhergestellt ist, dass er das Krankenhaus verlassen kann. Ach ja, ich habe Calverts Frau angerufen.«

»Wie hat sie es aufgenommen?«, fragte Josie.

Er zuckte die Schultern. »Erwartungsgemäß.«

»Wie viel hast du ihr erzählt?«

»Alles.«

Sie stellte ihm ihren Kaffeebecher hin und sah ihn an. »Auch das Letzte, was er im Krankenwagen sagte, bevor sie ihn hierhertransportiert haben? Dass wir sie nicht anrufen sollten, weil es ›gefährlich‹ sei?«

»Auch das.«

Josie seufzte. Die süße, lächelnde Amalise kam ihr in den Sinn. »Hast du ihr nicht vorgeschlagen, dass sie das Kind nehmen und für eine Weile die Stadt verlassen soll?«

Noah nahm seinen eigenen Becher, trank einen Schluck und rümpfte die Nase. »Doch. Sie hat das Gleiche gesagt wie gestern. Elliott würde ihr oder dem Kind niemals etwas tun.«

»Was bedeutet, dass noch jemand bei dem, was hier abläuft,

mitmischt«, stellte Josie fest. »Ganz egal, was Elliott veranlasst hat, auf Alison und Dina loszugehen.«

»Dann müssen wir herausfinden, wer das ist«, meinte Noah. »Wir werden die Sache heute vorantreiben und sehen, was wir herausfinden. Alison Mills ist noch immer da draußen. Was sie weiß, könnte die ganze Angelegenheit aufklären. Wenn wir Grund zu der Annahme haben, dass Tori und das Baby tatsächlich unmittelbar in Gefahr sind, werden wir noch einmal ein wesentlich ernsteres Wort mit ihr reden müssen. Mehr können wir nicht tun.«

Josie stieß einen weiteren Seufzer aus, trank ihren Kaffee aus und sah sich um. Für einen Sonntagmorgen war in der Notaufnahme relativ viel los. Pflegepersonal und Ärzte liefen herum, gingen von Tür zu Tür und von Vorhang zu Vorhang. Überall waren Notsignale und Klingelzeichen zu hören. Besucher kamen und gingen auf der Suche nach Angehörigen. »Calvert wird stundenlang in der Chirurgie sein«, sagte sie.

»Vielleicht will er nach dem Aufwachen auch gar nicht mit uns reden«, meinte Noah.

»Kann schon sein«, pflichtete ihm Josie bei. »Aber wir haben noch eine Menge Ermittlungsarbeit in dieser Sache vor uns. Weil wir schon da sind: Warum gehen wir nicht zu Dr. Feist hinunter und sehen, ob sie mit Dina Hales Autopsie fertig ist?«

SECHZEHN

Das Leichenschauhaus von Denton war im Keller des Denton Memorial Hospital untergebracht. Josie und Noah verließen den Aufzug und gingen durch den Flur, von dem aus Türen zu mehreren leeren Räumen führten. Schmutz hatte die weißen Wände im Lauf der Zeit grau werden lassen. Sie marschierten über vergilbte Bodenfliesen, die so alt waren, dass sie schon Risse bekamen. Noch bevor sie das Leichenschauhaus erreichten, zog Josie schon jener typische Geruch menschlicher Verwesung in die Nase, gepaart mit allerlei Chemikalien, die den Gestank des Todes nur unzureichend kaschierten. Dr. Feists Reich bestand aus einem großen Untersuchungsraum und ihrem Büro. Josie und Noah trafen sie im Untersuchungsraum an. Die Rechtsmedizinerin trug einen marineblauen OP-Kittel und hatte ihr silberblondes Haar unter einer OP-Haube verstaut. Sie stand an einem langen Edelstahltisch, der die ganze Wand im hinteren Teil des Raums in Beschlag nahm, und gab etwas in einen Laptop ein. Als sie eintraten, blickte sie auf, und tippte dann weiter.

»Ich wollte einen von euch sowieso gleich anrufen«, begrüßte sie die beiden. »Ihr seid mir zuvorgekommen.«

Auf einem der Tische lag eine Gestalt unter einem weißen Tuch.

»Wir mussten wegen einer anderen Sache herkommen«, erklärte Josie. »Da dachten wir, wir könnten gleich hier vorbeischauen.«

Dr. Feist nahm die Hand von der Tastatur und deutete auf die Leiche. »Ich habe gestern Nachmittag mit ihren Eltern gesprochen. Es bricht einem das Herz.«

»In der Tat«, pflichtete Josie ihr leise bei.

Dr. Feist hörte auf zu tippen und wandte sich ihnen mit verkniffenem Lächeln zu. »Bei meiner Art von Arbeit ist das Normalität.«

Josie und Noah gingen zum Leichnam. »Was kannst du uns über Dina Hale erzählen?«

»Eine gut genährte, gut entwickelte achtzehnjährige weiße Frau. Keine nennenswerte Krankheitsgeschichte.« Sie kam zu ihnen und deckte Dina vorsichtig bis zu den Schultern auf. Die Augen des Mädchens waren geschlossen, ihr Ausdruck fast friedlich. Dr. Feist deutete auf ihren Hals. »Ich habe geformte Hämatome an Hals und Nacken gefunden.«

Josie beugte sich vor, damit sie die schwach ausgeprägten, fingerabdruckartigen Male auf Dinas Haut besser sehen konnte.

Dr. Feist fuhr fort. »Sie hatte außerdem Petechien in den Augen. Diese winzigen Blutungen deuten darauf hin, dass sie vor ihrem Tod unter Sauerstoffmangel litt.«

»Das ist auch kein Wunder«, sagte Noah. »Wir haben den Angreifer auf frischer Tat ertappt. Ist die Todesursache Strangulation?«

Dr. Feist nickte. »Allerdings. Er hat sie mit solcher Kraft gewürgt, dass ihr Zungenbein brach.«

Josie wusste von früheren Fällen, dass sich dieser hufeisenförmige Knochen im Hals unter der Kinnlade befand. Er stabilisierte die Zunge darüber und den Kehlkopf darunter.

Außerdem wusste sie, dass eine Zungenbeinfraktur nur bei etwa einem Drittel der Strangulationsfälle vorkam. Man brauchte viel Kraft, um es zu brechen.

»Gut«, meinte sie. »Dann müssen wir den Haftbefehl ändern und auf Mord ausweiten.«

»Gibt es sonst noch etwas?«, fragte Noah.

»Ich habe keine Anzeichen sexueller Gewalt festgestellt, wenn du das meinst«, antwortete Dr. Feist. »Aber da ist noch was. Etwas Beunruhigendes.«

Sie stellte sich neben Dinas rechte Seite, hob das Laken und legte es so auf Dinas Körper, dass nur ihr Unterarm und die Hand zu sehen waren. Dann hob sie die Hand und deutete auf Dinas Finger. An zwei Fingern und dem Daumen waren die Reste von Acrylnägeln zu sehen, auf den übrigen beiden Fingernägeln dicke Klumpen Nagelkleber. Es sah aus, als habe sie versucht, die rissigen Ränder wegzufeilen. Die Spitzen aller fünf Finger waren rot und leicht geschwollen.

»Denkst du, dass ihre Nägel brachen, als sie sich gegen Calvert wehrte?«, fragte Noah.

»Wir haben aber am Tatort keine Nägel gefunden«, stellte Josie klar.

»Kommt näher«, sagte Dr. Feist. »Was mich beunruhigt, sind nicht die abgebrochenen Nägel.«

»Sondern?«, drängte Josie.

Dr. Feist hielt Dinas Finger hoch, damit Josie und Noah sie sich genauer ansehen konnten. Sie waren nicht nur rot und geschwollen, am Nagelsaum waren auch winzige Löcher zu erkennen. Sie hob den Blick und sah, dass Dr. Feist die Lippen fest zusammengekniffen hatte.

»Doc, ist das die Art von Verletzungen, zu denen du dich nicht konkret äußern kannst? Weil du bei einer Aussage vor Gericht aus medizinischer Sicht hundertprozentig sicher sein müsstest?«

Dr. Feist nickte und bedeckte Dinas Arm wieder mit dem Laken.

Noah verschränkte die Arme vor der Brust. »Dann sag uns, was die Verletzungen deiner Meinung nach bedeuten.«

Dr. Feists Miene verdüsterte sich. Sie verzog das Gesicht, als sie auf Dina hinabblickte. »Die Verletzungen deuten darauf hin, dass ihr jemand etwas unter die Nägel gestochen hat.«

»Gestochen? Womit?«, fragte Josie.

»Möglicherweise mit einer Nadel. Das sind sehr feine Stichverletzungen.«

»Jemand hat ihr Nadeln unter die Fingernägel geschoben?«, fragte Noah.

»Ja«, erwiderte Dr. Feist. »Außerdem denke ich, dass man ihr Nägel entfernt hat. An dieser Hand fehlen zwei Nägel, an der anderen einer.«

»Willst du behaupten, jemand habe ihr die Nägel ausgerissen?«, hakte Noah nach.

»Ich kann es nicht mit Sicherheit sagen, ich ...«

Er hob die Hand, um sie zu unterbrechen. »Ich frage dich nicht, was du in deinen Bericht schreibst. Ich frage dich, was du denkst, Anya Feist. Wir sind hier unter uns, du, Josie und ich. Wir müssen wissen, womit wir es zu tun haben.«

Dr. Feist warf wieder einen Blick auf Dina Hales Gesicht. Mit einem tiefen Seufzer sagte sie: »Ich denke, dieses Mädchen wurde gefoltert. Das Nagelausreißen und Stechen von Nadeln unter Nägel sind Foltermethoden, die schon im Mittelalter angewendet wurden. Und vielleicht noch früher.«

»Sie wurde gefoltert?«, fragte Josie ungläubig. »Sie ist noch zur Highschool gegangen.«

»Ich sage nur, was ich denke. Diese Verletzungen deuten auf Folterungen hin.«

»Können sie noch eine andere Ursache haben?«, wollte Noah wissen.

Dr. Feist hob die Hände und ließ sie wieder fallen. »Wenn,

dann hätte ich es als Erstes erwähnt. Hört mal, es ist nicht meine Aufgabe, zu mutmaßen, warum eine Highschoolschülerin auf diese Weise gequält wurde. Das müsst schon ihr herausfinden. Ich kann euch nur sagen, was ich herausgefunden habe und inoffiziell denke. Danach habt ihr gefragt.«

»Weist ihr Körper ansonsten keine anderen Verletzungen auf als diejenigen, die sie erlitten hat, als Calvert sie würgte?«, fragte Noah.

»Nein, keine«, antwortete Dr. Feist.

»Vielleicht war genau das der Punkt«, sagte Josie.

Beide sahen sie an. »Die Verletzungen unter ihren Nägeln sind nicht so leicht zu erkennen. Wenn man sie nicht genau untersucht, fallen sie einem gar nicht auf. Man würde vermutlich sehen, dass ihre Fingernägel in keinem guten Zustand sind, aber viele Frauen haben schlechte Erfahrungen mit Acrylnägeln gemacht. An Folterungen denkt man dabei nicht automatisch.«

Noah hob das Laken und sah sich Dinas Hand noch einmal an. »Wer das getan hat, wollte also nicht, dass man es zu deutlich sieht. Aber warum?«

»Sie wollten etwas von ihr«, spekulierte Josie. »Ansonsten hätten sie sie umgebracht.«

»Denkst du, dass Calvert ihr das angetan hat?«, fragte Noah Dr. Feist.

»Wenn er es war, dann nicht gestern. Die Verletzungen sind etwa drei bis fünf Tage alt.«

»Das schließt Calvert nicht aus«, gab Josie zu bedenken.

»Denkst du wirklich, dass der Kerl zu so etwas imstande ist?«, fragte Noah.

»Ich denke, dass es noch sehr viel gibt, was wir nicht wissen.«

SIEBZEHN

Als Noah zum Revier zurückfuhr, öffnete Josie das Autofenster und sog die frische Luft ein. Sie war sich sicher, dass der unangenehme Geruch aus dem Leichenschauhaus noch in ihren Haaren und ihrer Kleidung hing. Vielleicht aber war es auch nur das Gefühl, einer faulen Sache auf der Spur zu sein, in der es im Moment unzählige Fragen und keine Antworten gab. Die Polizeihauptwache von Denton schob sich ins Blickfeld, ein hoch aufragendes, dreistöckiges Gebäude aus grauem Stein mit einem Glockenturm auf der Ostseite. Es ähnelte eher einem Schloss als einer Polizeistation. Bevor es vor mehr als siebzig Jahren in ein Revier umgewandelt worden war, hatte es als Rathaus von Denton gedient. Da es unter Denkmalschutz stand, waren nur wenige Modernisierungsmaßnahmen möglich, trotzdem mochte Josie das Gebäude. Allein sein Anblick verschaffte ihr ein seltsames Gefühl innerer Ruhe.

Sie stellten ihr Auto auf dem Gemeindeparkplatz hinter dem Revier ab. Josie war froh, dass die Eingangstür nicht von Presseleuten belagert wurde. Seltsamerweise hatte die Öffentlichkeit von den Ereignissen auf der Widow's Ridge Road noch nicht Notiz genommen, was möglicherweise daran lag, dass der

Tatort so weitab vom Schuss lag. Dennoch war Josie erleichtert. Sie gingen die Treppe hoch zum Großraumbüro im ersten Stock. Es war mit Schreibtischen und Aktenschränken vollgestopft. Außerdem stand ein Drucker herum, der vielleicht älter war als Josie selbst. An der Wand hing ein Fernsehschirm, der fast nie lief. Nur das Ermittlungsteam mit Josie, Noah, Gretchen und Finn Mettner sowie die Pressesprecherin, Amber, hatten eigene Schreibtische. Die übrigen wurden von uniformierten Beamten nach Bedarf für Schreibarbeiten oder Telefonanrufe benutzt. An einer Wand führte eine Tür in das Büro des Chiefs.

Josie stellte überrascht fest, dass sie offen stand. Von drinnen war Chitwoods Stimme zu hören. »Es ist mir scheißegal, ob Sie im Stadtrat sitzen oder der König Ihres eigenen verdammten Landes sind. Ich muss mir Ihren großspurigen Bullshit nicht anhören. Es ist mein Etat. Glauben Sie, ich weiß nicht, wie ich meine Mittel verwenden muss? Ich habe der Bürgermeisterin gesagt und ich sage es Ihnen und jedem anderen dort drüben auch, dass wir eine Hundestaffel brauchen. Was glauben Sie, wie oft im Jahr ich den Sheriff anrufen und seine Einheit anfordern muss? Denken Sie, dass unsere Abteilung die umsonst bekommt? Ich brauche einen Hund, einen Beamten und eine entsprechende Ausbildung. Das lohnt sich. Und wenn Sie mir nicht glauben ...« Er brach seine Tirade abrupt ab. Als er wieder sprach, klang seine Stimme seltsam unsicher. Sein Zorn war plötzlich verraucht. »Ach so. Ja, ich denke schon. Sicher. Jederzeit. Kommen Sie vorbei, dann reden wir. Und wenn Sie meinen, dass Sie den restlichen Stadtrat überzeugen können, dann ist es mir recht. Ja. Klar. Bis dann.«

Josie klopfte an die geöffnete Tür. Wieder einmal war sie überrascht, als der Chief aufsah und sie mit einem Lächeln begrüßte. Auf der Straße und sogar am Telefon im Gespräch mit einem Stadtrat war er wie immer, bellte Anweisungen und tat so, als würden ihn alle und jeder nerven. Aber in letzter Zeit verhielt er sich im Revier fast schon zuvorkommend, vor allem, wenn er mit Josie allein war.

»Pierce Fuller«, brummte er. »Stadtrat. Kennen Sie ihn?«

Josie schüttelte den Kopf.

Der Chief warf einen Blick auf das Telefon, als sei es Pierce Fuller höchstpersönlich. »Er denkt, er kann mir die Hundestaffel besorgen, die ich will. Mal sehen, ob er es ernst meint oder nur ein weiterer Schwätzer wie die ganzen anderen verdammten Politiker ist.«

Viereinhalb Jahre lang war Chief Chitwood grob, kantig und unwirsch gewesen. Im Team wurde oft über seine mürrische Art gewitzelt. Aber als Josies Großmutter im Vorjahr im Sterben gelegen hatte, hatte er sich als unerwartet mitfühlend erwiesen. Anfang des Jahres hatte ihn ein Mordfall gezwungen, sich gegenüber Josie und dem Team zu öffnen. Da hatte Josie ihn erst so richtig kennengelernt und erfahren müssen, dass er im Leben viel Schlimmes erlebt hatte. Er hatte allen Grund, unglücklich zu sein.

»Egal«, fügte er hinzu. »Kommen Sie rein, Quinn. Haben Sie etwas aus Calvert herausbekommen?«

»Nein«, antwortete Josie. »Er war noch in der Chirurgie, als wir das Krankenhaus verlassen haben.«

»Das ist schlecht.« Wieder lächelte er sie strahlend an. »Sobald er herauskommt, nehmen Sie ihn sich vor. Vielleicht bekommen Sie ihn zum Reden.«

Vor fünf Monaten hatten Josie und ihre Leute einen Fall gelöst, der die Familie des Chiefs vor fünfundzwanzig Jahren zerstört und ihm einen Großteil seines Lebens zur Hölle gemacht hatte. Fünf Monate waren vergangen, seit der Chief fast umgekommen war, als er versucht hatte, Josie bei der Aufklärung zu helfen. Vor sechs Monaten waren Josie und ihr Team auf Daisy Sims gestoßen. Wie sich herausgestellt hatte, war die Sechzehnjährige Chitwoods wesentlich jüngere Halbschwester. Niemand hatte von ihr gewusst, nicht einmal ihr eigener Vater. Nachdem Josie ihre DNA zweimal hatte überprüfen lassen, um ihre Blutsverwandtschaft zu bestätigen, hatte der Chief im Eiltempo das Sorgerecht für sie übernommen. Die beiden hatten die letzten Monate damit verbracht, sich kennenzulernen und sich an ihre ungewöhnliche, ja, äußerst unwahrscheinliche Blutsverwandtschaft zu gewöhnen. Außerdem mussten sie noch die unglaublichen, tragischen Ereignisse verarbeiten, die der Fall ans Tageslicht gebracht hatte.

Und doch hatte Josie ihn nach all den Schicksalsschlägen noch nie so erlebt.

Sie starrte weiter ungläubig auf sein Grinsen und das Strahlen in seinen Augen, als er wiederholte: »Rein mit Ihnen, Quinn!«

Der Chief war glücklich.

Josie trat an seinen Schreibtisch und reichte ihm einen Becher Kaffee von Komorrah's Koffee. »Ein Red Eye«, murmelte sie.

Er dankte ihr und nahm ihn, trank langsam und stöhnte zufrieden. »Perfekt«, schwärmte er, noch immer mit einem Lächeln im Gesicht.

Wer war dieser Mann? Auf jeden Fall nicht der Chief.

»Chief. Wegen Dina Hale ...«

»Haben Sie mit Dr. Feist gesprochen? Ist sie mit der Autopsie fertig?«

»Ja. Und sie hat einige ungewöhnliche Dinge herausgefunden.«

»Setzen Sie sich. Wo ist Fraley?« Statt auf eine Antwort zu warten, schrie er aus Leibeskräften: »Fraley, bewegen Sie Ihren Hintern hierher!«. Er war laut wie immer, aber der barsche Ton fehlte. Als Noah nicht sofort in der Tür erschien, stand der Chief auf und ging hinaus in das Großraumbüro.

Josie setzte sich auf einen der Plastikstühle für Besucher, die vor Chitwoods Schreibtisch standen. Sie sah sich im Zimmer um und stellte fest, dass der Chief es endlich mit ein paar persönlichen Sachen ausgestattet hatte. Jahrelang hatten seine Andenken und Auszeichnungen aus vielen Jahren Dienst bei den Strafverfolgungsbehörden in Pappkartons auf dem Boden hinter seinem Schreibtisch Staub angesetzt. Jetzt waren die Kartons weg. An den Wänden hingen Anerkennungszertifikate, Belobigungsschreiben, Dienstauszeichnungen und gerahmte Fotos mit ihm in Einheiten, in denen er gedient hatte. Auf dem Schreibtisch stand nun ein Dreifachbilderrahmen. Josie konnte nur die Rückseite sehen, schätzte aber, dass es lediglich Platz für Fotos im Format zehn mal fünfzehn Zentimeter bot.

Vor der Tür hörte sie Noah und den Chief miteinander sprechen, verstand aber nicht, worum es ging. Langsam beugte sie sich vor und versuchte zu sehen, welche Bilder im Fotorahmen waren. Da klopfte ihr jemand auf die Schulter. Sie erschrak so sehr, dass sie aufsprang. Lachend ging der Chief an ihr vorbei und sagte: »Nicht neugierig sein, Quinn«.

Er marschierte um den Schreibtisch herum und drehte den Rahmen so, dass sie die Aufnahmen sehen konnte. Sie erkannte die Schwester, die er vor Jahrzehnten verloren hatte, außerdem eine Aufnahme von ihm und Daisy, die an dem Tag gemacht worden war, als er das Sorgerecht für sie übernommen hatte. Das Team hatte sie zur Feier des Tages zum Essen eingeladen. Es war das erste Foto, das von den beiden je gemeinsam gemacht worden war. Der Chief tippte auf das dritte Foto. Es zeigte eine Frau, die Josie nicht kannte, und war schon etwas älter. »Das ist meine Mom«, sagte er.

Noah hielt einen Stapel Papiere in den Händen. Er setzte sich auf den Stuhl neben Josie und gab ihr die Hälfte des Stapels. Dann warf er einen Blick zu dem kleinen Schreibtisch mit Bürostuhl, den der Chief in die Ecke gestellt hatte. Auf ihm waren zwei Taschenbücher, ein Skizzenblock und ein Stifthalter zu sehen. »Wo ist Daisy?«, fragte er.

Der Chief hatte sie des Öfteren mit ins Büro gebracht, da er sie nach allem, was sie durchgemacht hatte, noch nicht allein lassen wollte. Amber und Mettner nahmen sie mit nach Haus, wenn der Chief Überstunden machte und ihr langweilig wurde. Auch Josie und Noah sowie Gretchen, die mit ihrer erwachsenen Tochter Paula zusammenwohnte, halfen gelegentlich bei ihrer Betreuung aus.

»Sie hat bei Gretchen und Paula übernachtet«, antwortete Chitwood. »Ich wollte nicht, dass sie die ganze Nacht aufbleibt und hier herumsitzt, während ich überall in dieser verdammten Stadt herumkutschiere. Allerdings vermute ich, dass sie trotzdem die ganze Nacht wach war und sich zum zehnten Mal *Ted Lasso* reingezogen hat.«

»Es fällt schwer, bei dieser Serie nicht in wiederholtes Binge-Watching zu verfallen«, meinte Josie. »Was haben Sie? Gibt es etwas Neues von Alison Mills?«

Der Chief setzte sich auf seinen Stuhl und lehnte sich zurück, bis das Sitzmöbel knarzend protestierte. Er fuhr sich mit der Hand über sein dünner werdendes Haar und brachte damit einige Strähnen in einen Schwebezustand. Zum ersten Mal wirkte er erschöpft. »Bevor wir darüber sprechen, erzählen Sie mir etwas über Dina Hales Autopsie.«

Josie und Noah berichteten, was Dr. Feist herausgefunden hatte. Der Chief hörte ihnen zu, ohne eine Regung zu zeigen. Als sie fertig waren, herrschte für einen Augenblick Stille. Dann sagte er: »Gefoltert? Damit bekommt die Sache auf jeden Fall eine neue Dimension. Hatte sie sonstige Male auf dem Körper?«

»Nein«, antwortete Josie. »Sie denken an Brandmale, nehme ich an.«

Der Chief nickte. »Nicht alle Menschenhändler brandmarken ihre Opfer, viele aber schon. Wenn Dina Hale in die Fänge eines Menschenhändlerrings geraten war, würde das viel erklären. Ich weiß nicht, ob es Elliott Calverts Verwicklung erklären würde, dafür vieles andere. Durch das Ausreißen von

Nägeln hätte man ein Exempel an ihr statuiert, ohne ihr Aussehen zu beeinträchtigen oder sie daran zu hindern, das zu tun, wozu sie gezwungen wurde. Allerdings ...« – er deutete auf die Papierstapel in ihren Händen – »... geht aus den Verbindungsdaten nicht hervor, dass sie mit Menschenhändlern zu tun hatte. Das gilt auch für ihre Accounts in den sozialen Medien. Darauf kommen wir gleich. Auf jeden Fall müssen wir Alison Mills jetzt so schnell wie möglich finden. Leider sind wir da noch nicht weitergekommen. Im Moment steht nur fest, dass sie es bis in die Stadt geschafft hat. Die Hunde konnten ihre Spur bis zur Highschool Denton East und quer über die Hauptstraße in der Nähe der Schule bis zum Wald dahinter verfolgen. Nach ein paar Metern in den Wald hinein aber war Schluss.«

»Die Hunde verlieren eine Spur nicht ohne Grund«, wandte Josie ein. »Vielleicht war es der Wind, aber normalerweise liegt es daran, dass die Person in ein Auto steigt. Die Straße war ganz in der Nähe, vielleicht ist sie einfach umgekehrt und zu ihr zurückgegangen. Aber wenn sie jemand mitgenommen hat, hätte sie in ihrem Zustand doch auffallen müssen. Nehmen wir einmal weiter an, dass sie verletzt und blutverschmiert ist oder zumindest sichtlich unter Schock steht: Selbst wenn sie jemand hat einsteigen lassen, ihren Zustand bewusst ignoriert und sie dort abgesetzt hat, wo sie es wollte, warum hat sie sich dann nicht nach Hause fahren lassen oder ist hierhergekommen?«

»Wer hätte sie mitnehmen sollen?«, fragte Noah. »Irgendein Fremder, der zufällig vorbeigefahren ist? Anrufen konnte sie niemanden, da sie ihr Handy am Tatort zurückgelassen hat. Außer, sie hat sich ein Handy geliehen und damit jemanden angerufen, damit er sie abholt. Oder sie hat sich von dem hilfsbereiten Fremden an einen unbekannten Ort bringen lassen. Dann frage ich mich: Wovor zum Teufel läuft sie davon?«

»Vielleicht vor jemandem, der Mädchen foltert?«, mutmaßte Josie.

»Meinen Sie, dass Calvert dazu imstande wäre?«, fragte der Chief.

Josie sah Noah an, der auf seinem Stuhl die Position wechselte. Sie wusste, dass er das Gleiche dachte wie sie.

»Was ist?«, wollte der Chief wissen.

»Auf den ersten Blick wirkt Calvert nicht wie so jemand. Er ist frischgebackener Vater, in seinem Beruf erfolgreich und vielbeschäftigt. In was für eine Sache sollte er verwickelt sein, bei der er Teenager quälen muss?«

»Immerhin hat er einen umgebracht, Quinn«, gab der Chief zu bedenken.

»Stimmt. Deshalb sagte ich ›auf den ersten Blick‹. Wir wissen im Moment noch nicht viel über ihn außer groben Eckdaten. Ich glaube nicht, dass wir jetzt schon mit Bestimmtheit sagen können, ob er Dina die Nägel auszureißen versucht hat, bevor wir nicht eine ganze Menge mehr über ihn herausfinden. Ich denke aber auch nicht, dass wir ihn von vornherein ausschließen können oder sollten.«

»Würden wir allerdings Alison Mills finden«, merkte Noah an, »könnte sie uns vielleicht sagen, wer Dina das angetan hat. Schließlich waren die beiden beste Freundinnen.«

»Wenn die Hunde Alisons Spur bis in den Wald hinein verfolgt haben, ist sie entweder umgekehrt und zu jemandem ins Auto gestiegen oder durch den Wald auf die andere Seite gelaufen, wo ein Wohnviertel liegt. Dort gibt es sicher Haustürklingeln mit eingebauter Kamera. Vielleicht wurde sie von einer erfasst.«

Der Chief hob eine Hand. »Solche Kameras gibt es dort. Ich habe es bereits überprüfen lassen. Sie ist auf keiner Aufzeichnung zu sehen, aber es könnte auch sein, dass sie dort war und nicht gefilmt wurde – ob absichtlich oder zufällig, wissen wir nicht. Die Kameras erfassen nicht alles flächendeckend. Nur ein Viertel der Hausbesitzer in dem Viertel hat überhaupt welche.«

»Sie hätte auch blutüberströmt sein müssen«, warf Noah ein. »Haben Sie jemanden ins Viertel geschickt, damit er sich umhört, ob dort jemand eine blutende Person gesehen hat?«

»Natürlich«, erwiderte der Chief. »Eine Frau sagte, sie hätte ein Mädchen gesehen, auf das Alisons Beschreibung passte. Sie sei gestern um etwa siebzehn Uhr dreißig in Richtung Stadtmitte gelaufen.«

Das gab Josie wieder Hoffnung. Wenn Alison umherlief – selbst wenn sie vor etwas oder jemandem flüchtete –, dann war sie wenigstens am Leben. Zumindest war sie es gestern Nachmittag um halb sechs noch gewesen.

»Ich habe die Hundestaffel nach Hause geschickt«, sagte der Chief. »Heute Morgen habe ich als Erstes frische Einheiten in die Richtung geschickt, in die sie mutmaßlich gelaufen ist. Bis jetzt habe ich von ihnen noch nichts gehört. Aber raten Sie mal, wer hier im Morgengrauen aufgetaucht ist und wissen wollte, ob es etwas Neues gibt?«

»Marlene Mills«, antwortete Josie. Sie wollte sich gar nicht vorstellen, was für eine Nacht Marlene gehabt hatte. Nicht zu wissen, wo Alison war oder ob es ihr gut ging, musste schrecklich sein. Sie lebte in einem Zustand quälender Ungewissheit. Zu allem Überfluss befand sich ihr Mann gerade auf der anderen Seite der Welt. »Also ist Alison nicht nach Hause gekommen.«

Der Chief nickte. »Mrs Mills hat gestern Abend sämtliche Freundinnen ihrer Tochter angerufen. Keine hatte von ihr gehört. Sie hat alle gebeten, sie sofort anzurufen, wenn sie sie sehen oder von ihr hören. Aber bis heute Morgen hat sich niemand bei ihr gemeldet.«

»Hat ihr Mann einen Rückflug bekommen?«, fragte Josie.

»Er wartet noch auf einen«, sagte der Chief.

Josie verzog das Gesicht. Was Clint Mills gerade durchmachte, war wahrscheinlich noch schlimmer als das, was Marlene aushalten musste. Er saß am anderen Ende der Welt fest, ohne genau zu wissen, wann er zu seiner Familie zurückkehren konnte. Dann musste er noch viele Stunden in einem oder mehreren Flugzeugen sitzen. In dieser Zeit würde er unablässig grübeln und sich fragen, wie es Alison ging, während Marlene ständig erreichbar war und sofort Bescheid bekam, sobald sich etwas Neues ergab. Sie konnte sich sogar an der Suche beteiligen, wenn sie wollte. Konnte Freunde anrufen. Aktiv irgendetwas tun. Clint dagegen würde in einer Metallröhre am Himmel feststecken, fünfzehn Stunden oder länger gefangen in gefilterter Luft und seinen eigenen Gedanken.

»Ich weiß, es ist hart«, sagte der Chief, als er ihren Gesichtsausdruck bemerkte. »Noch ein Grund, warum ich dieses Mädchen am liebsten gestern finden würde. Es kann doch nicht so schwer sein. Wir haben es mit einer Siebzehnjährigen zu tun und nicht mit einem erfahrenen CIA-Agenten, Herrgott noch mal. Wo zum Teufel ist sie hin? Sie muss doch die Nacht irgendwo verbracht haben.«

»Sie wurde überfallen«, gab Noah zu bedenken. »Sie hat Angst. Sie hat uns gar nicht richtig bemerkt und weiß auch nicht, wer wir sind. Sie ist uns nur vor das Auto gelaufen. Wir hätten auch mit Calvert unter einer Decke stecken können. Vielleicht ist sie zu verschreckt, um sich zu zeigen.«

»Oder jemand, der mit Calvert unterwegs war, hat sie gefunden und mitgenommen«, spekulierte Josie. »Wenn da noch jemand im Spiel ist, jemand, der bereit ist, Mädchen zu foltern, dann hat Alison vielleicht viel zu viel Angst, um zur Polizei oder auch nur zu ihrer Mutter zu gehen.«

Der Chief seufzte. »Ich rufe Marlene Mills an. Wir müssen sofort an die Presse gehen. Ich habe keine Zeit mehr für irgendwelche Spielchen. Das Mädchen muss gefunden werden. Wenn wir ihre Mutter dazu bekommen, sich vor eine Fernsehkamera zu stellen und Alison zu bitten, nach Hause zu gehen, ihr zu sagen, dass sie dort in Sicherheit ist, dann taucht sie vielleicht auf. Funktioniert das nicht, dann müssen wir Quinns Theorie in Betracht ziehen, dass jemand sie gegen ihren Willen festhält. Wir haben gestern schon ein Mädchen verloren. Ich möchte Marlene Mills nicht mitteilen müssen, dass ihre Tochter ebenfalls tot ist. Haben Sie das verstanden?«

Josie und Noah nickten. Josie tippte mit dem Finger auf den Papierstapel, den Noah ihr gegeben hatte, und fragte: »Was ist mit diesen Unterlagen? Ist da etwas dabei, was uns helfen könnte? Von welchen Verbindungsdaten reden wir?«

»Von denen von Dina Hale, Alison Mills und Elliott Calvert«, antwortete der Chief. »Hummel hat auf meine Anweisung hin alle Handydaten mit dem GrayKey-Tool gesichert. Von den Müttern der Mädchen haben wir die Erlaubnis bekommen, die Handys zu untersuchen, und für Calverts Smartphone haben wir eine richterliche Verfügung. Ich habe alles ausgedruckt. Und Sie werten das alles jetzt sofort aus, Detectives.«

ACHTZEHN

Josies Kaffee war nur noch lauwarm, als sie und Noah zu ihren Schreibtischen zurückkehrten und begannen, die Telefonaufzeichnungen nach Personen sortiert auf Stapel zu verteilen. Sie goss ihn sich trotzdem hinunter und wünschte sogar, sie hätte zwei gekauft. Noah reichte ihr über die Schreibtische hinweg seinen Becher und sagte: »Hier. Trink meinen. Gretchen muss jede Minute hier sein. Ich bin sicher, sie hat eine frische Runde für uns alle.«

Sie formte mit ihren Lippen stumm die Worte *Ich liebe dich* und trank seinen Kaffee ebenfalls in einem Zug aus.

Der Chief kam kurz nach ihnen aus seinem Büro und federte mit verschränkten Armen auf seinen Ballen, gespannt darauf, was die Unterlagen ergeben würden. Er stellte sich neben Noah und schnappte sich den Stapel mit den Unterlagen zu Alison Mills. Während er einige Seiten durchblätterte, sagte er: »Fangen wir mit den sozialen Medien an. Calvert ist nur auf Facebook und Twitter. Beide scheint er kaum zu nutzen. Die Mädchen dagegen sind auf jeder nur erdenklichen Plattform präsent. Sie sind sehr aktiv, aber mir ist nichts aufgefallen, was für unsere Ermittlungen relevant wäre.«

»Nicht einmal auf Snapchat oder Instagram?«, hakte Noah nach. »Immer mehr Jugendliche nutzen sie, um sich Nachrichten zu schicken.«

»Genau«, pflichtete Josie ihm bei. »Bei den letzten Fällen, in die Highschoolschüler verwickelt waren, fanden wir das gesamte belastende Material auf diesen Plattformen.«

Der Chief schüttelte den Kopf. »Dort habe ich als Erstes nachgesehen. Nichts Verwertbares. Nichts, was auch nur im Entferntesten mit diesem Fall zu tun hat. Beschäftigen wir uns mit den GPS-Daten, die wir aus ihren Handys gewonnen haben. Bei allen war die GPS-Ortung aktiviert. Die Daten reichen mindestens ein Jahr zurück. Jeder hat einen anderen Mobilfunkanbieter. Sie speichern die GPS-Daten auf dem Handy unterschiedlich lange und auch nur dann, wenn der Besitzer des Telefons sie nicht löscht. Die Daten auf Calverts Handy lassen sich ein Jahr zurückverfolgen, die von Dina Hale und Alison Mills ungefähr achtzehn Monate. Ich habe mir für unseren Fall die Aufzeichnungen der letzten sechs Monate angesehen und sage euch jetzt, was ihr wissen müsst.« Er holte ein Blatt hervor, auf dem er mehrere Einträge gelb markiert hatte. »Das sind lauter Orte, an denen sich Alison Mills und Dina Hale in den letzten sechs Monaten exakt zur gleichen Zeit aufgehalten haben.«

Josie nahm die Seiten und sah sich die Liste für die letzten zwei Wochen an. Dinas Haus. Alisons Haus. Eine Starbucks-Filiale. Ein Bekleidungsgeschäft. Noch ein Modeladen. Das Eudora-Hotel. Einige Einträge waren blau hervorgehoben. »Was ist mit denen?«, fragte Josie.

Der Chief holte ein Bündel Papier aus dem Elliott-Calvert-Stapel und blätterte die Seiten durch, bis er eine Liste fand, die mit der gleichen Farbe markiert war. »Das sind alles Orte, an denen Alison Mills, Dina Hale und Elliott Calvert in den letzten sechs Monaten gleichzeitig waren.«

Josie blickte von der Liste hoch, die ihr der Chief hinhielt, und sah ihn an. »Gleichzeitig? Da sind mehrere Orte hervorgehoben.« Sie zählte sie. Noah nahm dem Chief die Liste ab und ging zu Josies Schreibtisch. Sie hielten die Listen nebeneinander.

Noah las die markierten Orte vor. »Das Eudora-Hotel. Noch einmal das Eudora. Noch einmal. Und noch einmal. Dann Dinas Haus. Dinas Haus. Alisons Haus. Wieder Dinas Haus – genau an dem Morgen, an dem er auf sie losgegangen ist.«

»Er ist ihnen eindeutig von Dinas Haus aus gefolgt«, folgerte Josie. »Die Frage ist, ob sie sich alle kannten. Und wenn, wie? Aber wenn sie sich nicht kannten, heißt das, dass er sie gestalkt hat? Wenn ja, warum?«

»Genau das sollt ihr zwei herausfinden«, sagte der Chief.

»Die Mädchen haben im Hotel gearbeitet«, stellte Josie fest. »Nach den nicht hervorgehobenen Einträgen sieht es so aus, als habe Elliott Calvert dem Hotel auch dann einen Besuch abgestattet, wenn sie nicht dort waren. Er war regelmäßig Gast.« Sie blätterte um. »Wenigstens in den letzten fünf Monaten.«

»Möglicherweise war er gar nicht wegen ihnen im Hotel«, mutmaßte Noah. »Aber auf jeden Fall wissen wir, dass er irgendwann angefangen hat, die Mädchen zu verfolgen. Vielleicht hat er sogar Dina gefoltert und nach etwas gesucht. Was zum Teufel könnte das sein?«

»Das können wir ihn fragen, wenn er operiert ist«, meinte Josie. »Vorausgesetzt, er ist bereit, mit uns zu sprechen, was ich mir aber nicht vorstellen kann. Wir könnten auch versuchen, seine Frau zu fragen, aber ich nehme an, sie weiß von nichts. Ich denke, wir sollten uns heute mit Calverts Chef und seinen Kollegen befassen und mit jedem, den wir im Hotel auftreiben, über ihn und die Mädchen reden. Das Eudora hat eine ziemlich beliebte Bar mit Restaurant im Erdgeschoss. Dort gehen auch Leute hin, die nicht im Hotel übernachten.«

»Das Bastian's«, sagte Noah. »Da treiben sich die ganzen

eingebildeten Wichtigtuer herum. Zum Beispiel unsere Bürgermeisterin und die Stadträte.«

Der Chief nickte. »Ich musste dort schon oft mit der Bürgermeisterin zu Mittag essen. Sie machen ein verdammt gutes Filet Mignon.«

»Wenn Dina und Alison in der Catering- und Veranstaltungsabteilung gearbeitet haben und Elliott das Restaurant des Öfteren besucht hat, sind sie möglicherweise dort mit ihm in Kontakt gekommen«, überlegte Josie. »Vielleicht haben sie ihm etwas gestohlen?«

»Was soll das sein?«, fragte Noah. »Was ist es wert, jemanden dafür zu foltern? Und umzubringen.«

Sie seufzte und warf die Blätter wieder auf ihren Schreibtisch. »Ich weiß es nicht.«

Der Chief nahm sich einen Stoß Papiere von Dinas Stapel und sah sich die GPS-Daten an. »Möglicherweise geht es um Drogen«, mutmaßte er. »Dina war in den letzten Wochen zweimal an der East Bridge.«

Es gab in Denton zwei Brücken. Die South Bridge und die East Bridge. Die South Bridge war klein und wurde kaum benutzt. Von ihr aus gelangte man in das hügelige Ackerland von Lenore County. Die East Bridge lag zentraler, war größer und das Drehkreuz der städtischen Drogenszene. Die Polizei hatte es schon lange aufgegeben, sie zu räumen, denn die Leute kehrten immer wieder zurück. Also beschränkte man sich darauf, wenigstens die Verbrechensrate dort so gering wie möglich zu halten.

Josie streckte ihm die Hand hin. Der Chief reichte ihr den Bericht. Die Enttäuschung lag ihr wie ein Stein im Magen. Dinas Eltern waren felsenfest überzeugt gewesen, dass sie nichts mehr mit Drogen zu tun hatte. Selbst nachdem jemand ihr Haus durchsucht hatte, wollte Guy Hale nicht glauben, dass Dina wieder in der Szene aktiv war. Er hatte seiner Tochter vertraut. Aber vielleicht hatte sie sich tatsächlich von ihnen losgesagt.

Es gab nur zwei Gründe, warum jemand in Denton zur East Bridge ging: um Drogen zu kaufen oder zu verkaufen. War es naiv zu denken, dass Dina irgendwie in den Besitz von Drogen gelangt war – womöglich über Elliott Calvert –, und versucht hatte, sie zu verkaufen oder anders loszuwerden?

»Ob Dina Drogen genommen hat, zeigt die toxikologische Untersuchung«, sagte Josie. »Allerdings wird es Monate dauern, bis die Ergebnisse da sind. Ihre Eltern schienen davon überzeugt, dass sie damit nichts mehr am Hut hatte. Ihr Vater hat kürzlich ihr Zimmer durchsucht und nichts gefunden.«

»Vielleicht lag es daran, dass die Person, die dort eingebrochen ist, die Vorräte mitgenommen hat«, mutmaßte Noah.

Josie nickte. »Gut möglich. Aber wenn Elliott Calvert Drogen besaß und Dina irgendwie an sie gelangt ist – ganz gleich, ob sie beschloss, sie zur East Bridge zu bringen, um sie dort zu verhökern, oder nicht: Von welcher Menge sprechen wir? Wie groß müsste sie sein, damit er bereit wäre, Dina zu foltern, dann ihr und Alison zu folgen und sie zu überfallen? Außerdem haben wir das genaue Datum, an dem bei den Hales eingebrochen wurde. War Elliott Calvert an jenem Tag dort?«

Noah warf einen Blick auf den Bericht mit den GPS-Daten aus Calverts Handy, den er noch in Händen hielt. »Nein, war er nicht.«

Josie spürte einen eisigen Schauer über ihren Rücken laufen. »Das bedeutet, dass jemand anders in das Haus eingedrungen ist und es durchwühlt hat. Es könnte die Person gewesen sein, die Dina gefoltert hat.«

»Vielleicht jemand von der East Bridge«, spekulierte der Chief.

Die Tür zur Treppe ging mit Schwung auf. Gretchen kam mit einem Papptablett voller Becher von Komorrah's Koffee in den Händen herein. Ihr auf dem Fuß folgte Daisy mit einer

Papiertüte, die ebenfalls von Komorrah's stammte. Josie konnte das Gebäck riechen, noch bevor Daisy bei den Schreibtischen angelangt war.

»Ihr seid Engel«, begrüßte Josie sie. »Richtige Engel.«

Gretchen stellte den Becherhalter auf ihren Schreibtisch und begann den Kaffee zu verteilen. »Das sagt ihr nur, weil sich der Haufen Arbeit, den wir vor uns haben, himmelhoch auftürmt.«

»Er ist tatsächlich hoch«, räumte Noah ein.

»Aber Engel seid ihr trotzdem«, fügte Josie hinzu.

Daisy stand unsicher mit der Tüte in der Hand neben Gretchen, als warte sie auf Anweisungen. Ihr flachsblondes Haar fiel ihr bis auf die Schultern. Es sah frisch frisiert aus. Die blauen Jeans wirkten neu und schmiegten sich eng an ihre schlanke Figur. Über einem eng geschnittenen schwarzen Oberteil trug sie einen Hoodie mit dem Logo der Portland State University, der aussah, als sei er ihr eine Nummer zu groß. »Ist Paula mit dir einkaufen gewesen?«

Daisy lächelte schüchtern und nickte. Sie sah auf ihre Kleidung. »Aber den Hoodie habe ich mir von ihr geliehen. Ich mag ihn einfach. Eines Tages möchte ich auch auf das College gehen.«

Der Chief lächelte und ging zu ihr, um ihr die Tüte mit Gebäck abzunehmen. »Wirst du auch.«

»Du siehst toll aus«, sagte Josie.

Bis der Chief das Sorgerecht für Daisy übernommen hatte, hatte sie ein ungewöhnliches, mitunter wohlbehütetes Leben geführt. Nun, mit sechzehn, war sie in mancher Hinsicht reifer als die meisten Mädchen in ihrem Alter, manchmal aber auch wieder sehr kindlich. Der Chief hatte lange gegrübelt, ob er sie zu Hause unterrichten lassen oder zur Highschool schicken sollte. Allerdings sehnte sich Daisy nach sozialen Kontakten. Die gelegentliche Unbeholfenheit, eine Folge ihrer Erziehung, schien sie nicht groß zu beeinträchtigen. Sie wollte einfach nur an der Welt teilhaben. Eine Therapeutin hatte eine kleine private Highschool in Denton für sie empfohlen, wo sie gut zurechtzukommen schien.

»Daisy, hast du morgen nicht eine Arbeit in Naturwissenschaften, für die du noch lernen musst?«, fragte der Chief. »Ich habe deinen Schulrucksack mitgebracht. Er steht in meinem Büro.«

Daisy wirkte enttäuscht, trottete aber in Chitwoods Zimmer und ließ die Tür weit offen.

Gretchen ließ ihren Blick über die Papierstapel auf den Schreibtischen schweifen. »Bringt mich auf den Stand der Dinge.«

Josie, Noah und der Chief rekapitulierten alles, was sie heute Morgen bereits erörtert hatten. Gretchen ging um die Schreibtische herum und sah sich unterdessen die Berichte mit den GPS-Aufzeichnungen an. »Was ist mit Nachrichten und Fotos?«, fragte sie. »Haben eines der Mädchen und Calvert sich etwas geschrieben? Oder haben sich beide mit ihm ausgetauscht?«

Der Chief schüttelte den Kopf. »Nein. Außer den GPS-Daten haben wir keinerlei Hinweis auf ihren Handys gefunden, dass sie Kontakt hatten. Auch über die sozialen Medien gibt es keine Verbindung zu ihm. Lediglich einige Nachrichten zwischen Dina und Alison sollten wir uns genauer ansehen.«

Josie ging Alisons Stapel durch und fand den Ausdruck mit den Nachrichten. Gretchen und Noah stellten sich neben sie und lasen mit, während sie die Seiten durchblätterte. Die Nachrichten gingen über viele Wochen. In den meisten stimmten sie sich über die Fahrten zur Arbeit und zurück ab, verabredeten sich zum Shoppen oder zu Kinobesuchen oder beschwerten sich über Vorkommnisse auf der Arbeit. Alison beklagte sich darüber, dass ihr Vater nach Hongkong fliegen und dort möglicherweise monatelang bleiben musste. Sie wollte nicht, dass er ihre Abschlussfeier in der Highschool versäumte.

Die Schuld dafür, dass er beruflich ins Ausland musste, gab sie sich, da ihre Arztrechnungen noch immer so hoch waren.

In mehreren Nachrichten kam die Rede auf einen Max, in den Dina anscheinend verliebt war. Vor drei Wochen hatte Dina Alison ein Foto von ihm geschickt, untermalt mit mehreren weinenden Emojis. Dazu hatte sie geschrieben.

Das darf doch nicht wahr sein! Meint er das ernst?

Die Aufnahme war eindeutig aus größerer Entfernung und ohne die Zustimmung des Fotografierten gemacht worden. Josie erkannte die hochlehnigen blauen Hocker mit kapitonierter Polsterung, wie sie für die Bar des Restaurants Bastian's im Eudora-Hotel typisch waren. Die Bar war abends in kühlem Blau ausgeleuchtet, während der Essbereich eine gedämpfte Beleuchtung mit goldenen Hängelampen über jedem Tisch hatte. Auf dem Foto sah man einen Mann und eine Frau – eine junge Frau –, die sich auf Barhockern gegenübersaßen. Die Frau hatte ihren rechten Ellbogen auf den Tresen gestützt, während ihre linke Hand in ihrem Schoß lag. Den Kopf hatte sie in die rechte Hand gelegt. Sie trug eine eng anliegende schwarze Hose, bequeme schwarze Schuhe und ein weißes Poloshirt. Vermutlich gehörte sie zur Hotelbelegschaft. Ihr braunes Haar hatte sie zu einem festen Knoten straff nach hinten gebunden. Ihr Gesichtsausdruck war schwer zu erkennen, da sie im Profil fotografiert war, aber sie schien nicht zu lächeln. Der Mann andererseits lächelte verschwörerisch. Passend zu seinem dichten, gewellten schwarzen Haar, das er nach hinten gekämmt hatte, trug er einen anthrazitfarbenen Anzug. Er beugte sich nach vorn zur Frau. Eine seiner Hände lag auf ihrem Knie.

»Vielleicht ist das Max«, nahm Josie an.

Noah meinte über ihre Schulter hinweg. »Die scheinen ja recht vertraut zu sein.«

»Den Nachrichten nach zu urteilen scheint sich Dina in Max verguckt zu haben«, sagte Gretchen. »Mit ihm müssen wir auf jeden Fall sprechen.«

Noah deutete mit dem Finger auf das untere Ende der Seite, wo Alisons Antwort auf das Foto und die Nachricht von Dina stand.

Ich habe dir ja gesagt, dass er mit dir spielt. Er hat dir nur was vorgemacht. Der ist es nicht wert. Er verdient dich nicht einmal.

Sie hatte ein GIF von einer jungen Frau mit stolzer Haltung hinzugefügt, die den Kopf schüttelte. Darunter war der Schriftzug »Du verdienst etwas Besseres« zu sehen.

Dina hatte mit fünf weinenden Emojis und zehn Emojis von gebrochenen Herzen geantwortet. Dazu hatte sie geschrieben:

Aber sie???

Alison hatte geantwortet:

D., er flirtet doch mit jeder. Wirklich jeder. Er ist es nicht wert. Außerdem ist er unser Chef, einfach zum Kotzen.

Dina hatte ein GIF zurückgeschickt. Es zeigte eine ernst dreinblickende Frau, die sagte: »Aber ich will ihn. Ich will ihn. So sehr.«

Woraufhin Alison mit dem GIF einer Frau geantwortet hatte, die die Augen verdrehte.

Das war das Ende dieses Nachrichten-Threads. Ansonsten besprachen sie noch alltäglichere Dinge wie Dienstpläne und Einkaufen. Vor zwei Tagen allerdings hatte es einen weiteren, beunruhigenderen Austausch gegeben.

Dina: *Wir müssen reden.*

Alison: *Ich weiß. Ich mache mir echt Sorgen um dich.*

Dina: *Hast du wegen der Sache nachgesehen, wie ich dich gebeten hatte?*

Alison: *Ja. Da ist nichts. Überhaupt nichts. Bist du sicher, dass es darum geht?*

Dina: *Ich weiß nicht. Sie haben es nie so genau gesagt. Aber wenn ich das, was sie wollen, nicht finde, bringen sie mich um. Ich habe echt Angst.*

Alison: *Ich auch. Ich weiß nicht, wie ich dir helfen kann. Vielleicht sollten wir es deiner Mom sagen.*

Dina: *OMG, nein. Keine Eltern!*

Alison: *Vielleicht sollten wir die Polizei rufen.*

Dina: *NEIN. KEINE POLIZEI.*

Alison: *Was sollen wir dann tun?*

Dina: *Keine Ahnung. Kannst du morgen Nacht bei mir schlafen? Nach der Arbeit? Dann können wir reden.*

Alison: *Klar.*

»In was zum Teufel sind die Mädchen da hineingeraten?«, murmelte Gretchen.

»Und wer sind ›sie‹?«, fügte Josie hinzu.

»Das lässt sich aus den Nachrichten nicht herauslesen«, meinte Noah. »Wir müssen raus und mehr Leute befragen.«

»Vor allem müssen wir Alison Mills finden«, stellte Gretchen klar. »Ich werde mich heute wieder auf die Suche machen, wenn ihr euch um die Spuren kümmert, die zum Hotel führen, insbesondere um die Kollegen und den Vorgesetzten, bei dem es sich den Nachrichten zufolge um diesen Max handelt, in den Dina verschossen war.«

Josie ließ sich auf ihren Stuhl fallen. Sie startete den Browser auf ihrem Computer und rief die Website des Eudora-Hotels auf. Binnen Sekunden hatte sie den Namen des Catering- und Veranstaltungsmanagers ausfindig gemacht. »Max Combs.«

Es dauerte etwas, bis sie die verfügbaren Datenbanken durchsucht hatte, aber sie verglich die Aufnahme, die Dina Alison geschickt hatte, mit dem Führerscheinfoto eines Max Combs, der in Denton, Pennsylvania gemeldet und zweiunddreißig Jahre alt war. »Das ist der Typ«, sagte sie.

Hinter ihr gaben Noah und Gretchen zustimmende Töne von sich. Dann sagte Noah: »Sieh mal nach, ob etwas von ihm im Strafregister ist.«

»Bin schon dabei«, erwiderte Josie und klickte weiter. »Nichts. Ein paar Geschwindigkeitsüberschreitungen, Strafzettel wegen Falschparkens. Das war's auch schon.«

»Ihr redet mit ihm, wenn ihr dem Hotel einen Besuch abstattet«, sagte Gretchen. »Ich fahre dorthin zurück, wo Alison das letzte Mal gesehen wurde, befrage die Anwohner und zeige ihnen ihr Foto. Wenn ich herausfinde, wo sie war, besorge ich mir Aufzeichnungen der Türklingelkameras oder der Überwachungsanlagen von Unternehmen vor Ort. Mal sehen, ob ich so nachvollziehen kann, welchen Weg sie genommen hat.«

»Ich will auch mit Elliott Calverts Vorgesetzten und all seinen Kolleginnen und Kollegen reden, die ich auftreiben kann«, sagte Josie. Sie fand die Telefonnummer des Unternehmens, bei dem Calvert beschäftigt war. Nach einem kurzen Anruf bekam sie noch am selben Tag einen Termin bei seinem Chef.

Die Tür zur Treppe ging auf. Sie drehten sich um und sahen einen großen Mann mit dunklem Anzug selbstbewusst hereinmarschieren. Josie sah sein breites, eingeübtes Lächeln und wusste sofort, dass er ein Politiker war. Er rauschte herbei und breitete die Arme aus, als begrüße er alte Freunde. Eine dicke Locke seines grau melierten Haares fiel ihm in die Augen. Er warf sie mit einer kurzen Kopfbewegung zurück.

Der Chief trat zwischen sie und ihn, verschränkte die Arme vor seiner schmalen Brust und fragte mit einem Blick, der töten konnte: »Kann ich Ihnen helfen?«

Der Mann blieb stehen, behielt sein Kameralächeln aber auf. Er warf einen Blick am Chief vorbei zur versammelten Mannschaft und nickte ihr mit verschwörerischer Miene zu, als seien sie Eingeweihte in einem Scherz. »Pierce Fuller«, stellte er sich vor. »Wir haben vor Kurzem miteinander gesprochen. Ich wollte mit Ihnen wegen der Hundestaffel reden.«

Der Chief behielt seine feindselige Haltung bei: »Wie sind Sie hier heraufgekommen?«

»Ihr Sergeant vom Dienst hat mich hereingelassen. Ich sagte ihm, Sie hätten mir erlaubt, jederzeit vorbeizukommen.« Er reckte den Hals, um am Chief vorbeizublicken. »Sie meinten doch jederzeit, oder? Oder war das nur – wie haben Sie es genannt? – großspuriger Bullshit?«

Es folgte ein langer Augenblick peinlicher Stille. Schließlich meinte der Chief: »Ich rede keinen Bullshit, Fuller. Gehen Sie wieder hinunter und warten Sie im Konferenzraum. Unser Sergeant vom Dienst bringt Sie hin.«

Fullers Lächeln war wie festgefroren. Wieder versuchte er, am Chief vorbei einen Blick zu erhaschen. »Ich kann hier warten. Wie ich sehe, laufen hier ein paar aufregende Sachen. Ich würde gern zuhören, wenn es Ihnen nichts ausmacht.

Damit ich einen Eindruck davon bekomme, ob eine Hundestaffel bei bestimmten Fällen sinnvoll wäre.«

Der Chief legte ihm eine Hand auf die Schulter und drehte
ihn zur Tür. »Es macht mir etwas aus, Fuller. Wir befinden uns
mitten in einer laufenden Ermittlung. Und sofern Sie nicht mit
meinen Beamten dort draußen durch den Dreck gestapft sind,
dann hören Sie nirgends zu. Ich bin in zehn Minuten unten bei
Ihnen.«

Fuller protestierte nicht. Ein letztes Mal lächelte er über die
Schulter hinweg zu den Ermittlern hinüber und zuckte
gutmütig die Schultern, als wolle er sagen: »Einen Versuch
war's wert.«

Kaum war die Tür wieder zu, schnaubte der Chief: »Ist das
zu fassen? Diese verdammten Politiker! Als würde ich hier
herumsitzen und nur darauf warten, dass er aufkreuzt. Glaubt
der, ich habe nichts Besseres zu tun?«

»Chief, es wäre vielleicht nicht schlecht, wenn Sie ein bisschen netter zu ihm wären«, meinte Gretchen. »Wir könnten
eine Hundestaffel wirklich gut gebrauchen.«

Der Chief blitzte sie wütend an. »Ich muss nicht nett zu
ihm sein. Nett sein hat nichts damit zu tun. Diese Abteilung
spart langfristig Geld, wenn wir unseren eigenen Hund haben!«

Noah lachte. »Ich glaube, Palmer will damit sagen, wenn
dieser Typ Ihnen schon helfen möchte, dann wäre es vielleicht
hilfreich, wenn Sie etwas ... freundlicher zu ihm wären, so
unpassend sein Besuch auch ist.«

Und Josie fügte hinzu: »So wie Sie zu uns in letzter Zeit ...
freundlicher waren.« Mit einem Nicken deutete sie in Richtung
seines Büros, wo Daisy gerade den Kopf herausstreckte.

Der Chief lächelte Daisy zu und bedeutete ihr mit einem
Winken, zurück in sein Büro zu gehen. »Gut, gut«, erwiderte er.
»Freundlicher. In Ordnung. Ich gebe mein Bestes. Aber da ist
noch eine Sache, Detectives.«

Er ging um die Schreibtische herum, bis er neben Noahs

Stuhl stand. Dann deutete er auf die Verbindungsdaten von Elliott Calverts Handy. »Mr Calverts Nachrichten waren sauber. Er hat mit seiner Frau, seinem Boss, den Eltern, alten Freunden und Kollegen in New York kommuniziert. Fast immer ging es um das Baby. Hat Fotos herumgeschickt. Versprochen, dass man sich bald mal trifft. Arbeitssitzungen geplant. Die Frau wollte wissen, wann er heimkommt.«

»Was ist mit Anrufen?«, fragte Josie.

»Das Gleiche«, sagte Chitwood. »Außer einer Nummer, die er in den letzten vier Monaten sechzehn Mal angerufen hat.« Er ratterte die Nummer herunter. »Eine nicht mehr gültige Handynummer. Wegwerfhandy. Das ist alles, was ich bisher herausfinden konnte.«

Gretchen bedeutete ihm, ihr den Bericht mit der hervorgehobenen Nummer zu reichen. »Ich kann mich darum kümmern«, sagte sie. »Vielleicht bekomme ich etwas heraus.«

»Was ist mit Alison und Dina?«, fragte Noah. »Haben sie je diese Nummer angerufen? Oder ungewöhnliche Nummern? Verdächtige Kontakte?«

Der Chief schüttelte den Kopf. »Nein, aber da war eine Sache auf Calverts Smartphone, die Sie sich ansehen müssen. Er hatte nicht viele Fotos darauf, und wenn, dann hatten sie entweder mit der Arbeit zu tun oder waren von seinem Kind. Auch ein paar von seiner Frau, die meisten aber von dem Neugeborenen. Allerdings ...« Er blätterte einen weiteren Stapel Papiere durch, bis er ein Paket Farbfotos gefunden hatte, die er über den Tisch reichte. Josie nahm sie.

Noah und Gretchen kamen zu ihr, während sie die Aufnahmen durchging. Leichte Übelkeit stieg in ihr auf, als sie an Tori Calvert dachte, die mit der kleinen Amalise zu Hause saß, erschöpft, verzweifelt und zugleich mit der größten Hingabe für das Leben, das sie und Elliott in die Welt gesetzt hatten.

Es waren insgesamt sieben Fotos.

»Waren die in seiner Galerie?«, fragte Gretchen.

»Nein«, antwortete der Chief. »Er hat eine App, die wie ein Timer aussieht, aber in Wirklichkeit Fotos speichert, die niemand sehen soll.«

Jedes Fotos zeigte eine halbnackte Frau. Ihre olivbraune Haut war glatt und makellos. Auf manchen Fotos lag sie so auf einem Bett zwischen zerknüllten Laken, dass nur ihr nackter Rücken und der Ansatz ihrer Brust sichtbar waren. Andere zeigten sie von der Hüfte abwärts, wie sie in einem Spitzentanga auf der Bettkante saß. Auf einem Bild lag sie flach auf dem Rücken und man sah ihren Nabel, den Tanga und ihre Oberschenkel. Von der linken Nabelseite bis zum Rand des Tangas zog sich eine dunkle Ansammlung von Sommersprossen in S-Form. Auf dem rechten Oberschenkel hatte sie ein Muttermal. Kein Bild gab ihr Gesicht oder auch nur ihr Haar preis. Selbst die Umgebung ließ kaum Rückschlüsse zu. Nur ein Foto war aus einer etwas größeren Entfernung aufgenommen, wodurch ein Stück Wand im Hintergrund zu sehen war. Sie war cremefarben und hatte eine eierschalenfarbene Vertäfelung, aus der ein Stück herausgebrochen war, sodass man gesplittertes Holz dahinter erkannte.

»Das ist definitiv nicht seine Frau«, sagte Josie. »Tori hatte einen Kaiserschnitt.«

»Könnte das Dina sein?«, fragte Noah. »Sie hat eine ähnliche Hautfarbe.«

Josie warf noch einmal einen längeren Blick auf das Fotos. »Vielleicht. Gretchen, kannst du Dr. Feist anrufen und fragen, ob Dina besondere Merkmale hat, die wir mit der Aufnahme vergleichen können? Vielleicht die Sommersprossen?«

»Klar«, erwiderte Gretchen.

»Ich habe mir bereits Dinas Fotos in ihren Accounts angesehen, um herauszufinden, ob sie Bilder von sich in einem Bikini oder bauchfreien Oberteil gepostet hat«, meldete sich Chitwood zu Wort. »Irgendetwas, was ihren Bauch zeigt. Aber da ist nichts in der Richtung. Allein anhand der Aufnahmen in den sozialen Medien lässt sich nicht sagen, ob es sich um sie handelt.«

»Warum sollte Calvert Fotos der halbnackten Dina auf seinem Handy speichern?«, fragte Gretchen. »Dina war doch in diesem Max verliebt.«

»Stimmt«, pflichtete ihr Noah bei. »Aber im Moment können wir gar nichts ausschließen.«

»Wir brauchen noch viel mehr Informationen«, meinte Josie. »Machen wir uns an die Arbeit. Wir fangen bei der East Bridge an. Dann reden wir mit Calverts Chef. Und anschließend fahren wir ins Hotel.«

NEUNZEHN

Sie ist zwölf, als sie das erste Mal eine Schusswaffe in die Hand bekommt. Zu Mug fühlt sie sich inzwischen sogar hingezogen. Ihre Mutter hat zwar gesagt, dass es respektlos und plumpvertraulich, ja, sogar erniedrigend sei, wenn Männer Frauen und Mädchen »Kleines« nennen, doch Pea mag es, wenn Mug sie so anspricht. Es fühlt sich für sie weder respektlos noch plumpvertraulich oder gar erniedrigend an. Außerdem versteht sie nicht, warum ihre Mutter »kleine Pea« zu ihr sagen darf, Männer sie aber nicht »Kleines« nennen sollen. Ihre Mutter hat versucht, ihr den Unterschied zu erklären, aber Pea fand es langweilig und hörte nicht mehr zu.

Es ist ihr egal, was ihre Mom sagt. Das Wort »Kleines« ist für sie schon fast eine Zauberformel geworden. Meist folgt danach eine Lektion, die sie nach Mugs Ansicht lernen muss – wie damals, als er ihr zeigte, wie man zuschlägt. Zuerst hielt sie das für dumm und nutzlos, doch dann »entwickelte« sie sich, wie ihre Mutter es nannte. Ihr Körper begann Dinge zu tun, die sie nicht verstehen wollte. Plötzlich war da weiches Fleisch, wo vorher nur Knochen und flache Stellen gewesen waren. Sie brauchte einen BH und neue, größere Unterwäsche. Vor allem aber mochte sie es nicht, wie die Jungen – und sogar Männer – sie manchmal ansahen.

Pea wusste nicht, was die Blicke bedeuteten. Aber schließlich verstand sie den Zusammenhang zwischen diesen Blicken und Mugs Beteuerung, dass jeder wissen sollte, wie man zuschlägt – vor allem kleine Mädchen. Wenn Mug jetzt zu ihnen kommt, bleibt Pea immer an seiner Seite. Wenn er spricht, hört sie zu.

Und wenn er blutet, holt sie ihm ein Handtuch.

»Was ist passiert?«, fragt sie und versucht, die in ihrer Brust aufsteigende Panik zu unterdrücken.

Mug steht an der Spüle in der Küche und hält seine linke Hand unter das laufende Wasser. Blut quillt aus einer klaffenden Wunde in seiner Handfläche und vermischt sich mit dem Wasser, das um den Abfluss kreist. Im Spülbecken steht eine nur zur Hälfte aufgegessene Schale Cerealien. Das Blut tropft auf die weiße Milch.

»Ich habe … gearbeitet«, antwortet Mug. »Nur gearbeitet. Dabei habe ich mich geschnitten. Ich sollte eigentlich deinen Dad hier treffen. Wir müssen über einen Auftrag reden. Ich dachte, es sei nicht so schlimm, deshalb bin ich nicht gleich nach Hause gefahren oder ins Krankenhaus, um die Wunde nähen zu lassen.« Er lacht nervös. Normalerweise macht er das nur, wenn Peas Mutter da ist. »Wer hat schon Zeit für so etwas, nicht wahr?«

»Dad ist noch nicht zu Hause«, sagte Pea. »Und Mom ist gerade weg zu einer Sitzung oder so. Was soll ich machen?«

»Habt ihr einen Verbandskasten?«

Pea will keine Zeit mit einer Antwort verschwenden. Sie läuft nach oben ins Badezimmer. Dort findet sie Pflaster, eine Wundsalbe, eine Rolle Klebeband, aber keinen Verbandskasten. Im Kleiderschrank ihres Vaters entdeckt sie auf dem Boden neben seinen Halbschuhen einen grünen Kasten mit einem roten Kreuz und der Aufschrift *Erste Hilfe*. Erleichtert nimmt sie den Kasten und läuft damit in die Küche zurück. Mug hat den Wasserhahn abgedreht und hält jetzt in der Hand ein Bündel Küchentücher, die er wie einen Ball zusammendrückt. Mit der anderen Hand und den Zähnen bindet er sich ein Geschirrtuch um die Hand.

»Bring es her«, sagt er zu ihr.

Als sie den Erste-Hilfe-Kasten öffnet, liegen darin weder Kompressen noch Mullbinden noch Salben. Sondern eine Pistole.

»Hm«, brummt Mug.

Beide starren darauf. Die Pistole ist klein und schmal. Sie hat einen Griff mit einer Gravur auf beiden Seiten – Mug wird ihr später erklären, dass man ihn »Knauf« nennt. Sie zeigt einen Totenkopf, der ein bisschen wie eine Frau aussieht. Von dem Schädel fällt langes Haar. Eine Knochenhand hält eine Sense, die den Schädel überragt. Der Mund ist weit aufgerissen, als würde der Totenkopf schreien oder lachen, Pea kann es nicht genau sagen.

»Hast du das aus dem Zimmer deines Dads geholt?«, fragt Mug.

Sie nickt.

Mit seiner unverletzten Hand nimmt Mug die Pistole am Knauf heraus und hält den Lauf von ihr weg. Er dreht die Waffe. Auf der Knaufseite, die zu ihr zeigt, sieht sie, dass dem Totenkopf ein Zahn fehlt. Wo er sein sollte, ist die Oberfläche beschädigt. Sie hat eine Lücke und ist zerkratzt. »Hast du so etwas schon einmal in der Hand gehalten, Kleines?«, fragt Mug.

»Nein, ich habe nicht ... ich kann nicht ...«

Er lächelt. »Schon okay. Du wirst es früher oder später lernen müssen.«

»Ich glaube nicht, dass das gut ist«, sagt Pea. »Und dass ich das lerne ...«

Mug zieht an der Oberseite der Pistole. Eine Öffnung wird sichtbar. Er sieht von hinten durch sie hindurch. Die Oberseite heißt Schlitten, wie er Pea später erklären wird. Sie rastet mit einem harten Klicken ein. Er hält ihr die Pistole mit dem Knauf voran hin. Der Totenkopf grinst sie an. »Sie ist nicht geladen«, sagt er. »Die Kammer ist leer.«

Als sie nicht danach greift, fordert er sie auf: »Na los.«

Die Waffe fühlt sich zugleich schwerer und leichter an, als sie erwartet hat. Auch macht sie ihr mehr, aber auch weniger Angst, als sie glaubte. Sie will sie ihm zurückgeben, weiß aber schon jetzt, dass Mug sie erst wieder nimmt, nachdem er ihr gezeigt hat, was sie wissen soll.

»Was muss ich damit machen?«, fragt sie.

ZWANZIG

Der Geruch nach verbranntem Gummi zog Josie in die Nase und reizte ihre Schleimhäute. Von der Stelle aus, an der sie und Noah auf der Straße zur East Bridge standen, konnten sie eine dünne Säule aus schwarzem Rauch aufsteigen sehen. Josie ging ein paar Schritte die Böschung hinab, die unter die Brücke führte, und sah, dass zwei Männer einen Reifen am Flussufer angezündet hatten.

»Sollen wir die Feuerwehr rufen?«, fragte Noah, als sie nach unten zum Ufer gingen. Ein kühler Wind bewegte Josies Pferdeschwanz. Der Tag war für Mitte Oktober außergewöhnlich warm gewesen. Deshalb fühlte sich der leichte Wind, der über die Wasseroberfläche strich, angenehm warm an, trotz des beißenden Gestanks, den er herbeitrug.

»Noch nicht«, antwortete Josie. »Der Reifen ist nah genug am Wasser und weit von allem Brennbarem entfernt, sodass nichts gefährdet ist. Wenn wir jetzt die Feuerwehr rufen, verschwinden sie und wir erfahren überhaupt nichts.«

Solange Josie denken konnte, hatte die East Bridge als Treffpunkt für Drogendealer und ihre Klientel, aber auch für einen beträchtlichen Teil der Obdachlosen in Denton gedient.

Das war schon so gewesen, bevor sie Polizistin geworden war. Durch die ständige Anwesenheit von Menschen war die Ufervegetation völlig verdrängt worden, weshalb es dort nur noch Steine und Schlamm gab. Unter der Brücke standen einige Zelte und improvisierte Behausungen aus Pappe, Plastik und allen möglichen sonstigen Materialien, aus denen man sich einen Unterschlupf basteln konnte. Im Revier hatte man es schon längst aufgegeben, die Leute zu vertreiben, die sich unter der East Bridge herumtrieben. Es ging inzwischen nur noch darum, dafür zu sorgen, dass ihnen nichts passierte. Trotzdem traute niemand, der unter der East Bridge lebte oder sich häufiger dort aufhielt, der Polizei.

Kaum waren Josie und Noah die schroffe Böschung hinunter auf das steinige Ufer gegangen, zogen sich die Leute, die eben noch herumgestanden hatten, in ihre provisorischen Behausungen zurück. Nur die beiden Männer, die den Reifen angezündet hatten, waren geblieben und beäugten Josie und Noah mit großen, glasigen Augen. Einer stocherte mit einem Stock in den brennenden Reifenresten herum. Josies Herz schlug etwas schneller, als sie sich den beiden näherten. Der eine ohne Stock wirkte fahrig, er hüpfte von einem Bein auf das andere und kratzte am Schorf auf seinen nackten Armen. Josie und Noah zeigten ihnen Fotos von Dina Hale und Elliott Calvert, aber keiner der beiden kannte sie – und wenn, dann sagten sie es nicht.

Als Nächstes gingen Josie und Noah zu den notdürftig zusammengezimmerten Kojen unter der Brücke. Sie klapperten sie eine nach der anderen ab, riefen hinein oder klopften vorsichtig an die dürftigen Wände. Viele wollten nicht herauskommen und mit ihnen reden. »Wir sind nicht hier, um jemanden zu verhaften oder euch Schwierigkeiten zu machen«, beteuerten sie immer und immer wieder. »Wir möchten nur wissen, ob Sie dieses Mädchen oder diesen Mann in den letzten zwei Wochen gesehen haben.«

Obwohl Calverts GPS-Daten keinen Hinweis darauf enthielten, dass er sich in der Nähe der East Bridge aufgehalten hatte, wollten sie den Leuten unter der Brücke sein Foto für den Fall zeigen, dass er clever genug gewesen war, ohne Handy herzukommen.

Doch niemand hatte Dina Hale oder Elliott Calvert gesehen. Zumindest behaupteten sie es.

Josie und Noah gingen zurück zum Ufer. Der Reifen brannte nach wie vor, aber der Rauch hatte inzwischen nachgelassen. Der Nervöse warf Steine in den Fluss, während sein Kumpel halbherzig in dem herumstocherte, was vom Reifen übrig geblieben war.

»Sieh mal«, sagte Noah. Er deutete an den beiden Männern vorbei zum Flussufer, wo eine einsame Gestalt auf einem flachen Stein saß, der halb in das Wasser ragte.

Josie erkannte ihn sofort. Ein Kloß bildete sich in ihrem Magen. Sie war in den letzten Jahren im Verlauf verschiedener Ermittlungen häufiger bei der East Bridge gewesen, hatte ihn aber lange nicht mehr hier gesehen und sich schon gefragt, ob er tot oder im Gefängnis war – vielleicht in einem anderen Bundesstaat. Aber sie hatte es nie für wert befunden, nachzusehen, was aus ihm geworden war. Sie wollte es nicht wissen. Sie wollte nicht, dass Larry Ezekiel Fox – oder Needle, die »Nadel«, wie sie ihn für sich getauft hatte – einen Platz in ihrem Kopf einnahm. Nicht mehr.

»Wir müssen nicht mit ihm reden«, meinte Noah. »Ich bezweifle auch, dass er entgegenkommender ist als der Rest hier.«

Josie blinzelte gegen die Sonne und beschattete mit einer Hand ihre Augen. Sie sah, wie sich Needle auf dem Felsbrocken auf den Rücken legte und in der Sonne aalte wie eine Echse. Eine schwere Last drückte auf ihre Schultern. »Mir wird er es sagen«, sagte sie mit einem Seufzer. »Wenn er etwas weiß, erfahre ich es.«

Ihre Sneakers schmatzten im Schlamm, als sie mit Noah im Schlepptau zu ihm hinüberging. Needle lag flach auf dem Stein. Sein Gesicht und das ihre befanden sich fast auf gleicher Höhe, als er sich zu ihr drehte und sie ansah.

Er war Ende sechzig und hatte sich fast sein ganzes Leben lang als Drogendealer und -user durchgeschlagen, meist ohne festen Wohnsitz. Seit sie ihn vor zwei Jahren das letzte Mal gesehen hatte, hatte er sich nicht verändert. Im Grunde hatte er sich seit Josies Kindheit kaum verändert. Seine Haare waren lang und strähnig wie immer, inzwischen aber grau geworden und an den Enden gelblich. Was Josie hinter seinem langen, gelbweißen Bart von seinem schmalen Gesicht sehen konnte, war faltig und starrte vor Schmutz. Mit tief liegenden, blassgrauen Augen fixierte er sie. Nur ein schwaches Funkeln in seinem ansonsten leeren Blick zeigte ihr, dass er sie erkannt hatte. Er war dünn wie eh und je und trug nach wie vor eine ausgebleichte, fadenscheinige olivgrüne Jacke über einem völlig verdreckten weißen T-Shirt. Josie fragte sich, ob seine grüne Jacke älter war als sie oder ob er sich im Lauf seines Lebens mehrere von dieser Sorte zugelegt hatte. Braune Stiefel, zusammengehalten von abgescheuerten Klebebändern, standen neben seinen nackten Füßen auf der Felsplatte.

»JoJo«, sagte er, setzte sich auf und drehte sich zu ihr. Als er seine Beine überkreuzte, schoben sich knotige Knie aus den Rissen in seiner Jeans.

Bei dem Gestank, der von ihm ausging, stieg in Josie wellenartige Übelkeit auf. Vielleicht aber lag es auch einfach nur daran, dass sie mit ihm ihrer eigenen Vergangenheit so nahe war. »Zeke«, sprach sie ihn an und war überrascht, wie fest ihre Stimme klang. Sie war die Einzige, die ihn je Needle genannt hatte und auch das lediglich in ihrer Fantasie. Nur Noah wusste davon. Als Kind war Josie gekidnappt worden. Ihre Entführerin, Lila Jensen, hatte das Haus ihrer richtigen Familie in Brand gesetzt und alle glauben lassen, dass Josie in den

Flammen umgekommen war. In Wirklichkeit hatte sie Josie nach Denton gebracht und als ihr eigenes Kind, mit ihrem ehemaligen Freund Eli Matson gezeugt, ausgegeben. Eli hatte keinen Grund gehabt, daran zu zweifeln, dass Josie nicht sein Kind war, und mit Freuden die Vaterrolle übernommen. Er hatte Josie bedingungslos geliebt. Das wiederum hatte Lila in Rage gebracht, woraufhin sie Eli umgebracht hatte. Josie war mit Lila allein geblieben. Es hatte eine jahrelange Schreckenszeit begonnen, in der sie ihren Misshandlungen ausgeliefert gewesen war. Hinzu kam, dass Lila regelmäßig Drogen genommen hatte. Als Kind kannte Josie Zeke als denjenigen, der ihrer Mutter Spritzen brachte. Daher nannte sie ihn »Needle«.

Noah legte seine Hand auf Josies Kreuz. Es war eine kaum sichtbare Geste, die Zeke nicht sehen konnte, die Josie aber daran erinnerte, weiterzusprechen, und zugleich beruhigte. Josie streckte den Rücken durch und rang sich ein Lächeln ab. »Ich muss dir ein paar Fragen stellen.«

Zeke klopfte sich auf die Taschen seiner Jacke, bis er eine halb zerknüllte Zigarettenschachtel fand und herauszog. »Du hast immer nur Fragen. Ich sehe dich nur, wenn du Fragen hast.«

Josie musste sich beherrschen, um nicht loszusprudeln. *Dachtest du wirklich, wir seien Freunde? Hast du erwartet, dass ich dich anrufe, um mit dir zu plaudern, nach alledem, was du getan hast – und nicht getan hast?*

Needle hatte jahrelang zugesehen, wie Lila Josie misshandelt hatte. Er war viele Male Zeuge ihrer Grausamkeit gewesen, und obwohl er ein- oder zweimal halbherzig versucht hatte, Lila zu stoppen, war er in den meisten Fällen doch untätig geblieben.

In Josies Kopf rasten die Gedanken, doch sie verdrängte sie. Zwischen zusammengebissenen Zähnen presste sie hervor: »Das ist mein Job, Zeke. Fragen zu stellen.«

Er zuckte die Schultern, klopfte eine Zigarette aus der Schachtel und steckte sie sich zwischen die Lippen. Dann deutete er mit dem Kopf in Noahs Richtung. »Hat dein Freund auch Fragen?«

Noah sagte nichts. Josie hingegen fuhr fort: »Wir sind nicht wegen dir hier, Zeke. Wir brauchen lediglich Informationen.«

Needle fischte ein Feuerzeug aus einem seiner Stiefel und zündete sich die Zigarette an. Er inhalierte und nickte. Während er eine dichte Rauchwolke ausblies, sagte er: »Es ist auch besser, dass du mit einem Freund unterwegs bist, JoJo. Gerade hier. Ich möchte nicht, dass dir etwas passiert.«

Josie spürte, wie die Wut aus ihrem Bauch bis in ihre Kehle stieg und einen schalen Geschmack auf ihrer Zunge hinterließ. Etwas in ihr wollte ihm für die vielen Male, die er zugelassen hatte, dass Lila ihr wehgetan, sehr wehgetan hatte, ins Gesicht schlagen. Zugleich vergaß sie nie das eine Mal, als Needle sie vor einem von Lilas Vorhaben bewahrt hatte, das so grausam gewesen war, dass es Josies ganzes Leben ruiniert hätte. Immer wenn sie ihn sah, spürte sie seine Hand auf ihrem Kopf, damals, als sie elf Jahre alt gewesen war, und hörte, wie er etwas sagte, das sie vor einem Schicksal bewahrt hatte, was für sie schlimmer gewesen wäre als der Tod: »Geh nach draußen und spiel jetzt.«

An jenem Tag hatte er Lilas ganzen Zorn abbekommen. Danach hatte er Josie nur noch ein einziges Mal vor Lilas Grausamkeit bewahrt. In jener Nacht mit dem Messer.

Unbewusst fuhr sich Josie mit den Fingern ihrer rechten Hand über die lange Narbe, die von ihrem Ohr bis unter das Kinn verlief. Sie musste mit vielen Stichen genäht werden, doch hätte es noch sehr viel schlimmer kommen können.

Trotzdem hasste sie Needle.

Josies Hände zitterten, als sie ihr Smartphone hervorholte, um Dina Hales Foto aufzurufen.

»Ich habe die Aufnahme«, sagte Noah rasch, ging auf

Needle zu und zog sein eigenes Smartphone heraus. Er tippte blitzschnell und mit sicherer Hand die PIN-Nummer ein. Erleichtert steckte Josie ihr Handy zurück in die Tasche und sah zu, wie Noah ihm Dinas Führerscheinfoto zeigte. »Haben Sie dieses Mädchen in den letzten Wochen hier gesehen?«

Needle starrte, ohne mit der Wimper zu zucken, eine Weile auf das Display und zog ein paarmal an seiner Zigarette. Dann legte er seine Hand um sein Gesicht und kam mit dem Gesicht ganz nahe an das Display, um das Bild besser sehen zu können. »Hat sie Ärger?«

»Sie ist tot«, antwortete Josie. »Wir wissen bereits, dass sie hier war. Wir haben die GPS-Aufzeichnungen aus ihrem Handy, die zeigen, dass sie vor zwölf und vor sieben Tagen hier war.«

Needle hob die Kopf und nahm die Zigarette aus dem Mund. »Ihr habt inzwischen ja ganz schön raffinierten Polizeischnickschnack, nicht wahr, JoJo? Schätze, du machst gute Arbeit.«

Sie verstand nie, was er von ihr erwartete. Wollte er wirklich nur plaudern? Über ihren Beruf sprechen? Gab er tatsächlich vor, stolz auf sie zu sein, oder hatte er andere, hinterhältige Absichten? Sie konnte es einfach nicht mehr ertragen.

»Erinnern Sie sich, sie an einem dieser Tage hier gesehen zu haben?«, fragte Noah.

Needle sah Josie einen Augenblick an und musterte sie mit blassen Augen. Dann wandte er sich wieder Noah zu. »Ja, ich habe sie gesehen. Sie hat versucht, etwas loszuwerden.«

»Und was war das?«, hakte Noah nach.

Needle nahm einen weiteren tiefen Zug aus seiner Zigarette und drehte den Kopf, damit er ihnen den Rauch nicht direkt ins Gesicht blies. »Was denkt ihr?«

Josie verdrehte die Augen. »Ich werde dich nicht verhaften, Zeke. Es ist mir egal, ob du von diesem Mädchen Drogen gekauft oder sie ihr verkauft hast. Ich weiß, dass du sie nicht umgebracht hast. Ich muss im Augenblick nur wissen, welche Drogen sie hatte und was sie sagte.«

Er rauchte seine Zigarette zu Ende und warf sie in den Fluss. »Ich habe ihr nichts verkauft. Sie wollte nichts. Sie hatte Oxy.«

»Oxycodon?«, fragte Josie.

Er nickte. »Und nicht wenig. Ungefähr neunzig Tabletten. Sogar Originalpräparate.«

»In einer offiziellen Verpackung?«

»Nein. Nur in einem Beutel. So einem Snackbeutel.«

Josie rechnete nach. Der Verkaufswert von Oxycodon auf der Straße begann normalerweise bei ungefähr zwanzig Dollar pro Tablette. Nicht gefälschte Originalware kostete mehr. Sie wusste, dass dafür vierzig bis achtzig Dollar pro Tablette bezahlt wurden. Selbst wenn man vom Mindestpreis von vierzig Dollar für Markenpräparate ausging und Dina neunzig davon gehabt hatte, belief sich der illegale Verkaufswert auf dreitausendsechshundert Dollar.

»Sie meinte, sie habe es gefunden und müsse es loswerden«, fügte Needle hinzu. »Ich habe ihr gesagt, dass ich nicht so viel Geld hätte, um das Zeug zu kaufen.«

»Wie hat sie reagiert?«, fragte Noah.

Needle lachte. »Sie ist überall herumgegangen und hat versucht, es jemand anderem zu verkaufen. Irgendwann wurde es peinlich. Schließlich habe ich gesagt, ich würde es nehmen, könne aber nichts dafür bezahlen. Wenn sie Geld wolle, sagte ich, müsse sie wiederkommen, wenn ich alles verkauft hätte.«

»Und? Haben Sie es verkauft?«

»Kann mich nicht erinnern.«

»Okay«, sagte Josie. »Sie ist vor einer Woche zurückgekommen. Wollte sie sich das Geld abholen?«

Er schüttelte den Kopf. »Dachte ich zuerst auch, aber nein. Sie sagte, ich solle die ganze Sache vergessen, sie wolle nur sichergehen, dass ich alles losgeworden sei. Dann meinte sie noch, ich solle vergessen, dass ich sie je gesehen hätte.«

Noah hob eine Augenbraue. »Jetzt mal im Ernst, Zeke. Wir brauchen nur eine Auskunft. Haben Sie ihr etwas gegeben, als sie beim zweiten Mal hier war?«

Needle hob abwehrend die Hände. »Ich sage die Wahrheit. Hört mal, ich weiß, dass JoJo ein echter Bulle ist, okay? Sie würde keine Sekunde zögern, mich zu verhaften, wenn sie etwas gegen mich in der Hand hätte. Ich weiß auch, dass sie im Augenblick nichts hat. Aber das ist egal, denn ich sage JoJo immer die Wahrheit. Und die Wahrheit ist das, was ich gerade gesagt habe. Das Mädchen ist zurückgekommen und meinte, ich solle die ganze Sache vergessen und alles behalten. Sie wollte nicht ... wie hat sie es ausgedrückt?« Er verstummte und blinzelte, während er nachdachte. Dann holte er eine weitere Zigarette aus der zerknüllten Schachtel und steckte sie sich in den Mund. Während er sie anzündete, fuhr er fort: »Ich erinnere mich. Sie sagte, sie wolle damit nicht ›in Verbindung gebracht‹ werden.« Er kicherte, sodass die Zigarette auf seinen Lippen hüpfte. »In Verbindung gebracht. Das hatte ich bisher noch nicht gehört.«

»Hat sie gesagt, woher sie die Medikamente hatte?«, fragte Josie.

»Angeblich gefunden. Wollte nicht sagen, wo. Ich habe sie gefragt, ob sie das Zeug geklaut habe, weil ich nicht in irgendwas hineingezogen werden wollte. Sie schwor Stein und Bein, dass sie es gefunden habe und nur loswerden wolle. Mehr weiß ich nicht.«

Noah rief ein Foto von Elliott Calvert auf und zeigte es Needle. »Haben Sie den Typen schon einmal gesehen?«

Needle blies eine Rauchwolke aus und schüttelte den Kopf. »Nie gesehen.«

Josie blickte ihn eine ganze Weile an. Sie hatte den Eindruck, dass er die Wahrheit sagte. Trotzdem brachte sie es nicht über das Herz, ihm zu danken. Sie sagte nur: »Wir sehen uns, Zeke.«

Als sie und Noah weggingen, rief er ihr hinterher: »JoJo.«

Sie drehte sich um und erwartete, von ihm um Geld angebettelt zu werden. Das tat er gelegentlich, wenn sie etwas von ihm wissen wollte. Stattdessen fragte er: »Haben diese Drogen das Mädchen umgebracht?«

»Ich weiß es nicht«, antwortete Josie.

EINUNDZWANZIG

Josie war in den letzten Jahren schon Dutzende Male an dem vierstöckigen Stamoran-Gebäude vorbeigefahren, hatte sich jedoch nie groß Gedanken darüber gemacht, welche Art von Unternehmen darin sein Domizil hatte. Der Name »Stamoran« hatte sich stets wie eine Art Anwaltsbüro angehört. Nun, da sie wusste, dass es sich um das Architekturbüro handelte, in dem Elliott Calvert angestellt war, sah sie das Gebäude mit seinen grob gemauerten Mauern aus rotem Backstein, den Bogenfenstern und einer Brüstung entlang des obersten Stockwerks mit ganz anderen Augen. Es befand sich in der Innenstadt von Denton mit ihren gittermusterartig angelegten Straßen. Sie parkten einen Block weit vom Gebäude entfernt und gingen zu Fuß zum Haupteingang.

»Wir sind wieder bei Drogen gelandet«, sagte Noah. »Dina ›findet‹ Oxycodon. Sie will die Tabletten loswerden und bringt sie zur East Bridge. Aber derjenige, dem sie gehört haben, wollte sie zurück.«

Josie runzelte die Stirn. »Vielleicht. Aber ich weiß nicht, ob man sie nur wegen ein paar Tausend Dollar Oxy gefoltert hat.«

»Leute wurden schon für weniger ermordet«, hob Noah

hervor. »Vielleicht hat sie das Zeug von einem Dealer geklaut, der daraufhin ein Exempel statuieren wollte.«

»Möglich. Aber was hat Elliott Calvert damit zu tun?«

»Vielleicht war er in irgendeine Art von Drogenhandel verwickelt. Oder er hatte ein Laster, von dem niemand wusste. Vielleicht hat Dina ihm seine Drogen geklaut, die er unbedingt brauchte. Wir reden von einem Kerl, der ein siebzehnjähriges Mädchen am helllichten Tag umbringt. Hat er vielleicht psychische Probleme? Wir wissen, dass die beiden sich vor dem Zusammentreffen gestern mindestens elfmal zur gleichen Zeit im Hotel aufgehalten haben.«

»Elliott Calvert hat zwei Mädchen nachgestellt und sie überfallen. Dina Hale hat er umgebracht. Davor ist es ihm gelungen, ein relativ normales, ruhiges Leben zu führen. Ich glaube nicht, dass es hier um Oxy im Wert von ein paar Tausend Dollar geht. Da muss mehr dahinterstecken. Kann sein, dass auch Drogen im Spiel sind, aber mein Instinkt sagt mir, dass wir noch nicht einmal an der Oberfläche dessen gekratzt haben, was wirklich Sache ist. Denk nur an die Folterung.«

Um in das Stamoran-Gebäude zu kommen, musste man durch eine Glastür mit einer Liste der dort untergebrachten Firmen. Auf jeder Etage befand sich ein anderes Unternehmen. Stamoran hatte das Erdgeschoss gemietet. Josie versuchte, die Tür zu öffnen, aber sie war verschlossen. Also drückte sie den passenden Knopf. Hinter der Glastür konnte sie eine große Empfangslobby mit einer leeren Rezeption, mehreren Bänken, Topfpflanzen und einer Reihe von Aufzugtüren erkennen. Obwohl Cornell Stamoran versprochen hatte, sie um sechzehn Uhr abzuholen, sah Josie drinnen niemanden – zumindest nicht in der Lobby.

Sie warteten ein paar Minuten. Noah klingelte noch einmal, doch ohne Erfolg. Also nahm Josie ihr Handy, um ihn anzurufen.

Da hörten sie hinter sich eine Männerstimme. »Detectives! Entschuldigung, ich bin spät dran.«

Sie drehten sich um und sahen, wie Cornell Stamoran die Straße entlang auf sie zukam. Er war groß, sicher eins fünfundneunzig, schlank, hatte einen kahl rasierten Kopf und einen sauber gestutzten Kinnbart. Hinter seiner Brille strahlten braune Augen. Er gab beiden die Hand, bevor er die Tür mit einem Schlüssel öffnete und sie einließ. Dann ging er zielstrebig durch die Eingangshalle und an der Rezeption vorbei in einen Bereich, vor dem auf einem Schild

THE STAMORAN FIRM

zu lesen war. Sie gelangten in einen kleineren Empfangsraum mit einem Schreibtisch und mehreren hohen Tischen, auf denen jeweils das Modell eines Gebäudes stand. Josie vermutete, dass es sich um Projekte handelte, die Stamoran realisiert hatte. Glaswände trennten den Rezeptionsbereich von einem großen Raum mit einem langen, weißen Konferenztisch in der Mitte. Eingefasst wurde der Raum von einem halben Dutzend Büros, die alle Glaswände hatten.

»Uneingeschränkte Transparenz«, erklärte Cornell, als sich Josie einmal um die eigene Achse drehte und die Umgebung studierte. »Wir können uns alle gegenseitig sehen. Und zugleich beobachten, was im zentralen Sitzungsraum vor sich geht. Ich denke, das ist gut für die Bürokultur.«

Josie fragte sich, wie es der Bürokultur dienlich sein sollte, wenn jeder den ganzen Tag wie unter einem Mikroskop sichtbar war, sah man davon ab, dass Büroaffären damit verhindert wurden. Aber zumindest konnte niemand untätig herumhängen. In jedem Büro befand sich ein Schreibtisch mit Gästestühlen und ein großes Reißbrett. Zudem waren sie alle mit einer großen, frei stehenden Korkpinnwand ausgestattet, an der Pläne und Blaupausen hingen. In einigen Büros standen Geräte, die aussahen wie 3D-Drucker.

Cornell deutete auf einen wesentlich größeren Raum am Ende des Flurs. In ihm erstreckte sich ein langer Tisch mit daruntergeschobenen Stühlen. An den Wänden standen Regale mit verschiedensten Gegenständen: Mauerziegeln, Holz, Wandverkleidungen, Bodenbelägen und Farbmustern. »Das ist unsere Materialbibliothek«, erklärte Cornell. »Jeder hat Zugang zu ihr.«

»Wo ist das Büro von Elliott Calvert?«, wollte Noah wissen.

Cornell deutete auf das erste Büro zu ihrer Linken. Es war mit Ausnahme einer großen Topfpflanze fast identisch mit allen anderen. »Wollen Sie sich dort umsehen? Ich weiß nicht, ob ich das Recht habe, Ihnen die Erlaubnis dazu zu geben. Ich habe übrigens versucht, Elliott anzurufen. Ich hoffe, das macht Ihnen nichts aus. Sie haben angerufen und gesagt, dass wir uns treffen müssten und es um ihn ginge. Da dachte ich, es wäre nur fair, ihn vorzuwarnen. Aber er war nicht erreichbar und hat mich auch nicht zurückgerufen.«

Josie trat ein paar Schritte näher an das Büro heran und warf einen Blick hinein. Auf dem Schreibtisch stand ein gerahmtes Foto von Tori, die eine munter dreinblickende Amalise auf den Knien sitzen hatte. Sie unterdrückte ein Seufzen, wandte sich wieder Cornell zu und sagte: »Er hat sein Handy nicht mehr.«

Zum ersten Mal wirkte Cornell verunsichert. Ein Schatten huschte über sein Gesicht. »Um Gottes willen. Er ist doch nicht tot, oder?«

»Nein«, erwiderte Noah.

Cornell atmete erleichtert auf. »Gott sei Dank. Worum geht es denn?«

Bevor sie etwas sagen konnten, ertönte im Flur ein Gong wie der Schlag einer Kirchenglocke. Cornell sah zum Rezeptionsbereich. Josie und Noah folgten seinem Blick. Eine blonde Frau in Jeans und einem langärmeligen schwarzen Shirt war gerade hereingekommen. Über der Schulter hatte sie eine Handtasche hängen. Sie stellte sie auf den Schreibtisch, kam zu ihnen in den Konferenzraum und blieb mit verschränkten Armen stehen.

»Das ist Steph Ulmer, unsere Rezeptionistin«, stellte Cornell sie vor. »Ich dachte, vielleicht möchten Sie mit ihr reden. Sie weiß wahrscheinlich mehr als ich über alles Bescheid, was hier vorgeht.« Er lachte gutmütig, doch Steph schien es nicht sonderlich witzig zu finden.

Sie runzelte weiter die Stirn, als Cornell Noah und Josie vorstellte und die beiden ihre Dienstausweise zeigten, die sie sich genau ansah. »Was möchten Sie wissen?«, fragte sie spitz.

»Darauf wollte ich gerade kommen«, meinte Cornell.

Josie lehnte sich mit der Hüfte an den Konferenztisch. »Gestern Morgen hat Mr Calvert zwei Mädchen im Auto verfolgt. Als die beiden wegen des dichten Nebels anhielten, stieg er aus, kam zu ihnen und griff sie an. Eines der Mädchen ist an seinen Verletzungen gestorben.«

Stephs Stirnrunzeln ging in einen geschockten Gesichtsausdruck über. Von Cornell war ein nervöses Lachen zu hören. »Also gut«, sagte er. »Es tut mir schrecklich leid, Ihnen das sagen zu müssen, aber da haben Sie den Falschen erwischt. Ich weiß nicht, wie Sie zu Elliotts Namen gekommen sind, doch kann ich Ihnen versichern, dass er so etwas nie tun würde. Das ist verrückt. Wollen Sie sagen, dass ... ich meine, wir reden hier von ... Sie sagten, sie sei an ihren Verletzungen gestorben? Das wäre doch dann Mord, oder nicht?«

Weder Josie noch Noah sagten etwas.

Die Lachfalten um Cornells Augen glätteten sich etwas. Seine Miene erstarrte zu einem Ausdruck, aus dem halb Entsetzen und halb Ungläubigkeit sprachen. Er fuhr fort: »Tut mir wirklich sehr leid, aber ich kann Ihnen versichern, der Mann, nach dem Sie suchen, ist nicht Elliott.«

»Er war es«, sagte Josie.

»Wie können Sie da so sicher sein?«, fragte Steph.

Noah holte sein Handy heraus, rief Elliotts Führerschein-foto auf und zeigte es den beiden. Die letzten Reste von Cornells Lächeln versiegten. »Ich verstehe das nicht«, sagte er.

»Wir auch nicht«, sagte Josie. »Deshalb sind wir hier. Wir haben bereits mit seiner Frau gesprochen.«

»Mit Tori?«, rief Cornell. »Mein Gott. Sie haben es Tori erzählt? Wie hat sie es aufgenommen? Sie denkt vermutlich ebenfalls, das sei alles ein schlechter Scherz.«

»Deshalb hat sie gestern angerufen, nicht wahr?«, fragte Steph.

Josie und Noah antworteten nicht, aber Cornell sah sie fragend an. Sie legte sich eine Haarsträhne hinter das Ohr und zuckte die Schultern. »Tori hat nach ihm gefragt. Sie dachte, er sei hier.«

»Mrs Calvert hat die Nachricht so aufgenommen, wie zu erwarten war. Und ja, es war auch für sie ein Schock.«

Cornell zog eine Augenbraue schief. »Aber sind Sie wirklich sicher? Klar, Sie haben sein Führerscheinfoto. Woher wissen Sie, dass es wirklich er war? Vielleicht hat ihn jemand hereingelegt. Vielleicht lügt das zweite Mädchen. Das andere lebt doch noch, oder?«

»Soweit wir wissen, schon«, erwiderte Josie. »Aber, Mr Sta-moran, ich selbst habe Elliott am Tatort auf frischer Tat ertappt. Außerdem hat er sein Auto, einen auf ihn zugelassenen Nissan Altima, und sein Handy dort zurückgelassen. Heute haben wir ihn in seinem Versteck im Wald aufgespürt und festgesetzt.«

Steph sah sie mit offenem Mund an. Sie schlang die Arme um sich und sagte: »Heißt das, Sie haben ihn festgenommen? Ist er im Gefängnis?«

»Im Krankenhaus«, erläuterte Noah. »Aber, ja, wir haben ihn festgenommen.«

Cornell war aschfahl geworden. Er setzte sich auf einen

Stuhl am Tisch. »Das verstehe ich nicht. Wollen Sie mir erzählen, dass Elliott ... verrückt geworden ist? Durchgedreht?«

»Das wissen wir nicht«, entgegnete Noah. »Aber wir versuchen gerade, es herauszufinden.«

Steph warf einen Blick hinüber zu seinem Büro und sah dann wieder Josie und Noah an. »Ist er ... ist er okay?«

»Er wird bald wieder okay sein«, sagte Josie. »Wann hatten Sie beide das letzte Mal Kontakt zu ihm?«

»Am Freitag«, antwortete Cornell. »Kurz vor Feierabend. Er war noch im Büro.« Er deutete auf Elliotts Glaskubus. »Ich bin kurz zu ihm hinein. Wir haben über das Monarch-Ridge-Projekt gesprochen. Ich habe ihm ein schönes Wochenende gewünscht und bin dann gegangen.«

»Wer war sonst noch da?«, fragte Josie.

»Ich«, meldete sich Steph und hob die Hand. »Ich bin kurz danach gegangen.«

»Wie wirkte Elliott an diesem Tag?«, wollte Noah wissen.

»Zerstreut«, antwortete Steph.

»Ganz normal«, meinte dagegen Cornell.

Die beiden sahen sich an. Mit nervösem Lächeln sagte Cornell: »Ich habe Ihnen ja gesagt, Steph hat die Finger besser am Puls dieses Büros als alle anderen.«

»Weil ich so oft hier bin«, meinte sie mit einem gespielten Lächeln. »Sogar an meinem freien Tag.«

Cornell entging die Ironie ihrer Bemerkung völlig.

»Warum glauben Sie, dass er zerstreut wirkte?«, hakte Josie nach.

»Weil er eigentlich am Monarch-Ridge-Projekt arbeiten und mir einige Genehmigungsanträge hätte erstellen sollen, bevor ich nach Hause gegangen bin. Aber er hat es nicht gemacht. Er hat die ganze Zeit auf sein Handy gesehen. Ist ständig nach draußen gelaufen und wieder hereingekommen. Ich habe ihn gefragt, ob etwas nicht in Ordnung sei, aber er hat es verneint.«

»Wann sind Sie nach Hause?«, fragte Noah.

»Um sieben«, sagte Steph. »Elliott ist um achtzehn Uhr fünfundvierzig gegangen. Ich habe alles ausgeschaltet und abgeschlossen.«

»Sie waren gestern hier«, stellte Josie fest. »Arbeiten Sie samstags normalerweise?«

»Jedes zweite Wochenende.«

»Hatten Sie überhaupt damit gerechnet, dass Elliott gestern ins Büro kommt?«, fragte Noah.

Sowohl Steph als auch Cornell schüttelten den Kopf.

»Wie gut kennen Sie Elliott?«, fragte Josie.

Steph zuckte die Schultern. »Nicht gut. Er ist ein netter Kerl – dachte ich zumindest. Aber wir reden nicht viel, und wenn, dann nur über die Arbeit.«

»Sie nehmen doch sicher Anrufe für ihn an. Oder Nachrichten. Und machen die Terminplanung.«

Sie nickte. »Ich koordiniere und plane die Termine und Sitzungen aller Architekten hier und nehme Anrufe für sie an. Außerdem erledige ich viele ihrer Alltagsarbeiten. Zum Beispiel sorge ich dafür, dass die Genehmigungsanträge für bestimmte Projekte rechtzeitig eingereicht werden. Oder ich erinnere sie an Projektfristen, solche Sachen.«

Josie merkte, worauf Noah hinauswollte, und fragte: »Hat Tori Calvert je angerufen und nach Ihrem Mann gefragt?«

»Sicher, manchmal. Wenn sie ihn auf dem Handy nicht erreicht hat. Normalerweise ist er dann gerade in einer Sitzung.«

»Hat Elliott Sie je gebeten, seiner Frau eine falsche Auskunft über seinen Verbleib zu geben?«

»Was?«, fragte Cornell.

Steph trat nervös von einem Fuß auf den anderen und wandte den Blick ab.

Josie und Noah warteten stumm auf eine Antwort.

Cornell berührte Steph an der Schulter. »Steph. Hat Elliott dich gebeten, Tori anzulügen?«

Steph sah ihren Chef an und sagte: »Ich habe es nicht gemacht. Ich habe ihm gesagt, das gehöre nicht zu meinen Aufgaben. Das sollte zu niemandes Aufgaben im Beruf gehören.«

Cornell zog die Mundwinkel nach unten. Er sah sie verständnisvoll an. »Das hättest du mir sagen sollen, Steph. Das ist inakzeptabel. Ich möchte nicht, dass du je eine solche Entscheidung treffen musst. Es tut mir leid.«

»Wann war das?«, bohrte Josie nach.

Steph seufzte. Sie hob die Hand und spielte mit einer Haarsträhne. »Vor ungefähr vier, fünf Monaten. Ich weiß nicht, wo er hinwollte. Es war um die Mittagszeit. Alle waren da. Wir haben damals viele Überstunden gemacht. Hatten viele Projekte und die Fristen rückten näher. Er war gerade am Gehen und sagte zu mir: ›Wenn Tori anruft, kannst du ihr sagen, dass ich bei einem Kunden bin?‹. Ich habe ihn gefragt, wohin er fahren wolle. Er meinte, das wolle er nicht sagen, aber ich solle doch Tori die ›Standardantwort‹ geben, dass er einen Kunden besuche. Als er von der ›Standardantwort‹ sprach, habe ich zu ihm so etwas gesagt wie: ›Ach, ich soll sie also anlügen?‹. Das war ihm sehr unangenehm. Da habe ich ihm gesagt, dass das nicht meine Aufgabe sei.«

»Wie hat er reagiert?«, fragte Noah.

»Es war ihm peinlich. Er hat sich entschuldigt und ist dann gegangen.«

Cornell wirkte wie vor den Kopf geschlagen. »Und Sie, Mr Stamoran?«, fragte Josie. »Wie gut kennen Sie Elliott?«

Er schüttelte den Kopf und starrte in Elliotts leeres Büro. »Anscheinend überhaupt nicht. Himmel. Das ist wirklich ...« Er driftete weg. Josie und Noah warteten, bis er sich gefangen hatte. Schließlich sah er sie wieder an. »Also, nicht so gut. Hören Sie, ich hatte keine Ahnung, dass er Steph gebeten hat, seine Frau anzulügen und über seinen Verbleib im Unklaren zu lassen. Wir sind keine Freunde. Ich kenne ihn zwar aus dem College. Wir hatten ein paar Kurse zusammen, aber waren schon damals keine Freunde. Seit er hierhergezogen ist, treffen wir uns manchmal außerhalb der Arbeitszeiten, aber in der Regel nur, wenn es mit der Arbeit zu tun hat. Zum Beispiel, wenn wir mit Kunden essen gehen.«

»Sind Sie je mit Kunden in das Restaurant Bastian's im Eudora zum Essen gegangen?«, fragte Noah.

»Nein. Da gehen wir normalerweise nicht hin. Wir haben ein paar Anlaufstellen, zu denen wir Kunden einladen. Das Lotus Lounge und das Cadeau. Die Atmosphäre ist dort etwas entspannter. Da hat man mehr Spaß.«

Noah wandte sich wieder Steph zu. »Haben Sie sich je mit Elliott privat getroffen?«

Sie lachte kurz auf. »Nein. Wie gesagt, wir haben nicht einmal viel miteinander geredet.«

»Haben Sie Elliott eingestellt?«, wollte Josie von Cornell wissen.

»Ja. Mir gehört die Firma. Er machte beim Vorstellungsgespräch einen wirklich guten Eindruck und wirkte motiviert. Außerdem war ihm sehr daran gelegen, von der Stadt hierherzuziehen, was nicht immer der Fall ist. Er ist sehr fähig. Hat reichlich Erfahrung. Er ist einer meiner besten und zuverlässigsten Angestellten. Mann, ich kann das noch gar nicht glauben.«

»Wie war er in den letzten Wochen?«, hakte Noah nach. »Ist Ihnen beiden sonst noch etwas Ungewöhnliches aufgefallen? Abgesehen davon, dass er zerstreut wirkte. Hat er sich anders verhalten als sonst?«

»Nicht dass ich wüsste«, sagte Steph.

Cornell schüttelte langsam den Kopf. »Nein, nein. Eigentlich nicht. Ich meine, Steph hat schon recht, er wirkte etwas zerstreut. Jetzt, wo sie es erwähnt hat, fällt es mir wieder ein. Er hat einige Sachen vergessen. Nichts Wichtiges, Kleinigkeiten. Da waren mehrere E-Mails, die er vergessen hat zu schicken. Ein paarmal hat er Kunden nicht zurückgerufen. Aber er und seine Frau sind seit Kurzem Eltern und ich weiß, wie stressig das ist. Amalise zahnt und da haben Elliott und Tori nicht viel Schlaf bekommen. Ich habe es darauf zurückgeführt. Nach der Geburt von Amalise habe ich ihm gesagt, dass er ein paar Wochen Urlaub nehmen soll, aber er wollte nicht.«

»Wegen der Locke-Heights-Sache?«, fragte Josie.

Cornell wirkte verdutzt. »Locke Heights?«

»Tori sagte, er habe seit Monaten daran gearbeitet und jede Menge Überstunden deswegen gemacht. Sie meinte, er habe wegen des Projekts ziemlich unter Druck gestanden.«

Cornell lachte nervös auf. »Wir haben das Locke-Heights-Projekt vor drei Monaten abgeschlossen.«

»Wollen Sie damit sagen, dass Elliott nicht deswegen früh ins Büro gekommen ist und bis spätabends gearbeitet hat?«

»Nicht in letzter Zeit«, erwiderte Cornell.

»Woran hat er denn gearbeitet?«, wollte Noah wissen.

Cornell sah Steph an. Sie nannte die Namen zweier Aufträge. »Nicht zu vergessen das Monarch-Ridge-Projekt«, fügte Cornell hinzu.

»Musste er wegen dieser Projekte länger als gewöhnlich im Büro bleiben? Auch nach den regulären Arbeitszeiten?«, fragte Josie.

»Nicht im derzeitigen Stadium, nein«, antwortete Cornell.

»Hatten Sie beide je den Eindruck, dass Elliott Calvert Drogen nahm?«, wollte Josie noch wissen.

Steph schüttelte den Kopf.

Cornell sah aus, als habe man ihm eine Ohrfeige versetzt. »Drogen? Sie meinen, hier im Büro? Natürlich nicht. Sehen Sie sich doch einmal um.« Er machte eine ausgreifende Handbewegung. »Wie ich schon sagte, herrscht hier totale Transparenz. Falls er Drogen genommen hat, ist es niemandem aufgefallen.«

»Haben Sie beide Elliott jemals mit einer Frau gesehen, die nicht seine Ehefrau war?«

Cornell verzog das Gesicht. Er sah Steph an. Sie sagte: »Ich habe ihn nie mit jemandem gesehen, aber nachdem er von mir verlangt hat, zu lügen, war ich ziemlich sicher, dass er eine Affäre hat. Was gäbe es sonst für einen Grund?«

»Ich kann mir nicht vorstellen, dass er eine Affäre hat«, widersprach Cornell. »Haben Sie Tori gesehen? Wissen Sie, dass sie früher eine Ballerina war? Warum sollte er ihr das antun?«

»Dazu können wir nichts sagen«, entgegnete Josie. »Aber trotzdem müssen wir wissen, ob Sie ihn je mit einer anderen Frau gesehen haben. Die er augenscheinlich gut kannte oder mit der er sehr vertraut umging.«

Wieder schüttelte Cornell den Kopf. »Nein, natürlich nicht.«

Steph deutete mit dem Kinn auf die Glaswände um sich herum. »Ich habe ihn immer nur im Büro gesehen und wenn er eine Affäre hätte, dann wäre das hier sicher nicht der richtige Ort dafür.«

»Wir wissen, dass er öfter das Bastian's im Eudora-Hotel besucht hat. Wussten Sie das?«

»Ich habe nie ein Treffen dort für ihn arrangiert«, sagte Steph.

»Nein, das wusste ich nicht«, meinte Cornell. »Aber wir waren, wie gesagt, keine Freunde. Ich kenne ihn aus dem College. Jetzt ist er mein Angestellter. Außerdem ist er ja anscheinend ein gewalttätiger Psycho.«

»Haben Sie sich je mit ihm im Bastian's getroffen?«, fragte Josie.

»Nein.«

Noah holte wieder sein Handy hervor und rief das Foto von Dina Hale auf. »Haben Sie dieses Mädchen schon einmal gesehen?«

Sowohl Steph als auch Cornell sahen sich die Aufnahme mit leeren Blick an. »Nein«, erwiderte Steph. »Die kenne ich nicht.«

»Ich auch nicht«, sagte Cornell. »Ist das ... eines der Mädchen, das er überfallen hat?«

»Ja«, antwortete Josie.

Noah zeigte ihnen Alisons Foto. »Was ist mit ihr?«

Wieder leere Blicke. Keiner der beiden kannte Alison Mills.

»Wir danken Ihnen für Ihre Zeit, Ms Ulmer, Mr Stamoran.« Sie gaben beiden eine Visitenkarte. »Wenn Ihnen noch etwas einfällt, von dem Sie glauben, dass es wichtig sein könnte, rufen Sie uns bitte sofort an.«

ZWEIUNDZWANZIG

Als Josie mit Noah die riesige Lobby des Eudora-Hotels betrat, begann ihr Handy in der Jackentasche zu vibrieren. Sie holte es heraus und sah sich die eingegangenen Nachrichten an. Gretchen. Sie hatte den Besitzer der mysteriösen Nummer, die Elliott Calvert sechzehn Mal angerufen hatte, noch nicht ausfindig machen können, suchte aber weiter. Unterdessen hatte sie einen neuen Haftbefehl für Calvert wegen des Mordes an Dina Hale ausstellen lassen. Sie hatte ihn ins Krankenhaus gebracht, aber Calvert wurde noch immer operiert. Der uniformierte Beamte dort wollte Calvert den Haftbefehl vorlegen, wenn er aus dem Aufwachraum kam und wach genug war, ihn zu verstehen. Tori war mit dem Baby im Arm ins Krankenhaus gekommen und Gretchen hatte ihr mitgeteilt, dass ihrem Mann eine Mordanklage bevorstand. Sie hatte es stoisch aufgenommen. Josie fragte sich, ob sie unter Schock stand oder den Mordvorwurf zusätzlich zur Hiobsbotschaft von gestern einfach nicht mehr verarbeiten konnte. Trotzdem tat sie ihr unendlich leid.

Gretchen berichtete ferner, dass die Autos von Elliott Calvert und Dina Hale beide schon untersucht worden waren

und man nichts Besonderes gefunden hatte. Der Chief hatte
sich mit Marlene Mills in Verbindung gesetzt. Es sollte in Kürze
eine Pressekonferenz mit ihr stattfinden. Gretchen war wieder
losgezogen, um die Suche nach Alison zu koordinieren. Josie
steckte ihr Handy ein und schloss rasch zu Noah auf, der
bereits unterwegs zum Empfang war. Ihre Füße sanken im
dicken, smaragdgrünen Teppich ein. Um sie herum saßen
Gäste auf antiken Möbeln und unterhielten sich leise. Ihre
Worte wurden von der klassischen Musik überlagert, mit der
das Hotel die Lobby beschallte. Das Eudora war so alt wie
Denton selbst. Es hatte zwölf Etagen und nahm die Hälfte
eines ganzen Straßenblocks in Beschlag. Es stand wie das Polizeirevier unter Denkmalschutz. Josie musste zugeben, dass die
Hotelfassade mit dem reich verzierten Ziegelmauerwerk ebenso
imposant wirkte wie das Innere mit seinen Marmorsäulen,
Kassettendecken und Kristallleuchtern.

Am Empfang zeigten Josie und Noah ihre Ausweise und
baten darum, mit dem Geschäftsführer sprechen zu dürfen.
Fünf Minuten später saßen sie in einem protzigen Büro gleich
neben der Lobby und hatten ihren Blick auf den Geschäftsführer gerichtet. Auf seinem Namensschild stand zu lesen:
John W. Brown. Er arbeitete noch nicht lange im Eudora. Sein
Vorgänger hatte Polizeipräsenz jeglicher Art in seinem Hotel
verabscheut und alles in seiner Macht Stehende getan, um
ihnen ermittlungsbedingte Befragungen im Hotel so schwer wie
möglich zu machen. Mr Brown war bei den seltenen Anlässen
der letzten Jahre, in denen sie Informationen vom Hotel
gebraucht hatten, wesentlich entgegenkommender gewesen.

Brown lehnte sich hinter seinem Schreibtisch in seinem
Sessel zurück und strich seine rote Krawatte glatt. »Was kann
ich für Sie tun, Detectives?«

»Wir würden gern mit Max Combs sprechen«, begann
Josie. »Dem Leiter der Catering- und Veranstaltungsabteilung.«

Brown runzelte die Stirn, sodass sich in seinen Augenwinkeln Krähenfüße bildeten. »Hat er etwas angestellt?«

»Nicht dass wir wüssten«, sagte Noah. »Wir müssen mit ihm wegen zweier Mitarbeiterinnen im Catering- und Veranstaltungsteam sprechen.«

»Besser gesagt drei«, ergänzte Josie. Sie holte ihr Handy hervor und rief das Foto von Max mit dem Mädchen an der Bar auf, das Dina gemacht und Alison geschickt hatte. »Kennen Sie diese Frau?«

Brown beugte sich vor, nahm eine Lesebrille von seinem Schreibtisch und setzte sie sich auf. Er sah sich die Aufnahme ein paar Sekunden an und sagte: »Nein. Sie trägt die Kleidung, die wir unserem Personal vorschreiben, aber sie ist mir unbekannt. Allerdings hat Max seine eigene Belegschaft. Ich kenne nicht alle seine Mitarbeiter.«

»Wenn er Leute einstellt, genehmigen Sie das nicht?«, fragte Noah.

»Nicht unterhalb der mittleren Managementebene, nein«, antwortete Brown. »Das Catering- und Veranstaltungsteam besteht in der Regel aus jungen Leuten. Da gibt es wenig Aufstiegschancen. Es herrscht eine große Fluktuation. Die meisten bleiben sechs Monate, vielleicht ein Jahr. Aber wenn sie es satthaben, jedes Wochenende arbeiten zu müssen, suchen sie sich eine neue Arbeit. Ich habe die Abteilungsleitung in Max' fähige Hände gegeben. Seit er die Verantwortung dafür hat, gab es kein einziges Wochenende, an dem wir nicht für einige lukrative Events gebucht wurden.«

»Er leistet also gute Arbeit«, stellte Josie fest.

Brown nickte.

»Ist er gerade hier?«, wollte Noah wissen.

»Leider nicht. Er sollte vor einer Stunde kommen, ist aber noch nicht eingetroffen.«

»Ist das typisch für ihn?«, fragte Josie.

Brown seufzte und wedelte mit der Hand in der Luft. »Max ist nicht gerade bekannt für seine Pünktlichkeit, aber wenn Kunden kommen, ist er immer da. Und er holt uns, wie gesagt, viele Veranstaltungen ins Haus, weshalb ich bei seiner Unpünktlichkeit oft ein Auge zudrücke.«

»Wer leitet die Abteilung, wenn Max nicht da ist?«, fragte Josie. »Hat er so etwas wie einen Stellvertreter?«

Ein Ausdruck von Widerwillen huschte über Browns Gesicht – so kurz, dass es Josie beinahe entgangen wäre. Er überspielte ihn sofort mit einem verkniffenen Lächeln. »Das ist Felicia Koslow. Sie beaufsichtigt das Catering- und Veranstaltungsteam.«

»Dann würden wir gern mit ihr und allen anderen Anwesenden des Teams sprechen, wenn es Ihnen nichts ausmacht.«

Wieder wanderten Browns Mundwinkel nach unten. »Wenn Sie hier im Hotel herumlaufen, Fragen stellen und unser Personal von der Arbeit abhalten, dann würde ich schon gerne wissen, worum es geht.«

»Wir suchen nach einer Vermissten namens Alison Mills«, antwortete Josie. »Sie arbeitet im Catering- und Veranstaltungsteam. Wir möchten mit allen sprechen, die Alison kennen, um zu erfahren, ob sie uns helfen können, sie zu finden, oder andere sachdienliche Hinweise haben.«

»Oh.« Brown nickte. »Tut mir leid, das zu hören. Selbstverständlich. Sie können mit allen in der Belegschaft sprechen, mit denen Sie möchten. Ich würde Sie nur bitten, damit bis zwanzig Uhr fertig zu sein. Denn um diese Uhrzeit beginnt unsere größte Abendveranstaltung und ich möchte nicht, dass unsere Gäste von der Anwesenheit der Polizei abgelenkt oder verschreckt werden.«

»In Ordnung«, sagte Josie. »Noch eine Sache.« Sie rief Elliott Calverts Führerscheinfoto auf ihrem Handy auf und zeigte es Brown. »Erkennen Sie diesen Mann?«

»Leider nicht. Müsste ich ihn kennen?«

»Wir wissen, dass er in den letzten fünf Monaten mehrmals im Eudora war«, erklärte Noah. »Das bestätigen auch die GPS-Daten seines Smartphones.«

Und Josie fügte hinzu: »Er hatte Kontakt zu Alison Mills, bevor sie verschwunden ist. Wir befassen uns mit allen seinen jüngsten Aktivitäten und wollen in diesem Zusammenhang auch wissen, was er hier zu suchen hatte.«

Brown bekam große Augen. »Hat er der jungen Dame etwas getan?«

»Er hat sie nicht missbraucht, wenn Sie das meinen«, sagte Noah. »Aber er hat ihre Freundin überfallen, die ebenfalls hier zum Cateringteam gehörte. Dina Hale. Leider ist sie an ihren Verletzungen gestorben. Alison ist geflohen. Wir müssen sie finden und nach Hause bringen.«

Brown war einen Augenblick lang still und verarbeitete das Gehörte. Mit einem langen Finger tippte er auf das Touchpad seines Laptops und aktivierte damit den Bildschirm. »Das ist ja eine fürchterliche Tragödie. Tut mir leid, das von Miss Hale und Miss Mills zu hören. Ich kann Ihnen versichern, ich werde alles in meiner Macht Stehende tun, um Ihnen zu helfen. Wenn Sie mir den Namen des Mannes sagen, kann ich ihn in unserer Datei nachschlagen. Ich würde auch gern meine Angestellten über die Angelegenheit unterrichten, damit sie den Notruf wählen können, falls er wieder zu uns kommt.«

»Das wird nicht nötig sein«, sagte Josie. »Er befindet sich in Gewahrsam. Aber es wäre für uns sehr hilfreich, wenn Sie in Ihrer Datei nachsehen könnten.« Sie nannte ihm Elliott Calverts Namen und buchstabierte ihn, während Brown ihn in die Datenbank seines Hotels eingab. Er tippte, berührte mit dem Finger das Touchpad und tippte wieder. Mit einem weiteren Stirnrunzeln sagte er schließlich: »Es tut mir leid, aber er war nie Gast hier.«

»Sie wollen damit sagen, dass er hier noch nie ein Zimmer reserviert hat«, sagte Noah.

»Genau.« Brown drehte seinen Laptop so, dass die beiden die Datenbank, in die er Calverts Namen eingegeben hatte, und das kleine Fenster am unteren Rand des Bildschirms mit der Meldung *Keine Ergebnisse* sehen konnten.

»Was ist mit der Bar? Und dem Restaurant?«, wollte Noah wissen.

Brown sah von seinem Computer hoch. »Ich habe leider keine Möglichkeit, nachzusehen, wer im Bastian's Gast war, Lieutenant. Wir speichern die Namen nicht. Jeder kann dort kommen und gehen, wie es ihm beliebt.«

»Aber wenn viel los ist, nehmen Sie schon Reservierungen entgegen, oder?«, hakte Josie nach.

Brown hob einen Finger. »Da haben Sie recht. Das ist eine andere Datenbank. Einen Augenblick bitte.« Er nahm sein Telefon, tippte auf eine Nummer und wartete. Josie hörte am anderen Ende eine Frauenstimme. Ruhig gab Brown Calverts Namen durch und bat sie, in der Reservierungsliste nachzusehen. Nach einer Weile legte er auf. »Tut mir leid. Er hat in unserem Restaurant nie einen Tisch reserviert.«

»Er könnte in der Bar oder im Restaurant eine Kreditkarte zum Zahlen verwendet haben«, meinte Noah. »Wir wissen, dass er hier war. Die GPS-Aufzeichnungen seines Handys zeigen es eindeutig.«

Brown stützte seine Ellbogen auf den Schreibtisch und verschränkte die Finger unter seinem Kinn. »Das ist gut möglich, aber ich habe keinen Zugang zu den Kreditkartendaten unserer Kunden. Dafür bräuchte ich vermutlich eine richterliche Verfügung.«

»Wir besorgen Ihnen eine«, sagte Josie. »Aber wie Lieutenant Fraley schon sagte, wissen wir, dass er hier war. Wir sind weniger daran interessiert, das zu beweisen, als daran, herauszufinden, mit wem er hier war.«

Brown sah sie stumm und abwartend an.

Sie fuhr fort: »Sie haben Überwachungskameras in der Lobby und in allen Gemeinschaftsräumen einschließlich des Eingangs zum Restaurant. Wenn wir Ihnen eine Liste der Tage und Uhrzeiten geben, an denen Mr Calvert hier war, könnten Sie uns die Aufzeichnungen kopieren.«

»Wir behalten die Aufzeichnungen lediglich einen Monat lang. Ältere Aufzeichnungen haben wir nur, wenn etwas vorgefallen ist, weswegen wir Berichte schreiben müssen – etwa, wenn jemand stürzt oder es eine Auseinandersetzung gibt. Dann bewahren wir die Aufzeichnungen für eventuelle Gerichtsverfahren ein Jahr lang auf.«

Josie zog ihr Handy aus der Tasche und sah nach, an welchen Tagen und zu welcher Uhrzeit Calvert sich im Hotel aufgehalten hatte. Sie las sie vor.

Brown zögerte, schürzte die Lippen und tippte die Fingerspitzen aneinander. Josie fragte sich, ob er eine richterliche Verfügung verlangen würde. Das war sein gutes Recht. Soweit Josie und Noah wussten, konnte es durchaus sein, dass dies in einer internen Hotelvorschrift so festgelegt war. Stattdessen verlegte Brown sich darauf, sie so schnell wie möglich loszuwerden. »Wenn Sie mir die Liste per E-Mail schicken, Detective, kann ich Ihnen die Aufzeichnungen für alle Tage und Uhrzeiten zusammenstellen, während Sie mit meinem Catering- und Veranstaltungsteam reden.« Er deutete auf die Uhr an der Wand zu Josies Linken und meinte: »Ich verstehe natürlich, dass Sie sehr wichtige Ermittlungen leiten, aber ich muss dafür sorgen, dass in diesem Hotel alles reibungslos abläuft. Unsere Gäste erwarten einen gewissen Luxusstandard, wenn Sie ins Eudora kommen, ganz gleich, ob sie übernachten oder nur die Küche und einige Drinks im Bastian's genießen.«

»Und Polizeibeamte, die herumlaufen und Fragen stellen, entsprechen nicht diesem Standard«, stellte Noah fest.

Sein Ton war sarkastisch, doch Brown beschloss, die Bemerkung ernst zu nehmen. Mit gequältem Lächeln sagte er: »Ich bin froh, dass Sie dafür Verständnis haben. Ich zeige Ihnen die Festsäle und lasse Ihnen anschließend schnellstmöglich die Aufzeichnungen zusammenstellen. Dafür sorge ich persönlich.«

DREIUNDZWANZIG

Als sie wieder in der Lobby waren, sahen sie weitere Gäste eintreffen. Die meisten liefen zu den Fahrstühlen, die in die oberen Stockwerke führten. Einige Besucher in edlerer Abendkleidung gingen in Richtung des Restaurants. Niemand nahm Josie und Noah im Gefolge von Brown zur Kenntnis. Er ging mit ihnen in einen breiten Flur, der von der Lobby wegführte. Dort waren mehrere Schilder aufgestellt. Auf ihnen stand:

HOCHZEITSEMPFANG VONDRAK, FESTSAAL A

und

BANKETT PREISVERLEIHUNG FRAUENCLUB, FESTSAAL B

Bevor sie zu einem der Festsäle gelangten, blieb Brown vor zwei Flügeltüren stehen. Auf einem Schild darauf war zu lesen:

ZUGANG NUR FÜR CATERINGPERSONAL

Brown zog eine Karte aus seiner Jackentasche, die er unauffällig durch ein Gerät neben den Türgriffen zog. Als ein Klicken zu hören war, drückte er die Tür auf.

Dahinter begann ein weiterer Flur mit Teppichboden und mehreren Türen. Sie führten unter anderem zu einem Pausenraum und einer Umkleide. Auf Josies Bitte schloss Brown sowohl Dina Hales als auch Alison Mills' Spind auf. Beide waren bis auf einige alte Make-up-Produkte leer. Als Nächstes kamen sie an einem Büro vorbei, auf dessen Türschild stand:

MAX COMBS, LEITER CATERING UND VERANSTALTUNGEN

Die Tür war geschlossen. Drinnen war kein Licht zu sehen. Als sie an Combs' Büro vorbei waren, gelangten sie zu einem großen Zimmer mit Regalen, auf denen Toilettenpapier, Papiertücher, Müllbeutel, Desinfektionsmittel und andere Materialien lagen. Eine stämmige Frau mit graubraunem Haar schob einen mit Reinigungsartikeln gefüllten Wagen aus dem Lagerraum in den Flur. Sie trug eine enge schwarze Hose und ein weißes Poloshirt, auf dem über der linken Brust der Schriftzug »Eudora« dunkelgrün aufgestickt war. Als sie auf sie zukamen, begrüßte sie den Hoteldirektor mit »Mr Brown« und einem kurzen Nicken. Dann sah sie beiläufig Josie und Noah an, ging aber weiter und schob ihren Wagen an ihnen vorbei.

»Sadie«, sprach Mr Brown sie an.

Sie blieb stehen, drehte sich um und schenkte Brown ein aufgesetztes Lächeln. »Kann ich Ihnen irgendwie helfen? Einer der Gäste beim Brunch hat heute Morgen auf den Teppich in Festsaal A erbrochen und ich muss es schnellstmöglich wegbekommen. Ja, ich weiß, jemand hätte es heute Morgen schon erledigen sollen, aber es ist nicht passiert, also muss ich es jetzt machen.« Sie sah auf die Zeitanzeige des Fitbit-Trackers an ihrem Handgelenk. »Und ich habe nicht viel Zeit, weil bald der Saal für das Preisverleihungsbankett heute Abend hergerichtet wird.«

Brown lächelte ebenso aufgesetzt zurück. »Ich weiß Ihren Fleiß zu schätzen, Sadie. Haben Sie Max heute schon gesehen?«

Sie seufzte. »Nein, aber es ist auch nicht meine Aufgabe, sein Kommen und Gehen zu überwachen.«

Zum ersten Mal blieb ihr Blick an Josie und Noah hängen. Ihr gezwungenes Lächeln wurde schwächer und erstarb schließlich völlig. »Ist ... ist alles okay?«

Brown senkte die Stimme, als Angehörige des Catering- und Küchenpersonals an ihnen vorbeieilten. »Leider nicht. Es hat gestern einen Vorfall mit zwei Angehörigen des Catering-teams gegeben. Nicht hier im Hotel, aber die Polizei ermittelt deswegen.«

Josie trat einen Schritt vor und zeigte ihren Dienstausweis, aber Sadie sah ihn sich nicht einmal an. Stattdessen starrte sie Josie direkt ins Gesicht. »Ich weiß, wer Sie sind«, sagte sie. »Sie sind diese bekannte Kriminalpolizistin. Die mit der berühmten Zwillingsschwester. Sie hat diese Sendung, *Ungelöste Verbrechen.*«

»Das stimmt«, erwiderte Josie. »Miss ...?«

»Bacarra. Sadie Bacarra.«

»Sie sind mit Marlene Mills befreundet«, sagte Noah und trat ebenfalls näher.

Sadie blinzelte. Ein besorgter Ausdruck trat in ihre Augen. »Ja. Marlene und ich sind seit einer Ewigkeit befreundet. Wir waren schon als Kinder zusammen auf der Grundschule, der Wolfson Elementary. Später zogen meine Eltern nach Philadel-phia. Wir sind aber immer in Kontakt geblieben und nachdem ich als Erwachsene wieder nach Denton zurückkam, sind wir noch engere Freundinnen als zuvor geworden. Warum fragen Sie? Geht es ihr gut? Warten Sie.« Sie sah Mr Brown an. »Sie sagten, es sei etwas mit zwei Leuten vom Catering passiert. Meinen Sie Alison? Alison Mills?«

»Bitte, Sadie«, bat Brown. »Sprechen Sie leiser.«

Josie sagte ihm nicht, dass es überhaupt nichts brachte, wenn sie leiser sprach. Sie wollten jeden hier befragen. In Kürze würde die gesamte Belegschaft wissen, worum es ging.

Sadie ballte die Faust und presste sie sich an den Mund. Nach einigen Sekunden nahm sie sie wieder weg und flüsterte: »Ist Alison okay? Bitte sagen Sie mir, dass es ihr gut geht. Marlene würde sterben, wenn etwas mit Alison wäre. Es ist schon schlimm genug, dass Clint wer weiß wie lange in Hongkong ist.«

»Es tut mir leid«, entgegnete Josie, »aber Alison wird vermisst. Wir suchen nach ihr.«

Mr Brown meldete sich wieder zu Wort. »Wenn Sie hier alles im Griff haben, ziehe ich mich zurück und besorge Ihnen die Sachen, über die wir gerade gesprochen haben.«

»Danke«, sagte Josie.

»Sachen? Welche Sachen?«, fragte Sadie. »Was geht hier vor?«

Aber Mr Brown schob sich bereits durch die Personaltür, um wieder in sein Büro zu gehen. »Mr Brown unterstützt uns bei unseren Ermittlungen.«

»Weil Alison vermisst wird? Denken Sie, dass sie hierhergekommen ist? Oder ist sie von hier aus verschwunden?«

»Nein«, antwortete Josie. »Sie ist nicht von hier aus verschwunden. Sie und ihre Freundin Dina Hale sind gestern Morgen die Widow's Ridge Road entlanggefahren. Sie haben angehalten, weil der Nebel so dicht war. Dann gab es einen Vorfall. Dina wurde umgebracht und Alison ist weggelaufen.«

Sadie wurde blass. »*Umgebracht*, sagen Sie? Ein Vorfall? Was für ein Vorfall? Mein Gott. Marlene hat mich gar nicht angerufen. Warum hat sie sich nicht gemeldet? Ist Alison verletzt? Denken Sie, dass sie noch lebt? Soll ich bei der Suche mithelfen?«

»Im Augenblick helfen Sie uns, wenn Sie unsere Fragen beantworten«, sagte Noah.

Sadie fächelte sich mit einer Hand Luft zu und lief neben dem Wagen auf und ab. »Natürlich, natürlich.«

»Ich nehme an, Sie kannten Alison gut?«, fragte Josie.

Sadie nickte.

»Und Dina?«

»Sie meinen, das andere Mädchen? Alisons Freundin? Ich habe sie hier öfter gesehen, natürlich. Ich habe sie auch in Marlenes Haus oft mit Alison gesehen. Ich weiß, von wem Sie sprechen. Ich weiß, wer sie ist – aber ich kenne sie nicht. Ich weiß nicht, ob wir je mehr zueinander gesagt haben als Hallo.«

»Wann haben Sie das letzte Mal mit Alison geredet?«, fragte Josie.

Sadie sah zur Decke und blinzelte, während sie nachdachte. »Ich glaube, am Freitagabend. Ich habe sie hier im Flur getroffen, aber wir sind nur aneinander vorbeigegangen. Sie hatte es eilig und ich auch. Am Freitag ist immer viel los. Das ganze Wochenende ist viel los.«

Noah holte sein Handy hervor und rief das Foto von Elliott Calvert auf. Er zeigte es ihr. »Erkennen Sie diesen Mann?«

Sadie starrte auf das Display. »Er kommt mir bekannt vor. Vielleicht habe ich ihn schon einmal im Hotel gesehen? Hier kommen und gehen so viele Leute, da kann man sich nicht alle merken. Es könnte durchaus sein, dass ich ihn schon gesehen habe, aber ich weiß nicht, wer er ist. Wer ist er?«

Statt zu antworten, wischte Noah zu dem Foto von Max und der unbekannten Frau in der Bar, wegen dem Dina so aufgebracht gewesen war. »Was ist mit diesem Mädchen? Kennen Sie es?«

»Ja, klar. Sie arbeitet hier. Gehört wie Alison zum Catering-personal. Ich glaube, sie heißt Gia oder so.«

»Kennen Sie sie persönlich?«, wollte Josie wissen.

Sadie schüttelte den Kopf. »Nein, aber ehrlich, das Catering-team ist ziemlich groß, die meisten kenne ich nicht. Außerdem sind fast alle noch sehr jung, so wie Alison. Die haben kein Interesse, sich mit einer Frau im mittleren Alter abzugeben. Dafür hätten wir hier auch gar keine Zeit. Wie gesagt, wir haben viel zu tun. Felicia kennt sie sicher. Sie ist jünger. Außerdem ist sie ihre Vorgesetzte – obwohl sie mehr daran interessiert ist, mit ihnen befreundet zu sein, als ihnen Anweisungen zu geben, wenn Sie mich fragen.«

Noah überging den Seitenhieb und sagte: »Marlene erzählte uns, dass Sie Alison die Arbeit hier besorgt hätten.«

»Ja«, antwortete Sadie. »Ich wusste, dass Max Leute suchte, und Alison suchte einen Job. Ich habe ihr aber die Arbeit nicht besorgt. Ich habe nur ein Vorstellungsgespräch für sie arrangiert.«

»Kennen Sie Max gut?«, fragte Josie.

Sadie schnaubte. »Jeder kennt Max gut. Er ist ein hoffnungsloser Frauenheld. Er arbeitet hier in Vollzeit und ich auch, deshalb reden wir natürlich manchmal miteinander, klar.«

»Hat Max ein Verhältnis mit jemandem vom Catering?«, bohrte Noah nach.

»Im Moment? Weiß ich nicht«, antwortete Sadie. »Kann gut sein, dass er und Felicia etwas miteinander haben. Oder zumindest hatten. Da müssen Sie Felicia schon selbst fragen.«

»Was ist mit anderen Frauen im Team?«, fragte Josie.

Sadie zuckte die Schultern. »Ich weiß es nicht. Ich bin sicher, dass er irgendwann etwas laufen hatte. Wie gesagt, er ist hinter jeder her. Außerdem ist er jung und sieht gut aus. Ich habe schon gesehen, wie die Mädchen ihn anhimmeln. Mehr als einmal habe ich ihm gesagt, dass er die Finger von allen lassen soll, die jünger als er sind. Viele Mädchen hier gehen noch auf die Highschool. Ich habe ihm gesagt, wenn er schon seinen Füller in Firmentinte tauchen muss, dann bei Felicia. Sie ist fast dreißig. Das ist wenigstens nicht unangemessen.«

»War er je hinter einem der jungen Mädchen her?«, fragte Josie.

»Ich hoffe nicht«, erwiderte Sadie. »Ich habe ihn flirten sehen, aber mehr auch nicht. Allerdings sind Max und ich wie schon gesagt nicht gerade Besties – so nennen die Kids es doch heute. Wir arbeiten nur zusammen. Ich habe keine Ahnung, was er privat macht.«

»Wissen Sie, ob er eine Art Beziehung mit Dina Hale hatte?«, fragte Noah.

»Ich weiß es nicht. Aber wenn ich es erfahren hätte, hätte ich ihm den Kopf gewaschen. Sie ist viel zu jung.«

»Und mit Gia?«, wollte Josie wissen.

Sadie schüttelte den Kopf. »Ich glaube nicht, aber ich weiß es wirklich nicht. Vielleicht ist sie älter als die übrigen Mädchen. Schwer zu sagen. Aber meiner Meinung nach ist sie trotzdem noch zu jung für Max.«

»Wissen Sie, wo wir sie finden?«, fragte Noah.

Sadie deutete auf den langen Flur hinter sich. »Wahrscheinlich in der Küche oder einem der Festsäle. Wenn sie heute Abend Dienst hat, bereitet sie alles dafür vor. Ich weiß es nicht. Hören Sie, ich muss jetzt wirklich wieder arbeiten. Und dann Marlene anrufen.«

Josie gab ihr eine Visitenkarte und dankte ihr für ihre Zeit. Dann gingen sie und Noah weiter in den Personalbereich hinein. Sie kamen an einem weiteren Raum mit Kochutensilien und -materialien vorbei und gelangten schließlich zu einer riesigen Küche, in der hektische Aktivität herrschte. Beschäftigte in weißen Schürzen und Kochkitteln standen an etlichen Arbeitsflächen und Geräten und bereiteten das Essen für die abendliche Veranstaltung zu. Man hörte Töpfe und Pfannen klappern und Messer auf Schneidbretter hämmern, als Zutaten mit großer Präzision geschnitten wurden. Immer wieder wurden Anweisungen durch den Raum gerufen. Aus der Tür eines Kühlraums quoll kalte Luft und wirbelte als Dunst über den Boden. Dampfwolken stiegen aus großen Töpfen mit kochendem Wasser und Suppe auf Herdplatten im Großküchenformat auf.

Im hinteren Teil der Küche stand eine große, schlanke Frau in einem eleganten, eng anliegenden grünen Hosenanzug mit kurzen, gerüschten Ärmeln. Ihr blondes Haar war nach links frisiert und hing über ihre linke Gesichtshälfte. Die rechte Seite ihres Kopfes war völlig kahlrasiert. An ihrem Ohr leuchtete eine Reihe winziger Goldringe. Als sie näherkamen, zählte Josie acht Ringe. Hinter ihrem Ohr stieg ein Phönix auf und breitete seine feurigen Schwingen über ihren Nacken und die Halsseite aus. Das dunkelorange Tattoo stand in starkem Kontrast zu ihrer blassen Haut. Sie war ganz auf ein Klemmbrett in ihrer Hand konzentriert. Erst als Josie und Noah nur noch wenige Schritte von ihr entfernt waren, sah sie auf und bemerkte sie. Sie riss die Augen auf und wedelte mit dem Klemmbrett, als wolle sie die beiden verscheuchen. »Tut mir leid, aber Sie können hier nicht nach hinten kommen. Ich weiß nicht, wer Sie hereingelassen hat, aber ...«

»Mr Brown hat uns hereingelassen«, sagte Noah.

Josie zeigte ihren Ausweis. »Wir sind von der Dentoner Polizei. Sind Sie Felicia Koslow?«

Sie ignorierte Josies Frage und sagte: »Ich glaube nicht, dass das angemessen ist. Sie kommen zu meiner Arbeitsstelle? Was haben Sie Brown erzählt?«

Josie und Noah tauschten einen fragenden Blick aus. »Sind Sie Felicia Koslow?«, fragte Noah.

Sie schob ihr Kinn vor und erwiderte: »Das muss ich Ihnen nicht sagen.«

»Was glauben Sie, warum wir hier sind?«

»Das sage ich nicht. Ich muss überhaupt nicht mit Ihnen reden. Ich kann ... ich rufe meinen Anwalt an, wenn Sie nicht sofort gehen.«

VIERUNDZWANZIG

Seufzend entgegnete Josie. »Dazu besteht kein Anlass. Aber gehen werden wir nicht. Mr Brown hat uns gestattet, das Personal zu befragen. Sie müssen nicht mit uns reden, doch wir müssen mit jemandem sprechen, der das Catering- und Veranstaltungsteam leitet, damit wir unsere Befragungen koordinieren können. Vielleicht können Sie uns sagen, wo Felicia Koslow ist – sofern Max Combs inzwischen nicht schon gekommen ist?« Sie sah sich um. »Ungeachtet dessen wäre es vielleicht das Beste, wenn sich zuerst alle versammeln würden, damit wir ihnen die Nachricht gemeinsam überbringen können.«

Die Frau kniff die Augen zu Schlitzen zusammen und fragte: »Welche Nachricht?«

»Gestern wurde die hier beschäftigte Dina Hale ermordet. Ihre Freundin Alison Mills, die ebenfalls hier arbeitet, wird derzeit vermisst. Wir müssen mit allen über Dina und Alison reden. Reine Routine.«

Sie stieß einen spitzen Schrei aus, riss das Klemmbrett hoch und bedeckte damit ihre untere Gesichtshälfte, sodass ihre Worte nur noch gedämpft zu hören waren. »Dina und Alison?«

»Ja, leider«, entgegnete Josie. »Wenn Sie uns nun bitte zu Miss Koslow oder ...«

Sie senkte das Klemmbrett wieder. Ihre Unterlippe zitterte. »Ich bin Felicia. Tut mir leid. Ich wusste nicht, ich ...« Sie schlug die Hand auf die Stirn und stöhnte laut. Josie glaubte ein »ich Idiotin« zu hören. Dann wandte sie sich wieder den beiden zu. »Sie denken wahrscheinlich, ich bin kriminell, nicht wahr? So, wie ich mich aufgeführt habe. Mein Gott. Aber es ist nicht so, wie Sie denken. Ich hatte nur diesen Ex-Freund in Philly, der mit Drogen gedealt hat. Die Polizei dort dachte, ich hätte etwas damit zu tun. Ich habe nicht einmal davon gewusst, aber die haben mir ständig zugesetzt. Ich dachte nur ... es tut mir leid. Ist Dina wirklich tot?«

»Ja. Es tut uns sehr leid, aber sie ist tot«, antwortete Noah.

Felicia ging im Kreis und klopfte sich mit dem Klemmbrett an das Kinn. Als sie wieder stehen blieb und sie ansah, sah Josie Tränen in ihren Augenwinkeln. Sie wischte sie mit einem Fingerknöchel weg, atmete tief ein und sagte: »Es geht mir gut. Ich bin in Ordnung. Ich muss stark sein. Das ist ja schrecklich. Ich kann es nicht glauben. Mein Gott, was ist denn passiert?«

Josie und Noah informierten sie über die wenigen Einzelheiten, die sie preisgeben konnten. Felicia blieb eine ganze Weile stumm und starrte nur auf den Boden. Sie warteten auf weitere Fragen, aber sie sagte nichts. Schließlich meinte Josie: »Felicia, bevor wir mit den übrigen Beschäftigten reden, müssen wir Ihnen ein paar Fragen stellen.«

Als sie nicht reagierte, sagte Noah: »Miss Koslow?«

Sie riss sich aus ihren Gedanken und sah sie wieder an. »Natürlich, natürlich.«

»Wann haben Sie das letzte Mal mit Max Combs gesprochen?«, fragte Josie.

»Oh, warten Sie, Freitag. Ich hatte gestern meinen freien Tag.« Sie holte ein Handy aus einer schmalen Hosentasche und sah auf die Uhr. »Er sollte eigentlich schon längst hier sein. Aber es ist nicht ungewöhnlich, dass er zu spät kommt.«

»Und wann haben Sie das letzte Mal mit Dina oder Alison geredet?«, fragte Josie weiter.

»Letztes Wochenende.«

»Wie gut kennen Sie die beiden?«

Felicia blies die Luft aus. »Ziemlich gut, würde ich sagen. Die meisten Kids, die für uns arbeiten, sind im Teenageralter. Ich versuche, mit allen gut auszukommen. Sobald sie anfangen, stelle ich klar, dass sie mit allem zu mir kommen können. Die meisten machen es auch. Sie sind wie kleine Schwestern für mich.«

»Gab es irgendwelche Anzeichen, dass Dina oder Alison in den letzten Wochen ernsthafte Probleme hatten?«, fragte Noah. »Haben Sie bemerkt, dass sich Personen hier aufgehalten haben, die nicht hergehören? Haben die beiden sich anders als sonst benommen?«

Felicia verneinte jede Frage, noch während er sprach.

»Sind Dina oder Alison in den letzten Wochen mit irgendwelchen Problemen zu Ihnen gekommen?«

Felicia lächelte gequält. »Nun, Dina war wegen Max aufgebracht. Er flirtet mit den Mädchen.«

»Das wissen wir«, sagte Josie. »Sie hat sich aufgeregt, weil sie ihn mit einem anderen Mädchen namens Gia gesehen hat. Stimmt das?«

Felicia nickte. »Ja. Ich habe mit beiden darüber geredet und Dina gesagt, dass da nichts sei und er sowieso viel zu alt für Gia wäre. Ihn habe ich aufgefordert, den Mädchen nichts mehr vorzumachen. Und ihm gesagt, dass das mit Gia aufhören müsse, egal, was es sei.«

»War denn etwas mit Gia?«, hakte Josie nach.

Sie drückte das Klemmbrett an sich. »Ich weiß es nicht. Zutrauen würde ich es ihm. Aber ich habe ihn nicht gefragt. Ich habe nur gesagt, dass er aufhören soll, mit ihr zu reden. Punkt. Außer, es wäre beruflich.«

»Und wie hat er darauf reagiert?«, fragte Noah.

»Er sagte, ich würde überreagieren. Er habe mit keinem der Mädchen je etwas gehabt. Sie würden zu viel in irgendwelche Sachen hineininterpretieren und seien hysterisch.«

»Und was ist mit Ihnen?«, wollte Josie wissen. »Haben oder hatten Sie je ein Verhältnis mit Max? Außer einem rein beruflichen?«

Sie machte ein wütendes Gesicht. Ihre Nasenlöcher blähten sich. »Wer hat Ihnen das erzählt?«

Noah hob eine Augenbraue. »Niemand hat uns irgendetwas erzählt. Wir fragen Sie.«

Sie sah sich um, als suche sie den Schuldigen, und starrte sie wieder wütend an. »Es war dieses Miststück, Sadie, vom Reinigungspersonal, nicht wahr? Sie hat es auf mich abgesehen, seit ich hier angefangen habe. Und das nur, weil ich gemeldet habe, dass sie Wechselgeld, das sie auf einem Gästetisch gefunden hat, nicht abgegeben hat. Sie hat es einfach in ihre Tasche gesteckt und behalten. Ich habe es gesehen, als sie saubergemacht hat. Sie hat einen Fehler gemacht, aber die Böse bin ich. Sie tut so, als würde ihre Scheiße nicht stinken, aber garantiert hat sie Ihnen nicht erzählt, dass ihr der Mann davongelaufen ist und die Kinder mitgenommen hat, weil sie eine Affäre hatte, oder? Sie ist nach Denton zurückgekommen, weil sie ihr Leben vermasselt hat.«

»Ms Bacarras Privatleben ist für unsere Ermittlungen nicht relevant«, sagte Noah.

»Aber sie war es doch, die es Ihnen erzählt hat, nicht wahr? Sie, die große Unschuld.« Als weder Josie noch Noah etwas darauf entgegneten, seufzte Felicia und fuhr sich mit den Fingern durch das Haar. »Niemand darf das mit mir und Max wissen. Es untergräbt meine Autorität. Außerdem haben so viele Mädchen hier ein Auge auf Max geworfen. Wenn sie glauben, dass wir zusammen sind, sehen sie mich entweder als Konkurrentin oder denken, sie können mit ihren Problemen nicht mehr zu mir kommen. Ich will, dass sie mir vertrauen.«

»Also hatten oder haben Sie ein Verhältnis mit Max?«, bohrte Josie nach. »Auch sexueller Natur?«

Felicia sah sich um, ob jemand vom Küchenpersonal zuhörte. Aber alle waren viel zu beschäftigt, um sich um das zu kümmern, was in der kleinen Ecke vorging, in der sie, Josie und Noah standen. Sie senkte ihre Stimme und räumte ein: »Als ich hier angefangen habe, hatten wir etwas miteinander. Es hat sechs Monate gedauert, maximal. Ich habe mit ihm Schluss gemacht. Ich brauchte die Arbeit und die Gerüchte wurden ein Problem. Die Belegschaft hat mich nicht mehr respektiert. Sie sah mich nicht mehr als Vorgesetzte, sondern als Max' Freundin. Alle dachten, ich sei für die Arbeit nicht qualifiziert. Da habe ich ihm gesagt, dass es vorbei sei, und anschließend versucht, meinen Ruf wieder halbwegs herzustellen. Zum Glück herrscht im Catering- und Veranstaltungsteam eine so große Fluktuation, das inzwischen fast alle, die damals hier gearbeitet haben, schon wieder weg sind. Trotzdem sind da noch ein paar Leute, die mich auf dem Kieker haben.«

Sie reckte den Hals und warf einen Blick hinter Josie und Noah, als rechne sie damit, dass hinter einem Suppentopf oder im Kühlraum eine ihr übel gesinnte Kollegin lauere.

Noah rief das Foto von Elliott Calvert auf und zeigte es Felicia. »Haben Sie diesen Mann schon einmal gesehen?«

»Klar. An der Bar. Im Bastian's. Er ist viel hier.«

»Wissen Sie, wie er heißt?«, fragte Josie.

Felicia schüttelte den Kopf. »Nein. Ich habe nie mit ihm geredet. Aber ich habe ihn gesehen. Ich meine, er ist süß, nicht? Schwer, ihn zu übersehen.«

»Süß« war nicht gerade ein Wort, das Josie benutzt hätte. Sie sah in Elliott nichts anderes als einen Mörder und Mann,

der alle und jeden anlog. Aber das behielt sie für sich. »Haben
Sie ihn je mit jemandem gesehen?«

»Nein. Er hat immer allein getrunken. Traurig, nicht wahr?
Wer ist er?«

Noah steckte sein Handy wieder ein. Statt ihre Frage zu
beantworten, bat er sie, das Personal für eine Ankündigung
zusammenzurufen und einen Raum zur Verfügung zu stellen,
in dem sie mit allen einzeln reden konnten. Zwanzig Minuten
später war es in der Küche vollkommen still, obwohl sich alle
Beschäftigten darin versammelt hatten. Josie suchte die Menge
nach Gia ab und sah sie in Türnähe stehen. Sie hatte ihr
dunkles Haar zu einem Bun hochgesteckt und trug dieselbe
Kleidung wie auf dem Foto mit Max. Mit vor der Brust
verschränkten Armen hörte sie zu, wie Felicia alle über die
tragischen Ereignisse informierte und sie aufforderte, sich Zeit
für Josie und Noah zu nehmen, bevor die Hochzeit und das
Preisverleihungsbankett begannen. Josie stupste Noah mit dem
Ellbogen und deutete mit dem Kopf in Gias Richtung.

»Ich sehe sie«, murmelte er leise.

In einem der kleineren Veranstaltungsräume, die an diesem
Abend nicht gebraucht wurden, setzten sich Josie und Noah
jeder an einen Tisch an jeweils einem Ende des Raums. Die
Angestellten des Catering- und Veranstaltungsteams kamen
einer nach dem anderen zur Befragung herein. Die meisten
waren geschockt und hatten mehr Fragen an Josie und Noah,
als diese ihnen stellten. Alle wurden nach ihrem Verhältnis zu
Dina und Alison gefragt. Wie gut kannten sie die beiden?
Wann hatten sie das letzte Mal Kontakt zu jeder? War ihnen in
den letzten Wochen aufgefallen, ob sich eines der Mädchen
seltsam benommen hatte? Hatten sie den Eindruck, dass sie mit
jemandem Ärger hatten? Hatte sich in letzter Zeit eine auffäl-
lige Person im Hotel aufgehalten? Obwohl fast alle Dina und
Alison kannten, wussten die wenigsten mehr über sie. Die
meisten hatten sie Freitagabend bei der Arbeit gesehen. Dieje-

nigen, die sie mehr als nur flüchtig kannten, hatten nichts Ungewöhnliches an ihrem Verhalten bemerkt und auch keine neuen oder ungewöhnlichen Gäste im Hotel gesehen. Alle bekamen ein Foto von Elliott Calvert gezeigt. Manche meinten, er käme ihnen bekannt vor, aber niemand erkannte ihn.

Sie kamen nicht weiter.

So vergingen die Stunden. Josie versuchte, das Knurren ihres Magens zu übertönen, indem sie mit den Fingern auf den Tisch klopfte. Noah warf ihr vom anderen Ende des Raums einen Blick zu. Er schüttelte den Kopf. Weder Max noch Gia waren bisher erschienen. Sie führten mehrere weitere Befragungen durch, doch keiner der beiden zeigte sich.

Als sie fertig waren, trafen sie sich in der Mitte des Raums.

»Max ist vielleicht noch nicht da, aber Gia war definitiv hier«, sagte Josie. »Sie hat gehört, was Felicia gesagt hat. Wo ist sie hin? Du hast niemandem das Foto mit ihr und Max gezeigt, oder?«

»Nein«, antwortete Noah. »Du?«

»Nein«, sagte Josie. »Ich wollte sie direkt fragen. Denkst du, dass sie weggegangen ist?«

»Finden wir es heraus«, meinte Noah.

FÜNFUNDZWANZIG

Gia war nicht im Personalbereich und auch in keinem der Veranstaltungsräume. Josie und Noah wollten gerade in die Lobby zurück, um dort nach ihr zu sehen, als sie bemerkten, dass eine der Türen nach draußen von einem metallenen Abfalleimer offen gehalten wurde, obwohl auf einem an die Tür geklebten Schild stand:

NICHTS IN DIE TÜR KLEMMEN

Auf der anderen Seite der Tür befand sich ein kleiner Steg. Er war mit einem Metallgeländer eingefasst und führte zu einer Laderampe. Auf halbem Weg dorthin lehnte Gia über dem Geländer und rauchte eine E-Zigarette. Sie blickte auf, als sie durch die Tür kamen, und lächelte ihnen säuerlich zu. Dann schob sie sich vom Geländer weg und versuchte, an ihnen vorbei nach drinnen zu gehen. »Ich muss wieder zur Arbeit«, sagte sie.

Josie stellte sich ihr in den Weg. »Sie sind Gia, nicht wahr?«

Sie erstarrte. Nun, da sie Gia von Nahem sah, verstand Josie, warum Dina so verzweifelt gewesen war, als Max seine

Aufmerksamkeit auf sie gerichtet hatte. Sie war eine auffallende Schönheit mit gebräunter Haut, hohen Wangenknochen, vollen Lippen, einer perfekt geraden Nase, großen braunen Augen unter langen, dicken Wimpern und einer glatten, makellosen Haut. Sie trug etwas Make-up, brauchte es aber nicht. Josie schätzte sie auf etwa Mitte zwanzig. Vom Alter her passte sie wesentlich besser zu Max Combs als Dina Hale.

»Woher kennen Sie meinen Namen?«, fragte Gia.

Noah hielt ihr sein Handy hin und zeigte ihr das Bild, auf dem sie und Max zu sehen waren. Josie beobachtete sie und bemerkte einen Anflug von Angst in ihren Augen, bevor sie eine nichtssagende Miene aufsetzte. »Da sind ich und mein Chef«, sagte sie. »Hat er Ihnen meinen Namen verraten? Warum suchen Sie mich?«

Josie antwortete nicht, sondern fragte stattdessen: »Wie heißen Sie mit Nachnamen, Gia?«

»Sorrento. Hat Max Ihnen das nicht gesagt?«

»Wann haben Sie das letzte Mal mit Max geredet oder ihn gesehen?«, fragte Noah.

»Freitagabend bei der Unternehmensfeier.«

»Wie gut kannten Sie Dina Hale?«, wollte Josie wissen.

Gia verdrehte die Augen. »Gut genug, um zu wissen, dass sie etwas gegen mich hatte, okay?«

»Sie war eifersüchtig«, sagte Josie. »Sie dachte, Sie und Max hätten ein Verhältnis.«

Gia lachte. »Ich und Max? O Gott. Deshalb? Das hätte ich mir denken können. Jeder weiß – wusste –, dass sie sich in ihn verguckt hatte. Eigentlich erbärmlich.«

»Also hatten Sie und Mr Combs kein Verhältnis?«, hakte Noah nach.

Gia deutete mit dem Finger auf ihre Brust. »Ich gehe noch zur Highschool!«

Josie bemühte sich nach Kräften, ihre Überraschung zu verbergen. »In welche?«

»Die St. Catherine of Siena Academy.«

Josie kannte die Schule. Es war ein Privatinternat, klein und renommiert. Das Schulgeld war vergleichbar mit dem der meisten staatlichen Colleges.

»Gehen Sie in die Oberstufe?«, wollte Noah wissen.

Sie nickte. »Ich bin im letzten Jahr.«

»Wo lebt Ihre Familie?«, fragte Josie.

»In Philadelphia. Mein Dad meinte, wenn ich hier zur Schule gehe, würde ich nicht in Schwierigkeiten geraten. Jungs und Drogen, sagt er. Das sind für ihn Schwierigkeiten. Er denkt, hier sei ich sicherer.«

»Sind Sie das nicht?«, fragte Noah.

Sie zuckte die Schulter. »Kann schon sein.«

»Wie alt sind Sie?«, wollte Josie wissen.

»Gerade achtzehn geworden.«

»Nach alledem, was wir heute hier erfahren haben, scheint es Max Combs nicht groß zu stören, wenn jemand noch zur Highschool geht. Außerdem können Sie mit achtzehn Jahren eigenverantwortlich entscheiden, ob Sie mit jemandem eine Beziehung, auch sexueller Natur, eingehen. Das Schutzalter in Pennsylvania liegt sogar bei sechzehn Jahren. Hatten Sie eine Beziehung zu ihm oder nicht?«

»Hatte ich nicht. Max flirtet gern, okay? Das ist alles.«

»Worüber haben Sie beide an dem Abend, an dem dieses Foto gemacht wurde, gesprochen?«, fragte Noah.

»Ich weiß es nicht. Ich erinnere mich nicht. Manchmal gehe ich in die Bar, wenn ich Pause habe. Dort sehe ich ihn gelegentlich. Dann reden wir.«

»Das Foto hat Dina gemacht«, erklärte Josie ihr. »Sie dachte, dass zwischen Ihnen beiden etwas läuft.«

Gia schüttelte den Kopf. »Na und? Sie hat sich getäuscht.«

»Sie meinten gerade, dass sie etwas gegen Sie gehabt hätte«, sagte Noah. »Was meinten Sie damit?«

»In letzter Zeit hat sie Sachen gemacht, um mich in Schwierigkeiten zu bringen. Wenn ich zum Beispiel einen Raum vorbereitet hatte, ist sie nach mir hineingegangen und hat Dinge wie Gedecke oder Tafelaufsätze wieder hinausgetragen. Oder Stuhlüberzüge weggenommen. Dann hat mir Felicia die Hölle heiß gemacht.«

»Haben Sie sie darauf angesprochen?«, fragte Noah.

»Nein. Das war es mir nicht wert. Ich dachte mir, dass sie sich irgendwann jemand anders suchen würde, wenn ich nicht darauf reagiere.«

»Haben Sie Felicia nichts davon erzählt?«

Gia lachte trocken. »Felicia? Sie machen Witze! Sie glaubt, dass das hier eine Art Schwesternschaft sei, in der wir uns alle liebhaben müssen. Wenn ich zu ihr gegangen wäre, hätten wir eine Woche lang Teambildungs- und Konfliktlösungssitzungen gehabt, was die Sache für mich nur noch schlimmer gemacht hätte. Also: Nein, ich habe es Felicia nicht gesagt.«

»Was ist mit Alison?«, wollte Noah wissen. »Hat sie sich daran beteiligt, Ihnen das Leben schwer zu machen?«

»Nein. Mit Alison hatte ich nie ein Problem.«

»Wie lange arbeiten Sie schon hier?«, fragte Josie.

»Seit ungefähr einem Jahr. Ich bin hier in Denton wegen der Schule, habe also an den Wochenenden keine großen Pläne. Es ist ein gutes Taschengeld.«

Noah rief das Foto von Elliott Calvert auf und zeigte es Gia. Josie bemerkte eine umgehende Reaktion, eine plötzliche Spannung im Kiefer. Ihre Augen wurden einen Tick größer. »Kennen Sie diesen Mann?«, fragte Noah.

Sie sah sich das Foto einen Augenblick an, bevor sie antwortete. Josie beobachtete die winzigen Regungen in ihrem Gesicht, als sich Gia um einen betont nichtssagenden Blick bemühte. »Nein.«

»Sehen Sie genau hin«, forderte Josie sie auf. »Sind Sie absolut sicher?«

Gia wandte den Blick sofort von der Aufnahme ab. Die E-

Zigarette wanderte zu ihren Lippen. Nach Himbeeren riechender Rauch quoll aus ihrem Mund, als sie sagte: »Ich kenne ihn nicht.«

Noah sah Josie aus den Augenwinkeln an. Auch er hatte bemerkt, dass Gia log. »Es ist vermutlich ganz gut, dass Sie ihn nicht kennen«, sagte er. »Er befindet sich gerade in Gewahrsam wegen Mordes. Das wird zumindest der Fall sein, wenn er aus dem Krankenhaus entlassen wird.«

Josie und Noah blieben stumm und ließen die Worte in der Luft hängen wie die Wolke Zigarettenrauch. Stille nicht zu füllen war mitunter die beste Strategie. Nach mehreren Sekunden fragte Gia: »Was ist mit ihm passiert?«

»Er hat sich den Arm gebrochen«, antwortete Noah. »Deshalb musste er operiert werden. Sobald er entlassen wird, wandert er direkt ins Gefängnis.« Er berührte wieder das Display seines Handys und rief ein Foto von Dina auf. Dann schüttelte er den Kopf und murmelte: »Sie hatte nicht den Hauch einer Chance.«

Wieder Stille. Gias Finger spielten mit der E-Zigarette. Sie zog wieder daran, aber nichts passierte. »Verdammt«, flüsterte sie. Schließlich sah sie Josie an. »Na gut. Ich habe ihn hier gesehen, okay? Ich weiß nicht, wie er heißt und auch sonst nichts, aber ich habe ihn in der Bar gesehen. Er hat ein paarmal versucht, ein Gespräch mit mir anzufangen, aber ich wollte nicht.«

»Worüber wollte er mit Ihnen reden?«, fragte Noah.

Sie warf die Hände in die Luft und ließ sie wieder fallen. »Ich weiß es nicht! Das Wetter. Die Getränkekarte. Der blöde Sport, der im Fernsehen lief. Er war betrunken. Eindeutig betrunken. Ich habe ihm gesagt, dass ich kein Interesse hätte. Wollen Sie das wissen?«

»Warum haben Sie gerade gelogen?«, hakte Josie nach.

»Ich weiß nicht. Weil ich ihn eigentlich gar nicht kenne und es nur merkwürdig ist. Merkwürdig und bizarr. Ich weiß, dass ich älter aussehe, aber ich gehe noch auf die Highschool. Ich bin achtzehn! Aber diese Männer interessiert das nicht, vor allem nicht hier im Hotel. Wenn man allein an der Bar oder an einem Tisch sitzt, denken sie, dass man zu ihrem Vergnügen da ist oder nur darauf wartet, dass sie einen ansprechen oder so. Selbst wenn ich im Cateringteam arbeite, vor allem auf Hochzeiten und solchen Sachen, haben die Typen keine Hemmungen, einem an den Hintern zu fassen oder etwas Schlüpfriges zu sagen. Allerdings, dieser Typ ...« – sie deutete auf Noahs Handy, obwohl Elliotts Bild nicht mehr zu sehen war – »... er war netter als die meisten. Er kam mir wie ein anständiger Kerl vor, der nur ein bisschen zu viel getrunken hatte. Sobald ich ihm eine Abfuhr erteilt hatte, ließ er mich in Ruhe. Hat sofort einen Rückzieher gemacht. Sich sogar entschuldigt. Aber ich fand es trotzdem unangenehm. Tut mir leid, dass ich gelogen habe, aber ich rede nicht gern darüber. Und bevor Sie mich fragen, warum ich die Arbeit nicht hinschmeiße: Die Wahrheit ist, ich brauche die Arbeit.«

Josie fiel ein, dass ihr Vater es sich immerhin leisten konnte, sie ins St. Catherine zu schicken, sprach es aber nicht aus. Vielleicht war das alles, was er finanzierte. Möglicherweise wollte Gia auch finanziell nicht völlig von ihrem Vater abhängig sein.

»Sie sagten, er hat Sie ein paarmal angesprochen«, meinte Noah. »Wie oft genau? Zweimal? Dreimal?«

Gia klopfte mit der E-Zigarette an ihre Unterlippe. »Zweimal. Fragen Sie mich nicht, wann. Ich erinnere mich nicht. Wahrscheinlich irgendwann in den letzten Monaten.«

»Haben Sie ihn je zu anderen Zeiten als diesen beiden Malen in der Bar gesehen?«, wollte Josie wissen.

Gia zuckte die Schultern. »Ich weiß es nicht. Vielleicht. Ich erinnere mich wirklich nicht mehr.«

»Haben Sie ihn je mit jemand anderem gesehen?«, fragte Noah.

»Ich glaube nicht, aber ich habe mich nicht groß um ihn

gekümmert. Er war einfach nur einer von vielen Schleimern hier.«

»Detectives?« Mr Brown stand in der Tür zur Laderampe und sah mit einem Stirnrunzeln auf den Abfalleimer, der die Tür offen hielt.

Gia drehte sich abrupt zu ihm um und erstarrte.

Browns Blick wanderte vom Mülleimer zu Gia. Wortlos lief sie über den Steg und drängte sich an ihm vorbei, bevor er etwas sagen konnte. Brown schüttelte kurz den Kopf, sah Josie und Noah an und winkte sie nach drinnen. Als sich die Tür geschlossen hatte, sagte er: »Ich befürchte, dass die gesamten Aufzeichnungen der Überwachungskameras nicht ... abrufbar sind.«

»Was heißt das?«, fragte Josie.

»Das heißt, dass ich sie nicht aufrufen kann.«

»Und warum nicht?«, wollte Noah wissen.

Brown faltete die Hände vor dem Bauch und sah auf sie hinab. »Weil sie nicht mehr da sind.«

»Wie kann das sein?«, fragte Josie.

»Sie scheinen gelöscht worden zu sein. Das ist zumindest die einzige Erklärung, die ich habe.«

»Die Aufzeichnungen vom ganzen Hotel?«, fragte Josie. »Oder nur von einzelnen Kameras?«

»Vom ganzen Hotel.«

»Wer hat Zugang zu den Aufzeichnungen?«, hakte Noah nach.

Brown hob den Blick. »Das Sicherheitsteam.«

»Wir werden es befragen müssen«, sagte Josie.

SECHSUNDZWANZIG

Josie schob den Papierstapel in ihrem Schoß hin und her. Seit sie in das Auto gestiegen und das Eudora-Hotel verlassen hatten, hatte sie die einzelnen Seiten nun schon zum fünften Mal durchgeblättert. Von jeder Seite blickte ihr ein unterschiedliches Augenpaar entgegen. Brown hatte ihnen Farbfotos von jedem Angehörigen des Sicherheitsteams im Eudora und dazu die entsprechenden Personaldaten zur Verfügung gestellt. Er hatte jede einzelne Sicherheitskraft, die nicht gerade Dienst hatte, zu einer Sondersitzung kommen lassen, damit Josie und Noah alle befragen konnten. Zwei Stunden lang hatten sie mit dem Teamleiter verbracht, der krampfhaft überlegt hatte, wie die Aufzeichnungen zu den Zeitpunkten, an denen sich Elliott Calvert im Eudora aufgehalten hatte, komplett hatten gelöscht werden können. Es blieb rätselhaft.

»Einer muss lügen«, sagte Josie. »Nur eine kleine Gruppe hat Zugang zu den Aufzeichnungen, aber jeder behauptet, sie nicht gelöscht zu haben.«

Noah fuhr durch die Stadt Richtung Krankenhaus. Der matte Schein der Straßenlaternen erleuchtete die Geschäfts-

und Wohnhäuser, deren Jalousien für die Nacht heruntergelassen worden waren.

»Auch Brown hat Zugang«, sagte Noah.

»Denkst du, dass er sie gelöscht hat?«

Noah zuckte die Schultern. »Ich weiß es nicht. Ich sage nur, dass wir ihn nicht ausschließen können. Er hat sich auf jeden Fall in den letzten Monaten einige Male in die Datenbank des Sicherheitssystems eingeloggt. Dabei hätte er jedes Mal die Aufzeichnungen löschen können. Verdammt, das hätte er sogar heute noch tun können, als er gegangen ist, um sie uns zu kopieren.«

Josie hörte auf, mit dem Papierstapel in ihrem Schoß zu spielen, und stöhnte. »Du hast recht. Glaubst du, dass Brown Calvert deckt?«

»Ich glaube, dass Brown Brown deckt«, meinte Noah. »Ganz gleich, ob er Calvert kennt oder nicht, es ist nicht gut für ein Hotel, mit einem Mörder in Verbindung gebracht zu werden.«

Noah bog in die lange Hügelstraße ein, die zum Denton Memorial hochführte.

»Denkst du, er hat die Wahrheit gesagt, als er behauptete, Calvert hätte bei ihm nie ein Zimmer gebucht?«

»Er hat uns die Suchergebnisse gezeigt«, wandte Noah ein.

»Das bedeutet, dass Calvert, ganz gleich, ob Brown derjenige ist, der die Aufzeichnungen gelöscht hat, dort kein Zimmer reserviert hat«, resümierte Josie. »Aber wir wissen definitiv, dass er dort war, weil Gia ihn mindestens zweimal in der Bar gesehen hat.«

»Es ist nicht ungewöhnlich, dass Leute ins Bastian's gehen, ohne im Hotel zu übernachten.«

Noah stellte das Auto auf einem Parkplatz in der Nähe des Krankenhauseingangs ab. Josie steckte die Personaldaten des Eudora-Sicherheitsteams in das Handschuhfach und sie gingen nach drinnen. In der Eingangshalle zeigten sie am Empfang ihre Dienstausweise und sagten, dass sie zu Elliott Calvert müssten. Während die Rezeptionistin ihre Namen und Calverts Zimmernummer in ihr Protokoll schrieb, sah Josie hinüber zum Fernsehbildschirm an der Wand links neben dem Schreibtisch. Es lief der Lokalsender WYEP. Gerade kamen die Nachrichten. Neben dem Moderator wurde ein Foto von Alison Mills eingeblendet. Sie stand etwas unbeholfen vor einem blauen Hintergrund und lächelte verhalten. Es sah nach einem Schulfoto aus. Am unteren Bildschirmrand stand zu lesen:

Polizei bittet um Hinweise im Fall der vermissten Jugendlichen

Josie war viel zu weit weg, um hören zu können, was der Moderator sagte. Als Nächstes erschienen Chief Chitwood und Marlene Mills. Sie standen vor einem Podium, das auf dem Gemeindeparkplatz beim Polizeirevier aufgebaut worden war. Der Chief sprach lange und gestikulierte dabei mit den Händen. Eine Brise hob Strähnen seines weißen Haares in die Höhe. Neben ihm blickte Marlene starr nach vorn, die Augen vor Entsetzen weit aufgerissen. Sie klammerte sich so fest an den Riemen ihrer Handtasche, dass die Knöchel weiß hervortraten. Als der Chief zu reden aufhörte, vom Podium wegtrat und ihr bedeutete zu reden, erstarrte sie. Josie konnte von seinen Lippen lesen: *Mrs Mills. Mrs Mills. Bitte gehen Sie auf das Podium.*

Aber Marlene blieb wie angewurzelt stehen. Sie blinzelte nicht einmal.

Schließlich ging der Chief zu ihr, legte ihr eine Hand auf einen Ellbogen und riss sie aus ihrer Lähmung. Sie sah ihn mit tränennassen Augen an und lächelte ihn ängstlich an. Der Chief beugte sich zu ihr und flüsterte ihr etwas ins Ohr. Wieder konnte Josie an seinen Lippen ablesen, was er sagte:

Sie schaffen das. Behutsam führte er sie zum Podium. Marlene umklammerte nach wie vor ihre Handtasche, sah aber nun in die Kamera. Sie zerrte am Riemen ihrer Handtasche, leckte sich die Lippen und begann zu sprechen. Nach einigen Worten brach sie abrupt ab. Der Chief kam zu ihr, justierte das Mikrofon auf dem Podium und tippte darauf. Marlene beugte sich leicht vor und begann wieder zu sprechen.

Josie konnte nicht erkennen, was sie sagte, aber sie zog mit zitternden Händen ein etwa zwanzig mal fünfundzwanzig Zentimeter großes Hochglanzfoto von Alison heraus, dasselbe, das auch im WYEP-Bericht gezeigt worden war. Josie spürte, wie Noah hinter ihr stand. Er flüstert ihr zu: »Sie sagt: ›Alison, komm bitte nach Hause. Alles ist gut. Bei uns bist du sicher. Komm einfach heim oder geh zur Polizei. Du bekommst keinen Ärger. Jeder will nur, dass du sicher nach Hause kommst. Wenn da draußen jemand ist und mein Baby sieht, bitte sagen Sie Alison, dass sie zurückkommen oder die Polizei anrufen soll.‹«

Eine von Noahs Ex-Freundinnen war gehörlos gewesen. Er hatte ein bisschen Gebärdensprache gelernt, konnte vor allem aber sehr gut von den Lippen ablesen. Wesentlich besser als Josie.

Marlene zitterte so sehr, dass man Alisons Foto kaum noch erkennen konnte. Der Chief trat zu ihr, nahm ihr das Bild ab und hielt es hoch, damit die Kameras heranzoomen konnten, was auch geschah. Alisons Gesicht füllte den Bildschirm. Am unteren Rand erschien eine Telefonnummer. Dann schaltete WYEP zurück in das Studio zum Moderator, der zu einem neuen Thema überging.

»Die arme Frau«, murmelte Josie. »Himmel, Noah, wo ist dieses Kind?«

Er trat neben sie und sagte: »Ich weiß nicht, aber Gretchen lässt noch immer nach ihr suchen. Und nach dieser Pressekonferenz wird sie hoffentlich bald auftauchen. Sehen wir mal, ob Calvert mit uns redet.«

Sie fuhren mit dem Aufzug in den dritten Stock. Calvert lag nach wie vor in der chirurgischen Abteilung. Sein Raum befand sich direkt gegenüber dem Stationszimmer. Vor der Tür saß Brennan auf einem Stuhl und scrollte durch sein Handy. »Detectives«, begrüßte er sie, als sie zu ihm kamen. »Er ist wach, sagt aber nichts.«

»Haben Sie ihn wegen Mordes verhaftet?«, fragte Noah.

Brennan steckte das Handy weg, lehnte sich auf dem Stuhl zurück und streckte die Beine. »Klar. Er nahm zur Kenntnis, dass ich ihm seine Rechte verlesen habe, und sagte dann, dass er mit niemandem reden werde. Seine Frau ist auch da. Sie sitzt aber noch im Warteraum zur Chirurgie, glaube ich.« Er deutete mit dem Daumen nach rechts durch den langen Flur. »Ich habe ihr gesagt, dass sie nicht zu ihm kann. Er will sie auch gar nicht sehen. Sie sagt aber, dass sie nicht eher weggeht, bis sie mit ihm reden darf. Außerdem ist er angepisst, weil wir sie überhaupt angerufen haben.«

»Er muss im Moment ziemlich viele Schmerzmittel intus haben«, sagte Josie. »Sind Sie sicher, dass er verstanden hat, was los ist?«

Brennan zuckte die Schultern. »Auf mich hat er einen ziemlich klaren Eindruck gemacht.«

»Hat er nach einem Anwalt verlangt?«, wollte Noah wissen.

»Nein. Noch nicht.«

Josie seufzte. »Na gut. Mal sehen, ob er mit uns spricht.«

»Viel Glück«, sagte Brennan lachend, als sie Calverts Zimmer betraten.

Er saß aufgestützt in seinem Bett. Sein eingegipster Unterarm lag in einer Schlinge über seiner Brust. Aus einem Infusionsbeutel tropfte Flüssigkeit und floss über eine Nadel in der Armbeuge in eine Vene seines gesunden Arms. Sein dunkles Haar war fettig und ungekämmt. Ein fleckiger Bart bedeckte sein Kinn. Das Licht war gedimmt worden. Er blinzelte mehrmals, als Josie und Noah sich zu beiden Seiten neben sein Bett stellten, und zog ängstlich die Schultern hoch. Als er die beiden erkannte, ließ er sie wieder sinken. Ein langer Seufzer entfuhr ihm. »Ach, Sie sind es nur«, murmelte er.

»Was dachten Sie, wer wir sind?«, fragte Josie.

Er antwortete nicht.

»Mr Calvert«, begann Noah. »Ist Ihnen klar, dass Sie wegen des Mordes an Dina Hale verhaftet sind? Erinnern Sie sich daran, dass Ihnen Officer Brennan Ihre Rechte vorgelesen hat?«

Elliotts Miene verdüsterte sich. Zwischen zusammengebissenen Zähnen stieß er hervor: »Es ist mir klar und ich erinnere mich.«

»Wir möchten Ihnen ein paar Fragen stellen«, sagte Josie.

Elliott blieb stumm.

»Mr Calvert«, fuhr Noah fort. »Wir wissen, dass Sie in den letzten Monaten immer wieder im Bastian's waren, ohne dass Ihre Frau davon wusste. Wir wissen, dass Sie sie angelogen haben, als Sie ihr erzählten, Sie würden am Locke-Heights-Projekt arbeiten. Ihr Chef erzählte uns, dass die Arbeiten an diesem Projekt schon vor drei Monaten abgeschlossen wurden. Ebenso wissen wir, dass Sie Fotos von einer Frau, die nicht Ihre Ehefrau ist, auf einer App Ihres Handys, die speziell dazu da ist, Fotos zu verstecken, gespeichert haben.«

Elliott starrte vor sich hin, während Noah sprach. An seiner Schläfe pulsierte eine Ader.

»Wir wissen, dass Sie in etwas hineingeraten sind«, ergänzte Josie. »Wir wissen auch, dass Sie etwas gesucht haben, als Sie auf Dina Hale und Alison Mills losgegangen sind. Wir wissen, dass Sie Angst haben.«

Noah griff das Thema auf. »Mit uns zu reden ist das Beste, was Sie für sich und Ihre Familie jetzt tun können. Lassen Sie uns Ihnen helfen.«

Elliotts Stimme war leise und angespannt. »Das Beste, was

ich für mich und meine Familie jetzt tun kann, ist, nichts zu sagen.«

»Und Nichtstun garantiert, dass Ihre Frau und Tochter sicher sind?«

Er antwortete nicht, aber Josie konnte in seinem Gesicht eine Veränderung erkennen – aus Ärger wurde Angst. Trotzdem blieb er stumm. Josie und Noah warteten eine ganze Weile, aber im Gegensatz zu den meisten anderen versuchte er nicht, die Stille zu füllen. Stattdessen ließ er einfach die Zeit verstreichen. Die Geräusche im Raum und davor wurden in der Stille immer lauter. Das Tropfen seiner Infusion. Die Klingel- und Alarmtöne im Flur. Die Schritte vor der Tür. Die gedämpften Stimmen von Menschen, die sich etwas zuriefen.

»Was haben Sie gesucht, als Sie Miss Hale und Miss Mills überfielen?«, versuchte es Noah wieder.

Er antwortete nicht.

»Wer war die Frau auf den Fotos auf Ihrem Handy?«, fragte Josie.

Nichts.

»Sind Sie sicher, dass Sie nicht über sie sprechen möchten?«, bohrte Josie weiter. »Nennen Sie uns wenigstens ihren Namen, damit wir sie warnen können ... vor dem, was hier passiert.«

Noch immer keine Reaktion. Er starrte nur vor sich hin, als seien sie gar nicht im Zimmer.

Sie bombardierten ihn mit weiteren Fragen, aber er ignorierte sie stoisch und sagte kein einziges Wort.

»Mr Calvert«, versuchte es Noah erneut: »Sollen wir Ihrer Frau sagen, dass sie Ihre Tochter nehmen und aus der Stadt verschwinden soll?«

Er reagierte noch immer nicht.

Josie beugte sich über sein Bett, bis er keine andere Möglichkeit mehr hatte, als ihr in die Augen zu sehen. »Ich weiß nicht, in welche Schwierigkeiten Sie sich gebracht haben, aber ich bin fest davon überzeugt, dass Ihre Frau und Ihr Kind unschuldig sind. Sie wollen nicht mit uns darüber reden, was hier abläuft? Schön. Aber Tori und Amalise?« Sie ließ die Namen wirken und sah zu, wie sich seine Augen mit Tränen füllten. »Sie verdienen, besser von Ihnen behandelt zu werden. Sie verdienen, in Sicherheit zu sein. Das ist das Mindeste, was Sie tun können. Also, noch einmal: Sind Ihre Frau und Ihre Tochter sicher?«

Josie zählte bis vier. Auf einmal schluckte Elliott und sagte: »Ich weiß es nicht. Das ist die Wahrheit. Ich weiß es wirklich nicht. Ich hoffe es, aber ich weiß es nicht.«

Sie warteten wieder und hofften, dass er dem noch etwas hinzufügte, ihnen eine Erklärung gab, aber er sagte nichts mehr.

»Gut«, sagte Noah schließlich. »Wir sagen Ihrer Frau, dass sie Amalise nehmen und die Stadt verlassen soll.«

SIEBENUNDZWANZIG

Sie ist dreizehn, als ihr Vater merkt, dass sie gewisse Dinge weiß. Sie sind als Familie zum Brunch gegangen. Als sie im Diner ankommen, versucht Pea, den Platz zu bekommen, von dem aus sie den besten Blick auf die Eingangstür und einen Großteil des Restaurants hat. »Halte dich immer mit dem Rücken zur Wand«, hat ihr Mug geraten. »Dreh nie jemandem den Rücken zu. Wenn du in den Nischen oder an einem Tisch sitzt, platziere dich so, dass du möglichst wenig Leute hinter dir und den besten Blick auf die Türen und alle um dich herum hast.«

Sie weiß noch nicht so recht, warum das wichtig ist, hört Mugs Ratschlägen aber immer gut zu und versucht auch, sie umzusetzen und zu üben. Sie hat das Gefühl, dass sie eines Tages alles brauchen wird, was Mug ihr beibringt. Sie ist nur nicht sicher, inwieweit das wichtig sein wird.

»Hey«, sagt ihr Vater und reißt sie aus ihren Gedanken. Er blockiert ihren Blick zur Eingangstür. »Steh auf. Ich sitze dort.«

Pea sieht ihn an. Sie weiß nicht so recht, wie sie reagieren soll. Das ist etwas, was ihr Mug noch nicht beigebracht hat. Ihre Mutter sitzt auf der Bank ihr gegenüber. Sie klopft auf den

Platz neben sich und meint: »Komm schon, Liebes. Setz dich hier neben mich.«

»I-ich kann nicht«, entgegnet Pea. »Ich muss hier sitzen.«

Ihr Vater zieht eine Braue hoch. »Du musst dort sitzen? Warum musst du dort sitzen? Ich sitze dort. Das ist mein Platz.«

»Das ist nicht dein Platz«, sagt Pea. »Es ist irgendein Platz. Ich war zuerst hier.«

Ihre Mutter verdreht die Augen. »Um Himmels willen, setzt euch, ihr beiden. Pea, rutsch rüber. Dein Vater kann sich neben dich setzen.«

Sie wirft ihrer Mutter einen Blick zu. Keinen ärgerlichen, sondern einen verdutzten. Warum soll er einen Platz mit ihr teilen? Pea weiß von Mug, dass man auf der Bank nie innen sitzen soll, weil man dadurch blockiert wird. Und selbst wenn man außen sitzt, sollte die Person, die innen sitzt, jemand sein, dem man vertraut.

Pea rutscht über die Bank und deutet auf den Platz neben sich. »Komm schon, Dad. Du kannst außen sitzen und mir vertrauen.«

Er schüttelt andeutungsweise den Kopf, sieht sie nachdenklich an, lächelt leicht und rutscht neben ihr auf die Bank. Sie studieren die Speisekarte. Als ihre Mutter aufsteht, um auf die Toilette zu gehen, sagt ihr Vater zu ihr: »Ich kann dir also vertrauen, was?«

Feierlich nickt Pea. »Ja, Dad. Du kannst mir vertrauen.«

Er sieht nicht von der Speisekarte auf. »Du warst in letzter Zeit viel mit Mug zusammen, nicht wahr?«

Sie ist nicht sicher, was sie darauf sagen soll. Sie will nicht, dass Mug Schwierigkeiten bekommt. Andererseits ist er der beste Freund ihres Vaters. Sie arbeiten zusammen. Er kommt ein-, zweimal die Woche zu ihnen. Er gehört fast zur Familie.

»Weißt du, was du bist?«, fragt ihr Vater sie.

Pea weiß nicht, was sie darauf antworten soll, also sagt sie nichts.

Er sieht sie an. »Du bist meine Prinzessin.«

Sie will keine Prinzessin sein. Ihre Mutter sagt, dass eine Prinzessin, wie sie von der Gesellschaft in Filmen und Büchern dargestellt wird, antiquiert und sexistisch sei. »Frauen brauchen keine Männer, die sie retten«, sagt sie immer. »Du kannst dich verdammt gut selbst retten.«

»Hörst du mir zu, Pea?«, fragt ihr Vater.

Sie nickt.

»Du bist meine Prinzessin. Das heißt, dass du dich um nichts zu kümmern brauchst. Um überhaupt nichts. Wenn du etwas willst, wenn du etwas brauchst – von mir bekommst du es.«

Wäre ihre Mutter nicht auf der Toilette, würde sie darüber spotten. Oder laut auflachen. Dann würde Dad ihr sagen, dass sie den Mund halten soll, und Pea würde nicht wissen, ob er es ernst meint.

Er legt die Speisekarte weg und wendet sich ihr zu. Dann nimmt er ihr die Speisekarte aus der Hand und legt sie auf den Tisch. Er blickt ihr tief in die Augen. Sie hat das Gefühl, dass das ein wichtiger Augenblick ist. Sie weiß nicht, ob ihr Vater sie schon jemals so intensiv angesehen hat. Es scheint, als würde er sie zum ersten Mal richtig sehen.

»Mug ist ein guter Freund, aber eine Prinzessin braucht das, was er dir beibringt, nicht zu wissen. Das Einzige, worum du dich kümmern solltest, sind deine Schularbeiten, deine Freunde und dass du dich nicht mit deiner Mutter gegen mich verbündest.«

Dann grinst er leicht und Pea weiß, dass es okay ist, wenn sie kichert.

»Und jetzt bist du ein braves Mädchen«, sagt er. »Kümmere dich um deine Haare und Kleider und Make-up und sonst nichts, okay?«

Pea weiß nicht, warum sie nicht brav gewesen sein soll. Sie versteht nicht so recht, was ihr Vater damit sagen will. Sie weiß nur, dass sie überhaupt keine Lust hat, eine Prinzessin zu sein, die sich nur um ihr Aussehen kümmert. Aber sie wird sich hüten, ihm zu widersprechen. Außerdem hat er nicht gesagt, dass sie nicht mehr mit Mug reden darf.

»Klar«, antwortet sie.

ACHTUNDZWANZIG

Tori Calvert lag auf zwei Plastikstühlen im Wartezimmer der Chirurgie und schlief tief und fest. Sie hatte ihre Knie an die Brust gezogen, sodass
    nur der untere Teil ihrer hellbraunen Caprihose, weiße Knöchelsöckchen und graue Sneakers unter dem dünnen Pullover hervorlugten, mit dem sie sich zugedeckt hatte. Den Kopf hatte sie auf ihre Handtasche gelegt. Neben ihr stand ein Kinderwagen, dessen Verdeck nach vorn gezogen und mit einer Decke verhängt war. Darunter ragten Amalises kleine, dicke Beinchen hervor. Selbst im Schlaf hatte Tori noch eine Hand um eine Strebe des Kinderwagens gelegt. Josie hob die Decke hoch und sah, dass Amalise schlummerte. Ein Schnuller hing halb aus ihrem Mund. Neben ihr lag ein Stoffelefant.
    Josie legte die Decke wieder zurück und ging in die Hocke, sodass ihr Gesicht auf gleicher Höhe wie das von Tori war. Sie flüsterte ihren Namen. Als das nichts half, berührte Josie sie an der Schulter. Tori öffnete blinzelnd die Augen. Aus der seligen Unwissenheit, die in ihrem verschlafenen Gesichtsausdruck zunächst gelegen hatte, wurde schmerzliche Erkenntnis. »O Gott«, sagte sie und setzte sich auf. Rasch warf sie einen Blick

in den Kinderwagen zu Amalise und atmete erleichtert auf, als sie sah, dass ihre Tochter noch schlief.

Josie setzte sich neben sie. Noah blieb stehen. Sie ließen ihr Zeit, ganz wach zu werden. Tori nestelte an ihrem Pullover herum, fand schließlich die Ärmel und schlüpfte hinein. »Haben Sie ihn gesehen?«, fragte sie leise, um Amalise nicht zu wecken. »Hat er mit Ihnen geredet?«

»Wir haben ihn gesehen«, antwortete Noah. »Er war wach. Es scheint ihm gut zu gehen.«

»Aber er wollte nicht mit uns reden«, ergänzte Josie. »Er hat nur gesagt, dass er nicht weiß, ob Sie und Amalise sicher sind.«

Tori schüttelte den Kopf. Tränen liefen ihr aus den roten, geschwollenen Augen. Sie fuhr sich mit der Hand durch das Haar. »Das ist doch lächerlich. Er ist mein Mann. Warum lassen Sie mich nicht mit ihm reden?«

»Es tut mir leid, Mrs Calvert«, entgegnete Noah. »Es ist bei der Polizei von Denton so üblich. Sobald er in Untersuchungshaft ist, besteht eventuell die Möglichkeit für Sie, ihn zu besuchen.«

Sie schüttelte weiter den Kopf. »Das ist doch verrückt. Ich kann nicht mit ihm reden, aber er glaubt, dass wir nicht sicher sind? Was zum Teufel meint er überhaupt damit? Sicher vor was? Vor wem? Wird jemand kommen und uns etwas antun wollen? Wer? Er ist doch nur ein Architekt. In was ist er da hineingeraten? Ich verstehe das alles nicht.«

Josie nickte ununterbrochen, während sie redete. »Mrs Calvert ...«

»Hören Sie auf«, fauchte Tori. »Nennen Sie mich nicht so. Ich bin nicht seine Frau. Ich bin nicht seine Lebensgefährtin. Ich bin irgendeine Frau, die in seinem Haus lebt und sein Kind bekommen hat. Ich weiß nicht, wer dieser Mann ist. Das ist nicht die Person, die ich geheiratet habe!«

Josie versuchte es wieder. »Tori, wir wissen nicht, was hier abläuft. Noch nicht. Wir arbeiten daran, das können Sie mir glauben, aber im Moment halten wir es für das Beste, wenn Sie Amalise nehmen und mit ihr die Stadt verlassen. Können Sie nach New York fahren? Und bei Ihren Eltern bleiben?«

»Oh«, rief Tori plötzlich. Sie öffnete ihre Handtasche und fing an, darin herumzuwühlen. Da bewegte sich Amalise. Geschickt streckte Tori ein Bein aus, hakte es in eine Strebe am unteren Ende des Kinderwagens ein und begann ihn ein paar Zentimeter hin und her zu schieben. Die rhythmische Bewegung wiegte Amalise wieder in den Schlaf. Tori fuhr fort: »Ich bin Ihnen da schon ein Stück weit voraus. Da ist etwas, das Sie wissen sollten. Ich war nicht sicher, ob ich es Ihnen sagen soll, ich wollte zuerst Elliott fragen. Ich hoffte, von ihm eine plausible Erklärung dafür zu bekommen. Aber da ich nicht einmal mit ihm reden kann, sage ich es Ihnen.«

Sie kramte aus ihrer Handtasche ein Bündel Blätter mit Eselsohren heraus und wedelte damit in der Luft herum. »Ich hatte nicht vor, die Stadt zu verlassen, nachdem ich gestern mit Ihnen gesprochen hatte. Wirklich nicht. Ich dachte, das sei alles ein schreckliches Missverständnis. Aber als der Tag verging, musste ich ständig daran denken. Was, wenn das Ganze real war? Was, wenn mein ganzes Leben plötzlich aus den Fugen geraten würde? Ich kenne hier niemanden. Sehen Sie, mein Mann ist im Krankenhaus und ich habe nicht einmal jemanden, der auf meine Tochter aufpasst, während ich hier bin. Ich habe niemanden. Deshalb dachte ich mir, vielleicht sollte ich wirklich planen – vorerst nur planen –, nach New York zu gehen und bei meinen Eltern zu bleiben, wenn es nötig würde. Dann dachte ich, ich brauche ja Geld. Ich bin über das Onlinebanking in unsere Kontenübersicht gegangen und habe nachgesehen, wie viel wir auf unserem Giro- und dem Sparkonto haben. Was glauben Sie, was ich gesehen habe?«

Josie war ziemlich sicher, dass sie darauf keine Antwort erwartete, obwohl sie schon ahnte, in welche Richtung das gehen würde. Es verursachte ihr ein flaues Gefühl im Magen.

Tori sah Noah und dann Josie an. »Wir haben hundertzweiundsiebzig Dollar auf dem Giro- und vierzehn Dollar auf dem Sparkonto.«

»Wie viel dachten Sie, dass auf den Konten seien?«, erkundigte sich Noah.

»Als ich vor zwei Wochen nachgesehen habe, waren auf dem Girokonto über dreitausend Dollar und auf dem Sparkonto zehntausend.«

Sie gab Josie die Auszüge. Es dauerte einen Augenblick, bis Josie sie durchgesehen und sich orientiert hatte. Doch schließlich fand sie die Abbuchungen. »Er hat letzte Woche fast dreizehntausend Dollar abgehoben.«

»Genau«, sagte Tori. Sie tippte auf die Seiten und bedeutete Josie damit, weiter die Auszüge durchzusehen. »Er hat auch das ganze Rentensparkonto geplündert. Zehntausende Dollar. Weg. Er hat nicht einmal genug übrig gelassen, um den Strafzins für die Abhebung zu bezahlen!«

Josie fand den Auszug. Sie erschrak, als sie sah, dass Elliott fast zweihunderttausend Dollar vorzeitig abgehoben hatte. Sie reichte die Auszüge Noah, der sie sich ansah.

»Haben Sie eine Ahnung, was er mit dem Geld vorgehabt haben könnte?«, fragte Josie.

Tori schüttelte den Kopf. »Ich habe überall nachgesehen, wo ich konnte: in seinen E-Mails, auf anderen Konten. Ich dachte, vielleicht hat er so etwas wie Spielschulden, von denen ich nichts weiß. Kann sein, dass er sie hat, aber finden konnte ich nichts. Ich weiß nicht, was er mit dem Geld gemacht hat. Ich habe das Haus auf den Kopf gestellt und gehofft, dass er es vielleicht dort deponiert hat. Es ist weg.« Sie ließ sich auf ihren Stuhl fallen und schloss die Augen, während ihr wieder Tränen über die Wangen liefen. Ein Schluchzen erschütterte ihren Körper. »Alles ist weg.«

NEUNUNDZWANZIG

Josie stand vor ihrem offenen Kühlschrank und schaufelte sich kalte Nudeln in den Mund. Die kühle Luft hüllte sie ein. Zu ihren Füßen winselte Trout und stupste sie an. Wenn Josie vor dem Schlafengehen zum Kühlschrank ging, dann meist, um ihm noch eine kleine Möhre zu geben. Zwischen den Bissen murmelte sie: »Ich weiß, ich weiß, mein Kleiner. Ein bisschen Geduld.«

Noah kam frisch geduscht in die Küche, das nasse Haar noch struppig. Er trug nur eine Jogginghose. Seine nackte Brust ließ sie vergessen, wie heißhungrig sie war. »Setz dich und bleib ein bisschen«, sagte er.

Er kam zu ihr, legte eine Hand auf ihre Hüfte und fasste in den Kühlschrank, um noch etwas Essbares zu finden. Viel war nicht mehr da. Er seufzte. »Jetzt verstehe ich, warum ich zuerst duschen durfte. Damit du dir die Nudeln unter den Nagel reißen konntest. Ich denke, ich schnappe mir diesen wahrscheinlich schon abgelaufenen Joghurt. Trouts Möhren kann ich nicht essen, sonst bin ich wochenlang in der Hundehütte. Vielleicht noch ein paar Scheiben Käse. ›Kratz einfach den Schimmel ab‹, hat meine Mom immer zu mir gesagt.«

Josie lachte und schob ihm die Tupperschüssel mit ihrer Gabel hin. »Tut mir leid. Ich war so hungrig. Iss den Rest.«

Ohne wegzugehen, nahm er beides und begann zu essen. Trout winselte erneut. Josie fischte ein paar kleine Möhrensticks aus einer Schachtel und warf sie über den Küchenboden. Als Trout hinterherjagte, fiel ihr Blick wieder auf Noah. Verlangen regte sich in ihr, obwohl sie einen aufwühlenden Tag gehabt und im Fall Hale/Mills/Calvert eine verstörende Wahrheit nach der anderen zutage gefördert hatten. Vielleicht auch gerade deswegen. Es gab für sie keine bessere Ablenkung von ihrer stressigen Arbeit, als sich in Noah zu verlieren.

Während er die Nudeln verputzte, fuhr sie mit den Fingern über das kreisförmige Narbengewebe an seiner rechten Schulter. Es hatte Jahre gedauert, bis sie nicht mehr jedes Mal beim Anblick der Wunde von bohrenden Schuldgefühlen gequält worden war. Dass sie Noah angeschossen hatte, hatte er ihr schon vergeben, kaum dass die Kugel in seine Haut eingedrungen war. Sie hatte es nicht gewollt, aber damals geglaubt, keine andere Wahl zu haben. Zu jener Zeit waren sie nichts weiter als Kollegen gewesen. Josie hatte ein unglaubliches Ausmaß an Korruption im Revier aufgedeckt, in das Beamte sämtlicher Rangstufen verwickelt gewesen waren. Noah hatte die Aufgabe gehabt, ein junges Mädchen zu bewachen, das in eine Arrestzelle des Dentoner Polizeireviers gesteckt worden war. Josie hatte sie aus dem Gebäude herausbekommen müssen, doch Noah hatte versucht, sie daran zu hindern. Damals hatte sie noch nicht gewusst, ob er nur seine Pflicht tat oder Teil des Korruptionssumpfs war.

Also hatte sie auf ihn geschossen.

Er hatte nie jemandem verraten, dass sie es gewesen war, und sie sogar gedeckt, damit sie und das Mädchen fliehen konnten. Das war der Beginn ihrer Freundschaft gewesen. Nun, sieben Jahre später, waren sie verheiratet und es gab niemanden auf der Welt, dem Josie mehr vertraute als Noah. Und nach dem es sie mehr verlangte.

Sie blickte von der Narbe auf und merkte, dass er sie mit entspanntem Lächeln fixierte. Sie sahen sich in die Augen und kommunizierten in stummem Einverständnis. Noah warf die leere Tupperdose und die Gabel auf den Boden, nahm Josie in die Arme und presste seine Lippen auf ihre.

Josie vergaß völlig die Zeit – und alles, was nicht mit Noah und ihren verschmelzenden Körpern zu tun hatte. Erst später, als sie atemlos im Bett lagen, warf sie einen Blick auf den Wecker auf ihrem Nachtschrank. Eine Stunde war vergangen, seit sie sich in der Küche begegnet waren. Sie fragte sich träge, ob sie die Kühlschranktür offen gelassen hatte. Als sie sich aufsetzte, sah sie, dass Trout nicht im Zimmer war.

Vermutlich war sie noch offen.

Josie ließ sich wieder in ihr Kissen fallen. Noah strich mit seiner Hand von ihrem Handgelenk über ihren nackten Arm bis hoch zur Schulter. »Ich glaube, ich muss noch einmal duschen.«

Josie lachte. Sie drehte sich um und küsste ihn auf den Mund, bevor sie sich auf die andere Seite rollte und aufstand. »Jetzt bin erst einmal ich dran. Du solltest nach unten gehen und nachsehen, ob Trout sich nicht über das schimmelige Käsestück hergemacht hat.« Sie blickte über ihre Schulter zurück und blinzelte ihm zu. »Und mach den Abwasch.«

Als sie aus der Dusche kam, lagen Noah und Trout im Bett. Noah scrollte durch sein Handy. »Gretchen hat Felicia Koslow überprüft. Sie ist zweimal in Philadelphia County wegen Drogenbesitzes mit Verkaufsabsicht festgenommen worden.«

»Interessant«, sagte Josie und trocknete ihr Haar mit dem Handtuch. »Betäubungsmittel?«

»Yep. Drogen der Klasse eins, also solche mit hohem Suchtpotenzial. Könnte sich also durchaus um Oxycodon gehandelt haben.«

»Also hat sie gelogen. Die Polizei hat sie gar nicht schikaniert. Sie wurde verhaftet und angeklagt. Was ist passiert?«

»Beim ersten Mal wurde die Anklage fallen gelassen. Beim zweiten Mal hat sie sich schuldig bekannt, um mildernde Umstände zu bekommen. Wurde zu einer Geldstrafe und drei Jahren auf Bewährung verurteilt. Das ist jetzt fünf Jahre her.«

Sie warf das feuchte Handtuch in den Wäschekorb. »Also ist sie seit einiger Zeit aus dem Schneider. Sieht so aus, als habe sie in Denton ein neues Leben anfangen wollen.«

»Oder sie hat ein neues Betätigungsfeld für Drogengeschäfte gesucht«, meinte Noah. »Denkst du, dass das Oxycodon, das Dina gefunden hat, Felicia gehörte?«

»Durchaus möglich«, antwortete Josie. »Aber wenn, dann wird es uns Felicia sicher nicht auf die Nase binden.«

Noah scrollte weiter. »Da hast du recht.«

»Was Neues von Alison Mills?«

»Sie haben sie noch nicht gefunden. Gretchen schreibt, sie hätten ein paar Hinweise bekommen. Einige Leute glauben, sie in der Nähe der kleinen Siedlung an der Straße zum Krankenhaus gesehen zu haben, aber etwas Konkretes ist nicht darunter. Sie schreibt auch, dass sie noch nichts über die Nummer des Wegwerfhandys, die Calvert ständig angerufen hat, herausgefunden haben.«

Josie fand in ihrer Kommode eine alte Jogginghose und ein Polizei-T-Shirt und zog beides an. »Den Besitzer der Nummer werden wir vielleicht nie ausfindig machen. Noah, ganz wesentlich zur Aufklärung dieses Falls könnte Alison Mills beitragen, wenn wir sie nur finden würden. Glaubst du, dass sie tot ist?«

Er blickte von seinem Handy auf. »Ich weiß nicht. Hoffentlich nicht. Immerhin wurde sie gesehen.«

»Wir wissen nicht, ob es wirklich sie war«, gab Josie zu bedenken.

»Vielleicht versteckt sie sich. Die ganze Sache – egal, was

hier vor sich geht – muss sie völlig verschreckt haben. Selbst wenn sie ihre Mutter im Fernsehen gesehen hat, glaubt sie vielleicht nicht, dass sie aus ihrem Versteck kommen kann.«

Josie stieg ins Bett. Sie drehte sich zu Noah und fuhr mit der Hand über Trouts seidiges Fell. Der Hund bedankte sich mit einem zufriedenen Seufzer. »Verschreckt«, wiederholte Josie. »Wie Calvert. Jemand hat ihn erpresst. Ich habe darüber nachgedacht. Es gibt keine andere Erklärung.«

Noah legte sein Handy auf den Nachtschrank, streckte sich und drehte sich zu ihr. »Ich weiß nicht, ob das die einzige Erklärung ist«, meinte er. »Aber es ist die wahrscheinlichste, da hast du recht. Wenn ihn jemand erpresst, hat es möglicherweise mit den Fotos von der Frau zu tun, die wir auf seinem Handy gefunden haben.«

»Du denkst, jemand hat herausgefunden, dass er seine Frau betrügt, und ihn damit unter Druck gesetzt? Da wäre Scheidung aber die wesentlich einfachere Lösung. Außerdem erklärt das nicht, wonach er gesucht hat, als er auf Dina und Alison losging.«

Noah gähnte. »Wir wissen, dass Dina Drogen im Wert von fast viertausend Dollar gefunden hat.«

Josie schüttelte den Kopf. »Ich weiß nicht, ob er jemanden nur deshalb töten würde. Wenn es nur um Drogen ging, warum sollte er dann fast zweihundertfünfzehntausend Dollar von seinen Konten abheben?«

Noahs Hand stieß mit ihrer zusammen, als er ebenfalls Trout streichelte. Der Hund gab wieder einen zufriedenen Laut von sich. »Dann hat er vielleicht nach dem Geld gesucht. Seinem Geld.«

Josie überlegte. Sie rollte sich auf die andere Seite, nahm ihr Smartphone und schrieb Gretchen, ob sie Dr. Feist schon um einen Vergleich des Rumpfs von Dina und dem der geheimnisvollen Frau auf Calverts Fotos gebeten hatte. Es war nach Mitternacht, doch Josie wusste, dass Gretchen noch wach war.

Zu Noah sagte sie: »Den GPS-Daten zufolge waren sie mehrmals zur selben Zeit im Eudora. Ganz ausgeschlossen ist es also nicht. Vielleicht war er dort, hatte das Geld bei sich und Dina oder beide Mädchen haben es genommen. Hätte er allerdings das Geld in bar bei sich gehabt, hätte er dafür etwas Größeres gebraucht, also mindestens eine Reisetasche oder einen Rucksack oder so. Eine Schachtel. Etwas, das groß genug für die ganzen Scheine war.«

Gretchens Antwort kam nach wenigen Sekunden.

Die Frau auf den Fotos ist nicht Dina.

Josie drehte ihr Handy so, dass Noah den Nachrichtenthread lesen konnte. Er nickte. »Wir wissen, dass im Haus der Hales kein Geld war. Wir könnten Marlene bitten, sich in ihrer Wohnung umzusehen. Aus den Nachrichten, die die Mädchen am Donnerstag ausgetauscht haben, geht allerdings hervor, dass die Leute das, was sie gesucht haben, nicht gefunden haben – ob es Calvert war oder wer auch immer in das Haus der Hales eingedrungen ist. Aber, Josie, selbst wenn wir recht haben und Calvert eine Affäre hatte, jemand es herausgefunden und ihn erpresst hat, doch die Mädchen sich das Geld unter den Nagel gerissen haben: Wer ist dann der Erpresser?«

»Genau«, erwiderte Josie. »Und warum lässt er sich wegen einer Affäre erpressen? Er ist schließlich keine Person des öffentlichen Lebens. Seine Ehe wäre ruiniert. Tori könnte ihm das Leben zur Hölle machen, ihn finanziell ausnehmen oder ihn seine Tochter nicht mehr sehen lassen. Aber reicht das, um jemanden dafür zu bezahlen, dass ein Seitensprung ein Geheimnis bleibt?«

»Vielleicht ist die Frau, mit der er ein Verhältnis hatte, eine Person des öffentlichen Lebens«, mutmaßte Noah. »Vielleicht will er nicht, dass jemand herausfindet, wer sie ist.«

Ein Schauder durchlief Josie. »Um Himmels willen. Du

meinst doch nicht etwa, dass es ein Mädchen aus dem Catering- und Veranstaltungsteam sein könnte? Eine Minderjährige? Gia Sorrento? Er hat mit ihr geflirtet. Sie hat uns zunächst angelogen, als sie gesagt hat, sie würde ihn nicht kennen.«

Noah schüttelte den Kopf. »Daran habe ich auch schon gedacht. Aber wenn wir davon ausgehen, dass Calverts Geliebte immer, wenn sie sich trafen, ein Zimmer gebucht hat, dann kann es keine Minderjährige sein. Um im Eudora einzuchecken, muss man mindestens achtzehn sein. Gia Sorrento sagte, sie sei gerade erst achtzehn geworden. Sie hätte in den letzten Monaten gar kein Zimmer reservieren können.«

»Stimmt«, räumte Josie ein. »Aber warum denkt Calvert dann, dass er nicht sicher vor seinem Erpresser ist? Oder seine Familie?«

Trout furzte lang und hörbar. Das Geräusch riss ihn aus dem Schlaf. Er sprang auf und sah sich um, um herauszufinden, woher die Störung gekommen war.

Josie und Noah brachen in Gelächter aus. Nachdem sie Trout überzeugt hatten, dass alles in Ordnung war, legte er sich wieder zwischen sie und schlief ein.

»In diesem Sinne denke ich, dass wir uns auch etwas Schlaf gönnen sollten«, meinte Noah. »Morgen ist ein langer Tag. Bisher haben wir nur Fragen und noch keine Antworten.«

DREISSIG

Josie war verblüfft, wie ruhig es im Eudora-Hotel um acht Uhr morgens zuging. Es war zwar Montag, trotzdem hatte sie noch nie erlebt, dass es in der Lobby nicht vor ankommenden und abreisenden Gästen wimmelte. Während sie und Noah gerade an der Rezeption darauf warteten, dass John Brown sie abholte, war in der Eingangshalle praktisch niemand zu sehen außer einer Reinigungskraft, die mit Mühe einen Wagen über den dicken Teppich schob und gelegentlich stehen blieb, um Tische abzustauben, die Topfpflanzen zu wässern und mit einem kleinen Handstaubsauger die Polstermöbel zu reinigen.

Noah deutete an die Decke. »Hörst du das?«, fragte er.

Zum ersten Mal wurde die Lobby nicht mit klassischer Musik beschallt. Stattdessen lief ein lokaler Radiosender. »Nun zu den Nachrichten von heute«, war der Sprecher zu hören. »Die Polizei sucht noch immer nach Alison Mills, einer vermissten Jugendlichen aus Denton ...«

Anschließend las er die gleichen Informationen vor, die WYEP heute schon gesendet hatte. Dann folgte ein Popsong.

»Detectives.« John Brown erschien mit gequältem Lächeln

hinter dem Rezeptionstisch. »Wenn Sie bitte in mein Büro kommen wollen.«

Er hatte sie heute Morgen angerufen, um ihnen mitzuteilen, dass er eine Aufzeichnung gefunden hatte, die Elliott Calvert im Hotel zeigte. Er sagte nicht, wie oder wo, hatte sie aber gebeten, vorbeizukommen, damit sie sich das Ganze ansehen konnten. Trotzdem hatte er sie noch fünfzehn Minuten warten lassen.

In seinem Büro stand sein aufgeklappter, zu den Besucherstühlen gedrehter Laptop. Josie und Noah nahmen Platz, während er auf das Touchpad tippte und den Bildschirm aktivierte. Er setzte sich neben dem Computer auf den Rand des Schreibtischs und sagte: »Ich habe Ihnen ja gesagt, dass wir von manchen Vorfällen Aufzeichnungen behalten.«

»Vorfälle, aufgrund derer das Hotel verklagt werden könnte«, mutmaßte Noah.

Wieder lächelte er gequält. »Wenn Sie so wollen, ja. An einem jener Abende, da sich Mr Calvert Ihnen zufolge hier aufgehalten hat, gab es einen solchen Vorfall. Ein Gast ist in der Lobby gestürzt. Sie hat sogar bereits einen Anwalt mit der Sache betraut und Klage eingereicht. Ob es tatsächlich zu einem Verfahren kommt, bleibt abzuwarten und hängt ganz von unserer Versicherungsgesellschaft ab. Allerdings müssen wir die Aufzeichnungen aufbewahren. Was wir auch getan haben. Wir haben sie der Versicherung überlassen.«

»Sie haben eine Kopie gemacht«, sagte Josie.

»Genau. Diese Kopie wird außerhalb unserer Datenbank hier aufbewahrt. Deshalb habe ich mir die Freiheit genommen, an die Gesellschaft heranzutreten und sie zu bitten, uns diese Kopie zur Verfügung zu stellen.« Er deutete auf den Laptop. »Hier ist sie. Es gibt in der Lobby mehrere Kameras. Natürlich ging es uns vor allem um die Aufzeichnungen, die den Sturz der Dame am deutlichsten zeigen. Aber als ich alle durchgegangen bin, um nach

Mr Calvert zu suchen, konnte ich brauchbare Aufnahmen von einer anderen Kamera finden. Ich glaube zumindest, dass es sich um ihn handelt. Vielleicht können Sie es zweifelsfrei feststellen.«

Er tippte wieder auf das Touchpad. Auf dem Schirm erschien der Eingangsbereich in einer Ansicht von oben. Die Kamera war anscheinend über einer der Türen des Haupteingangs positioniert, denn sie erfasste einen Großteil der Lobby. Links sah man die Tür in das Bastian's. Als ein Mann durch sie in den Raum trat, tippte Brown auf den Bildschirm. »Ich glaube, das ist er.«

Er trug einen hellen Anzug, aber keine Krawatte. Die obersten Knöpfe seines weißen Hemds hatte er geöffnet. Er blieb vor dem Restaurant stehen und sah sich um, sodass sie Gelegenheit hatten, sein Gesicht deutlich zu sehen.

»Er ist es«, sagte Josie.

Elliott ließ den Blick zweimal durch die Lobby wandern. Er hat niemanden gesucht, dachte Josie bei sich, sondern sich vergewissert, dass ihn keiner sieht, der ihn kennt. Dann ging er durch den Eingangsbereich, vorbei an den Polstergarnituren mit Couchtischen und der Rezeption, an der viele Gäste standen. Gerade als er am anderen Ende der Empfangstheke angelangt war, zog etwas die Aufmerksamkeit der Anwesenden und auch von Calvert auf sich. Alle stutzten und drehten sich zum Eingang. »Das ist der Sturz, von dem ich Ihnen erzählt habe«, erklärte Brown. »Man kann ihn von diesem Blickwinkel aus nicht sehen, aber der Unfall hat die Reaktion der Leute ausgelöst.«

Manche Gäste, die an der Rezeption standen, gingen in Richtung des Eingangs, um besser sehen zu können, was sich abspielte. Elliott drehte sich wieder um und ging weiter zum Aufzug. Er drückte rasch den Knopf nach oben und mischte sich unter eine Gruppe von Hotelgästen, die vor den Lifttüren standen. Als sich eine davon öffnete, ging er zusammen mit ihnen in die Kabine. Niemand nahm ihn zur Kenntnis oder sah ihn sich genauer an. Warum auch? Er war nur ein Mann in einem Hotel, der zu seinem Zimmer wollte.

Nur hatte Elliott Calvert nie ein Zimmer im Eudora gebucht.

»Wissen Sie, in welches Stockwerk er gefahren ist?«, fragte Josie.

Brown schloss seinen Laptop. »Leider nicht. Die Aufzeichnungen aus dem Hotel sind alle weg. Augenscheinlich gelöscht, wie ich Ihnen gestern schon gesagt habe. Und auch diese Aufzeichnung haben wir nur noch, weil die Frau gestürzt ist.«

»Sie haben keine weiteren Bars oder anderen gastronomischen Einrichtungen in den oberen Stockwerken, oder?«, fragte Noah.

Brown schüttelte den Kopf.

»Und sonstige öffentliche Räumlichkeiten?«, hakte Josie nach. »Konferenzräume? Einheiten, in denen Kunden arbeiten können? Ein Fitnessstudio? Ein Schwimmbad?«

»Natürlich«, antwortete Brown. »Das haben wir alles. Aber man braucht einen Zimmerschlüssel, um hineinzugelangen. Meines Wissens hatte Mr Calvert keinen Zimmerschlüssel.«

»Können wir eine Kopie davon haben?«, fragte Noah.

»Natürlich«, antwortete Brown. Er schnappte sich seinen Laptop und ging damit auf die andere Seite des Schreibtisches. Aus einer Schublade holte er einen USB-Stick. »Es dauert nur ein paar Augenblicke.«

»Wir bräuchten außerdem eine Liste aller Gäste, die an jenem Tag ein Zimmer hatten, wenn es Ihnen nichts ausmacht«, ergänzte Josie.

Brown runzelte die Stirn. »Tut mir leid, aber dafür brauche ich eine richterliche Verfügung. So sind unsere Richtlinien.«

»Sie bekommen sie noch heute«, versprach Josie.

Brown nickte und kopierte die Aufzeichnungen weiter auf den Stick. Während sie warteten, beugte sich Noah zu ihr und flüsterte: »Calverts Geliebte hat das Zimmer gebucht. Deshalb erscheint er nicht in der Gästeliste. Vielleicht ist sie von außerhalb. Möglicherweise aus New York. Es würde auf jeden Fall passen.«

»Genau«, pflichtete Josie ihm ebenso leise bei. »Sie reserviert ein Zimmer, wenn sie in der Stadt ist, und er kommt hierher. Aber in seiner Anruf- oder Nachrichtenliste gab es keinen Hinweis darauf, dass er mit einer anderen Frau kommuniziert hat.«

»Sieht man von der nicht mehr gültigen Handynummer ab«, hob Noah hervor. »Deren Besitzer Gretchen noch nicht ausfindig machen konnte.«

»Stimmt«, sagte Josie. »Das könnte die geheimnisvolle Frau sein. Sie schreiben sich nicht, um keine Spuren zu hinterlassen. Wenn sie sich auf Telefonanrufe beschränken, lässt sich das Verhältnis wesentlich leichter verheimlichen. Niemand kann den Inhalt von Telefongesprächen nachvollziehen. Aber das erklärt nicht, warum er mehr als einmal in der Bar mit Gia Sorrento geflirtet hat.«

»Josie, wir reden von einem Kerl, der seine Frau betrogen hat, kurz nachdem sie ihr erstes Kind auf die Welt brachte. Ein Kerl, der ein wehrloses Mädchen am Straßenrand erwürgt hat. Denkst du, Elliott Calvert hätte irgendwelche moralischen Bedenken? Ganz sicher nicht.«

Er wandte den Blick ab, doch konnte sie erkennen, dass ihm der Fall ebenso an die Nieren ging wie ihr.

»So, fertig«, meldete sich Mr Brown, ging um den Schreibtisch herum und gab ihnen den USB-Stick.

Josie stand auf, nahm ihn und rang sich ein Lächeln für ihn ab. »Vielen Dank«, sagte sie. »Wir wissen das sehr zu schätzen. Nur noch eine Sache, bevor wir gehen. Wir konnten zwar gestern Abend viele Ihrer Angestellten befragen, aber mit Max Combs haben wir noch immer nicht gesprochen. Als Vorgesetzter von Dina und Alison hat er möglicherweise wichtige

Informationen, die uns bei unseren Ermittlungen weiterbringen könnten. Ist er gestern Abend noch erschienen?«

Brown schürzte die Lippen und starrte sie an, als hoffe er, sie würde ihre Frage vergessen und sich von ihm verabschieden.

Auch Noah stand auf. »Er ist nicht zur Arbeit gekommen, nicht wahr? Er ist seit zwei Tagen nicht auf der Arbeit erschienen.«

Brown schüttelte den Kopf.

»Hat er angerufen und Ihnen mitgeteilt, dass er nicht kommen würde?«, wollte Josie wissen. »Oder hat er eine Erklärung für sein Fernbleiben gegeben?«

»Leider nicht«, erwiderte Brown. »Aber er muss heute Nachmittag kommen. Wie gesagt, Pünktlichkeit ist nicht Max' Stärke, doch in seinem Beruf ist er ein Ass ...«

»Und deshalb haben Sie oft ein Auge zugedrückt«, brachte Noah den Satz für ihn zu Ende. »Mr Brown, wir müssen wirklich dringend mit ihm reden. Könnten Sie ihn bitten, uns anzurufen, wenn er auftaucht? Und sollte er nicht zur Arbeit kommen, wäre es gut, wenn Sie uns darüber informieren würden.«

Mit einem tiefen Seufzer nickte Brown. »Selbstverständlich«, sagte er. »Ich bin mir sicher, er wird sich heute bei mir melden. Ich sage ihm, dass er Sie anrufen soll.«

So richtig überzeugt wirkte er jedoch nicht.

EINUNDDREISSIG

Als sie wieder im Auto saßen, startete Noah den Motor, machte aber keine Anstalten, das Eudora zu verlassen. In stillem Einverständnis wartete er, bis Josie im Revier angerufen hatte. Mettner nahm den Anruf entgegen. Er klang nach seinem Miniurlaub wesentlich erholter als Josie und Noah nach ihren siebentägigen Flitterwochen. Mettner versicherte ihr, dass er und die Pressesprecherin der Polizei, seine Freundin Amber Watts, bereits über den Stand der Dinge informiert worden waren. Bisher waren keine vielversprechenden Hinweise auf den Verbleib von Alison Mills eingegangen, aber Amber wollte sämtliche Lokalmedien kontaktieren und sie veranlassen, ihr Foto in nächster Zeit immer wieder zu veröffentlichen. Marlene Mills hatte bereits dreimal angerufen.

»So ein verfluchtes Chaos«, schimpfte Mettner. »Ich lese gerade alle Berichte. Außerdem habe ich mit Gretchen und dem Chief gesprochen. Wie kann sich eine Siebzehnjährige einfach in Luft auflösen?«

»Sie hat sich nicht in Luft aufgelöst«, sagte Josie. »Sie ist hier irgendwo, wahrscheinlich direkt vor unserer Nase. Wir müssen nur weitersuchen und die Bevölkerung um Mithilfe bitten. Vielleicht will sie sich nicht melden, weil sie und Dina in etwas hineingeraten sind. Aber hoffentlich rufen uns ein paar verantwortungsbewusste Bürger sofort an, wenn sie sie entdecken. Amber soll dranbleiben. Inzwischen musst du mir eine richterliche Verfügung für das Eudora besorgen.« Sie erklärte ihm, dass sie eine Liste aller Gäste brauchten, die an dem Tag, da die von Brown zur Verfügung gestellten Überwachungsvideos aufgezeichnet worden waren, im Hotel übernachtet hatten. Sie nannte ihm das Datum. Er versprach, die Verfügung zu beschaffen, unterzeichnen zu lassen und dem Hotel in den nächsten Stunden vorzulegen.

»Eine Sache noch, wenn du schon vor deinem Rechner sitzt«, sagte Josie. »Wir suchen gerade jemanden von den Hotelangestellten. Kannst du eine Adresse für mich heraussuchen? Max Combs. Er leitet das Catering- und Veranstaltungsteam im Eudora.«

»Einen Augenblick«, meinte Mettner.

Josie hörte seine Finger mit maschinengleicher Präzision auf die Tastatur klopfen. Kurz darauf sagte er: »Ich habe ihn.« Er nannte ihr die Adresse. »Scheint zur Miete zu wohnen.«

»Ausgezeichnet. Wir fahren hin und sehen, ob wir mit ihm reden können.«

Nachdem sie das Gespräch beendet hatte, verließ Noah den Parkplatz und fuhr in ein relativ neues Reihenhausviertel, das in den letzten fünf Jahren im Südosten von Denton entstanden war. Das Haus, in dem Combs wohnte, war hoch, aber schmal und hatte eine hellbraune Fassade, weiße Fensterrahmen und drei Geschosse, von denen das unterste aus einer Garage bestand. Eine schwarze schmiedeeiserne Treppe schwang sich um die Hausecke nach oben in den ersten Stock.

Als sie die Treppe hochgingen, meinte Noah: »Eine Eingangstür seitlich am Haus. Interessante Bauweise.«

Das Podest vor der Eingangstür war kaum groß genug für sie beide. Über der Tür befand sich ein kleines Vordach, das kaum Schatten spendete. An seiner Unterseite war eine Lampe angebracht. Josie konnte im Tageslicht gerade noch erkennen, dass sie schwach leuchtete. Jemand hatte sie eingeschaltet. Die Tür selbst war schwarz und fensterlos.

»Muss ganz schön schwierig gewesen sein, Möbel in die Wohnung zu bekommen«, murmelte Josie. Sie klingelte. Drinnen war die Glocke zu hören, doch niemand reagierte. Josie klingelte noch zweimal und trat dann zurück, damit sich Noah an die Tür stellen konnte. Er hämmerte dagegen und rief mit lauter, fester Stimme Max Combs' Namen.

Nichts.

Sie sahen sich um, doch kein Nachbar spähte aus dem Fenster oder lief die Straße entlang. »Irgendwie habe ich ein ungutes Gefühl«, meinte Josie.

Noah nickte. »Ich auch, aber solange nichts darauf hindeutet, dass der Typ verletzt oder tot drinnen liegt, können wir nicht viel tun, außer später wiederzukommen.«

Josie ging mit dem Gesicht nah an die Tür heran und bemerkte einen vertrauten, ekelerregenden Geruch. »Noah«, sagte sie und winkte ihn herbei. »Riechst du das?«

Er trat neben sie, steckte seine Nase in den Türschlitz und sog mehrmals die Luft ein. Dann verzog er das Gesicht.

»Kein Zweifel«, sagte Josie seufzend.

Er schüttelte den Kopf. »Ruf alle. Die Spurensicherung, Dr. Feist und ein paar Einheiten, die das Haus abriegeln. Wir müssen den Vermieter kontaktieren, damit er uns öffnet. Mettner soll uns einen Durchsuchungsbeschluss besorgen.«

Josie wählte bereits.

Sie warteten fast zwei Stunden, bis Mettner mit dem Beschluss und Max Combs' Vermieter im Schlepptau eintraf. In der Zwischenzeit waren mehrere Streifeneinheiten gekommen und hatten die Einfahrt abgesperrt. Dr. Feist und die Spurensicherung trafen kurz darauf ein. Das Haus wurde kurz durchsucht, um sicherzugehen, dass die Leute gefahrlos arbeiten konnten. Dann ging Officer Hummel mit seinen Forensikern von der Beweissicherung hinein. Josie wusste, es würde einige Stunden dauern, bis sie fertig waren. Um die Zeit zu nutzen, rief sie Mr Brown an und fragte ihn, ob er die Liste der Gäste fertig hatte. Mettner hatte ihm den richterlichen Beschluss zugestellt, bevor er hergekommen war. Brown teilte ihr mit, dass es ein, zwei Tage dauern würde. Mettner befragte unterdessen die Nachbarn, ob sie etwas gesehen hatten. Schließlich gab Officer Hummel den Tatort frei, sodass Josie und Noah hineinkonnten. Sie zogen Schutzkleidung an, gingen die Treppe wieder hoch und betraten Max Combs' Reihenhaus.

Der Verwesungsgeruch war wie schon zuvor überwältigend. Josie ging als Erste durch die Tür. Der Gestank traf sie wie ein Schlag. Hinter ihr sagte Noah: »Der liegt hier schon eine Weile.«

Die untere Wohnebene des Hauses war in offener Bauweise gestaltet. Wohnzimmer, Esszimmer und Küche gingen ineinander über. Im gesamten Bereich war ein Holzboden verlegt. Die Wände hatte man weiß gestrichen. Im Abstand von etwa einem Meter angebrachte, nach oben und unten gerichtete schwarze Wandstrahler sorgten im gesamten Raum für gedämpftes Licht. Hummel hatte tragbare Halogenlampen aufstellen müssen, um den Tatort gut auszuleuchten.

Die Wohnung war völlig verwüstet.

Auf einer Seite befand sich eine Wohnzimmergarnitur, die umgeworfen worden war. Die Polster der langen Couch und des Zweisitzers waren völlig zerfetzt, Kissenfüllungen in bauschigen Haufen auf dem ganzen Boden verstreut. Ein Fernseher lag mit dem Bildschirm nach unten auf dem Boden. Die Hinterseite hatte man aufgebrochen, sodass das ganze Innenleben zu sehen war. Ein einsamer, leerer Konsolentisch war als einziges Möbelstück aufrecht geblieben. Am anderen Ende des Raums stand ein Billardtisch. Josie fragte sich, wie Max das riesige Teil in die Wohnung bekommen hatte. Die grüne Bespannung war weggerissen, die Schieferplatte darunter herausgehoben worden. Das leere Innere klaffte weit offen.

»Passt auf, wo ihr hintretet«, hörten sie Hummel aus der Küche rufen. Er stand hinter der Kücheninsel und legte braune Spurensicherungsbeutel aus Papier in eine Kiste. »Auf dem ganzen Küchenboden liegen Billardkugeln herum. Die Acht hätte mich fast umgebracht.«

Noah ging zu Hummel und Josie folgte ihm. Am schlimmsten sah es in der Küche aus. Alle Schränke und Schubladen standen offen, ihr Inhalt war komplett herausgerissen worden. Besteck, Geschirr, Töpfe, Pfannen, Geschirrtücher ... alles lag auf dem Boden.

»Die haben etwas gesucht«, stellte Noah fest.

»Haben sie es gefunden?«, fragte Josie.

»Nein.«

Ein leises Summen erfüllte den Raum. Josie spürte einen kühlen Luftzug in ihrem Nacken. Sie blickte nach oben und sah zwei Luftzufuhrschächte nebeneinander an der Decke.

Hummel holte einen dicken schwarzen Marker hervor und schrieb etwas seitlich auf die Kiste. »Wir haben die Klimaanlage eingeschaltet. Sie war aus, als wir kamen. Überhaupt war nichts an. Wir haben auch alle Fenster geöffnet und versucht, den Verwesungsgeruch so gut wie möglich hinauszubekommen, aber viel scheint es nicht gebracht zu haben.«

Solange die Leiche hier gelegen hatte, hatte es keinen Luftaustausch gegeben. Und doch war der Gestank bis zur Haustür gedrungen.

Hummel deutete auf eine Treppe, die seitlich von der Küche wegführte. »Ihr könnt nach oben gehen. Aber achtet, wie gesagt, darauf, wo ihr hintretet. Überall liegt Zeug herum. Dr. Feist ist gerade im Schlafzimmer. Wir haben schon Fotos gemacht, Fingerabdrücke genommen, DNA gesichert, soweit vorhanden, und ein paar Gegenstände eingepackt. Seltsamerweise haben wir kein Handy gefunden. Fast tausend Dollar in bar, aber kein Handy. Allerdings eine ganze Reihe illegaler Drogen im Schlafzimmer. Kokain, Ecstasy, Alprazolam und Oxycodon. Es sieht so aus, als habe er es in seiner Kommode oder seinem Nachtschrank verstaut gehabt. Aber es war ein solches Chaos, dass es sich nur schwer feststellen ließ.« Er hob die Kiste von der Kücheninsel. »Wir untersuchen, was wir können, schicken den Rest ins staatliche Polizeilabor und sagen euch so bald wie möglich Bescheid.«

Sie dankten ihm und gingen die Treppe nach oben. Sie war schmal und ungewöhnlich steil. Oben gelangten sie zu einem Treppenabsatz, der zwei Stühlen und einem kleinen Tisch Platz bot. Es waren Terrassenmöbel – wenigstens sie hatte man nicht umgeworfen und zerschlagen. Drei Türen standen offen. Aus jeder quollen Trümmer. Sie steckten ihre Köpfe in das Bad, ein weiteres Zimmer, das Max zweifellos als Büro genutzt hatte, und schließlich in den größten Raum: sein Schlafzimmer. Darin stand außer einem Doppelbett, einem Nachtschrank und einer Kommode nicht viel. Der Inhalt des Nachtschranks und der Kommode waren herausgeholt worden. Die Schranktür stand weit offen. Sein kompletter Inhalt lag davor. An einer Wand befand sich eine Nische mit einem kleinen Safe darin. Das Schloss war aufgebrochen worden, die Tür hing nur noch an einem Scharnier. Drinnen befand sich etwas, das nach Dokumenten aussah, aber sonst nichts. Auf dem Boden unter dem Safe lag ein Gemälde. Es zeigte eine nackt auf einem Stuhl sitzende Frau, die verführerisch über ihre Schulter blickte. Das Bild war in der Mitte zerbrochen, die Leinwand zerrissen worden.

»Sie haben sogar die Matratze zerlegt«, sagte Dr. Feist.

Josie sah zu ihr hinüber. Sie hatte sich über den Kopf eines Mannes gebeugt, von dem Josie annahm, dass es sich um Max Combs handelte. Er lag in der Mitte der Matratze, Arme und Beine ausgebreitet, und trug lediglich Boxershorts und schwarze Socken. Josie erkannte an der Verfärbung seiner Haut, der Art und Weise, wie sein Körper geschrumpft zu sein schien, und der Flüssigkeit, die in die Matratze sickerte, dass er sich in einem fortgeschrittenen Zustand der Verwesung befand, die in der Regel etwa drei Tage nach Eintritt des Todes einsetzte. Neben ihm lag ein Kissen, in dessen Mitte ein Loch geschossen worden war. Das weiße Kopfkissen war blutgetränkt. Als Josie und Noah nähertraten und sich dabei ihren Weg durch verstreute Kleider, Schuhe, einen zertrümmerten Fernseher, einige Taschenbücher, mehrere Packungen Kondome und ein paar mit einer Haarklammer zusammengehaltene Frauenslips bahnten, bemerkte Josie, dass die Matratze an mehreren Stellen aufgeschlitzt worden war. Die Füllung lag mit dem Rest von Combs' Sachen auf dem Boden verteilt.

»Was hast du herausgefunden?«, fragte Noah.

Dr. Feist seufzte. Sie streckte den Rücken durch und rollte die Schultern, um sie zu lockern. »Wir haben hier einen männlichen Erwachsenen mit einer Schusswunde im Kopf. So wie es aussieht, hat ihm jemand ein Kissen auf das Gesicht gedrückt und hindurchgeschossen, aber sicher kann ich es erst sagen, wenn ich ihn auf meinem Tisch habe. Wenn der Schütze ein Hohlspitzgeschoss verwendet hat, kann ich einen Stoffrest aus der Kugel holen.« Sie beugte sich wieder vor und untersuchte mit Handschuhen den Kiefer des Mannes. »Über das Zahnschema dürfte er sich identifizieren lassen. Mein Gott, das ist wirklich hässlich.«

»Allerdings, Doc«, pflichtete Josie ihr bei. »Er wurde am Freitagabend das letzte Mal gesehen. Hast du schon eine Vorstellung vom Todeszeitpunkt?«

Dr. Feist kletterte vom Bett und sah sie an. »Berücksichtigt man das Verwesungsstadium, die Körpertemperatur, die Raumtemperatur und die Tatsache, dass die Klimaanlage nicht an war, als eure Spurensicherung eingetroffen ist, würde ich sagen, er wurde in etwa am späten Freitagabend oder frühen Samstagmorgen ermordet.«

Wieder schaltete sich die Klimaanlage ein. Josie sah hoch und bemerkte wie schon in der Küche zwei Lufteinlässe nebeneinander. Sie wartete darauf, dass ihr kühle Luft ins Gesicht blies, aber nichts kam.

»Das tut gut«, sagte Noah.

Josie drehte sich zu ihm. Er hatte sein Gesicht zur Decke gedreht. »Spürst du einen Luftzug?«, fragte sie.

Er sah sie an. »Du nicht?«

»Nein.«

»Dann muss das Gebläse kaputt sein.«

Josie ging vorsichtig hinaus auf den Treppenabsatz. Sie sah in den anderen Räumen nach. Alle hatten zwei Einlassöffnungen an der Decke, aus denen merklich Luft strömte. Selbst über dem Treppenabsatz befanden sich zwei Öffnungen, die beide funktionierten. Als sie wieder in das Schlafzimmer ging, stand Dr. Feist in der Tür. »Ich bin hier fertig. Ich sage den Leuten, dass sie die Leiche wegbringen können. Die Autopsie führe ich so bald wie möglich durch. Wenn ich fertig bin, rufe ich euch an. Die Identifizierung kann ein, zwei Tage dauern, je nachdem, wie lange ich brauche, bis ich den Zahnarzt des Mannes gefunden habe. Ich nehme an, euer Team glaubt, dass es sich um den Mieter Max Combs handelt.«

»Ja«, antwortete Noah. »Wir können seinen Zahnarzt ausfindig machen. Versuch, ihn möglichst schnell zu untersuchen.«

»Alles klar«, sagte Dr. Feist.

Josie blickte ihr nach, als sie die Treppe hinunterging, und kehrte in das Zimmer zurück. Noah ging um das Bett herum und sah sich das Durcheinander an. »Sie haben weder seine Drogen noch das Bargeld mitgenommen. Wer lässt tausend Mäuse liegen? Ich meine, sie haben bereits einen Mord auf dem

Gewissen. Da kommt es auf ein bisschen Diebstahl doch auch nicht mehr an.«

»Sie haben etwas Bestimmtes gesucht«, stellte Josie fest.

Noah seufzte. »Was auf seinem Handy war?«

»Möglich.« Sie warf wieder einen Blick auf die Lufteinlässe in der Decke. Drei Tage lang kein Luftaustausch. Hatte der Täter die Lüftungs- und Klimatechnik abgeschaltet oder war es schon so gewesen, als er herkam? »Aber wenn du etwas hättest, auf das andere so scharf sind, dass sie dafür jemanden umbringen würden, dann würdest du es doch verstecken, oder?«

»Ja, natürlich.«

Sie deutete auf den Lufteinlass über ihrem Kopf, aus dem keine Luft strömte. »Wir brauchen eine Leiter und einen Akkuschrauber.«

Noah hob eine Augenbraue. »Echt jetzt?«

»Ja.«

Es dauerte eine halbe Stunde, bis Hummel eine Leiter und einen Akkuschrauber von der Fahrzeugverwahrstelle der Polizei geholt hatte. Auf dem Gelände befand sich auch das Gebäude, in dem Hummel und sein Team das Beweismaterial untersuchten, das nicht zu externen Laboren geschickt werden musste. Josie sah zu, wie er die Leiter unter den nicht funktionierenden Lufteinlass stellte, nach oben stieg, die Verkleidung abschraubte und abnahm. Er reichte sie Noah, stieg noch eine Stufe auf der Trittleiter höher und steckte den Kopf in die Öffnung. Josie hörte ihn pfeifen. Dann sagte er: »Wisst ihr was? Der Boss hatte recht. Ich hole schnell Chan und dann bergen wir das Zeug.« Er stieg von der Leiter. »Fasst nichts an. Am besten, ihr wartet im Flur.«

Josie und Noah setzten sich auf die Terrassenstühle, während sich Hummel und seine Kollegin Chan an die Arbeit machten. Eine halbe Stunde später rief Hummel sie herein. Er und Chan standen Seite an Seite neben der Leiter. Vor ihnen stapelten sich Hundertdollarscheine. »Jackpot«, sagte Hummel. »Und das ist nicht übertrieben.«

»Wie viel?«, wollte Noah wissen.

»Wir müssen es genau zählen, wenn wir wieder im Labor sind«, erwiderte Chan. »Aber so wie es aussieht, sind es rund dreihundertsechzigtausend Dollar.«

ZWEIUNDDREISSIG

Sie fuhren nach Hause, um zu duschen und sich umzuziehen, denn sie waren verschwitzt und rochen unangenehm. Selbst nachdem sie geduscht hatten, bis das warme Wasser alle war und sie Unmengen Shampoo und Duschgel verbraucht hatten, kam es Josie so vor, als würde der Geruch des Todes noch an ihr haften. Unterwegs zum Revier hielten sie bei Komorrah's, um Kaffee und Gebäck für das Team mitzunehmen. Im Großraumbüro saßen Gretchen und Mettner am Schreibtisch und telefonierten.

Daisy hatte Ambers Schreibtisch in Beschlag genommen und sah konzentriert auf ihren Laptop, während sich Amber über ihre Schulter beugte. Sie tuschelten leise. Daisy deutete auf etwas auf dem Bildschirm. Amber sagte ein paar Worte, dann begann Daisy zu tippen. Beide blickten kurz auf und begrüßten Noah und Josie mit einem freundlichen Lächeln.

Noah schlängelte sich zwischen den Schreibtischen hindurch und gab Amber einen Becher. Er sah zu Daisy hinab und sagte: »Wir wussten nicht, dass du da bist, sonst hätten wir dir den Tee mitgebracht, den du so magst. Du darfst gern meinen Kaffee haben, wenn du willst.«

Daisy errötete, als Noah ihr den Becher mit einem »N« auf dem Deckel hinhielt. »Danke«, sagte sie und nahm ihn mit beiden Händen. »Amber hilft mir gerade bei den Hausaufgaben.«

»Der Chief ist mit diesem Stadtrat unten«, berichtete Amber. »Pierce Soundso.«

»Fuller«, ergänzte Josie.

»Genau der. Ich musste für ihn einen Vorschlag zur Ausbildung und Einrichtung einer Hundestaffel ausdrucken. Auf jeden Fall sind sie unten im Konferenzraum und gehen das Ganze durch.«

Noah verteilte die übrigen Kaffeebecher. Er kramte im Gebäckbeutel herum und fischte einen Apfelstrudel heraus, den er mit zwei Bissen verputzte. Josie trank noch ein paar Schlucke von ihrem Kaffee und reichte ihn dann Noah über den Schreibtisch hinweg. »Trink ihn aus«, sagte sie zu ihm.

Gretchen beendete das Gespräch und drehte sich auf ihrem Stuhl zu ihnen. Sie wedelte mit einem Blatt über dem Kopf. »Ich habe ihn! Max Combs' Zahnarzt!«

Mettner sah sie an, sagte zu seinem Gegenüber am Telefon: »Kann man nichts machen«, und legte auf.

Gretchen setzte ihre Lesebrille auf und konzentrierte sich auf ihren Computer. »Ich kümmere mich um die richterliche Verfügung, hole sie mir und bringe sie Dr. Feist.«

»Hummel hat angerufen«, sagte Mettner. »Sie haben noch immer viel zu tun, aber Chan hat das Geld gezählt, das ihr in Max Combs' Decke gefunden hat. Es sind dreihundertdreiundsechzigtausend Dollar. Sie untersuchen gerade die Beutel auf Abdrücke, aber es sieht nicht gut aus. Er meinte, die Textur sei ein Problem. Er kann versuchen, einige Fingerabdrücke von den Scheinen zu nehmen, wenn es mit den Beuteln nicht klappt, aber das ist schwierig und zeitaufwendig. Eine Rolle spielt außerdem, wie viele Personen die Scheine schon in der

Hand hatten. Gute Abdrücke von Geldscheinen zu bekommen ist nicht einfach.«

»Vielleicht bringen uns einige der Fingerabdrücke aus der Wohnung weiter«, meinte Noah. »Aber die Geldsumme ist seltsam.«

»Elliot Calvert hat von seinen und Toris Konten insgesamt zweihundertdreizehntausend Dollar abgehoben«, merkte Josie an.

»Trotzdem eine merkwürdige Summe«, sagte Noah.

»Wir haben schon überlegt, ob vielleicht Erpressung dahintersteckt«, begann Josie. »Beweisen können wir es zwar nicht, falls wir keine Fingerabdrücke oder DNA finden und Elliott Calvert nicht redet. Aber es ist durchaus möglich, dass mindestens zweihundertdreizehntausend Dollar des Geldes von Calvert stammen.«

Ohne aufzublicken, meinte Gretchen: »Die Übergabe könnte im Hotel stattgefunden haben. Wir wissen, dass Calvert mehrere Male dort war.«

»Aber wo hat er den Rest her, die hundertfünfzigtausend Dollar?«, überlegte Mettner. »Und was wollte er mit dem ganzen in der Zimmerdecke versteckten Geld?«

»Die eigentliche Frage ist doch: Warum lohnte es sich, dafür zu sterben?«, fragte Noah. »Denn ganz offensichtlich hat er das Versteck nicht verraten.«

»Falls der Mörder ihn nicht umbrachte, bevor er das Haus auf den Kopf gestellt hat«, wandte Gretchen ein.

»Ich denke, Mett hat recht«, sagte Josie. »Wir müssen herausfinden, warum er das Geld hatte. Wenn er deswegen umgebracht wurde, wissen wir wenigstens, dass es nicht Calvert war. Wir haben seine GPS-Daten und am Freitag oder in der Nacht zum Samstag war er nicht einmal annähernd in der Nähe von Combs' Haus. Selbst wenn er also Max das Geld gegeben hat, ist er nicht sein Mörder. Außerdem ist noch völlig unklar, wie das alles mit Calverts Angriff auf Dina und Alison Mills zusammenhängt.«

»Wenn ich mit der richterlichen Verfügung für das Zahnschema fertig bin«, meinte Gretchen, »schreibe ich eine weitere für Combs' Konten und sehe, ob ich dort Hinweise entdecke. Weil außerdem sein Handy fehlt, geht eine weitere Verfügung an seinen Provider. Vielleicht können wir es ausfindig machen. Möglicherweise enthält es Hinweise darauf, wo er sich die letzten Wochen aufgehalten hat. Aber selbst wenn wir es orten, kann die Auswertung seines Bewegungsmusters länger dauern. Mett, zeig ihnen die Aufzeichnungen der Überwachungskamera.«

»Ja, klar«, entgegnete Mettner. »Allerdings bin ich nicht ganz sicher, ob das, was wir da sehen, mit dem Mord an Max Combs zusammenhängt.« Er tippte auf seiner Tastatur und schob seine Maus ein paarmal herum. Dann deutete er auf seinen Bildschirm. »Einer von Combs' Nachbarn, der drei Häuser weiter wohnt, hat eine Türspionkamera. Sie hat zwei Männer gefilmt, die in der Nacht von Freitag auf Samstag einen dunklen SUV auf der Straße geparkt haben. Hersteller und Modell lassen sich anhand des Videos nicht erkennen. Aber es war um genau ein Uhr sechs.«

Josie und Noah gingen um ihre Schreibtische herum zu Mettner, stellten sich hinter ihn und sahen auf seinen Bildschirm. Die Qualität war nicht besonders gut und außerdem die Entfernung zu groß, aber trotzdem konnte man deutlich einen großen Geländewagen am Straßenrand parken sehen. Zwei Männer stiegen aus. Beide waren groß, aber einer der beiden wesentlich muskulöser als der andere. Leider trugen sie beide dunkle Kleidung und hatten ihre Kapuze über den Kopf gezogen. Merkmale, an denen man sie hätte identifizieren können, waren nicht zu erkennen. Nach wenigen Sekunden verschwanden sie aus dem Bild.

Noah deutete auf den Monitor. »Sind sie in Richtung von Combs' Haus gegangen?«

»Ja. Allerdings haben wir keinen Beweis dafür, dass sie auch dort waren. Das Kennzeichen kann ich anhand der Aufnahmen nicht ermitteln. Ich habe mit allen Nachbarn in der Straße gesprochen und gefragt, ob sie das Fahrzeug kennen oder Samstag um etwa ein Uhr nachts Fremde gesehen haben, aber alle verneinten.«

»Gibt es in der Gegend Verkehrsüberwachungssysteme, die das Fahrzeug erfasst haben könnten?«

»Ich glaube nicht«, antwortete Mettner. »Aber ich kann nachsehen.«

»Hat die Kamera sie auch beim Wegfahren erfasst?«, wollte Noah wissen.

Mettner klickte noch ein paarmal auf seine Maus und rief ein weiteres Video auf. Man sah den SUV noch dort, wo er in der letzten Aufzeichnung gestanden hatte. Der Zeitstempel zeigte drei Uhr neununddreißig. Die Männer kamen ins Bildfeld, diesmal laufend. Sie stiegen ein und fuhren weg.

»Sie haben nichts in der Hand«, stellte Josie fest.

»Soweit wir sehen können, nicht«, gab ihr Mettner recht.

»Sie waren zweieinhalb Stunden dort, haben sich also ungewöhnlich lange am Tatort aufgehalten.«

»Aber nicht lang genug, um zu finden, wonach sie gesucht haben«, fügte Noah hinzu.

Mettners Schreibtischtelefon klingelte. Er hob ab. Josie und Noah gingen zu ihren Plätzen zurück.

»Was ist eigentlich mit Alison?«, fragte Noah. »Wenn wir alle hier sind, wer sucht nach ihr?«

Gretchen sah von ihrem Bildschirm auf und blickte Noah über den Rand ihrer Lesebrille hinweg an. »Wir haben Telefondienst und müssen die Hinweise aus der Bevölkerung entgegennehmen. Befehl des Chiefs.« Sie deutete auf Mettner. »Sieht aus, als hätte er gerade jemanden in der Leitung.«

Mettner hatte den Hörer zwischen Ohr und Schulter geklemmt und tippte etwas in seinen Rechner. »Okay«, sagte er. »Sie glauben also, Alison Mills in der Hopwood Street gesehen zu haben. Wann war das? Gestern? Oder heute?«

»Sind noch andere Hinweise eingegangen?«, fragte Josie Gretchen.

»Ein paar. Aber keine, die uns weiterhelfen.«

Mettner legte auf. Der Hörer krachte so laut auf die Gabel, dass alle aufschreckten. Er klickte auf seine Computermaus und der alte Tintenstrahldrucker am anderen Ende des Raums erwachte zum Leben. »Ich glaube, das bringt uns auch nicht voran«, sagte er. »Aber ich muss es nachprüfen. Eine ältere Dame meint, sie habe Alison Mills heute Morgen in der Nähe des Stadtparks gesehen.«

»Am Stadtpark?«, wunderte sich Josie. »Das ist weit weg von der Stelle, an der sie angeblich zum letzten Mal gesehen wurde.«

»Es kann trotzdem Alison gewesen sein«, entgegnete Noah. »Inzwischen kann sie überall sein. Es ist nicht einmal mehr sicher, ob sie sich überhaupt noch in Denton aufhält, verdammt noch mal.«

»Wenn jemand sie gefangen hält«, sagte Mettner. »Aber wenn sie sich irgendwo versteckt, dann ist sie noch hier in der Stadt. Wie weit kann sie zu Fuß gekommen sein?«

»Es geht nicht darum, wie weit sie kommt«, meinte Josie, »sondern, wo sie sich versteckt. Auf jeden Fall dort, wo noch niemand daran gedacht hat, nachzusehen.«

»Wenn sie sich wirklich versteckt«, überlegte Noah, »dann muss sie sich bald zeigen, vor allem, wenn sie nichts zu essen oder trinken hat. Vielleicht hat sie sich irgendwo verkrochen, wo sie sich das besorgen kann?«

Für alle überraschend meldete sich Daisy zu Wort. »Was für ein Typ Mädchen ist sie denn?«

Alle Köpfe drehten sich in ihre Richtung. Ihr blasses Gesicht war ernst. »Was meinst du damit?«, fragte Gretchen.

Daisy zuckte leicht mit den Schultern. »Meine Mu..., also die Frau, die ...«

»Wir wissen, wen du meinst«, sagte Amber.

»Ist Alison der Typ, der sich gern in der Nähe ihrer Familie aufhält?«, fuhr Daisy fort. »Hat sie Angst, von ihr getrennt zu sein? Ich habe früher den Reisetest mit Jugendlichen gemacht.«

Josie bekam ein seltsames Gefühl im Magen.

»Was ist ein Reisetest?«, wollte Mettner wissen.

»Damit findet man heraus, was ihr liebstes Reiseziel ist. Praktisch der Traumurlaub. Dann fragt man sie: ›Wenn du dort morgen hinfahren könntest und alle Kosten übernommen würden, du aber die ganze Woche keinen Kontakt mit deiner Familie hättest, würdest du dann gehen?‹ Die Antwort sagt viel darüber aus, was für ein Typ jemand ist.«

Josie blickte sich um. Ihr fiel auf, dass jeder Erwachsene im Raum plötzlich aufmerksam geworden war. Alle wussten, dass Daisy Dinge beigebracht worden waren, mit denen sie Jugendliche so hatte beeinflussen können, dass sie in Situationen gerieten, in denen sie umkamen. Allerdings war Daisy nicht bewusst gewesen, was ablief, bis es zu spät war. Sie war vielmehr fest davon überzeugt gewesen, dass sie dadurch Freundschaften schloss. Als die Jugendlichen plötzlich verschwanden, hatte sie keine Ahnung gehabt, was mit ihnen geschehen war. Durch die seltsame Erziehung, die sie genossen hatte, hatte sie nicht gelernt, sich die Welt auf natürliche Weise zu erschließen. Stattdessen hatte man ihr beigebracht, dass Menschen wie Insekten oder Versuchstiere beobachtet werden mussten. Josie war nicht einmal sicher, ob Daisy das schon begriffen hatte.

»Und was sagt die Antwort über sie aus?«, wollte Josie wissen.

»Wenn sie Ja sagen, also sofort gehen würden, sind sie vermutlich extrovertiert und scheren sich nicht groß um

Regeln. Sie sind relativ unabhängig und gut darin, Probleme ohne Hilfe zu lösen. Sie haben keine Angst vor neuen Erfahrungen.«

»Und wenn sie Nein sagen?«, wollte Noah wissen.

»Dann sind sie natürlich ihrer Familie eng verbunden und haben Angst, etwas ohne sie zu unternehmen. Sie brauchen Struktur und Führung, wollen keine Entscheidungen treffen, ohne die Familie um Rat zu fragen, und besitzen nicht das Selbstvertrauen, etwas allein zu bewältigen.«

Noah sah Josie an. Sie wusste, dass er das Gleiche dachte wie sie: Der Reisetest war dazu da gewesen, herauszufinden, welche Jugendlichen sich leicht manipulieren, drängen oder zu Dingen verleiten ließen, die sie normalerweise nicht tun würden. Doch in diesem Fall konnten sich Daisys Einblicke als nützlich erweisen. Josie nickte Noah unmerklich zu.

Er sagte: »Gut. Ich glaube, ich verstehe, worauf du hinauswillst. Du möchtest also wissen, zu welcher Kategorie Alison Mills gehört, weil ...?«

»... weil das Hinweise darauf geben könnte, wo sie sich versteckt.«

Josie stand auf, ging zu Ambers Schreibtisch und sah Daisy aufmerksam an. Sie dachte über die Nachrichten nach, die Alison und Dina ausgetauscht hatten. Alison war diejenige gewesen, die ihrer Mutter hatte Bescheid geben wollen. Dina hatte Nein gesagt. Als Nächstes hatte Alison vorgeschlagen, die Polizei ins Spiel zu bringen. Auch dazu hatte Dina Nein gesagt.

»Alison gehört zur zweiten Kategorie«, folgerte Josie. »Sie würde nicht auf die Reise gehen.«

Daisy nahm den Kaffee, den Noah ihr gegeben hatte, und trank davon. Dann sagte sie: »Ich weiß, Bobby möchte nicht, dass ich mitbekomme, woran ihr gerade arbeitet – also, er will, dass ich nicht hinhöre –, aber das ist gar nicht so einfach. Außerdem habe ich die Nachrichten gesehen. Ich weiß, was mit ihr passiert ist.«

»Schon okay«, sagte Amber und legte eine Hand auf Daisys Schulter. »Wir wissen, dass du viel mitbekommst. Ich glaube, dass Wichtigste ist, dass du das, was du hier in diesem Gebäude oder von uns allen hörst, niemandem erzählst.«

Daisy verdrehte die Augen. »Logo. Weiß ich doch. Das hat Bobby mir sehr deutlich klargemacht.«

»Du hast alle Fakten«, meinte Josie. »Wenn man von deinem Reisetest ausgeht: Was meinst du, wo Alison sich versteckt halten könnte?«

»An einem Ort, der ihr vertraut ist. Wo sie oft war. Wo sie sich sicher fühlt.«

»Zu Hause ist sie nicht, das wissen wir«, warf Mettner ein. »Wo könnte sie dann sein? In der Highschool? Im Hotel?«

»Wir können Einheiten hinschicken, damit sie nachsehen«, schlug Noah vor.

»Wäre sie dann nicht schon von den Überwachungskameras erfasst worden?«, gab Amber zu bedenken. »Die meisten Schulen haben Kameras und vom Hotel wissen wir es definitiv.«

»Allerdings löscht jemand die Aufzeichnungen im Hotel«, gab Josie zu bedenken. »Aber klar, wir sollten tatsächlich Einheiten hinschicken, für alle Fälle. Vielleicht hat sie sich irgendwie unauffällig unter die Leute gemischt. Wenn sie die Örtlichkeiten kennt, weiß sie womöglich auch, wie sie den Kameras ausweicht.«

»Ich bin mir nicht sicher, ob sie so klar denkt«, widersprach Noah. »Aber es stimmt, es lohnt sich, nachzusehen. Ich rufe den Sheriff an und versuche, die Hundestaffel noch einmal zu bekommen, wenigstens für das Hotel, denn es ist riesig. Marlene soll uns etwas von Alison geben, damit die Hunde die Fährte aufnehmen können.«

»Gute Idee«, sagte Josie.

»Vielleicht denken wir aber auch zu kompliziert«, meinte

Gretchen. »Was, wenn sie nur zu einer Freundin ist und sich dort versteckt?«

»Dina Hale war ihre beste Freundin«, wandte Noah ein. »Und sie ist tot.«

»Trotzdem hat Gretchen recht«, erwiderte Josie. »Es schadet nicht, jemanden zu den Wohnungen der Freundinnen zu schicken und ein bisschen für Aufruhr zu sorgen. Inzwischen müsste Marlene alle angerufen haben. Eine von ihnen kann auch gelogen haben. Wenn eine Streife vor der Tür steht, macht das vielleicht mehr Eindruck.«

»Wir bräuchten dafür viele Kräfte«, meinte Mettner. »Vielleicht sollten wir Prioritäten setzen.«

»In der Schule oder dem Hotel, in dem sie gearbeitet hat, würde man sie zu leicht erkennen«, meldete sich Daisy wieder zu Wort.

Josie dachte an die Unterhaltung mit Marlene an dem Tag, an dem Alison verschwand. Sie ging zu ihrem Computer und rief eine Karte von Denton auf. Dann deutete sie auf den Ort, an dem Alison zuletzt gesehen worden war. »Seht«, sagte sie. Sie fuhr mit dem Finger nach oben und tippte auf das Symbol, das den Standort des Denton Memorial Hospital markierte. »Ihr meint also, sie versteckt sich? Wenn sie sich wirklich verkrochen hat, würde sie es dort tun, wo man sie einerseits nicht zu leicht erkennt, sie aber andererseits an Essen und Wasser kommt, ein Dach über dem Kopf hat und sich zugleich geschützt fühlt. Warum nicht in ihrem zweiten Zuhause?«

Alle versammelten sich hinter Josie. »Ihr zweites Zuhause – so hat Marlene das Krankenhaus genannt«, sagte Noah.

»Ich wette, da ist sie«, rief Daisy.

»Setzt das Krankenhaus auf die Liste«, bat Gretchen.

Alle gingen wieder an ihre Plätze. Mettner aber blieb bei Josie. Er beugte sich zu ihr hinunter und flüsterte ihr leise ins Ohr: »Boss, bist du sicher, dass du die Ratschläge eines Kindes befolgen solltest? Ein Mädchen, das von Psychopathen aufgezogen wurde?«

Josie antwortete ihm ebenso leise. »Sie hat nicht unrecht, Mett. Wir haben draußen gesucht und alle Bereiche durchkämmt, in denen sie gesehen wurde. Wir haben ihre Spur verfolgt, sie aber nicht gefunden. Was sollen wir sonst tun?«

»Aber sie kann auch von jemandem festgehalten werden«, warf Mettner ein.

»Du hast recht«, entgegnete Josie. »Aber dafür haben wir keinerlei Anhaltspunkte. Nicht einmal etwas, wo wir ansetzen können. Die Chance, dass sie sich lediglich versteckt, ist fifty-fifty. Und wir haben noch an keinem der Orte nachgesehen, zu denen sie geflüchtet sein könnte, wenn sie verletzt und verschreckt ist – zu verschreckt, um ihre eigene Mutter anzurufen. Was haben wir für Alternativen, Mett? Nichts tun?«

Er seufzte, nahm ihr aber das Wort aus dem Mund. »Nichts tun ist nicht deine Art.«

Josie sah zu ihm hoch und grinste. »Ich sehe, wir verstehen uns. Packen wir's an.«

DREIUNDDREISSIG

Josie drehte sich langsam im Kreis und studierte die Eingangshalle des Krankenhauses. Sie war schon Dutzende Male hier gewesen, hatte sie sich aber nie so richtig angesehen. Wenn sie dienstlich hermusste, kam sie meist über die Notaufnahme ins Haus. Noah hatte auch diesmal diesen Weg gewählt, während Josie über den Haupteingang hereingekommen war. Sie wollten sich irgendwo im Erdgeschoss treffen, möglicherweise in der Nähe der Cafeteria. Vom Sicherheitspersonal hatten sie sich bereits die seit Samstagnachmittag entstandenen Aufzeichnungen der Sicherheitskamera an beiden Eingängen zeigen lassen, aber es gab keine eindeutigen Hinweise darauf, dass Alison das Krankenhaus betreten hatte. Ein paar Frauen, die ihre Gesichter nicht den Kameras zugewandt hatten, waren mit Hoodies durch die Eingangshalle gegangen. Es war ihnen gelungen, unbemerkt an der Rezeption vorbei in die Aufzüge zu kommen. Die Sicherheitsleute hatten den Weg einiger, aber nicht aller bis in andere Etagen nachvollziehen können. Jede hätte Alison sein können, aber da man ihre Gesichter nicht deutlich genug sah, konnte Josie es nicht mit Sicherheit sagen. Deshalb stand sie nun in der Eingangshalle und versuchte, direkt vor Ort abzuschätzen, wo Alison Mills hingegangen sein könnte. Sie überlegte sogar, sich einen der nach verbranntem Teer schmeckenden, zuckerlosen Kaffees mit abgelaufener Sahne zu holen, was Bände darüber sprach, wie erschöpft sie war.

»Kann ich Ihnen helfen?«, fragte eine Frau hinter der Rezeptionstheke. Auf ihrem Namensschild stand *Pam Ramsey Corey.* »Haben Sie sich verlaufen?«

Josie zückte ihren Polizeiausweis und hielt ihn Pam hin. »Ich sehe mich nur um.« Sie steckte den Ausweis wieder ein, holte ihr Handy hervor und rief ein Foto von Alison auf. »Haben Sie dieses Mädchen in letzter Zeit gesehen?«

Pam reichte ein kurzer Blick. »Das ist das Mädchen, nach dem auch im Fernsehen gesucht wird. Das weiß ich. Wenn ich sie gesehen hätte, hätte ich angerufen.«

»Danke«, sagte Josie. Wieder ließ sie den Blick von links nach rechts durch den Eingangsbereich schweifen. Auf jeder Seite der Lobby führten Flure weg, zu denen man aber nur gelangte, wenn man an der Rezeption vorbeiging. Auf einer Seite ging es in die Notaufnahme und Cafeteria, auf der anderen in verschiedene Abteilungen, unter anderem in das Labor, die Radiologie, zum Archiv mit den Krankenakten und in die Verwaltung. Josie wandte sich wieder Pam zu. »Muss sich jeder, der hier hereinkommt, bei Ihnen anmelden?«

Pam verzog das Gesicht. »Müssen ist zu viel gesagt. Wir versuchen zwar, so viele wie möglich abzufangen. Aber manchmal ist die Rezeption auch nicht besetzt, besonders nachts.«

Das bedeutete, dass Alison auf diesem Weg in das Krankenhaus hätte gelangen können, ohne bemerkt zu werden, wenn sie nur den rechten Zeitpunkt gewählt hätte, vor allem, wenn sie irgendwo einen Hoodie aufgetrieben und sich von der Kamera weggedreht hatte – wie die nicht identifizierten Frauen, die man in den Kameraaufzeichnungen gesehen hatte. Aber wohin hätte sie gehen können? Wo im Krankenhaus würde sie sich verstecken? Das Denton Memorial hatte keine Kinderabteilung, aber Alison war erst fünfzehn gewesen, als sie aufgenommen worden war. Alt genug, um hier wegen eines gebrochenen Beckens und einer anschließenden Bakterieninfektion behandelt zu werden. Allerdings bedeutete das auch, dass sie fast auf jeder Etage gelegen haben könnte – oder je nach Belegungsplan sogar auf mehreren Etagen. Den OP-Bereich und die geriatrische Station konnte Josie ausschließen, das Erdgeschoss vermutlich ebenso. Hier war viel zu viel los, als dass man sich länger verstecken konnte, vor allem, da ständig Leute von der Notaufnahme zur Radiologie und zurück liefen.

Josie ging zu den nächstgelegenen Aufzügen auf der Seite im Erdgeschoss, die zur Notaufnahme führten. Sie hatte vor, unten anzufangen und sich hochzuarbeiten. Sie wollte gerade den Knopf nach oben drücken, als ihr einfiel, dass die unterste Etage eigentlich der Keller war, wo sich auch das Leichenschauhaus befand. Gegenüber befand sich die Küche, die das Essen für die unterschiedlichen Stationen zubereitete und nichts mit der Küche im Erdgeschoss zu tun hatte, die für die Cafeteria arbeitete. Zwischen Leichenschauhaus und Küche gab es noch Dutzende leerer Räume. Sie waren ideal für alle, die nicht gestört werden wollten. Josie und Noah hatten schon einmal eine gewisse Zeit in einem davon verbracht. Das Ambiente war nicht unbedingt romantisch, aber damals hatten sie nur Augen für einander gehabt.

Josie verscheuchte die Erinnerung, drückte den Knopf nach unten und wurde sofort mit einem *Ping* belohnt. Wenige Augenblicke später ging sie durch die düsteren Kellerflure. Sie kam an Dr. Feists Räumen vorbei, aus denen wie immer ein scharfer Geruch drang. Dahinter bog sie ab in Richtung Küche, untersuchte unterwegs aber jeden Raum, an dem sie vorbeikam. Manche waren völlig leer, andere mit alten, defekten medizinischen Gerätschaften vollgestopft und wieder andere noch exakt in dem Zustand wie vor Jahrzehnten, als das Krankenhaus sie noch als fensterlose Krankenzimmer mit Vinylbetten und Serviertischen genutzt hatte. Falls es darin je Fernsehgeräte gegeben hatte, waren sie längst entfernt worden.

Essensdüfte zogen Josie in die Nase, darunter Hähnchen und verschiedene andere Aromen, die sich vermengten, bis sie sich nicht mehr voneinander unterscheiden ließen. Als Nächstes hörte sie Geschirr klappern, Wasser laufen und gedämpfte Stimmen. Die Tür zur Küche lag ganz am Ende des Flurs und gegenüber den Türen zu den Aufzügen, die nach oben in die radiologische Abteilung und die Verwaltung fuhren. Josie zählte die Zimmer, in die sie noch nicht gesehen hatte. Es waren insgesamt sechs, wobei es sich bei zweien um Sanitärräume handelte.

Essen und eine Toilette. Hier war das ideale Versteck.

Josie ging die Räume einen nach dem anderen durch, schaltete das Licht ein und durchsuchte sie. Alle waren ehemalige Krankenzimmer, aber im dritten stapelten sich Betttücher und Decken auf einem Bett, während sich auf dem Serviertisch Essensverpackungen und leere Flaschen türmten. Josie ging hinein und sah einen Haufen zurückgelassener Kleidungsstücke in der hinteren Ecke des Zimmers liegen. Sie roch getrocknetes Blut, Schmutz und Schweiß. Von Alison keine Spur.

Aber sie war hier gewesen. Jemand hatte sich in diesem Raum einquartiert.

Josie wandte sich gerade zurück zum Flur, als sie das Mädchen sah. Alison Mills kam in OP-Kleidung aus der Toilette. Ihr dunkles, gelocktes Haar hing ihr über das Gesicht. Sie hatte den Kopf gesenkt, zögerte aber, als sich die Tür hinter ihr schloss. Sie warf einen Blick in Richtung Küche und ging dann zu ihrem Zimmer. Ein Schreckenslaut entfuhr ihr, als sie Josie vor ihrem sicheren Zufluchtsort stehen sah.

Sie warf die Hände in die Luft und blickte sich mit panisch

aufgerissenen Augen hektisch um. Josie sah, wie schlimm ihre Verletzungen waren. Noah hatte recht gehabt. Calvert hatte ihr die Nase gebrochen. Sie war rot und geschwollen. Auf dem Nasenrücken zeichnete sich eine Risswunde ab. Um ihre Augen waren schwarze Hämatome zu erkennen.

»Alison«, sagte Josie. »Bleiben Sie stehen. Alles ist okay.«

Sie hörte nicht auf sie. Stattdessen lief sie zu den Küchentüren, warf sich dagegen und wollte sie mit beiden Händen aufdrücken. Sie bewegten sich nicht. In ihrer Panik hatte sie nicht gemerkt, dass sie sich nur in eine Richtung öffnen ließen. Josie machte ein paar zögerliche Schritte auf sie zu und blieb stehen. Sie saß in der Falle.

»Alison, mein Name ist Detective Josie Quinn. Sie sind nicht in Schwierigkeiten. Ich bin hier, um Ihnen zu helfen.«

Das Mädchen drehte sich zu ihr, den Rücken an die Tür gedrückt. Tränen traten ihr in die Augen. Ihre Stimme war rau. »Dina ist tot.«

»Es tut mir so leid, Alison.«

Alison schloss die Augen und nickte.

Josie ging auf sie zu, blieb wenige Schritte vor ihr stehen und senkte die Stimme. »Alison, Ihre Mom macht sich Sorgen um Sie. Die ganze Stadt sucht nach Ihnen. Ihr Dad ist auf dem Weg zurück von Hongkong.«

Alison riss die Augen auf. »Mein Dad? Er kommt nach Hause?«

»Ja. Er hatte Schwierigkeiten, einen Flug zu organisieren, kommt aber so bald wie möglich her. Er tut, was er kann, um bei Ihnen zu sein.«

»Ist er sauer?«

Josie lächelte. »Nein, natürlich nicht, Alison. Niemand ist böse auf Sie. Wir alle wollen nur, dass Sie nach Hause kommen. Jeder will, dass Sie in Sicherheit sind.«

»Verliert mein Dad seine Arbeit?«

»Das weiß ich nicht. Das müssen Sie ihn selbst fragen.

Aber, Alison, Sie sollten sich darüber nicht den Kopf zerbrechen. Ich kann Ihnen mit hundertprozentiger Sicherheit sagen, dass Ihre Eltern nichts weiter wollen, als dass Sie nach Hause kommen und in Sicherheit sind.«

Alison nickte, während Josie sprach. Tränen liefen ihr über das Gesicht. Sie schluchzte. Josie machte noch einen Schritt auf sie zu und hielt ihr eine Hand hin. »Warum kommen Sie nicht mit mir? Wir lassen Sie untersuchen und rufen Ihre Mom an. Sie wird überglücklich sein, Sie zu sehen.«

Alison ignorierte Josies Hand, warf sich aber auf sie und schlang ihre Arme um ihre Hüfte. Heftig schluchzend legte sie ihren Kopf an Josies Schulter, sodass Josies Shirt sofort bis auf die Haut nass war. Josie legte die Arme um sie und hielt ihren zitternden Körper, während sie weinte. Aus der Küche kam ein Mann, blieb abrupt stehen und sah sie mit großen Augen überrascht an. Josie lächelte ihn über Alisons Kopf hinweg müde an. »Schon okay«, formte sie die Worte lautlos mit ihren Lippen. »Ich habe alles im Griff.«

»Sicher?«, fragte er ebenso lautlos zurück.

Josie nickte.

Er ging rasch an ihnen vorbei und stieg in einen der Aufzüge. Als Alisons Schluchzen allmählich abebbte, schob Josie sie von sich weg. »Die Aufzüge hier fahren in die Notaufnahme. Dorthin bringe ich Sie jetzt, okay? Ich möchte, dass sich jemand Ihre Nase ansieht, bevor es mit uns weitergeht.«

»Ich glaube, sie ist gebrochen«, sagte Alison, löste sich von Josie und wischte sich die Tränen ab. »Ich nehme an, Sie möchten wissen, was passiert ist. Ich …«

Josie berührte sie an der Schulter. »Eines nach dem anderen, okay? Erst die Notaufnahme, dann Ihre Mom – und dann können wir reden.«

VIERUNDDREISSIG

Sie ist vierzehn, als ihre Welt zusammenbricht. Sie steht im Flur der Notaufnahme und hört ihren Vater zum ersten Mal weinen. Es ist das schlimmste Geräusch, das sie je vernommen hat. Noch viel schlimmer als die Sachen, die sie in der Garage erlebt hat, als sie acht Jahre alt war. Sechs Jahre hat sie versucht, die Erinnerung daran zu verdrängen. Nun scheint sie völlig bedeutungslos geworden zu sein. Sie dreht sich langsam im Kreis. Schwestern, Ärzte und andere Patienten gehen an ihr vorbei, ohne sie zu beachten. Es ist ein schrecklich banaler Augenblick und doch weiß sie, dass ihr Leben von nun an nie wieder so sein wird wie zuvor. Sie versteht, dass sich alles unwiderruflich geändert hat.

Sie erkennt, dass sie mit diesem Wissen völlig allein ist.

Sie sollte weinen. Sie weiß, dass sie viele, viele Tränen vergießen sollte. Sogar ihr Vater weint – er, den Pea in den vierzehn Jahren ihres Lebens noch nie hat weinen sehen. Pea schließt ihre Augen ganz fest, zählt bis drei und öffnet sie schnell blinzelnd wieder. Nichts kommt. Aus dem Zimmer, in dem sie ihren Vater schluchzen hört, kommt ein Arzt. Er bleibt stehen und berührt sie an der Schulter. »Es tut mir sehr leid«, sagt er.

Doch es kommen noch immer keine Tränen.

Pea weiß nicht, was sie tun soll. Sie sieht am Ende des Flurs einen Stuhl und setzt sich mit durchgestrecktem Rücken darauf, so wie sie es immer in der Kirche tut. Vielleicht sollte sie beten. Aber es fallen ihr gerade keine Gebete ein. Ihr Kopf ist leer.

Erst als sie ihren Vater den Flur entlangwanken sieht, die Vorderseite seines Anzugs blutdurchtränkt, löst sich etwas in ihr. Eine Flut an Gefühlen bricht sich Bahn. Sie blickt auf ihre Hände hinunter und sieht, dass sie zittern. Ihr ganzer Körper zittert. Sie fasst sich an die Wangen. Als sie die Hand wegnimmt, sind ihre Finger tränennass.

»Pea«, sagt ihr Vater. »Was machst du hier?«

Sie sieht ihn an, als sei er ein Fremder. Etwas Dickes und Schweres steigt aus ihrem Unterleib in ihre Kehle. Es macht ihr Angst. »Die Polizei ist zu uns gekommen, um ... um es dir zu sagen. Aber du warst nicht zu Hause. Sie haben mir gesagt, in welches Krankenhaus ich gehen soll. Ich ... ein Freund hat mich hergefahren«, flüstert sie und kommt sich dumm dabei vor. Ihre Unterlippe zittert. Der Druck in ihrer Brust wird immer größer. Sie fragt sich, ob sie gleich explodiert. Ein absurder Gedanke. Andererseits hat ihre Mutter immer gesagt, dass emotionale Belastungen sich auch auf den Körper auswirken. Können sie einen umbringen? Pea weiß es nicht.

Ihr Vater nimmt sie in die Arme und hält sie fest. Er streichelt ihren Hinterkopf, immer und immer wieder. »Es tut mir leid, Pea. Es tut mir so leid.«

Ihr wird schwindlig. Ihre Beine geben nach. Schon muss ihr Vater sie festhalten. Dabei geht er selbst in die Knie. »Pea?«, fragt er. »Alles okay? Pea?«

Aber sie ist jetzt weit weg. Die ganze Welt ist weit weg. Und sie ist so müde.

Sie bekommt mit, dass er sie zum Stuhl zurückführt, hinein-setzt und sich vor sie kniet. »Meine Prinzessin«, sagt er. »Sieh mich an, meine Prinzessin.«

Sie versucht, sich auf sein Gesicht zu konzentrieren, hat aber nur das Bild der Polizei vor ihrer Haustür im Kopf. Wie lange ist das her? Eine Stunde? Zwei Stunden? Der Augen-blick, als sie eintrafen und die Nachricht überbrachten, läuft in ihrem Kopf immer wieder ab, mal in Zeitlupe, dann wieder in doppelter Geschwindigkeit. Das Ergebnis ist stets dasselbe – die völlige Vernichtung ihres Lebens.

»Ich bringe das in Ordnung, Prinzessin. Verstehst du mich? Ich bringe das in Ordnung.«

Aber selbst ihr Vater kann das nicht in Ordnung bringen.

FÜNFUNDDREISSIG

Josie befürchtete schon, dass Marlene Mills ihr die Rippen brechen würde. Die Frau war in Rekordzeit ins Krankenhaus geeilt und sorgte für nicht wenig Aufruhr, als sie durch die Notaufnahme stürmte und rief: »Wo ist meine Tochter? Alison! Wo ist meine Alison?« Sie sah Josie vor Alisons Zimmer stehen, rannte direkt auf sie zu und umarmte sie ungestüm. »Danke«, murmelte sie in Josies Haar. »Vielen, vielen Dank.«

Dann ließ sie Josie los und machte sich gar nicht erst die Mühe zu fragen, wo Alison war, sondern riss den Vorhang zurück und lief hinein. Für den Bruchteil einer Sekunde war Panik in Alisons zerschundenem Gesicht zu sehen, aber das registrierte Marlene nicht. Stattdessen nahm sie ihre Tochter in die Arme und drückte sie – hoffentlich nicht so fest, wie sie gerade von ihr gedrückt worden war, dachte Josie bei sich. Marlene drängte sich zu Alison auf das Bett, legte einen Arm um ihre Tochter und strich ihr das Haar aus dem Gesicht.

»Mein Gott, meine Kleine, sieh dir dein Gesicht an. Tut es weh?«

»Ein bisschen«, antwortete Alison. »Mom, bist du mir böse?«

Marlene lachte, während ihr Tränen der Erleichterung über das Gesicht liefen. »Böse? Nein, Liebes. Ich bin nur froh, dass es dir gut geht. Ich habe mir schreckliche Sorgen gemacht.«

»Wo ist Dad?«

»Er hatte Probleme, einen Rückflug zu bekommen. Aber er tut sein Bestes, um so bald wie möglich hier zu sein.«

»Ich lasse Sie beide nun eine Weile allein«, meldete sich Josie. »Die Ärzte werden bald hier sein und mit Ihnen reden.«

Alison sah auf. »Müssen Sie nicht mit mir reden oder so?«

Josie lächelte. »Das müssen wir, aber zuerst müssen wir wissen, ob Sie okay sind. Wenn Sie sich später dazu in der Lage fühlen, kann Ihre Mutter Sie zum Revier bringen. Dann setzen wir uns zusammen und reden.«

Sie ließ die beiden eng aneinandergeklammert auf dem Bett zurück und ging den Flur entlang, um Noah zu suchen. Er stand vor dem Stationszimmer und hatte das Handy ans Ohr gepresst. Aus dem, was er sagte, schloss Josie, dass er mit dem Chief sprach und es noch eine Weile dauern würde. Sie machte sich daher auf die Suche nach Kaffee. Diesmal gelang es ihr sogar, etwas Zucker aufzutreiben. Als sie zurückkam, hatte Noah fertig telefoniert.

»Der Chief lässt Amber eine Pressekonferenz ausrichten, damit die Öffentlichkeit erfährt, dass Alison wohlbehalten gefunden wurde. Mett hat der Hundestaffel und den anderen Suchtrupps Bescheid gegeben, dass sie nicht mehr benötigt werden. Wir brauchen natürlich eine Aussage von Alison, aber der Chief war einverstanden, dass wir ihr noch etwas Zeit lassen. Er meinte, da es schon so spät sei, sollten wir nach Hause gehen und uns etwas ausruhen.«

»Dagegen werde ich keinen Einspruch einlegen.«

Am nächsten Tag um die Mittagszeit schmerzte Josies Kreuz, weil sie schon so lange an ihrem Schreibtisch gesessen und

Schreibarbeiten erledigt hatte. Vor ihr standen zwei leere
Kaffeebecher von Komorrah's. Ihr gegenüber arbeitete Noah
stumm vor sich hin. Mettner war es gelungen, mithilfe von
Verkehrskameras sowie den Aufzeichnungen der Überwachungsanlagen örtlicher Privatleute und Unternehmen den
Weg des schwarzen Geländewagens von Max Combs' Straße
bis zu einer Siedlung in der Nähe der Autobahn zu verfolgen.
Danach allerdings verlor sich die Spur. Er hatte außerdem das
Nummernschild teilweise entziffern können, doch hatte eine
Suche so viele Ergebnisse geliefert, dass es Jahre dauern würde,
alle Fahrzeuge zu überprüfen. Er hatte Josie seinen Bericht
gegeben und war zum Eudora gefahren, um nachzuhaken, ob
der Geschäftsführer die Gästeliste fertig hatte. Josie hatte
Mr Brown gleich nach ihrer Ankunft im Revier angerufen. Er
hatte ihr mitgeteilt, dass er noch nicht ganz fertig sei. Mettner
war der Ansicht gewesen, dass es die Angelegenheit enorm
beschleunigen würde, wenn ein Polizist im Hotel für alle
sichtbar warten würde. Gretchen musste jeden Augenblick hier
sein. Sie hatten das Wegwerfhandy, das Elliott Calvert so oft
angerufen hatte, noch immer nicht ausfindig machen können.
Allerdings hatte sie sich inzwischen richterliche Verfügungen
für Max Combs' Konten und die Röntgenaufnahmen seiner
Zähne besorgt und sie zugestellt. Außerdem hatte sie einen
entsprechenden Beschluss für Max' Telefondaten organisiert
und dem Provider per E-Mail geschickt. Leider konnte es zwei
Wochen dauern, bis die Daten vorlagen. Sie hatte Josie und
Noah geschrieben, dass sie plane, bei Tori Calvert vorbeizufahren und ihr noch einmal dringend ans Herz zu legen, ein
paar Wochen nach New York zu fahren – wenigstens, bis man
bei der Dentoner Polizei wusste, wie es zu den Ereignissen der
letzten Tage gekommen war.

Josie konnte die nagenden Zweifel, dass hinter der ganzen
Sache viel mehr steckte, nicht unterdrücken. Wer waren die
Männer im SUV vor Combs' Haus? Wenn sie seine Wohnung

verwüstet hatten, wonach hatten sie gesucht? Was hatte Calvert gewollt? Waren alle drei auf dasselbe aus gewesen? Geld? Drogen? Etwas anderes, das sie noch nicht auf dem Radar hatten? Warum hatte Max Combs Calvert erpresst? Ging es um die mysteriöse Frau auf den Fotos, die Calvert heimlich auf seinem Handy gespeichert hatte? Was war mit den anderen hundertfünfzigtausend Dollar? Wo hatte Combs sie her? Hatte er noch jemanden erpresst? Wie passten Dina und Alison in das Bild? Wenn es nicht Calvert gewesen war, der Dina Hales Haus durchsucht hatte, wer dann? Derselbe, der auch Max' Wohnung durchwühlt hatte? Welche Rolle spielten die Drogen, die Dina Needle gegeben hatte? Hatten sie es mit einer Bande zu tun? Der Mafia?

Bei diesem Gedanken lief es Josie kalt den Rücken hinunter. Bevor sie weiter über eine potenzielle Mafiaverbindung nachdenken konnte, ging die Tür zur Treppe auf und Gretchen kam mit einem großen braunen Briefumschlag unter dem Arm, einer frischen Runde Kaffee und einem Beutel mit Gebäck von Komorrah's in den Händen herein. In ihrem Mund steckte ein Pekannusscroissant, von dem aus Raspeln auf ihre Brust regneten. Noah sprang auf und nahm ihr den Becherhalter sowie den Beutel ab. »Hungrig?«, fragte er.

Gretchen warf den Umschlag auf ihren Schreibtisch, zog mit einer Hand an dem Croissant und begann das Stück, dass sie abgebissen hatte, zu kauen. Als sie fertig war, meinte sie: »Die Dinger schmecken so gut. Frisch aus dem Ofen! Man bekommt sie sonst nie so frisch. Sie waren noch warm, als ich sie in den Beutel gesteckt habe. Ich konnte es nicht erwarten.«

Noah lachte. »Ich glaube, du hast ein Problem.«

Gretchen stopfte sich den Rest des Croissants in den Mund und verdrehte einen Augenblick lang in gespielter Ekstase die Augen. Dann sah sie die beiden wieder an. Sie klemmte eine Hautfalte über ihrem Hosenbund zwischen zwei Finger und sagte: »Das ist mein Problem. Ist es zu viel verlangt, in einer

Welt zu leben, in der man so viel Gebäck wie möglich essen und kein Pfund zunehmen kann?«

»Anscheinend schon«, lachte Noah.

Als sie wieder an ihren Schreibtischen saßen, meinte Gretchen: »Das Zahnschema passt. Dr. Feist hat Max Combs eindeutig identifiziert. Er hat Familie, einen Vater und einen Bruder, aber der eine lebt in Oklahoma, der andere in Kalifornien. Dr. Feist hat sich mit dem Rechtsmediziner in dem County, in dem sein Vater lebt, in Verbindung gesetzt. Sie stellen ihm die Todesnachricht innerhalb der nächsten Stunde zu.«

»Ist sie mit der Autopsie fertig?«, fragte Noah.

Gretchen nickte. »Ja. Einen Bericht hat sie zwar noch nicht, aber ich habe mit ihr geredet. Der Tod ist am frühen Samstagmorgen eingetreten. Todesursache ist, wie wir vermutet haben, der Schuss ins Gesicht aus nächster Nähe durch das Kissen. Es scheint eine Waffe Kaliber achtunddreißig gewesen zu sein. Hummel hat es geschafft, in dem ganzen Durcheinander die Hülse zu finden. Sie wird nun zur Analyse ins Labor geschickt. Ein Detail ist allerdings interessant.«

»Und das wäre?«, fragte Noah.

»Max Combs waren alle Fingernägel gezogen worden.«

Josie drehte sich bei dem Gedanken fast der Magen um. »Wie bei Dina Hale.«

»Genau wie bei Dina Hale«, bekräftigte Gretchen.

»Haben wir es hier mit der Mafia zu tun?«, fragte Noah.

Gretchen zuckte die Schultern. »Wenn, dann haben sie sich aus ihrer gewohnten Umgebung gewagt. In Denton gibt es zwar eine gewisse Bandenkriminalität und manchmal fangen wir Zeug ab, das hier durchtransportiert wird. Und natürlich haben wir eine Rauschgiftszene. Aber die Mafia ist hier eigentlich nicht aktiv. Nicht wie in größeren Städten, etwa in Philadelphia und New York.«

»Philadelphia ist nicht so weit weg«, entgegnete Josie.

»New York auch nicht, wenn ich es mir recht überlege. Calvert hat Verbindungen nach New York.«

»Wir brauchen uns nur das Hotel anzusehen«, meinte Noah. »Felicia Koslow, die Max direkt unterstellt war, kommt aus Philadelphia und ist wegen einer Rauschgiftsache vorbestraft.«

»Möglicherweise hatte auch Max Verbindungen in eine der beiden Städte«, fügte Josie hinzu. »Wir wissen nicht viel über seine Vergangenheit.«

»Stimmt«, pflichtete Gretchen ihr bei. »Vielleicht ist die Mafia durch etwas, was einer der Beteiligten getan hat, hier in Denton aktiv geworden. Außerdem gibt es mehrere Mafiaorganisationen. Wenn Calvert oder Combs mit der Mafia zusammengearbeitet haben, müssen wir herausfinden, wer ihre Verbindungsleute sind.«

»Und wie finden wir das heraus?«, fragte Noah.

»Indem wir mehr Informationen zusammentragen.«

»Wenn's weiter nichts ist«, lachte Noah.

»Hast du mit Tori Calvert gesprochen?«, wollte Josie wissen.

»Ich war bei den Calverts, aber niemand hat mir aufgemacht. Ich habe sie anzurufen versucht und es so oft klingeln lassen, bis die Mailbox anging.«

»Hoffentlich heißt das, dass sie die Stadt verlassen hat«, meinte Josie.

Gretchen tippte auf den Briefumschlag, der auf ihrem Schreibtisch lag. »Das hier wird euch interessieren. Ich habe zwar noch einige Anfragen an diverse Stellen laufen, konnte aber Max Combs' Finanzunterlagen von seiner Bank und von dreien seiner Kreditkarteninstitute bekommen.«

Sie zog einige Blätter aus dem Umschlag und reichte sie Josie über den Schreibtisch. Noah ging um die Tische herum zu ihrem Platz, um ebenfalls einen Blick darauf werfen zu können. Josie überflog jede Seite, bevor sie Gretchen alles zurückgab. »Himmel«, stieß sie hervor. »Er war nicht nur klamm.«

»Er hatte sogar einen Haufen Schulden«, ergänzte Noah.

»Yep«, sagte Gretchen. »Alle drei Kreditkarten sind voll ausgeschöpft. Meist Barauszahlungen. Ein paar Abbuchungen, wenn er getankt oder sich Essen besorgt hat, aber viel Geld hat er in Casinos gelassen. Eines in den Pocono Mountains, eines in Philadelphia und eines in Atlantic City. Er war sehr aktiv.«

»Er hat Spielschulden angehäuft und brauchte Geld, um sie zu bezahlen«, folgerte Josie.

Gretchen nickte.

Josies Schreibtischtelefon klingelte. Sie hob ab und meldete sich: »Quinn.«

Es war der Sergeant vom Dienst, Dan Lamay. Er sagte: »Hier unten warten Marlene und Alison Mills auf dich. Was soll ich mit ihnen machen?«

»Setz sie in den Konferenzraum. Wir sind gleich unten.«

Josie legte auf, trank schnell ihren Kaffee und stand auf. »Alison und ihre Mutter sind hier.«

Im Konferenzraum saß Alison am Tischende. Sie trug noch immer OP-Kleidung, hatte sich inzwischen aber einen Hoodie übergestreift. Ihr Haar war gekämmt und zu einem Pferdeschwanz gebunden. Das Gesicht sah schrecklich aus. Es war von Hämatomen unterschiedlicher Farbe und Intensität übersät. Marlene marschierte neben dem Tisch auf und ab. Als Josie und Noah eintraten, blieb sie stehen.

»Alison möchte es hinter sich bringen«, begann sie ohne Umschweife. »Ich habe ihr gesagt, dass es warten kann, aber sie wollte erst nach Hause, wenn sie mit Ihnen geredet hatte.«

»Schön«, erwiderte Josie und sah Alison an. »Aber wenn Sie irgendwann aufhören wollen oder müde werden, können wir das Ganze abbrechen und ein andermal weitermachen. Wie geht es Ihnen?«

»Die Ärzte sagen, ihre Nase sei gebrochen, müsse aber nicht operiert werden«, sagte Marlene. »Ich glaube, sie ist vor allem aufgewühlt und erschöpft.«

Noah deutete auf einen der Stühle am Tisch neben Alison. »Mrs Mills, warum setzen Sie sich nicht? Können wir Ihnen beiden etwas bringen?«

»Für mich nichts«, antwortete Marlene.

»Kaffee«, sagte Alison. »Bitte.«

Die beiden sahen sich an. Alison machte ein unsicheres Gesicht.

Marlene lächelte ihre Tochter traurig an und tätschelte ihre Hand. »Du bist fast achtzehn. Es gibt keinen Grund, warum du nicht genau das haben sollst, was du willst. Dann eben Kaffee.«

Alison wirkte erleichtert.

»Bin gleich zurück«, sagte Noah.

Kaum hatte er die Tür hinter sich geschlossen, setzte sich Josie gegenüber Marlene neben Alison. »Danke, dass Sie hergekommen sind«, begann sie. »Ich weiß, Sie haben viel durchgemacht. Wir werden Sie nicht länger in Anspruch nehmen als nötig. Kommen wir also gleich zur Sache. Warum erzählen Sie mir nicht, was am Samstagmorgen passiert ist?«

Alison zog ihren Hoodie noch fester um sich und sah auf den Tisch. »Also, wir sind zur Arbeit gefahren. Das heißt, vorher wollten wir uns im Denton Diner noch Frühstück holen. Und dann zur Arbeit. Wir kamen von Dinas Haus. Ich habe dort übernachtet. Wir arbeiten im Eudora.«

»Das habe ich ihnen schon erzählt«, sagte Marlene.

»Dinas Auto stand nicht allzu weit von ihrer Adresse entfernt«, unterbrach Josie. »Haben Sie wegen des Nebels angehalten?«

Alison nickte. »Genau. Man sah fast nichts. Dina hat einen Platz entdeckt, wo sie das Auto am Straßenrand abstellen konnte. Wir wollten dort einfach ein paar Minuten warten und Musik hören, bis sich der Nebel etwas verzogen hatte. Aber plötzlich ging die Tür auf und dieser Kerl hat sich ins Auto gedrängt. Er war halb drinnen, halb draußen. Dann hat er an mir herumzureißen begonnen – an meinen Armen, meinen Haaren. Ich schätze, er wollte mich aus dem Auto zerren. Dina hat laut geschrien. Einfach nur geschrien. Ich wollte nicht raus, hatte so Angst. Dann ...« Sie hob die Hand und legte sie sich auf den Hinterkopf. »Er hat seine Hand hierhergelegt und meinen Kopf an das Armaturenbrett geschlagen. Ich kann mich nicht einmal mehr an den Schmerz erinnern, um ehrlich zu sein. Ich habe nur gesehen, dass mir das Blut herunterlief. Es war überall auf dem Armaturenbrett. Ich hatte solche Angst. Dina schrie immer noch.«

Trotz ihrer Hämatome konnte man sehen, dass sie blass wurde, als sie von den Ereignissen am Samstagmorgen erzählte. Marlene neben ihr schloss die Augen und bewegte die Lippen wie zu einer Art stummem Gebet. Alison fuhr fort: »Er hat mich aus dem Auto gezerrt und auf den Boden geworfen. Ich hatte so Angst. Mein Gott. Er war schrecklich, total wütend. Als er über mir stand, war sein Gesicht ganz rot angelaufen. Da konnte ich ihn erst so richtig sehen. Ich werde dieses Gesicht nie vergessen.« Sie schauderte am ganzen Körper.

Marlene öffnete die Augen, nahm Alisons Hand und drückte sie fest.

»Alison«, fuhr Josie fort, »würde es Ihnen etwas ausmachen, wenn ich Ihnen ein paar Fotos zeige, damit ich sehe, ob Sie den Mann erkennen, der Sie überfallen hat?«

Alison blickte Marlene an, die nickte. »Klar«, antwortete sie.

Josie entschuldigte sich und ging hinaus, um Noah zu suchen und ihn zu bitten, ein paar Aufnahmen für eine Fotogegenüberstellung zu organisieren. Zwanzig Minuten später kam er zurück. Als er sich gesetzt hatte, gab er Alison den Kaffee, um den sie gebeten hatte, während Josie acht Bilder auf dem Tisch ausbreitete. Sieben davon waren von Männern, die Elliott ähnelten. Das achte zeigte Calvert selbst.

Alison starrte mit großen Augen auf die Aufnahmen. Nach einer Weile deutete sie auf Elliott Calverts Bild. »Das ist er. Mein Gott, er sieht so normal aus.«

Marlene drückte beschwichtigend die Schulter ihrer Tochter.

»Danke«, sagte Josie, während Noah die Fotos zu einem Stapel ordnete und zum anderen Tischende brachte. »Das haben Sie ausgezeichnet gemacht, Alison. Noch einmal zurück zu diesem Samstagmorgen. Wie ging es weiter, nachdem er Sie aus dem Auto gezogen hatte?«

»Er hat mich immer wieder angeschrien: ›Wo ist es? Wo ist es?‹. Ich habe gesagt, ich wisse nicht, wovon er spreche. Er hat meine Handtasche geleert und alles auf den Boden geworfen. Dann hat er darin herumgewühlt, aber anscheinend nicht gefunden, wonach er suchte, denn er hat mich gegen das Bein getreten und gerufen: ›Sag mir, wo es ist. Gib es mir, sonst bringe ich euch beide um.‹ Ich habe gesagt, ich hätte keine Ahnung, was er meinte. Da hat er sich umgedreht und Dina gesehen. Sie saß noch auf dem Fahrersitz. Ich weiß nicht mehr, ob sie da noch immer geschrien hat oder nicht. Ehrlich gesagt erinnere ich mich nur noch verschwommen. Es kam mir so vor, als könne ich nichts mehr hören. Mir war, als hätte ich ein Dröhnen in den Ohren, das so laut war, dass ich dachte, mein Kopf würde platzen.«

Sie hielt sich ihre freie Hand an den Kopf.

»Man nennt das Auditory Exclusion«, erläuterte Noah. »Das ist eine Art ›Tunnelgehör‹. Es kommt vor, wenn man im Kampf- oder Fluchtmodus ist. Man bekommt einen enormen Adrenalinschub und hat das Gefühl, als würden die Sinne abschalten.«

»Ja! Genauso war es!«, rief Alison. »Es war, als könnte ich

plötzlich nichts mehr hören und kaum noch sehen. Nicht einmal meinen Körper habe ich noch gespürt. Ich war mir sicher, dass ich nun sterben würde. Ich wusste nicht einmal, woher der Kerl überhaupt kam. Es war einfach nur schrecklich.« Sie sah ihre Mutter an. »Wie damals, als Dad und Billy und ich diesen Unfall hatten.«

Marlene blickte sie traurig an. »Es tut mir so leid, Liebes«, flüsterte sie ihrer Tochter zu.

Alison sah wieder zu Josie. »Dann ging dieser Mann um das Auto herum auf Dinas Seite. Ich konnte nur noch denken: ›Lauf weg‹. Das habe ich dann auch getan. Das war's.«

»Der Mann, der Sie angegriffen hat, wissen Sie, wie er heißt?«, wollte Josie wissen.

Alison schüttelte den Kopf. »Nein. Ich hatte ihn noch nie zuvor gesehen und wusste wie gesagt nicht einmal, wo er herkam. Es war so neblig und wir waren da oben auf dieser verlassenen Straße. Ich schätze, er ist dort mit dem Auto gefahren, aber ich kann mich nicht erinnern, einen anderen Wagen gesehen zu haben.«

»Er heißt Elliott Calvert. Sagt Ihnen der Name etwas?«

»Nein, tut mir leid. Nie gehört.«

»Hat Dina je über ihn geredet?«, wollte Josie wissen.

»Nein.«

Alisons Hand zitterte, als sie ihren Kaffee nahm. Sie gab zwei Stück Zucker und zwei Döschen Kaffeesahne hinein und rührte um. Josie wartete, bis sie ein paar Schlucke getrunken hatte, und fragte dann weiter: »Alison, Sie erinnern sich also, dass Sie losgerannt sind, bevor Calvert Dina aus dem Auto zerrte?«

»Ja. Ich habe mir wie gesagt nicht viele Gedanken gemacht. Jetzt wünschte ich, ich wäre geblieben. Ich habe sie alleingelassen und jetzt ist sie tot.«

Weitere Tränen rannen ihr über die Wangen. Die zerschundene Nase lief ihr. Noah holte eine Packung Papiertaschentücher vom anderen Ende des Tischs und schob sie ihr hin. Sie dankte ihm und tupfte sich die Nase ab, zuckte dabei aber zusammen. Marlenes Gesicht war vor Entsetzen starr.

Alison wandte sich wieder ihrer Mutter zu und flüsterte: »Denkst du, dass Dad es auch so geht, wenn er an Billy denkt?«

Marlene verzog das Gesicht und ließ ihren Tränen freien Lauf. Sie breitete die Arme aus. Alison fiel ihr in den Arm und schluchzte in den Hals ihrer Mutter. So weinten sie eng umschlungen. Nach einer Weile lösten sie sich voneinander und versuchten, sich wieder zu fassen. Alison tupfte sich mit einem Papiertaschentuch vorsichtig über ihr geschwollenes Gesicht.

Josie wartete, bis sie wieder die Aufmerksamkeit des Mädchens hatte, und fuhr fort: »Alison, das ist jetzt ganz wichtig: Was da auf der Straße passiert ist, war nicht Ihre Schuld. Verstehen Sie das?«

Alison nickte schwach.

»Auch was mit Dina passiert ist, ist nicht Ihre Schuld«, wiederholte Josie. »Sie ist nicht tot, weil Sie etwas getan oder nicht getan haben. Sie ist tot, weil Elliott Calvert sie ermordet hat.«

Marlene streckte den Arm aus und tätschelte Alisons Schulter. »Sie hat recht, Liebes, Ich weiß, das ist schwer. Du und Dina, ihr wart großartige Freundinnen, aber du hast das Richtige gemacht, als du weggelaufen bist. Er hätte auch dich umgebracht.«

Alison sah aus, als wollte sie sich völlig in ihrem Hoodie verkriechen.

»Woher wussten Sie, dass Dina tot war?«, fragte Josie. »Als ich Sie gestern gefunden habe, wussten Sie es bereits.«

»Aus dem Krankenhaus«, antwortete Alison. »Als ich mich dort versteckt habe, bin ich in das Leichenschauhaus gegangen. Ich habe ihren Körper nicht gesehen oder so. Ich weiß nicht einmal, wo die Leichen dort liegen. Aber ich bin in den Autopsieraum gegangen und habe ihren Namen auf der Tafel dort gesehen. Darauf stand ›Hale, D.‹. Da wusste ich Bescheid.«

»Es tut uns sehr leid für Sie, Alison«, sagte Josie.

»Danke«, erwiderte Marlene.

Alison starrte vor sich hin und schloss die Hände um ihren Kaffee.

»Sie sagten, Sie seien zum Krankenhaus, um sich dort zu verstecken«, schaltete sich Noah ein. »Wie sind Sie dort hingekommen?«

»Den größten Teil der Strecke bin ich gelaufen und gegangen. Aber dann habe ich einen Typen aus meiner Schule getroffen. Ein Oberkiffer. Ich habe ihn gefragt, ob er mich zum Krankenhaus fahren kann. Bis ganz nach oben wollte er mich nicht bringen, aber er hat mich am Fuß der Straße, die zum Krankenhaus führt, abgesetzt.«

Josie deutete auf Alisons lädiertes Gesicht. »Hat er keine Fragen gestellt?«

Alison senkte den Blick und sah auf ihren Kaffee. »Doch, schon, aber ich habe ihm gesagt, dass er den Mund halten soll. So wie ich den Mund halten und niemandem erzählen würde, wie viel Gras er ständig mit sich herumkutschiert.«

»Alison!«, rief Marlene ungläubig.

»Was denn?«, entgegnete Alison und sah kurz ihre Mutter an. »Er war cool. Hat mir sogar seinen Hoodie gegeben.«

Bevor Marlene noch etwas sagen konnte, fuhr Noah fort: »Können Sie uns sagen, warum Sie beschlossen haben, sich zu verstecken, statt Ihre Mutter oder die Polizei anzurufen?«

Alisons Unterlippe zitterte. »Weil Dina gesagt hat, dass dieser Calvert wahrscheinlich nicht der Einzige sei, der nach uns sucht.«

SECHSUNDDREISSIG

Josie beobachtete Marlene, in deren Gesicht sich allerlei Emotionen abzeichneten. Sie nahm ihre beruhigende Hand von Alisons Schulter und sah ihre Tochter an, als habe sie sie noch nie gesehen. »Alison Louise Mills, wovon redest du? Was hast du ... was hast du gemacht?«

Alison blickte Josie und Noah an, als bitte sie um Hilfe. Als diese ausblieb, wandte sie sich wieder Marlene zu. »Mom, es ist nicht so, wie du denkst. Ich habe gar nichts gemacht. Dina – sie hat einen Fehler gemacht. Sie wollte es nicht. Sie hat sich nichts dabei gedacht. Aber sie hat es mir erzählt und da wusste ich es eben auch. Und weil wir ständig zusammen sind, war es quasi wie ›mitgefangen, mitgehangen‹. Denke ich jedenfalls. Ganz sicher bin ich nicht. Vielleicht ist es jetzt vorbei, da sie tot ist. Vielleicht denken die es zumindest, weil das, wonach sie gesucht haben, weg ist.«

Alison hatte mit jedem Wort mehr zu kreischen begonnen. Sie atmete stoßweise.

»Moment, Moment«, sagte Josie und hob eine Hand. »Langsam. Eines nach dem anderen.«

Und Noah fügte hinzu: »Alison, atmen Sie für mich ein paarmal tief durch, okay? Sehen Sie mich an.« Mit Zeige- und Mittelfinger seiner rechten Hand deutete er auf seine Augen. »Hierher, Alison. Tief ein- und ausatmen.«

Noah atmete mit ihr und flüsterte: »Ein ... aus ... ein ... und aus.«

Josie bemerkte, dass Marlene in die beruhigenden Atemübungen mit eingefallen war. Als sich die Spannung im Raum etwas gelegt hatte, sagte sie: »Warum fangen Sie nicht ganz von vorn an? Bei Dina. Sie sagten, sie habe einen Fehler gemacht. Was ist passiert?«

Alison nahm einen Schluck von ihrem Kaffee und leckte sich die Lippen. »Angefangen hat es vor ungefähr zwei Wochen, vielleicht noch etwas davor. Wir haben da eine Kollegin, Gia.«

»Gia Sorrento«, unterbrach Josie sie. »Wir haben schon mit ihr gesprochen.«

Alison nickte. »Okay, dann wissen Sie, von wem ich rede. Eigentlich hat alles mit ihr begonnen. Eines Abends hat Dina unseren Chef, Max, mit Gia in der Bar gesehen. Sie wirkten, als seien sie sehr in ein Gespräch vertieft. Dina hat heimlich ein Bild von ihnen gemacht und mir geschickt. Ich schätze, sie dachte, die beiden sähen aus, als ... ich weiß nicht ... als hätten sie etwas miteinander. Dina hatte sich hoffnungslos in Max verguckt. Also, sie war in ihn verliebt.«

»Ist Max nicht schon über dreißig?«, warf Marlene ein.

»Ja«, antwortete Alison und fügte hinzu: »Ich weiß, es ist krass. Aber Dina war der Meinung: ›Wenn ich erst achtzehn bin, spielt unser Alter keine Rolle mehr.‹«

»Hatten Dina und Max eine Art Beziehung?«, fragte Noah.

Alison verdrehte die Augen. »Himmel, nein. Max flirtet gern. Aber das ist auch schon alles. Wenn er das Gefühl hat, dass man nicht darauf eingeht, ignoriert er einen. Er hat heftig mit mir zu flirten versucht, als ich angefangen habe, aber ich habe ihn abblitzen lassen. Daraufhin hat er das Interesse verloren. Aber Dina hat ständig zurückgeflirtet. So wurde daraus ein Hin und Her. Dann sagte er Sachen wie: ›Zu schade, dass du minderjährig bist, denn ich könnte mich glatt in ein Mädchen wie dich verlieben.‹«

Josie versuchte, ein Augenrollen zu unterdrücken. Alison machte ein Gesicht, als müsse sie sich gleich übergeben. »Echt abgedroschen, oder? Wer verzapft so einen Kitsch?«

Die Frage war rein rhetorisch, aber Marlene beantwortete sie trotzdem. »Perverse, die versuchen, mit minderjährigen Mädchen zu schlafen, die tun das! Alison, ich kann nicht glauben, dass du mir nie davon erzählt hast. Der Typ gehört gefeuert. Er sollte überhaupt nicht mit Minderjährigen arbeiten dürfen, nie mehr!«

»Mom!«, entgegnete Alison. »Er hat ja nichts gegen ihren Willen oder so getan. Wie gesagt, wenn man nicht darauf einging, hörte er auf. Und wenn man wirklich damit Probleme hatte, konnte man immer noch zu Felicia gehen.«

»Ist eines von den Mädchen je wegen Max zu Felicia gegangen?«, fragte Josie.

Alison nickte. »Ja, einige. Sie hat mit ihm geredet und dann war Ruhe.«

Marlene bebte vor Wut. »Dass dann Ruhe war, bezweifle ich. Er ist immer noch dort beschäftigt. Das ist überhaupt nicht angemessen. Felicia hätte das schon bei der ersten Beschwerde nach oben melden sollen.«

Felicia hatte ihn gedeckt, dachte Josie bei sich. So viel zur »großen Schwester«.

»Mom«, protestierte Alison, »Ich sage nur, was passiert ist. Außerdem hat es Dina gefallen, wenn Max sie anbaggerte.« Wieder machte sie ein angeekeltes Gesicht. »Ich weiß nicht, warum, aber es war so. Der ganze Schmalz von ihm hat bei ihr verfangen. Sie dachte wirklich, wenn sie achtzehn sei, würden sie miteinander gehen – nur war es eben nicht so. Max war überhaupt nicht an ihr interessiert. Genau wie ich ihr prophezeit hatte. Er hat sie total abblitzen lassen. Ich habe versucht, ihr klarzumachen, dass das nur Gerede von ihm sei. Er hat das zu *jeder* gesagt.« Sie zog das Wort »jeder« in die Länge und verdrehte dabei die Augen.

Marlene kochte vor Wut. »Trotzdem ist es unangemessen. Ich rede ein Wörtchen mit dem Geschäftsführer des Hotels.«

»Bitte nicht, Mom«, bat Alison. »Das wäre so peinlich.« Wieder blickte sie hilfesuchend zu Josie und Noah.

Die beiden tauschten einen Blick aus. Max Combs' Leichnam war zwar bereits eindeutig identifiziert und sie wussten inzwischen definitiv, dass er ermordet worden war, doch bis seine Angehörigen nicht unterrichtet worden waren, konnten sie niemandem sagen, dass er tot war.

»Konzentrieren wir uns wieder auf die eigentliche Sache«, sagte Josie. »Dina sieht Max und Gia in der Bar. Sie denkt, dass etwas zwischen den beiden läuft. Sie ist außer sich. Und dann?«

»Zuerst hat sie sich nur mit Gia angelegt und versucht, sie bei Felicia oder Max anzuschwärzen, indem sie es so aussehen lassen hat, als habe Gia Dinge vergessen oder Fehler gemacht. Aber nichts ist passiert. Gia hat sie einfach nur ignoriert. Sie hat sich nicht einmal bei Felicia oder Max beschwert. Ich habe Dina gesagt, dass Gia und Max erstens wahrscheinlich gar nicht miteinander gehen würden und sie sich zweitens an Max halten müsse, wenn sie wegen ihm sauer sei. Sie ist in sein Büro gegangen – um ihn zur Rede zu stellen, glaube ich. Er war nicht dort, soviel ich weiß. *Aber* ...« Sie betonte das Wort »aber« so sehr, dass sie die Augen dabei aufriss und ihr Kinn vorstreckte. »Dina hat diese Kuriertasche in Max' Büro gefunden. Sie stand hinter seinem Schreibtisch. Einfach so. Also hat sie sie mitgenommen. Sie dachte, sie gehöre ihm. Sie wollte ihm eins auswischen.«

»Himmel«, rief Marlene. »Sie hat eine Tasche gestohlen? Alison ...«

»Bitte, Mom! Ich habe erst später erfahren, dass sie die Tasche gestohlen hat. Ich hatte keine Ahnung. An dem Abend, an dem sie sie genommen hat, hat sie mir nicht einmal davon erzählt. Ich habe sie gefragt, ob sie mit Max geredet hätte, und sie verneinte. Sie meinte, er sei nicht in seinem Büro gewesen, aber das spiele keine Rolle mehr, weil sie mit ihm fertig sei. Erst eine Woche später, als sie angefangen hat, sich total seltsam zu benehmen, habe ich das mit der Tasche erfahren.«

»Was war das für eine Tasche?«, wollte Noah wissen.

Alison zuckte die Schultern. »Weiß nicht. So eine Kuriertasche zum Umhängen eben. Sie wissen schon, so groß wie ein Laptop und mit einem langen Schulterriemen.«

»Gehörte sie Max?«, fragte Josie.

»Ich habe keine Ahnung. Ganz offensichtlich dachte Dina, dass sie ihm gehörte, aber inzwischen bin ich mir nicht mehr sicher, ob das wirklich so war. Wir haben ihn noch nie mit so einer gesehen. Aber er ist immer schon im Hotel, wenn wir ankommen, und gehen auch vor ihm. Wenn es also seine Tasche war, dann wussten wir es nicht. Außerdem sind wir nie in seinem Büro gewesen. Das letzte Mal waren wir dort, als wir eingestellt wurden. Felicia wollte nicht, dass er mit weiblichen Angestellten in seinem Büro allein ist.«

»Kann das Felicias Tasche gewesen sein?«, fragte Noah. »Sie ist auch in einer leitenden Funktion. Teilt sie sich mit Max ein Büro?«

»Nein«, antwortete Alison. »Sie will zwar, aber er sagt, sie brauche kein Büro. Ich habe sie aber schon oft dort gesehen. Er sperrt die Tür normalerweise nicht ab. Also, ich weiß es nicht. Vielleicht hat sie ihr gehört.«

»War etwas Besonderes an der Tasche?«, wollte Josie wissen.

»Sie war schwarz, wenn das hilft.«

Noah holte sein Handy heraus und begann eine Nachricht zu schreiben. Josie wusste, er wollte Mettner kontaktieren, der sich noch im Eudora aufhielt. Es würde für Mettner nicht schwer sein, ein paar Angestellte zu fragen und herauszufinden, ob Max schon mit einer schwarzen Kuriertasche gesehen worden war.

»Noch einmal zurück zu Dina«, meinte Josie. »Hat sie sich irgendwie seltsam benommen?«

»Sie war ... ich weiß nicht ... irgendwie nicht wie sonst. Ungewöhnlich still. Kleinlaut. Mir ist aufgefallen, dass sie sich überall, wo wir waren, ständig umgesehen hat, als dachte sie, jemand würde sie beobachten oder so. Ich habe sie gefragt, was los sei, und sie meinte, jemand sei in ihrem Haus gewesen. Ich so: ›Was soll das heißen?‹. Da sagte sie, dass ihr Dad nach Hause gekommen sei und das ganze Haus auf dem Kopf gestellt vorgefunden habe. Überall habe Zeug herumgelegen. Sie meinte, es habe ausgesehen, als hätte jemand nach etwas gesucht. Sie hätten nicht die Polizei gerufen, weil nichts gefehlt habe. Ich sagte, vielleicht hat jemand das Haus verwechselt, doch sie meinte, dass sie das nicht glaube. Und so wie sie aussah, irgendwie schuldbewusst und sogar verängstigt, dachte ich, dass da irgendwas nicht in Ordnung sei. Ich habe ihr versprochen, dass sie es mir erzählen könne und ich es niemandem weitersagen würde. Sie ließ mich schwören: keine Eltern, keine Polizei.«

»Alison!«, rief Marlene wieder. »So etwas kannst du nicht versprechen!«

Alison sah ihre Mutter flehend an. »Es tut mir leid, Mom. Ich wusste ja nicht, wie ernst es war. Dina kann manchmal ziemlich übertreiben!«

»Was hat Dina Ihnen erzählt?«, fragte Josie.

Alison wandte sich wieder Josie zu. »Sie hat mir erzählt, dass sie die Tasche aus Max' Büro genommen habe. Darin sei ein Tablet gewesen. Er hat bei der Arbeit oft ein Tablet benutzt.

Sie dachte, damit würde sie ihn richtig in Schwierigkeiten bringen. Sie wollte ihm eins auswischen, weil sie glaubte, dass er sich mit Gia trifft. Sie hat versucht, das Tablet zu starten, doch brauchte man dafür eine PIN, die sie nicht kannte. Sie hat so oft versucht, in das Tablet zu kommen, dass es gesperrt wurde.«

»War sonst noch etwas in der Tasche?«, wollte Josie wissen.

Alison nahm einen weiteren Schluck von ihrem Kaffee und atmete tief durch. »Ein paar Sachen. Ein Handdesinfektionsspray, ein paar Stifte, eine Packung Taschentücher. Ja, und Drogen.«

Marlene riss den Kopf hoch. »Drogen? Was für Drogen?«

»Ich weiß nicht, Mom!«, entgegnete Alison gereizt. »Ich habe mit Drogen nichts am Hut!«

»Dina wusste, was es war, nicht wahr?«, hakte Josie nach.

»Ja«, räumte Alison ein. »Sie meinte, es sei Oxy und dass derjenige, der in ihr Haus eingebrochen sei, danach gesucht habe. Ich sagte zu ihr: ›Rede mit Max und sag ihm, was du getan hast.‹ Ich dachte, wenn es Max' Tasche ist und sie sie aus seinem Büro mitgenommen hat, dann soll sie auch zu ihm gehen und es zugeben. Sie hätte ihm sagen können, dass er nicht herumschleichen und bei ihr einbrechen solle und so. Aber sie meinte, sie glaube nicht, dass es Max gewesen sei, denn Max habe nie gegenüber jemandem im Hotel erwähnt, dass seine Tasche oder sein Tablet fehle. Dina fand, wenn sie Max gehört hätte und er gewusst hätte, dass sie sie genommen hat, warum käme er nicht einfach zu ihr und fordere sie zurück? Daraufhin schlug ich ihr vor, die Tasche einfach in sein Büro zurückzustellen. Oder mit ihm zu reden, ihm zu erklären, dass sie die Tasche mitgenommen habe, und ihn zu fragen, was sie jetzt machen solle. Aber sie war völlig außer sich. Er sollte nicht wissen, dass sie die Tasche genommen hatte. Es war ihr peinlich. Und sie hatte Angst.«

»Aber jemand wusste bereits, dass Dina die Tasche genommen hatte«, sagte Noah.

»Ja. Ich weiß nicht, wie, aber jemand wusste es.«

»Die Kameras«, meinte Noah. »Im Hotel sind überall Kameras. Es wäre für Max ein Leichtes gewesen, die Security zu bitten, ihm die Aufzeichnungen der Kamera vor seinem Büro zu überlassen, und nachzusehen, ob Dina mit der Tasche herausgekommen war.«

Was bedeutete, dass Max Combs auf jeden Fall in die Sache verwickelt war.

»Sie denken, dass Max es wusste?« Alison legte die Arme um sich. »Daran habe ich noch gar nicht gedacht.«

»Genauso gut hätte sich Felicia die Aufzeichnungen der Kameras besorgen können«, wandte Josie ein. »Sie ist in der Hinsicht sensibilisiert, weil sie schon einmal wegen einer Rauschgiftsache verurteilt wurde – sie würde sicher nicht wollen, dass jemand von den Drogen in der Tasche erfährt. Sie würde versuchen, es zu vertuschen.«

Alisons Stimme wurde eine Oktave höher. »Felicia? Denken Sie, dass ihr die Drogen gehört haben? Dass sie Dinas Haus durchsucht hat?«

»Das wissen wir im Moment noch nicht«, erwiderte Josie. Eines wusste sie allerdings: Sie würden mit Felicia noch einmal reden müssen.

»Dina beichtet Ihnen also das mit der Tasche, zeigt sie Ihnen und sagt Ihnen auch, dass Drogen darin waren«, fasste Noah zusammen. »Was war dann?«

»Sie sagte, dass sie Leute von früher kenne, als sie noch Drogen genommen habe, und das Zeug loswerden wolle. Sie meinte, damit sei die Sache vom Tisch.«

Wie Dina die Drogen losgeworden war, wusste Josie bereits von Needle. »Was ist mit der Tasche? Was hat sie damit gemacht?«

»Ich habe sie in einen Müllcontainer hinter dem Hotel geworfen.«

»Alison Louise!«, rief Marlene.

»Was hätte ich denn sonst machen sollen?«

Bevor Marlene fortfahren konnte, meinte Josie: »Damit war die Sache aber noch nicht zu Ende, oder? Danach ist noch etwas passiert, nicht wahr?«

Alison schauderte wieder. »Ja«, antwortete sie und schluckte. »Etwas Schlimmes.«

SIEBENUNDDREISSIG

Stück für Stück erfuhren sie den Rest. Immer wenn ihre Mutter sie unterbrach, redete Alison einfach weiter. Ein paar Tage später hatte Dina sie angerufen und sie gebeten, sich mit ihr bei Starbucks zu treffen. Dina hatte schrecklich ausgesehen. Alison hatte gedacht, sie hätte eine Grippe. »Aber dann hat sie mir ihre Finger gezeigt. Ihre Nägel waren völlig ruiniert. Sie bluteten und waren total rot. Es sah aus, als hätte es richtig wehgetan. Sie sagte, jemand – irgendein Kerl – habe sie überfallen, während sie in ihrer Siedlung auf der Widow's Ridge Road gejoggt sei. Ein Auto habe neben ihr gehalten. Es war wohl wie in einem schlechten Film, wo man immer sieht, wie ein schwarzer Lieferwagen heranbraust und jemanden hineinzerrt, nur dass der Typ einen großen Geländewagen hatte. Er habe sie auf die Hinterbank gestoßen. Sie habe zwar versucht, auf der anderen Seite wieder aus dem Wagen zu fliehen, aber da sei noch einer im Wagen gewesen, der sie die ganze Fahrt bewacht habe.«

Wie die beiden Männer, die in der Nacht, da Max Combs ermordet worden war, in der Nähe seines Hauses geparkt hatten.

»Wo haben sie sie hingebracht?«, fragte Noah.

»Sie wusste es nicht«, antwortete Alison. »Sie musste die ganze Zeit ihren Kopf zwischen den Beinen halten. Sie war nicht einmal sicher, wie lange sie fuhren. Sie sind zu irgendeinem verlassenen Ort außerhalb gefahren. In den Wald oder so. Aber sie sind nie ausgestiegen. Der Fahrer hat sich nur umgedreht und ihr Fragen gestellt, während sein Freund sie fesselte und anfing, ihr die Nägel auszureißen und Nadeln darunterzustechen und so Zeug.«

Sie schloss die Augen. Ihr ganzer Körper zitterte.

Ausnahmsweise sagte Marlene diesmal nichts.

»Wie haben sie ausgesehen?«, fragte Josie.

»Sie sagte, einer sei groß, muskulös und tätowiert gewesen und habe einen rasierten Schädel gehabt. Er habe nur schwarze Jeans und ein schwarzes T-Shirt getragen.«

»Welche Art von Tätowierungen?«, wollte Noah wissen.

»Ich weiß es nicht«, erwiderte Alison. »Ich habe nicht gefragt und sie hat es mir nicht erzählt.«

»Und der andere Mann?«, fragte Josie.

Alison hob die Hand zum Kopf. »Dichtes schwarzes Haar. Schwarze Kleidung, aber lange Ärmel. Er war schlanker als der andere Typ. Ach ja, und er trug Latexhandschuhe.«

Mit jedem weiteren Detail fühlte sich Josie unwohler.

»Das war's?«, fragte Noah.

»Tut mir leid. Mehr hat sie mir nicht erzählt. Ich habe nicht groß darauf geachtet, wie sie aussahen. Ich war völlig außer mir, dass sie entführt und praktisch gefoltert worden war.«

»Was wollten sie?«, fragte Josie.

»Das haben sie nicht gesagt. Es war nur so in der Art wie: ›Du hast uns etwas genommen. Du weißt schon, was es ist. Wir wollen es zurück oder wir bringen dich um.‹ Sie dachte, es ginge um die Drogen. Sie hat ihnen gesagt, dass sie weg seien. Sie meinten, sie würden noch nach etwas anderem suchen, also hat sie ihnen von dem Tablet erzählt und es ihnen gegeben. Dann haben sie Dina zu ihrem Haus gefahren. Ihre Mom und ihr Dad waren auf der Arbeit – beide arbeiten die meisten Abende. Einer der Männer ist mit ihr hineingegangen und hat es geholt.«

»Das war's?«, wollte Noah wissen.

Alison schüttelte den Kopf. »Leider nicht. Sie sind Mittwochabend noch einmal gekommen, als ihre Eltern wieder arbeiten waren. Sie haben noch einmal Sachen mit ihren Nägeln gemacht. Sie sagte, sie habe versucht, so laut zu schreien, dass ihre Nachbarn sie hörten, doch einer hat ihr den Mund zugehalten. Sie behaupteten, sie hätte sie angelogen. Egal, was sie sagte, sie warfen ihr vor, zu lügen. Sie sagten, sie wisse schon, was sie wollten, und wenn sie es ihnen nicht zurückgebe, würden sie sie und ihre Familie umbringen.«

»Mein Gott«, stieß Marlene hervor. »Was sind das für Leute, Alison? In was um alles in der Welt ist Dina da hineingeraten?«

»Ich weiß es nicht. Ich weiß es wirklich nicht, okay?«

Bevor sie anfingen zu streiten oder Alison in Tränen ausbrach, fragte Noah: »Haben die Männer Dina keine Anweisungen gegeben, wie sie ihnen das zukommen lassen solle, wonach sie suchten?«

»Ich glaube, sie haben ihr gesagt, dass sie sie finden würden und es besser wäre, wenn sie es das nächste Mal dabeihabe. Dann sind sie weg.«

Josie fragte sich, wie die beiden Männer in Dinas kleine Wohnsiedlung hinein- und wieder herauskommen konnten, ohne Verdacht zu erregen. Allerdings hatte die Dentoner Polizei dort niemanden befragt, weil sie sich ganz auf Elliott Calvert konzentriert hatten, dessen Anwesenheit im Viertel durch die GPS-Aufzeichnungen bewiesen worden war. Möglicherweise hatten einige Nachbarn den SUV oder die Männer gesehen, obwohl niemand Überwachungskameras besaß, wie Guy Hale erwähnt hatte. Vielleicht konnte sich jemand an

Marke und Modell des Autos oder etwas Auffallendes an den Männern erinnern, wenn man die Leute gezielt darauf ansprach. Josie nahm ihr Handy heraus und bat den Chief, Einheiten in das Viertel zu schicken, um in der Nachbarschaft herumzufragen.

»Was denken Sie, wonach sie gesucht haben?«, fragte Noah.

Alison zog an ihrem Pferdeschwanz und schlug ihren Hoodie fester um sich. »Ich weiß es nicht. Ich wünschte, ich wüsste es! Dina meinte, es müsse etwas in der Tasche sein, das sie übersehen hätte. Die Müllcontainer im Hotel waren noch nicht geleert worden. Deshalb sagte ich, ich würde hineinsteigen und die Tasche herausholen.«

»Alison!«, rief Marlene wieder ungläubig.

»Was hätte ich denn tun sollen, Mom? Ihre Finger waren in einem schrecklichen Zustand. Ich konnte sie das nicht machen lassen. Sie hätte sich infiziert oder so. Auf jeden Fall habe ich die Tasche ziemlich schnell gefunden. Sie war im ersten Container, den ich durchwühlt habe. Aber es war nichts drin. Dina bat mich, den Stoff aufzuschneiden, damit wir sehen konnten, ob etwas darin eingenäht war. Das habe ich auch gemacht. Aber da war nichts. Es war einfach nur eine Tasche.«

Josie dachte an die letzten Nachrichten, die sie sich geschickt hatten.

Dina: *Hast du wegen der Sache nachgesehen, wie ich dich gebeten hatte?*

Alison: *Ja. Da ist nichts. Überhaupt nichts. Bist du sicher, dass es darum geht?*

Dina: *Ich weiß nicht. Sie haben es nie so genau gesagt. Aber wenn ich das, was sie wollen, nicht finde, bringen sie mich um. Ich habe echt Angst.*

Das war es also gewesen. Dina hatte Alison gebeten, die Tasche zu untersuchen. Das hatte nichts ergeben. Zwei Tage später war Dina tot.

»Wo ist die Tasche jetzt?«, fragte Noah.

Alison sah ihn verlegen an. »Ich hätte sie eigentlich wieder in den Müllcontainer werfen sollen, aber ich habe sie stattdessen in Max' Büro zurückgebracht. Ich weiß, das war dumm, aber ich dachte, wenn ich sie zurückstelle, wo Dina sie gefunden hat, hätte das alles ein Ende. Ich habe es gemacht, als wir mit unserer Arbeit fertig waren. Dina weiß ... wusste es nicht. Ich hatte gehofft, dass ... ich weiß auch nicht.« Sie senkte den Blick. »Ich dachte, wenn wir sie zurückgeben, wäre alles wieder okay.«

Josie sah Noah an, der nickte und den Raum verließ. Sie wusste sofort, er würde den Geschäftsführer des Hotels, John W. Brown, anrufen und ihn bitten, in Max' Büro nachzusehen, ob die Kuriertasche dort war. In Max' Wohnung war sie nicht gefunden worden.

Sie wandte sich wieder Alison zu. »Dina war sich nicht ganz sicher, ob die Männer hinter der Tasche her waren. Als Sie Freitagabend bei ihr übernachteten und mit ihr redeten, hatte sie eine Idee, wonach die Männer sonst gesucht haben könnten?«

»Nein«, antwortete Alison. »Aber was hätte es sonst sein sollen? Dina hatte nichts anderes. Ich weiß, ihr Dad dachte, dass sie wieder Drogen nehmen würde, aber das stimmte nicht. Und selbst wenn, wäre sie nicht so dumm gewesen, jemandem einen Vorrat an Stoff zu klauen. Und in etwas anderes war sie nicht verwickelt. Ich sage Ihnen, es ging nur um diese blöde Tasche. Sie schwor, dass da nichts anderes sei, weswegen sie solche Probleme hätte bekommen können.«

»Falls nicht etwas in der Tasche war, von dem Dina Ihnen nie erzählt hat«, sagte Josie. »Wäre das möglich?«

Alison überlegte einen Augenblick lang. »Naja, möglich

wäre es schon. Aber wir sind ... waren beste Freundinnen. Warum sollte sie es mir nicht erzählen, wenn da noch etwas gewesen wäre? Etwas Gefährliches?«

Marlene nahm Alisons Hand. »Um dich zu schützen, Liebes.«

Alison schnaubte frustriert. »Wovor zu schützen? Sieh dir mein Gesicht an! Warum sollte sie lügen?«

»Es ist unsere Aufgabe, das herauszufinden«, sagte Josie. »Alison, Sie waren uns eine enorme Hilfe. Ich denke, Sie sollten sich nun etwas ausruhen. Wenn wir noch etwas von Ihnen brauchen, melden wir uns.«

»Das war's?«, fragte Alison.

Josie lächelte. »Ja. Fürs Erste war das alles, was wir von Ihnen wissen wollten. Ich würde Ihnen allerdings vorschlagen, dass Sie beide ein paar Tage lang in einem Hotel oder bei Freunden, vielleicht auch bei Angehörigen übernachten.«

Marlene lächelte unsicher. »Was? Warum?«

»Deshalb, Mom!«, rief Alison. »Weil jemand Dina umgebracht hat und sie es vielleicht auch bei mir versuchen.«

»Aber du hast die Tasche nicht genommen«, entgegnete Marlene. »Niemand hat dich in einen schwarzen Lieferwagen gezerrt und dir die Fingernägel ausgerissen. Das ist absurd.«

»Vielleicht sind wir übervorsichtig«, meinte Josie. »Dina war eindeutig in etwas Illegales verwickelt, ob sie es gewollt hat oder nicht. Es sieht so aus, als sei hauptsächlich sie im Visier der Verbrecher gewesen. Vermutlich hat niemand außer Elliott Calvert Alison auf dem Radar, und er befindet sich in Haft. Aber es kann sein, dass die Leute denken, Alison sei Dinas Komplizin gewesen. Da die beiden beste Freundinnen waren, könnten die Männer, die hinter Dina her waren, annehmen, dass auch Alison etwas weiß oder dass Dina ihr sogar gegeben hat, wonach alle suchen. Es ist wirklich nur eine Vorsichtsmaßnahme. In ein paar Tagen sind wir mit unseren Ermittlungen hoffentlich ein gutes Stück weiter. Dann können wir das Risiko für Sie und Ihre Familie wesentlich realistischer einschätzen.«

Marlene nahm ihre Handtasche und drückte sie an ihre Brust. »Ein Hotel ist teuer. Wenn Sie uns in Schutzgewahrsam nehmen wollen, sollten Sie da nicht auch die Kosten übernehmen?«

»Das ist kein Schutzgewahrsam«, stellte Josie klar. »Sie sind überhaupt nicht in Gewahrsam. Dafür gibt es keinen Grund. Wir schlagen nur vor, dass Sie ein paar Tage von zu Hause fernbleiben. Die Presse hat berichtet, dass Alison wohlbehalten gefunden wurde. Wenn die Leute, die der Meinung waren, dass Dina etwas hatte, das ihnen gehörte, glauben, dass Alison es nun besitzt, werden Sie als Erstes bei Ihnen zu Hause nachsehen. Sie müssen nicht in einem Hotel übernachten. Sie können auch bei Angehörigen oder Freunden unterkommen.«

»Ich will niemanden in dieses ganze ... Chaos mit hineinziehen«, erwiderte Marlene.

»Wie gesagt, es ist nur ein Vorschlag«, wiederholte Josie. Sie gab beiden eine Visitenkarte. »Darauf steht auch meine Handynummer. Wenn Sie etwas brauchen oder Fragen haben, rufen Sie mich sofort an.«

»Ich habe mein Handy nicht«, sagte Alison.

»Stimmt«, entgegnete Josie. »Das haben wir. Wir können es freigeben, bevor Sie gehen. Ich besorge es Ihnen.«

Josie ging Alisons Smartphone holen. Als sie einige Minuten später damit zurückkam, starrte Alison gerade auf ihre Karte und bewegte dabei stumm die Lippen. Josie wurde klar, dass sie sich die Nummern zu merken versuchte. Als sie fertig war, steckte sie die Karte in eine Tasche ihres Hoodies. Sie bemerkte Josies Blick und sagte: »Merk dir Telefonnummern immer, hat mir mein Dad eingeschärft. Sie wissen schon, für Notfälle. Jeder gibt sie nur in sein Handy ein, niemand weiß sie auswendig.«

Josie lächelte. »Sehr clever.«

»Detective Quinn?«, fragte Alison. »Was sollen wir tun, wenn es diese Leute auf mich abgesehen haben?«

»Alison!«, rief Marlene.

»Ja, was? Auch wenn wir in ein Hotel gehen, können sie uns trotzdem finden.«

»Dann wählen Sie den Notruf«, antwortete Josie.

ACHTUNDDREISSIG

Das Großraumbüro war fast leer. Anwesend waren nur Gretchen, die tippend an ihrem Computer saß, und Chief Chitwood, der vor den Schreibtischen der Detectives stand und nachsah, was an Kaffee und Gebäck noch da war. Daisy und Amber waren bereits nach Hause gegangen. Mettner hielt sich noch im Eudora auf. Josie schaute auf ihr Handy. Noah hatte ihr eine Nachricht geschickt. Er hatte beschlossen, selbst ins Eudora zu fahren und nachzusehen, ob die Tasche noch in Max' Büro war. Er und Mettner wollten außerdem mit Felicia Koslow reden. Der Chief ging alle Beutel von Komorrah's durch, bis er einen Plunder mit Nuss- und Mandelfüllung entdeckte. »Haben Sie die Hundestaffel genehmigt bekommen?«, fragte ihn Josie.

Er grunzte. »Noch nicht. Dieser Fuller will anscheinend zuerst ein Seminar über Hundestaffeln besuchen, bevor er bereit ist, den Antrag zu unterstützen. Der geht mir auf so die Nerven. Haben Sie etwas aus dem Mädchen herausbekommen?«

Gretchen hörte auf zu tippen und drehte ihren Stuhl in Josies Richtung.

Josie ließ sich auf ihren Stuhl fallen. »Wie es scheint, hat alles mit einer Kuriertasche angefangen.«

Der Chief hob eine buschige Augenbraue. »Einer Tasche?«

Josie berichtete ihm und Gretchen, was sie und Noah von Alison Mills erfahren hatten. Dina Hale hatte ein Tasche aus Max Combs' Büro im Eudora gestohlen. Wem sie gehörte, wusste niemand, wie es schien. Dina hatte darin ein Tablet gefunden, zu dem sie aber keinen Zugang bekam. Außerdem waren in der Tasche Drogen gewesen, die sie bei der East Bridge losgeworden war. Jemand war in ihr Haus eingebrochen und hatte es durchsucht. Dann hatten zwei Männer sie entführt, gefoltert und von ihr gefordert, zurückzugeben, was sie mitgenommen hatte. Daraufhin hatte sie ihnen das Tablet gegeben. Die Männer waren zurückgekommen, hatten sie erneut gequält und ihr vorgeworfen, sie anzulügen und ihnen das Falsche gegeben zu haben – ob sie damit das Tablet oder etwas ganz anderes meinten, war nicht klar. Dina hatte zu Alison gesagt, dass sie nicht wisse, hinter was sie her seien. Alison hatte die Tasche in einen Müllcontainer des Hotels geworfen, später wieder herausgeholt und durchsucht, aber nichts darin entdeckt. Am Freitagabend hatte sie die Tasche wieder in Max' leeres Büro zurückgebracht. Max war ebenso gefoltert worden wie Dina. Es ließ sich aber nicht genau sagen, wann – ob in der Nacht, in der er umgebracht worden war, oder schon davor. Nachdem man ihn ermordet hatte, war seine Wohnung durchwühlt worden. Dina war von zwei Männern in einem SUV entführt und gefoltert worden. Auch in der Nacht, in der Max umgebracht worden war, hatte man zwei Männer in einem SUV gefilmt, als sie ein paar Häuser von seinem Haus entfernt geparkt hatten. In seinem Haus war keine Kuriertasche gefunden worden, dafür aber dreihundertdreiundsechzigtausend Dollar, die er in der Zimmerdecke versteckt hatte.

Nach der Nacht, in der Max umgebracht worden war, hatte Elliott Calvert Dina und Alison am Morgen überfallen.

Die einzige Verbindung, die sie bislang zwischen ihm und Max Combs gefunden hatten, war bestenfalls dürftig: Sie hatten sich einige Male zur gleichen Zeit im Hotel aufgehalten. Calvert hatte von seinen Bankkonten zweihundertdreizehntausend Dollar abgehoben. Max hatte diese Summe und noch weitere einhundertfünfzigtausend Dollar versteckt gehabt.

»Wir können also nachweisen, dass Max Combs und Elliott Calvert zur gleichen Zeit im Eudora waren, aber nicht, dass sie je Kontakt zueinander hatten?«, fragte der Chief.

»Sofern Hummel nicht Calverts Fingerabdrücke auf etwas findet, das Max gehörte, etwa auf der Geldtasche. Hummel wertet die Abdrücke gerade aus.«

»Folter, Einbrüche, der Mord an Combs durch Kopfschuss. Zwei Typen, die in einem SUV herumkutschieren. Palmer, hört sich das für Sie nach Mafia an?«

Gretchen nickte. »Ein bisschen schon.«

»Wir haben diesen Hoteltypen, Combs, der einen Normalbürger, Calvert, erpresst. Wahrscheinlich wegen einer Affäre, wenn man von den Fotos ausgeht, die wir entdeckt haben. Falls das alles wirklich mit einer Kuriertasche seinen Anfang genommen hat, dann hat Dina Hale gelogen, was den Inhalt anbelangt.«

»Außer, es war etwas darin, das sie weggeworfen hat, weil sie keine Ahnung hatte, wie wichtig es war«, gab Josie zu bedenken.

»Was zum Beispiel?«, fragte der Chief.

»Vielleicht ein Handy? Auch Max Combs' Smartphone fehlt noch.«

»Weil wir gerade dabei sind: Hat jemand schon versucht, es ausfindig zu machen?«, fragte der Chief.

»Ich«, meldete sich Gretchen. »Es hat sich zum letzten Mal in der Nähe seines Hauses eingeloggt. Wo immer es jetzt auch ist, der Akku ist leer. Wir können es nicht orten.«

»Glauben Sie, dass die beiden Kerle im SUV es mitgenommen haben?«, wollte der Chief wissen.

Gretchen zuckte die Schultern.

»Vielleicht hat die Tasche wirklich Max gehört und sein Handy steckte darin und auf dem Handy war etwas, wonach alle suchen«, mutmaßte Josie.

»Aber was?«, fragte Gretchen. »Was kann für die Mafia – wenn wir einmal davon ausgehen, dass unsere Freunde im Geländewagen tatsächlich dazugehören – und einen Durchschnittstypen wie Calvert gleichermaßen wichtig sein?«

»Fotos?«, schlug Josie. »Videos? Dokumente? Alles gleichzeitig? Das würde erklären, warum sie das Tablet genommen haben, als Dina es ihnen gab. Sie hielten es für das, wonach sie suchten. Als sie darauf nichts fanden, kamen sie zurück.«

»Die Frage ist: Fotos oder Videos wovon?«, meinte Gretchen. »Dokumente welchen Inhalts? Meiner Erfahrung nach gibt es wenig, wovor die Mafia Angst hat. Es war für die Strafverfolgungsbehörden immer schwierig, ihnen konkrete Straftaten nachzuweisen, und für die Staatsanwaltschaft noch schwieriger, eine Verurteilung zu erreichen.«

Die Tür zum Treppenhaus ging mit einem Schwung auf und Hummel kam mit einem Stapel Blätter in der Hand herein. »Hey«, begrüßte er sie. »Ich habe die Fingerabdruckberichte für Max Combs' Haus fertig.«

Josie stand auf und nahm sie ihm ab. Während sie die Blätter durchging, berichtete Hummel, was er herausgefunden hatte. »Wir haben einen Teilabdruck von dem größeren Rucksack, der sich Elliott Calvert zuordnen lässt.« Gretchen ging zu Josie. Sie setzte sich ihre Lesebrille auf und sah über Josies Schulter auf die Fingerabdruckberichte. »Das bestätigt, dass Calvert Max Combs das Geld gab, das er von seinen Konten abgehoben hat. Was noch?«

»Wir haben in der Wohnung etliche Fingerabdrücke gefunden«, fuhr Hummel fort. »Fast alle sind nicht mehr verwertbar.

Ein Treffer war allerdings darunter, der interessant sein könnte. Ihr erinnert euch an die Drogen, die wir gefunden haben? Sie steckten in kleinen Plastikbeuteln. Auf vier davon sind Abdrücke von Felicia Koslow.«

Josie drehte den Kopf abrupt zu Hummel. »Wirklich?«

Er deutete auf die Seiten in ihrer Hand. »Steht alles drin.«

»Also gut«, sagte der Chief. »Es sieht so aus, als müssten Sie zu Fraley und Mett im Eudora dazustoßen. Fraley hat Ihr Auto, also fahre ich Sie hin. Wenn Koslow dort nicht mit Ihnen redet, bringt sie her.«

NEUNUNDDREISSIG

Felicia Koslow stand vor Josie, die Hände in die Hüften gestemmt. Sie trug heute einen schwarzen Bleistiftrock und eine weiße, ärmellose Seidenbluse. Ein rotschwänziger Greif umschlang mit seinen Schwingen ihren rechten Bizeps. Der Kopf des Raubvogels zierte die Außenseite ihrer Schulter. Sein Auge starrte sie zornig an – in etwa so wie Felicia gerade. Trotz ihrer aggressiven Pose zitterte ihre Stimme jedoch, als sie sagte: »Ich kann nicht glauben, dass Sie mir das gerade antun.« Sie deutete um sich. »Im Büro des Geschäftsführers? Wollen Sie, dass ich gefeuert werde?«

Josie setzte sich auf den Rand von Browns Schreibtisch. »Es war Mr Browns Idee, hier mit Ihnen zu sprechen. So sind wir ganz unter uns.«

Die Tür zum Büro ging auf und Noah kam mit einem Stapel Papiere in der Hand herein. Über seine Schulter hinweg rief er: »Danke, Mett.«

Felicia starrte ihn an, als er die Tür hinter sich schloss, durch das Zimmer ging und sich neben Josie stellte. Er schenkte ihr sein gewinnendes Lächeln und gab Josie die Unterlagen. Dabei tippte er mit dem Daumen auf eine unterstrichene Zeile.

Josie spürte, wie ihr Herz schneller schlug. Aus dem Mundwinkel flüsterte sie: »Jedes Mal?«

»Ja«, antwortete er. Er wandte sich wieder Felicia zu und bedeutete ihr, in einem der Gästestühle Platz zu nehmen. Aber sie blieb in der Raummitte stehen.

»Wir können auch zum Revier fahren, wenn Sie sich dort wohler fühlen«, sagte Noah zu ihr.

Mit einem langen, manikürten Finger stach sie anklagend in seine Richtung. »Ich gehe nicht mit auf das Revier.«

Noah sah sie weiter lächelnd an und meinte: »Dann reden wir hier.«

Felicia verschränkte die Arme vor der Brust und kniff die Augen zusammen. »Ich möchte meinen Anwalt anrufen.«

Josie sah auf den Bericht, blätterte um und bemerkte weitere unterstrichene Passagen. »Das sollten Sie auch.«

»Was?«

»Ich glaube, Detective Quinn ist da etwas voreilig«, meinte Noah. »Natürlich können Sie Ihren Anwalt jederzeit anrufen, das wissen Sie. Sie haben Ihr Handy doch bei sich, oder?«

»Äh, ja, ich ...«

»Sie müssen nicht einmal mit uns reden«, fuhr Noah fort. »Auch das wissen Sie, oder?«

»Ist das jetzt irgendein Trick?«, fragte Felicia.

Josie blickte auf und sah, dass Noah den Kopf schüttelte. »Kein Trick. Ich will damit nur sagen, dass Sie eine clevere Frau sind. Außerdem haben Sie schon Erfahrung mit der Polizei. Genug jedenfalls für ein gesundes Misstrauen uns gegenüber.«

Josie hob eine Augenbraue. Sie sah Felicia in die Augen und sagte: »Weil wir gerade beim Misstrauen sind: Sie haben uns bezüglich Ihrer ›Erfahrungen‹ mit der Polizei angelogen. Nicht nur Ihr Freund hat mit Rauschgift gedealt. Sie wurden zweimal wegen Drogenbesitzes mit Verkaufsabsicht festgenommen.«

»Das geht Sie gar nichts an«, erwiderte Felicia scharf. »Ich musste das Ihnen gegenüber nicht offenlegen – vor allem nicht an meinem Arbeitsplatz. Die Sache war ein Fehler. Ich war jung und dumm. Das ist vorbei.«

»Sie haben recht«, sagte Noah. »Ich will auch gar nicht darüber reden. Ich will mit Ihnen über das Hier und Jetzt sprechen. Bevor Dina Hale starb, hat sie Oxycodon im Wert von fast viertausend Dollar gefunden. Wissen Sie etwas darüber?«

Felicia sah ihn mit großen Augen entsetzt an. »Was? Nein, davon weiß ich nichts.«

»Max Combs wurde in der Nacht von Freitag auf Samstag in seiner Wohnung ermordet«, sagte Josie. »Am Tatort haben wir Drogen gefunden. Ihre Fingerabdrücke waren auf den Beuteln, in denen sich die Drogen befanden. Können Sie uns erklären, warum?«

Felicia stieß einen überraschten Laut aus. Sie stolperte zurück und fiel auf einen Gästestuhl. Ihre Knie schlugen zusammen. Sie legte die Hand auf den Mund und presste dahinter ein gedämpftes »O mein Gott, armer Max« hervor.

Noah ging zum zweiten Gästestuhl, drehte ihn zu Felicia und setzte sich vor sie. »Ich weiß, dass Max und Sie ... befreundet waren. Zumindest früher. Mein Beileid.«

Felicia starrte weiter Noah an. »Ich kann das nicht glauben. Was ... was ist passiert?«

»Er wurde umgebracht«, antwortete Noah sanft. »Wir versuchen herauszufinden, wer es getan hat und warum. Ich stelle Ihnen nach diesem Schock sehr ungern Fragen, aber es ist für unsere Ermittlungen wichtig. Es stimmt, was Detective Quinn sagt. Ihre Fingerabdrücke waren auf der Verpackung mehrerer illegaler Drogen in Max' Wohnung. Nun haben Sie jedes Recht, diese Unterhaltung sofort zu beenden und einen Anwalt anzurufen. Das muss ich Ihnen nicht sagen.«

Ihr Blick flackerte zu Josie und zurück zu Noah. Sie brauchte mehrere Sekunden, bis sie darüber nachgedacht hatte, was sie als Nächstes sagen sollte. Josie konnte förmlich sehen, wie sie sich die Lügen in ihrem Kopf zurechtlegte, um sicherzugehen, dass ihre Geschichte keine Schwachpunkte enthielt. »Ich habe sie in Max' Büro gefunden«, sagte sie. »Ich bin dort manchmal. Als ich einmal etwas in seinem Schreibtisch gesucht habe, waren sie da. Zuerst habe ich sie gar nicht bemerkt, ich habe mich einfach durch die Sachen in einer Schublade gewühlt. Also, ja, ich habe sie angefasst. Aber das war es auch schon. Ich habe ihn damit konfrontiert und ihm gesagt, dass ich das der Geschäftsleitung melden würde. Danach hat er sie mit nach Hause genommen. Mehr weiß ich nicht.«

Noah ließ die Geschichte unkommentiert und fragte weiter: »Ist Ihnen jemals eine schwarze Kuriertasche aufgefallen, wenn Sie in Max' Büro waren?«

Felicia schüttelte kurz und schnell den Kopf, als müsse sie sich nach dem plötzlichen Kurswechsel in der Befragung erst gewöhnen. »Eine Kuriertasche? Ich weiß nicht. Kann schon sein.«

»Hat Max eine besessen?«, wollte Noah wissen.

»Ich weiß nicht. Vielleicht. Ich habe nie groß darauf geachtet.«

»Sie waren liiert«, schaltete sich Josie ein. »Und trotzdem haben Sie sie nicht bemerkt?«

Felicia verdrehte die Augen. »Das ist eine Ewigkeit her. Ich sage nur, ich bin ziemlich sicher, dass ich ihn mit einer solchen Tasche gesehen habe, aber hundertprozentig weiß ich es nicht.«

»Hatte er ein Tablet?«, fragte Noah.

»Jede Führungskraft hat eines. Das Hotel stellt sie uns zur Verfügung.«

»Wissen Sie, ob seines in den letzten Wochen verschwunden ist?«, fragte Noah.

»Nein. Er hatte es. Ich habe gesehen, wie er es benutzt hat. Was ist damit?«

»Besitzen Sie eine schwarze Kuriertasche?«, fragte Noah.

»Nein«, antwortete Felicia, bedachte Josie mit einem finsteren Blick und fuhr fort: »Wollen Sie mir anhängen, dass ich in dieser ominösen Tasche Drogen transportiert hätte?«

Josie ignorierte ihre Frage, ging zu ihr und gab ihr die Blätter. Felicia starrte verständnislos auf die erste Seite. »Was ist das? Sollte ich wissen, was das ist?«

Leise sagte Noah: »Der Mann, den wir wegen des Mordes an Dina Hale verhaftet haben, heißt Elliott Calvert. In den letzten fünf Monaten war er sechzehnmal im Bastian's. Nach einigen Drinks in der Bar ist er immer zum Fahrstuhl gegangen. Wir glauben, dass er in ein Zimmer gefahren ist. Nur hat er nie ein Zimmer auf seinen Namen gebucht. Wir wissen, dass er eine Geliebte hatte. Es kann durchaus sein, dass sie das Zimmer für ihn reserviert hat. Wann er im Hotel war, wissen wir, weil der GPS-Tracker auf seinem Handy es zeigt. Also haben wir die Gästeliste des Hotels für die sechzehn Tage durchgesehen, in denen er dort war.«

Felicia starrte weiterhin mit leerem Blick auf die Seite vor sich.

Noah fuhr fort. »Es gibt nur einen Namen, der jedes Mal auftaucht, wenn Calvert im Hotel war. Ihrer.«

Sie sah Noah abrupt an. »Was?«

»Angestellte in leitenden Positionen bekommen Zimmer gratis zur Verfügung gestellt, wenn die Belegungsrate gering ist. Das hat uns Mr Brown verraten. Sie müssen nichts weiter tun, als sich in die interne Datenbank des Hotels einzuloggen, ein elektronisches Anmeldeverfahren hinter sich zu bringen und schon haben sie ein Zimmer.«

Felicia durchblätterte hektisch die Seiten. Einige flatterten auf den Boden. Noah bückte sich und hob sie auf.

Josie machte noch einen Schritt auf sie zu. »Hatten Sie eine Affäre mit Elliott Calvert?«

Verdutzt sah Felicia zu ihr hoch. Die zwei restlichen Seiten, die sie noch in der Hand hatte, hielt sie umklammert, als seien ihre Finger erstarrt. »Was? Ich kannte diesen Mann nicht einmal! Ich habe mit niemandem eine Affäre! Ich habe diese Zimmer nicht reserviert.«

»Aus diesen Aufzeichnungen geht etwas anderes hervor«, entgegnete Josie.

Felicia sprang auf. »Ich habe die Zimmer nicht gebucht. Hören Sie, ich habe ein paarmal Mist gebaut, okay? Ich habe mit meinem Boss Max geschlafen. Ich habe ein paar Dinge unter ... unter den Tisch fallen lassen. Die Mädchen kamen zu mir und haben sich beschwert, dass sie sich von Max unangenehm bedrängt fühlen. Er schlug Sachen vor. Ekelhafte Sachen. Ich habe mit ihm geredet, aber ihn nicht gemeldet. Weil Brown Max mag und ich diese Arbeit brauche. Ich wollte keinen Staub aufwirbeln. Und ja, ich bin wegen einer Drogensache verurteilt worden. Ich habe Dinge gemacht, auf die ich nicht stolz bin – um Geld zu verdienen und ein Dach über dem Kopf zu behalten. Aber ich habe keine Affäre mit einem ... mordenden Psychopathen. Und ich habe diese Zimmer nicht gebucht.«

»Felicia, wir wissen, dass Sie uns schon mindestens einmal angelogen haben«, warf Josie ein. »Warum sollen wir Ihnen jetzt glauben?«

Felicia sah flehentlich auf Noah hinab, doch er lächelte sie nur mitfühlend an. Sie wandte sich wieder Josie zu und atmete ein paarmal rasch ein und aus. »Weil ... weil ich diesmal die Wahrheit sage. Außerdem können Sie nicht beweisen, dass ich es war. Jeder kann in jedermanns Namen ein Zimmer reservieren. Das heißt, wir im Management. Ich könnte mich jetzt einloggen und sofort eines auf Max' oder Mr Browns Namen oder für irgendeine andere Führungskraft reservieren. Ich war das nicht, ganz sicher nicht.«

VIERZIG

»Was hältst du davon?«, fragte Noah.

Josie seufzte und starrte aus dem Fenster. Sie sah, wie das Eudora allmählich aus dem Blickfeld verschwand, während Noah nach Hause fuhr. »Ich glaube, dass Felicia Koslow lügt. Aber ich weiß nicht, wobei genau.«

»Auf jeden Fall bei den Drogen«, sagte Noah. »Sie hat Kontakte. Sie kann Lieferungen von ihrem Ex-Freund bekommen und an Max weiterveräußert haben. Der hat das Zeug wer weiß wem verkauft. Der Belegschaft vielleicht? Kunden? Wir werden es womöglich nie erfahren. Eventuell wollte er damit seine Spielschulden bezahlen, bis er merkte, dass Erpressung lukrativer war.«

Josie holte ihr Handy heraus und loggte sich auf Instagram ein. »Ich glaube nicht, dass Felicia Koslow die Frau auf Calverts Fotos ist.« Es dauerte einen Augenblick, bis sie Felicias Account gefunden hatte. Er war nicht auf privat gestellt. Sie scrollte ein paar Sekunden nach unten, bis sie fand, wonach sie suchte: Felicia am Meer, im Bikini posierend. Sie hielt die Aufnahme Noah hin. »Nach diesem Foto zu urteilen kommt sie tatsächlich nicht infrage.«

»Also hat jemand anderes die Zimmer auf ihren Namen reserviert, wie sie behauptet hat. Aber wer? Und warum?«

»Warum? Damit sich dieser Jemand nicht identifizieren lässt«, antwortete Josie. »Damit wir, wenn die Sache auffliegt und es hier in dieser Stadt rundgeht, nach Felicia suchen statt nach der Person, die das Zimmer tatsächlich gebucht hat.«

Noah nickte. »Klar, aber so lang ist die Liste nicht. Wir müssen uns nur das Hotelmanagement anschauen. Ich tippe trotzdem auf Max. Da haben wir schon eine Verbindung, immerhin hat er Calvert erpresst.«

»Wir brauchen die restlichen Puzzleteile«, meinte Josie. »Da gibt es noch so viele Lücken.«

»Wir gehen der Sache schon noch auf den Grund«, beruhigte Noah sie. »Vielleicht helfen uns etwas Schlaf oder andere Aktivitäten, den Kopf freizubekommen.«

Beim Gedanken an andere Aktivitäten spürte Josie, wie eine Welle aus Verlangen sie durchlief. Sie fasste zu ihm hinüber, legte ihm eine Hand hinter den Kopf und fuhr ihm durch sein dichtes Haar. »Die anderen Aktivitäten«, sagte sie, »die würden meinen Kopf schon freibekommen.«

Als sie auf ihr Grundstück einbogen, runzelte Noah die Stirn. »Ich glaube, wir müssen die Sache auf ein andermal verschieben. Du bekommst einen Gutschein.«

Josie sah, dass ein Fahrzeug mit New Yorker Kennzeichen in der Einfahrt stand. »Mist«, fluchte Josie. »Das habe ich ganz vergessen.«

Noah lachte, als er den Motor abstellte. »Du hast tatsächlich vergessen, dass deine Schwester zu eurem Geburtstag aus New York herkommen wollte?«

Ihre Zwillingsschwester Trinity Payne war eine berühmte TV-Journalistin, die inzwischen ihre eigene Fernsehsendung, *Ungelöste Verbrechen mit Trinity Payne*, hatte. Trinity hatte noch mehr zu tun als Josie, falls das überhaupt möglich war, versuchte aber trotz ihres vollen Terminkalenders, wann immer möglich Zeit zu finden, um Josie zu sehen – meistens mehrere Male im Jahr und auf jeden Fall immer um ihren Geburtstag.

»Weil das nicht immer mein Geburtstag war. Dreißig Jahre lang habe ich geglaubt, dass meine Geburt zu einem völlig anderen Zeitpunkt stattgefunden hat. Ich muss mich noch immer an das richtige Datum gewöhnen.«

»Schon okay«, sagte Noah, als sie den Weg zur Haustür entlanggingen und eintraten.

Josie und Trinity waren fast ihr ganzes Leben lang getrennt gewesen. Trinity war von ihren richtigen Eltern aufgezogen worden, Josie hingegen von ihrer Kidnapperin und deren ehemaligem Lebensgefährten Eli Matson. Als Josie sechs Jahre alt war, wurde Eli ermordet. Seine Mutter Lisette versuchte durch einen teuren, langwierigen Rechtsstreit jahrelang, das alleinige Sorgerecht für Josie zu bekommen. Es gelang ihr schließlich, als Josie vierzehn war. Die Jahre mit Lisette war die besten ihrer Kindheit gewesen. Sie hatten sich sehr nahegestanden. Lisette war alles für Josie gewesen: ihr Fixstern, ihr Anker, ihr Vorbild, ihr fester Halt in einem chaotischen Leben.

Deshalb war es ein gewaltiger Schock gewesen, als sie mit dreißig Jahren erfahren hatte, dass sie gar nicht verwandt waren. Aber Lisette hatte Josie dabei unterstützt, eine Beziehung zu ihrer biologischen Familie aufzubauen. Inzwischen fühlte sie sich auch wie ihre richtige Familie an. Josies Verbundenheit mit Trinity war stärker als alles, was sie bisher erlebt hatte. Was aber nicht verhindern konnte, dass sie ihre Geburtstagspläne vergessen hatte.

Im Flur erwarteten Josie und Noah, dass Trout angestürmt kam. Aber ein Blick in ihr Wohnzimmer verriet ihnen, dass ihn ein Fangspiel mit Drake Nally vollauf in Anspruch nahm. Drake war Trinitys Lebensgefährte und ein FBI-Agent.

Trinity erschien mit einer Schüssel Popcorn in der Küchentür. Sie war leger gekleidet und trug eine graue Jogginghose sowie ein zu großes T-Shirt mit FBI-Logo, das zweifellos Drake gehörte. Ihr glänzendes schwarzes Haar hatte sie zu einem lockeren Pferdeschwanz gebunden. Trotzdem sah sie glänzend, glamourös und hundertmal stilvoller aus als Josie an ihren besten Tagen. Josie fragte sich jedes Mal, wie sie das schaffte. Lag es an der jahrelangen TV-Präsenz, durch die sie gezwungen gewesen war, stets elegant gekleidet und makellos geschminkt zu sein? Oder machte Josie etwas falsch?

»Na endlich kommt ihr!«, rief Trinity. Sie ging durch den Flur und umarmte beide mit einem Arm, darauf bedacht, nur ja kein Popcorn zu verschütten. Mit teuflischem Grinsen fügte sie hinzu: »Ich habe zu Drake gesagt, du hättest garantiert vergessen, dass wir kommen. Hast du, oder?«

Drake sprang vom Wohnzimmerboden auf und lief herbei, um sie zu begrüßen. Nun bemerkte sie auch Trout. Er ließ sein Hundespielzeug liegen, folgte Drake und winselte, bis Josie und Noah in die Hocke gingen, um ihn zu streicheln. »Tut mir echt leid«, sagte Josie.

Drake fasste in die Tasche seiner Jeans, zog einen Zwanzigdollarschein heraus und gab ihn Trinity. Sie steckte ihn in ihre Jogginghose.

Noah lachte. »Habt ihr etwa gewettet?«

Trinity zwinkerte. »Ich kenne meine Schwester. Das war eine sichere Sache.«

»Wir hatten eigentlich vor, einen Film anzusehen«, sagte Drake. »Wollt ihr euch zu uns gesellen oder seid ihr an einem großen Fall dran?«

Als Josie sich erhob, sah Trinity sie prüfend an und stellte fest: »Ein Fall.«

Josie lächelte. »Wir sind mitten in einem Fall, haben aber heute Abend frei. Also, ja, ein Film, das hört sich großartig an.«

»Ich lasse Trout raus«, sagte Noah.

Drake verzog das Gesicht. »Das ist gerade ungünstig. Wusstet ihr, dass ihr eine Hüpfburg im Garten habt?«

Josie und Noah sahen sich an. »Ich dachte, die soll erst in ein, zwei Wochen aufgestellt werden?«, meinte Noah.

Josie lachte. »Ruf Misty an.«

Sie gingen zu viert durch die Küche und zur Hintertür hinaus. Tatsächlich stand da eine riesige aufblasbare Hüpfburg mit Rutsche und nahm fast den ganzen Garten in Beschlag. Josie lachte. Trout wand sich zwischen ihren Beinen hindurch und begann, jeden Zentimeter der Hüpfburg unten zu beschnüffeln.

»Ob die wohl für Erwachsene zugelassen ist?«, fragte Drake.

Noah hatte gerade sein Handy am Ohr, antwortete aber: »Ich habe darauf bestanden.« Und gleich darauf: »Hey, Misty, eine Frage ...«

Er ging zurück ins Haus, während Josie erklärte, was es mit der Hüpfburg auf sich hatte. Da brummte ihr Smartphone in der Gesäßtasche. Sie griff gerade danach, als Noah wieder herauskam. »Ein Fehler der Firma«, sagte er. »Sie ruft sie morgen an.«

»Fragt, ob ihr sie die ganzen zwei Wochen behalten könnt. Das wäre ein Spaß!«

Josie sah auf ihr Handy. Es war eine Nachricht von einer Nummer gekommen, die sie nicht kannte.

D Quinn ich bins A brauche asap Hilfe jemand im Haus

Ihr Herz schlug schneller, als sie die Worte las. Sie versuchte zu begreifen, was sie bedeuteten. »Noah«, sagte sie.

Da leuchtete eine weitere Nachricht auf.

Mom in Schwierigkeiten kann Notruf nicht wählen würden mich hören Hilfe schnell

Sie hielt Noah das Handy hin und sah, dass die Spannung, die aus seinem Gesicht gewichen war, als sie das Haus betreten hatten, wieder zurückkehrte. »Shit«, stieß er hervor.

»A bedeutet Alison Mills«, sagte Josie. »Noah, wir müssen sofort los.«

EINUNDVIERZIG

Noahs Knöchel traten weiß hervor, so fest hielt er das Steuer umklammert. Sie rasten durch die dunklen Straßen von Denton. Über die Freisprechanlage rief er die Einsatzleitstelle an und beorderte sämtliche Einheiten zur Adresse der Familie Mills. Unterdessen versuchte Josie, von Alison weitere Informationen zu bekommen. Noah gab durch, dass alle Einheiten ohne Blaulicht und Sirene fahren und auf der Straße parken sollten, statt ihre Autos in die Einfahrt zu stellen. Sie mussten das Überraschungsmoment nutzen.

»Wir müssen wissen, wie viele Angreifer sich dort aufhalten«, sagte Noah. »Und ob sie bewaffnet sind.«

»Habe ich schon gefragt«, erwiderte Josie und umklammerte das Handy so fest, dass ihre Hände schmerzten. Sie starrte auf das Display und hoffte, dass Alison antwortete. Als eine Nachricht aufleuchtete, zog sie hörbar die Luft ein.

2 glaube nicht sicher nur 2 gesehen beide mit Pistolen

»Zwei Männer, bewaffnet«, wiederholte sie so laut, dass es auch der Disponent in der Leitstelle hören konnte.

»Verstanden«, sagte er.

Josie schrieb zurück:

Wo sind Sie im Haus?

Wenige Sekunden später kam die Antwort:

oben Flurschrank bitte schnell

Sind unterwegs, schrieb Josie zurück.

Bleiben Sie im Schrank, bis ich Sie hole. Wo ist Ihre Mutter?

Mehrere Sekunden verstrichen, die Josie wie eine Stunde vorkamen. Schließlich antwortete Alison:

in der Küche Männer sagen sie erschießen sie. schlagen sie Hilfe

Sind unterwegs, schrieb Josie noch einmal.

Beschreiben Sie mir das Haus von oben bis unten. Gibt es einen Keller? Ich habe nur das Erdgeschoss gesehen, als wir kürzlich dort waren. Wie ist der erste Stock aufgeteilt? Sind die Türen offen?

Weitere Sekunden verstrichen. Dann kam Alisons Antwort:

Vorder- und Hintertür offen nie abgesperrt. Ja Keller. Tür in der Küche. Oben am Treppenende Bad dann links mein Zimmer Gästezimmer Schlafzimmer schnell tun Mom weh

Josie las laut vor, wo sich Alison und Marlene befanden,

und gab auch die übrigen Informationen an die Leitstelle weiter. Dann legte Noah auf. »Warum zum Teufel sind sie in dem Haus geblieben?«, brummte er. »Du hast ihnen doch geraten, woanders hinzugehen, oder?«

»Ja. Das war mein Vorschlag. Marlene wollte nicht so recht. Sie wollte nicht für ein Hotel zahlen oder jemanden in die Sache mit hineinziehen. Soll ich die Staatspolizei anrufen?«, fragte Josie. »SERT anfordern?«

SERT war das Sondereinsatzkommando der Staatspolizei, das Äquivalent zur Spezialeinheit SWAT. Es bestand aus zwei Einheiten: einer taktischen und einem Verhandlungsteam. Jede unterstand einem Kommandanten in Vollzeit. Hinzu kamen jeweils vierundzwanzig Einsatzkräfte pro Einheit. Sie gehörten alle der regulären Polizei an, waren im gesamten Bundesstaat tätig und arbeiteten in Teilzeit im SERT-Team.

»Es dauert zu lange, bis das SERT hier ist«, sagte Noah. »Sie müssen zuerst alle mobilisieren, warten, bis sie eingetroffen sind, und dann instruieren. Das kann über eine Stunde dauern. Die Einheiten aus Denton sind schneller da. Wir sind genug, um die Umgebung des Hauses zu sichern. Du hast Kontakt zu Alison, die im Gebäude ist. Wir sollten das mit unseren eigenen Leuten durchziehen.«

Die Straße, in der die Mills' wohnten, war dunkel. Hier am Stadtrand gab es keine Straßenbeleuchtung. Noah bremste ab, als er den roten Briefkasten sah. Er fuhr langsam daran vorbei und parkte das Auto am Straßenrand. Dann rief er die Einsatzleitstelle wieder an, gab ihren Standort durch und schaltete den Motor aus. Zwischen Haus und Straße standen einige Bäume, aber Autoscheinwerfer würden von jedem Fenster an der Vorderseite des Gebäudes aus zu sehen sein. Sie stiegen aus, gingen leise um das Auto herum und öffneten die Heckklappe. Die Kofferraumbeleuchtung reichte, um zu finden, was sie brauchten. Als sie ihre taktischen Westen anlegten, fragte Josie: »Wann sind die Einheiten hier?«

»In zehn Minuten«, antwortete Noah.

Josie entfernte sich etwas vom Auto, damit sich ihre Augen an die Dunkelheit gewöhnten. Am Himmel stand ein Halbmond und warf silbriges Licht auf die Umgebung. »Ich sehe kein Auto«, sagte sie. »Wo haben die Typen geparkt?«

»In der Einfahrt?«, mutmaßte Noah und stellte sein Handy auf Vibration. Er holte sein Funkgerät aus der Weste, schaltete es ein und testete es. Josie tat es ihm nach.

»Das wäre ausgesprochen dumm«, sagte sie. »Es gibt nur einen Weg, über den man das Grundstück verlassen kann, und das ist die Einfahrt.«

Noah wies über Funk alle Einheiten an, auf einen taktischen Kanal umzuschalten. Dann schloss er die Heckklappe und deutete um sich. »Vielleicht erwarten sie keine Leute hier. Es ist eine ziemlich abgelegene Gegend – zumindest sieht es danach aus.«

Josie wollte gerade etwas erwidern, als ein Schuss die Stille zerriss. Sie erstarrten und sahen sich an. In Josies Gesäßtasche brummte das Handy.

Noah drückte auf das Funkgerät. »Schüsse. Schüsse zu hören.«

Noch ein Schuss. Josie riss hastig das Handy aus ihrer Tasche. Alison hatte geschrieben:

sie erschießen sie bitte Hilfe

Josie schluckte und tippte:

Bleiben Sie, wo Sie sind. Wir kommen.

»Du entscheidest«, sagte Noah.

Gemäß polizeilicher Gepflogenheit mussten sie auf die übrigen Einheiten warten, einen Plan erstellen, das Einsatzareal festlegen, einen Zugangspunkt auswählen, einen taktischen Schild bereithalten und mit einem Schildbeamten, einem Beamten zur Deckung und mindestens zwei weiteren zur Raumsicherung eindringen. Aber seit den Amokläufen im ganzen Land hatte sich die Taktik geändert. Durch Warten riskierte man nur, dass weitere Menschen umkamen. Außerdem waren sie bereits im Haus gewesen. Josie kannte die Raumaufteilung im Erdgeschoss: Sie hatte Marlene ein Glas Wasser aus der Küche geholt. Und sie hatten Alison, die ihnen im Haus weitere Anweisungen geben konnte.

»Wenn wir warten, sterben sie«, sagte Josie.

Noah zog seine Pistole. »Los.«

ZWEIUNDVIERZIG

Sie liefen im Schutz der Dunkelheit lautlos über die Einfahrt zum Haus, wobei sie sich immer am Rand hielten. Vor dem Haus angekommen schalteten sie ihre Funkgeräte auf stumm und hielten die Pistolen schussbereit vor sich. Am Ende der Einfahrt stand eine Doppelgarage. Beide Tore waren geschlossen, Fahrzeuge nicht zu sehen. Auch die Haustür war zu, doch konnte man hinter den Vorhängen des Wohnzimmerfensters erkennen, dass drinnen Licht brannte. Noah sah Josie an. Sie deutete auf die Haustür. Sie mussten entscheiden, an welcher Stelle sie in das Haus eindrangen. Außerdem mussten sie sich an den Schussgeräuschen orientieren. Wenn Alisons Informationen stimmten, befanden sich die Männer und Marlene Mills in der Küche. Der nächstgelegene Zugangspunkt war die Haustür. Über sie führte auch der schnellste Weg ins Haus. Drangen sie dort ein, bestand die Chance, unbemerkt hineinzugelangen. Wenn sie hingegen von hinten direkt in die Küche kamen, fehlte das Überraschungsmoment.

Sie bezogen links und rechts neben der Tür Stellung. Noah gab Josie mit der Hand ein Zeichen, dass sie die Führung übernehmen solle. Dann nahm er den Türknauf und drehte ihn vorsichtig. Sie wollten nicht gehört werden. Da noch keine Verstärkung eingetroffen war und die Möglichkeit bestand, dass Marlene und Alison schwer verletzt oder gar getötet werden konnten, lag ihr Augenmerk darauf, das Risiko gering zu halten. Würden sie sich zu früh zu erkennen geben, wäre ihr eigenes Leben in größerer Gefahr.

In Josies Ohren setzte ein Donnern ein. Ihr Herz begann so stark zu klopfen, dass es ihr vorkam, als würde es ihre taktische Weste sprengen. Sie hielt die Pistole vor sich, als sei sie eine Verlängerung ihrer Arme, und schwenkte den Lauf durch die rechte Seite des Raums. Sie spürte Noah hinter sich und wusste, er würde gleichzeitig die andere Seite sichern. Ein hochsensibler Teil ihrer Sinne registrierte die Unordnung. Der gesamte Raum war zertrümmert worden. Überall lagen zerschlitzte Kissen, umgeworfene Tische und Lampen. Selbst ein Stück des Teppichbodens war herausgerissen worden.

Die Männer suchten etwas.

Sie gingen an der Treppe zum oberen Stock vorbei, blieben stehen und lauschten, doch war nichts zu hören. Als Nächstes schlichen sie in das Esszimmer, das ebenfalls auf den Kopf gestellt worden war. Nur der schwere Tisch in der Raummitte stand noch. Alle Stühle waren umgeworfen, die Polster entfernt worden. Die Schubladen eines Sideboards aus Kiefernholz lagen auf dem Boden – ihr Inhalt war überall verstreut. Josie und Noah bewegten sich langsamer voran. Sie wollten nicht auf etwas treten, das sie straucheln ließ oder einen solchen Lärm machte, dass die Eindringlinge gewarnt wurden.

Josie bewegte sich in Richtung Küche und versuchte, das Donnern in ihrem Kopf zu unterdrücken. Adrenalin schoss durch ihren Körper, bis sie das Gefühl hatte, eine Riesenwelle aus Stresshormonen durchspüle ihren Körper. Kein Geräusch war zu hören. Waren die Männer weg? Durch die Hintertür geflohen? Suchten sie im oberen Stock nach Alison oder nach dem, worauf sie es abgesehen hatten? Hätte sie dann nicht ihre

Schritte über sich hören müssen? Die Eindringlinge würden sich nicht die Mühe machen, leise vorzugehen, denn sie mussten glauben, mit Marlene und Alison Mills allein zu sein.

Josie warf Noah einen kurzen Blick zu. Er hatte auf der anderen Seite der Küchentür Position bezogen. Sein Gesicht war vor Anspannung von Furchen durchzogen, ein Kiefermuskel pulsierte. Sie wandte sich wieder dem Durchgang vom Esszimmer in die Küche zu. Von ihrem Standort aus konnte sie lediglich ein Stück Fliesenboden und den Rand einer großen weißen Kücheninsel erkennen. Josie wollte gerade den Raum betreten, als sie ein Geräusch hörte. Es dauerte eine Sekunde, bis ihr Gehirn es verarbeitet hatte. Da war ein gurgelndes Atmen. Außerdem rutschte etwas über den Fliesenboden.

Mit einem Kloß im Hals trat sie rasch in die Küche und schwenkte die Pistole durch den Teil des Raums, den sie zu sichern hatte. Noah folgte ihr. Auch hier war alles Chaos. Jeder Schrank war geöffnet, jede Schublade aus ihrer Führung gezerrt worden. Überall lagen zerbrochene Teller, Besteck, Lebensmittel, Geschirrtücher, Topflappen und Reinigungsmittel herum. Sogar die Küchengeräte waren von den Arbeitsplatten gerissen worden. Es war unmöglich, nicht auf etwas zu treten. Glassplitter knirschten unter ihren Füßen. Ständig stießen sie mit den Spitzen ihrer Sneakers an Besteck und Porzellanscherben. Als sie die Kücheninsel umrundet hatte, hätte Josie fast die blutige Hand übersehen, die sich ihnen entgegentastete. Sie blieb abrupt stehen und gab Noah mit dem Kopf ein Zeichen. Er ging auf die andere Seite der Kücheninsel. Dort lag Marlene Mills auf dem Bauch. Unter ihr bildete sich eine Blutlache.

Mit einem Mal drangen mehrere Geräusche auf sie ein. Da waren Marlenes schwere Atemzüge, ihre Beine, mit denen sie schwach gegen die herumliegenden Trümmer stieß, während sie versuchte, sich über den Boden zu ziehen. Gleichzeitig hörten sie im Haus Schlagen, Klopfen und gedämpftes Klappern. Josie konnte nicht abschätzen, ob es von oben oder unten kam. Ohne die Pistole zu senken, behielt sie die Türen im Auge. Eine führte nach draußen hinter das Haus. Eine zweite links von ihr war halb geöffnet und ging in die Speisekammer. Die Einbrecher hatten sämtliche Vorräte von den Regalen gerissen und alle Schachteln mit Lebensmittelvorräten ausgeleert, sodass sich auf dem Fliesenboden ein Berg aus Mehl, Nudeln und Cerealien auftürmte. Die dritte Tür, auch sie zu ihrer Linken, war geschlossen.

Josie warf Noah einen Blick zu, nahm eine Hand von der Pistole und deutete auf die geschlossene Tür. Sie formte mit dem Mund stumm die Worte »deck mich«. Er bezog Stellung in einer Ecke des Raums, damit er sofort reagieren konnte, wenn jemand durch die erste oder die dritte Tür kam. Josie hielt die Waffe weiter schussbereit vor sich, ging jedoch in die Hocke, damit Marlene sie sehen konnte. Leise sagte sie: »Mrs Mills, wir sind Detective Quinn und Lieutenant Fraley von der Dentoner Polizei. Wo sind die Männer?«

Marlene hob den Kopf und sah zu Josie hoch. Dann ließ sie ihn auf ihren ausgestreckten Arm sinken. Was Josie hörte, klang sehr nach einem erleichterten Seufzer.

»Mrs Mills, wo sind die Männer, die Ihnen das angetan haben?«

Marlene zitterte. Ihr Körper wurde von einem Husten erschüttert. Josie war so nah bei ihr, dass sie fast den kupferigen Geschmack von Blut im Rachen spürte. »Ich muss zu Alison«, flüsterte Marlene.

»Ist Alison oben?«, fragte Josie.

»Oben.«

»Wo sind die Männer?«

Weitere Geräusche waren zu hören. Gegenstände wurden hin und her gerückt. Etwas fiel um oder wurde fallen gelassen. Wieder ließ sich nicht genau ausmachen, woher der Lärm kam.

Marlene konnte nur mit Mühe sprechen. Langsam stieß sie

hervor: »Ich habe sie in den Keller geschickt. Sie wollen ... etwas. Weiß ... nicht was. Aber ich habe ihnen gesagt, dass es dort ist, damit ich Alison holen konnte, um mit ihr wegzulaufen. Ich sagte ... roter Behälter, fünfte Reihe von ... von hinten.«

Wieder versuchte sie, sich zu bewegen, zu kriechen. Sie zog ein Knie an und kämpfte, um in der Blutlache Halt zu finden.

Josie legte Marlene eine Hand auf die Schulter. »Ist das die Tür zum Keller? Gegenüber der Speisekammer?«

»J...ja.«

»Mrs Mills, hören Sie mir jetzt sehr gut zu. Sie müssen bleiben, wo Sie sind. Nicht bewegen.«

»Alison. Meine ... meine Alison.«

Sie konnte den Kopf nicht heben, aber Josie sah, dass ihr eine Träne aus einem Auge lief. Für eine aufwühlende, lähmende Sekunde brach alles über Josie herein. Trauer darüber, dass Marlene auf dem Küchenboden lag und um ihr Leben kämpfte. Angst, dass sie es nicht schaffen würde, dass es niemand von ihnen schaffen würde. Sie waren allein im Haus mit zwei Männern, denen es nichts ausmachte, eine Frau niederzuschießen, die in keiner Weise eine Bedrohung war. Vor allem aber Wut, ein unbändiger Zorn, der jeder professionellen Distanz widersprach. Hier lag eine Mutter, die sich auf Schritt und Tritt Sorgen um ihre Tochter gemacht hatte, die sogar jetzt, da sie angeschossen und blutend auf dem Boden lag, mit letzter Kraft versuchte, zu ihrer Tochter zu gelangen, um sie aus dem Haus zu retten und vor Gefahr zu schützen.

Doch Josie verdrängte ihre Gefühle und sagte: »Wir holen Alison. Sie müssen hierbleiben und warten. Wir schaffen Sie beide so bald wie möglich hier raus.«

»W...warten Sie«, krächzte Marlene.

Es zerriss Josie das Herz, sie hier liegen zu lassen, aber in ihrer Ausbildung hatten sie gelernt, die Bedrohung zu neutralisieren, bevor sie Verwundete versorgten. Sie stand auf, stieg über weitere Trümmer und schlich zur Kellertür. Noah tat es ihr nach und blieb dicht hinter ihr. Sie machte sich bereit, als Erste zu gehen. Er zog die Tür auf. Josie trat hindurch und stand auf einem kleinen Treppenabsatz. Am unteren Ende der kleinen Treppe hing eine einzelne, mattgelbe Glühbirne.

Dahinter warteten Dunkelheit und zwei Killer.

DREIUNDVIERZIG

Josies Herz schlug wie wild. Als Noah die Tür hinter ihnen schloss, ging ihr Atem schneller. Sie versuchte bewusst, ihren Körper zur Ruhe zu bringen. Taktisch waren sie im Nachteil, denn sie hatten keine Ahnung, wie der Keller gegliedert war oder was sich darin befand. Ihre Beine würden zu sehen sein, bevor sie unten ankamen. Josie atmete tief ein und trat auf die Holzstufen. Im Stillen betete sie, dass die Männer nicht gerade am Ende der Treppe warteten und zusahen, wie sie hinabstiegen.

Obwohl Noah lautlos nach unten ging, spürte sie, dass er sich wenige Schritte hinter ihr befand. Unten war das Geräusch fallender, herumgeschleifter und geworfener Gegenstände zu vernehmen. Sie trat eine weitere Stufe nach unten und hörte gedämpfte Stimmen, anhand derer sie abzuschätzen versuchte, wie weit die Männer von der Treppe entfernt waren. Die nächste Stufe knarrte laut. Josie erstarrte und hielt den Atem an. Noah, der eine Stufe über ihr stand, blieb ebenfalls stehen. Erleichtert stellte sie fest, dass die Geräusche unvermindert anhielten und die Kerle nach wie vor ganz mit der Suche beschäftigt waren. Ein Teil von ihr wollte die restlichen Stufen nach unten stürmen und es schnell hinter sich bringen, doch sie beherrschte sich.

Bitte knarre nicht, bat sie bei jedem Schritt.

Als sie fast unten angelangt waren, rückte der Keller ins Blickfeld. Ein Großteil wurde von der kleinen hängenden Glühbirne erleuchtet. Am anderen Ende des Kellers flackerte eine Neonröhre in ihren letzten Zügen. Auf dem Betonboden bildeten Stapel aus Schachteln und Plastikkisten ein labyrinthartiges Gewirr. Manche türmten sich bis auf Augenhöhe, andere waren lediglich hüfthoch. In Regalen an einer Wand standen weitere Kisten. Sie waren mit einem Gekritzel beschriftet, das Josie von ihrem Standort aus nicht entziffern konnte. Im zitternden Licht der Neonröhre glänzte der kahle Kopf eines Mannes. Obwohl ihr Herz laut pochte, hörte sie, wie er etwas zu einem anderen sagte, obwohl sie ihn nicht sehen konnte.

»Hier unten ist es nicht.«

»Sie hat es aber gesagt. Sie sprach von einem roten Behälter. In der fünften Reihe von hinten. Das ist hinten, oder? Eins, zwei, drei, vier, fünf. Hier müsste es sein.«

Josie nahm eine Hand vom Pistolengriff und gab Noah ein Zeichen. Er blickte in Richtung der Männer und nickte.

»Ich sehe keinen verdammten roten Behälter. Sie hat gelogen. Warum hast du auch auf sie geschossen? Wir hätten sie mit nach unten nehmen sollen, damit sie uns zeigt, wo es ist. Jetzt können wir die ganze Nacht suchen.«

»Ich schieße noch einmal auf sie. Vielleicht kommt dann die Kleine aus ihrem Versteck gekrochen.«

»Sie hat gesagt, das Mädchen sei nicht hier.«

Trockenes Lachen. »Und das glaubst du? Wahrscheinlich hat sie uns nur hier nach unten geschickt, damit die Kleine abhauen kann. Ich habe eine Idee. Wir gehen nach oben und geben ihr zu verstehen, dass wir noch einmal auf sie schießen, wenn ihre Tochter nicht rauskommt.«

Josie war auf der untersten Stufe angelangt. Sie knarzte unter ihrem Gewicht.

»Pst. Hast du das gehört?«

»Was gehört? Wahrscheinlich versucht das Miststück oben, aufzustehen. Komm, wir nehmen es uns vor.«

Josie schlich weiter, inzwischen stand sie auf festem Beton. Noah folgte ihr. Er sprang über die letzte Stufe, damit sie nicht knarrte, und landete lautlos neben ihr. Der Kumpel des kahlköpfigen Mannes trat hinter den Schachteln hervor, die ihn verdeckt hatten, war aber trotzdem nur schemenhaft zu erkennen. »Hey!«, rief er.

»Polizei! Hände hoch!«, rief Josie.

Der Mann hob den Arm. Das flackernde Neonlicht beleuchtete ihn von hinten. Es war schwer zu sagen, ob er eine Waffe in der Hand hielt oder nicht. Bis das markerschütternde Knallen eines Schusses den Keller erfüllte. Nun ging alles blitzschnell. Noah stolperte zurück, fiel und krümmte sich auf dem Boden. Josie erwiderte das Feuer. Direkt über ihnen zerbarst die Glühbirne. Glas regnete auf sie. Weitere Schüsse. Eine Kugel surrte an ihrem Kopf vorbei. Sie fiel auf die Knie und feuerte weiter, zielte auf den Rumpf des Mannes, verfehlte ihn im Chaos jedoch. Leise fluchte sie, als die Neonröhre platzte und alles in Dunkelheit tauchte.

Josies Ohren sausten. Der Nachhall der Schüsse in dem kleinen Raum überlagerte jedes andere Geräusch.

Der Geruch von Schießpulver brannte ihr in der Nase. Ihr fiel auf, dass sie zu schnell atmete. Sie zwang sich, ruhig und fokussiert zu bleiben, aber es war nicht einfach. Sie war in dunklen, engen Räumen noch nie gut zurechtgekommen. Nicht, seit sie als Kind von der Frau, die sich als ihre Mutter ausgegeben hatte, regelmäßig in ein stinkendes Loch von einem Schrank gesperrt worden war, manchmal tagelang.

Die Angst schnürte ihr die Brust zu. Ihr Atem ging in kurzen Stößen.

Josie hätte schwören können, Zigarettenrauch und den muffigen Gestank des kratzenden, abgewetzten Teppichs zu riechen, in den sie in ihren angsterfülltesten Stunden hineingeweint hatte. Das Donnern in ihrer Brust war so überwältigend, dass sie das Gefühl hatte, davon in die Luft getragen zu werden.

Es ist nicht real, sagte sie zu sich selbst.

»Josie«, flüsterte Noah und holte sie in die Realität zurück. Seine Stimme drang gedämpft und schwach durch das Rauschen in ihren Ohren.

Sie hielt ihre Pistole weiter dorthin gerichtet, wo sie den Mann zuletzt gesehen hatte, fasste aber mit der anderen Hand nach hinten, um seinen Körper zu ertasten. Ihre Finger streiften etwas. Ihr Mund formte Worte, obwohl sie sich nicht sprechen hörte. »Mein Gott, Noah. Bist du okay?«

Sie glaubte ihn antworten zu hören: »Ich habe eine Kugel auf die Weste bekommen.«

Josie zog ihre Hand zurück und legte sie wieder an die Pistole. Sie richtete sich schwankend auf und feuerte direkt vor sich in die Dunkelheit. Immer noch rang sie nach Atem. Ein Zittern kroch von ihrem Bein aus nach oben. Neben sich spürte sie, wie Noah sich bewegte und wieder auf die Beine kam. Mit einer Hand klammerte er sich an ihre Schulter. Seine Berührung fühlte sich an wie ein Glas Wild Turkey Whiskey. Warm und beruhigend.

»Hol deine Taschenlampe heraus.« Seine Worte schienen von weit weg zu kommen.

Mit einem Schlag war sie wieder im Hier und Jetzt, tastete nach der Tasche an ihrer taktischen Weste, in der die Taschenlampe steckte, und öffnete sie. Sie hielt sie von ihrem Körper weg nach oben und schaltete sie an. Der Lichtkegel erhellte einen Teil des Kellers vor ihr. Noah stand neben ihr und tat es ihr nach.

Vor ihnen fielen Kistenstapel um und krachten auf den Boden. Josies Starre löste sich. Sie und Noah bewegten sich durch den Keller, während sie das Licht ihrer Taschenlampen hin und her wandern ließen.

»Polizei«, rief sie wieder. »Rauskommen und Hände hoch.«

Der Lichtkegel streifte die zusammengesunkene Gestalt eines Mannes. Er lag mit dem Gesicht nach unten auf dem Boden. Dunkle Haare, schwarze Kleidung. In seiner rechten Hand hielt er kraftlos eine Pistole Kaliber achtunddreißig. Josie stieß sie mit dem Fuß von ihm weg, beugte sich nach unten und legte ihm zwei Finger an die Halsschlagader. Sie fühlte einen schwachen Puls. Dann sah sie hoch zu Noah, um sich zu vergewissern, dass er weiterhin die Dunkelheit vor ihnen im Auge behielt. In Windeseile band sie die Hände des Mannes mit Kabelbinder zusammen. Solange er noch lebte, ging von ihm eine Gefahr aus, vor allem, da sie nicht wussten, wie schwer seine Verletzungen waren. Kaum war er gefesselt, ging sie an ihm vorbei und sie setzten die Suche nach dem kahlköpfigen Mann fort. Als sie tiefer in den Keller hineinschlichen, verrutschten weitere Kisten und Schachteln. Manche fielen um. Mit ihren Taschenlampen folgten Josie und Noah den Geräuschen. Wo wollte der Kerl hin? Versuchte er, sie zu umgehen und zurück zur Treppe zu gelangen?

Sie wanden sich durch das Chaos aus Kisten und Kartons und bewegten sich auf die Gänge dazwischen zu wie in einem Wohnungsflur. Dabei orientierten sie sich weiter an jedem Geräusch, mit dem sich der Eindringling verriet, und gingen darauf zu.

Josies Gehör war noch immer beeinträchtigt, doch konnte sie Noah neben sich hören. »Sie sitzen in der Falle. Kommen Sie mit erhobenen Händen heraus.«

Sekunden später krachte zu ihrer Rechten eine Wand aus Schachteln auf sie herab. Josie fiel auf den Rücken. Die Taschenlampe entglitt ihr und rollte weg, doch gelang es ihr, die Pistole festzuhalten. Noah stürzte halb auf sie und bewahrte sie davor, von den meisten Kisten getroffen zu werden. Sie fühlte seinen Atem in ihrem Nacken und sein Gewicht über sich. Die Kisten drückten sie zu Boden.

»Noah«, rief sie.

Er kroch von ihr herunter, stieß die Kisten weg und stöhnte vor Schmerzen. Josie wusste nicht, wo seine Taschenlampe gelandet war. Das einzige Licht im Raum war nun das ihrer Taschenlampe, die von ihr weggerollt war und irgendwo zwischen den herumliegenden Kisten, Schachteln und deren Inhalt lag. Sie erleuchtete den Keller nur spärlich.

Aber genug, um die massige Silhouette eines Mannes auf sich zukommen zu sehen. In der Dunkelheit ließ sich unmöglich einschätzen, wie nah er war. Sie bekam eine Gänsehaut bei dem Gedanken, dass sie und Noah noch zwischen den ganzen herumliegenden Kisten und Kartons eingeklemmt auf dem Boden lagen. Durch das noch vorhandene Licht konnte er sie vermutlich besser erkennen als sie ihn.

»Stehenbleiben!«, befahl sie ihm, riss die Pistole hoch und zielte auf seinen Rumpf.

Noah kniete auf dem Boden. Er drehte sich zu ihm und richtete die Waffe ebenfalls auf ihn. »Keine Bewegung mehr«, rief er.

Josie bemerkte das Zucken in der Schulter des Mannes zu spät. Sie sah das Mündungsfeuer seiner Waffe und hörte einen ohrenbetäubenden Knall. Wieder fiel Noah um. Ohne zu zögern feuerte Josie einen weiteren Schuss ab. Der Schatten duckte sich und zog sich zurück. Josie kämpfte sich auf die Beine, kletterte über einen Berg aus Schachteln und Plastikkisten und stieß mit den Beinen immer wieder an deren Kanten. Die Deckel der Kisten schrammten über ihre Haut. Da spürte sie unter ihren Füßen ein Stück nackten Beton und blieb stehen. Über ihren keuchenden Atem hinweg lauschte sie ins Dunkel. Das Licht ihrer herumliegenden Taschenlampe drang jedoch nicht in diesen Teil des Kellers.

Wieder wanderten ihre Gedanken zurück zu ihrer Kindheit, als die Dunkelheit endlos gewesen war und ihr einziger Begleiter blankes Entsetzen. Ihre Kehle schnürte sich zu. Sie spürte ein Pfeifen in der Lunge und versuchte, es mit Worten zu vertreiben, indem sie murmelte: »Es ist nicht real.«

Dann kämpfte sie sich, um Orientierung bemüht, durch weitere Kisten. Mit der Pistole im Anschlag drehte sie sich einmal um die eigene Achse. Im schwachen Schein der Taschenlampe, die sie fallen gelassen hatte, konnte sie gerade noch die Umrisse der Kellertreppe erkennen. War er nach oben gelaufen? Ohne nachzudenken, bewegte sie sich in Richtung des Aufgangs wie eine Motte zum Licht. Sie war fast dort, als ein Schrei die Stille zerriss und durch das ganze Haus hallte. Josie hätte schwören können, dass sie die Vibrationen bis in die Knochen spürte.

Alison.

»Mom! Mein Gott, Mom!«

Josie begann sich schneller in Richtung des Schreis zu bewegen. Alison war trotz Josies Anweisungen nicht in ihrem Versteck geblieben. Ihre Schreie kamen aus der Küche. Als Josie sich der Kellertreppe näherte, nahm eine mächtige Gestalt vor ihr Formen an. Der zweite Mann. Er war lediglich als dunkle Silhouette auszumachen, doch dem Geräusch knarrenden Holzes nach zu urteilen lief er gerade die Treppen hoch.

»Stopp!«, schrie Josie wieder.

Er schwang seine Waffe hektisch in ihre Richtung und feuerte einen Schuss ab, der sie mit großem Abstand verfehlte. Dann lief er weiter polternd die Treppe hoch. Immer wenn er auf eine Stufe trat, protestierte das Holz energisch unter seinem Gewicht. Josie rannte hinter ihm her und kämpfte sich die Treppe hinauf. In Sekundenbruchteilen stellte sie einige Überlegungen an. Er hatte eine Waffe und schon mehr als einmal auf Josie und Noah geschossen. Von ihm ging eindeutig eine Gefahr aus. Innerhalb von Sekunden würde er im gleichen

Raum wie Alison und Marlene sein. Sie zielte auf seine Körpermitte und drückte den Abzug. Nur ein Klicken.

Sie hatte ihr Magazin leergeschossen. Zwar steckte ein weiteres in ihrer Weste, doch bis sie es herausgeholt und ihre Pistole geladen hätte, würde der Mann bei Alison und Marlene sein. Das konnte Josie nicht riskieren. Sie steckte ihre Pistole in das Holster, sprang nach oben und versuchte ihn mit beiden Händen zu packen. Gerade als er den Treppenabsatz erreicht hatte und die Tür zur Küche aufstieß, bekam sie etwas zu fassen, das sich wie ein Fußknöchel anfühlte. Für einen kurzen Augenblick blendete sie das Licht, doch sie klammerte sich fest an sein Bein und riss so fest daran, wie sie nur konnte, sodass er nach vorn fiel und auf dem Gesicht landete. Alisons Schreie wurden lauter. Josie warf sich hinter ihm in die Küche und hoffte ihn zu überwältigen, während er auf dem Bauch lag, aber er war zu schnell. Er drehte sich auf den Rücken und zielte mit seiner Waffe direkt in ihr Gesicht. Intuitiv vollführte sie eine Drehung und traf mit einem Roundhouse-Kick sein Handgelenk, sodass seine Pistole davonflog. Wieder war ein Schuss zu hören, wieder verfehlte er sie um Längen. Josie sprang auf ihn, setzte sich auf seinen Körper und versuchte, ihn festzuhalten, doch er war zu kräftig. Mit einem Arm, der gut und gern so dick wie ein kleiner Baumstamm war, räumte er sie beiseite und schlug ihr eine fleischigen Faust an die Schläfe.

Josie registrierte den Schmerz kaum. Sie fiel auf die Seite. Etwas Hartes drückte in ihre Schulter. Der Mann kämpfte sich auf die Beine. Auch Josie sprang auf. Ihre Füße rutschten auf etwas Pulverigem aus – Mehl vielleicht? Während der Kerl aufstand, wanderte sein Blick durch die Küche. Er suchte seine Pistole, kein Zweifel. Noch bevor er sich ganz aufgerichtet hatte, stieg Alison über den Körper ihrer Mutter und zog etwas zwischen den Trümmern auf dem Küchenboden hervor. Josie wollte Alison zurufen, dass sie fliehen solle, doch es war zu spät. In der Hand hielt das Mädchen den Griff einer großen Bratpfanne. Sie fasste sie wie einen Baseballschläger und schlug sie so fest an den Kopf des Mannes, dass sich ihr ganzer Körper drehte.

Josie hielt inne, als sie das Geräusch von Metall auf Knochen hörte. Der Mann erstarrte benommen und begann zu wanken. Er sah Alison gefühlt eine volle Minute an, obwohl es sich in Wirklichkeit wohl nur um ein paar Sekunden handelte. Dann fasste er sich an den Kopf und ertastete das Blut, das aus einem Riss über seinem Ohr strömte.

Josie rammte ihn von der Seite. Sie stieß ihren Kopf in seine Achsel und versuchte, ihn um seine dicke Taille zu fassen. So stürzten beide auf die Kücheninsel neben der Hintertür. Er krachte mit der Hüfte gegen die Kante der Platte und stöhnte. Josie hielt ihn umklammert wie eine Zange, presste sich dicht an seinen Körper und rutschte hinter ihn. Sie versuchte, seine Arme hinter seinen Nacken zu bekommen, doch er streckte sich nur, schob die Schultern nach vorn und warf sie mit einem Arm von sich, als verscheuche er eine Mücke. Sie fiel wieder auf den Rücken und landete mit dem halben Körper auf einen großen Toaster, ignorierte den Schmerz jedoch, schnappte sich das Küchengerät, während sie sich auf die Beine kämpfte und zielte damit auf seinen Kopf.

Für den Bruchteil einer Sekunde kreuzten sich ihre Blicke.

Er drehte sich zur Hintertür und tastete nach dem Türknauf. Josie sprang mit dem Toaster in der Hand auf ihn zu wie ein Basketballspieler, der gerade dabei war, einen Ball im Korb zu versenken. Der Toaster prallte an der noch unverletzten Seite seines Kopfs ab. Josie krachte mit ihrem ganzen Gewicht in ihn und brachte ihn ins Straucheln. Mit dem Ellbogen fiel er in das Glasfenster, das den oberen Teil der Tür einnahm. Es zersplitterte. Wieder versuchte Josie, ihn festzuhalten, indem sie sich an eine Schulter klammerte. Sein Hemd war inzwischen durchtränkt von dem Blut aus der Wunde, die Alison ihm zugefügt hatte. Josie Hand glitt von dem glitschigen

Stoff ab und wieder stieß er sie von sich. Bevor sie sich auf die Beine kämpfen konnte, war er durch die Hintertür verschwunden.

Mit einem letzten Blick auf Alison, die nun neben der auf dem Bauch liegenden Marlene kniete, stürzte Josie sich in die Dunkelheit und rannte hinter ihm her.

VIERUNDVIERZIG

Während Josie in den Wald hinter dem Haus lief, gab sie über Funk alle verfügbaren Informationen durch: Im Haus bestand keine Gefahr mehr, Marlene Mills war angeschossen worden und brauchte sofort Hilfe, ein Eindringling war verletzt, Noah auch. Ihr Magen verkrampfte sich vor Panik, als sie es durchgab. Sie wusste nicht, ob Noah tot oder schwer verletzt war oder lediglich geringfügige Blessuren erlitten hatte, die ihn daran hinderten, ihr zu folgen. Sie wusste, er hatte mindestens eine Kugel in die Weste bekommen, als er in den Keller gestiegen war, möglicherweise auch zwei. Aller Wahrscheinlichkeit nach war eine Rippe gebrochen. Sie hoffte jedoch, dass das alles war. Tränen traten ihr in die Augen, als sie darüber nachdachte. Sie hätte nichts lieber getan, als umzukehren, nachzusehen, wie es ihm ging und ob er atmete, und ihm gegebenenfalls Hilfe zu leisten. Doch sie hatte eine Aufgabe zu erledigen. Zudem wären sie nicht sicher gewesen, wenn sie mit dem zweiten Täter im Keller geblieben wären.

Mit fester Stimme gab sie die letzte Information über Funk durch: Sie hatte die Verfolgung des zweiten Täters aufgenommen.

Der Disponent der Einsatzleitstelle versprach, ihr Einheiten hinterherzuschicken. Josie nutzte ihre Ortskenntnis und bat darum, Streifen auf die andere Seite des Waldes zu schicken. Dort verlief eine Straße. Sie gab in Windeseile deren Namen durch. Dann ertastete sie ein weiteres Magazin in ihrer Weste und lud ihre Pistole nach. Mit der Taschenlampen-App auf ihrem Handy leuchtete sie den Weg vor sich aus und hielt gleichzeitig ihre Pistole schussbereit im Anschlag. Zweige peitschten an ihre Arme und Beine. Trotz des Lichts aus ihrem Smartphone stolperte sie zweimal über etwas – einmal war es ein Stein, ein andermal eine Baumwurzel. Sie lief weiter, wand sich durch die Bäume und versuchte, sich auf die vor ihr liegende Aufgabe zu konzentrieren und nicht an Noah zu denken.

Doch er drängte sich immer wieder in ihr Bewusstsein. Vor ihrem geistigen Auge liefen die Ereignisse im Keller stets aufs Neue ab.

Da hörte sie vor sich Stimmen. Josie bewegte sich auf sie zu. Anhand des Lichts der Taschenlampen konnte sie erkennen, dass es Beamte der Dentoner Polizei waren.

»Hierher«, rief sie. »Ich bin Detective Quinn!«

Sie schlängelte sich durch einige Ahornbäume und stand schließlich vor zwei Uniformierten, Brennan und Daugherty.

»Hallo«, begrüßte Brennan sie. »Sie haben uns schon wieder in den Wald geschickt.«

»Sie laufen in die falsche Richtung«, meinte Josie.

Die beiden sahen sich an. »Nein, das tun wir nicht. Wir folgen Ihnen«, entgegnete Daugherty.

Josie blickte sich um, obwohl sie hinter sich nichts weiter als Dunkelheit erkennen konnte. »Kommen Sie von dem Haus? Dem der Familie Mills?«

Brennan deutete mit dem Daumen über seine Schulter. »Ja, das ist gleich hier. Ungefähr dreißig Schritte in diese Richtung und schon sehen Sie das Licht in der Küche. Was ist passiert? Haben Sie ihn nicht gefunden?«

»Nein«, antwortete Josie. »I...ich bin anscheinend im Kreis gelaufen.«

Daugherty schien etwas in ihrem Gesicht zu registrieren. »Schon okay. Wirklich. Es ist dunkel und in diesen Waldgebieten ist es nachts sehr schwierig, sich zurechtzufinden.«

Nicht für mich, wäre es aus Josie beinahe herausgeplatzt. Sie hatte sich bei der Verfolgungsjagd ablenken lassen. Während ihr Körper hinter dem Killer herrannte, war sie in Gedanken bei ihrem Mann gewesen. Und dadurch im Kreis gelaufen.

»Von der anderen Seite des Waldes kommen ihm Einheiten entgegen«, sagte Brennan. »Sie suchen auf der Straße, an der dieser Wald endet, nach einem dunklen SUV. Wir kriegen ihn, das ist sicher.«

Der Kloß in Josies Hals wurde immer größer. Sie schluckte. »Ist ... ist Lieutenant Fraley ...«

Sie schaffte es nicht, den Satz zu Ende zu bringen.

»Als ich ihn das letzte Mal gesehen habe, war er in der Küche und hat sich um Mrs Mills gekümmert«, antwortete Daugherty.

Und Brennan fügte hinzu: »Sie hat zwei Kugeln in den Bauch bekommen. Er hat versucht, die Blutungen zu stillen, bis die Sanitäter sie mitnehmen konnten.«

Josie wankte. Sie war so erleichtert, dass jeder Muskel in ihrem Körper zu erschlaffen schien.

»Danke«, murmelte sie.

Die beiden Männer begannen in den Wald zu stapfen. Daugherty sagte über die Schulter hinweg: »Die Kleine ist allerdings noch drinnen. Sie sagt, sie geht ohne Sie nirgendwohin.«

FÜNFUNDVIERZIG

In der Notaufnahme des Denton Memorial herrschte Hochbetrieb. Josie spürte es, kaum dass sie mit Alison, die sich an sie drückte, durch die Flügeltüren des Haupteingangs gegangen war. Der Sicherheitsmann, der normalerweise ruhig hinter seinem Tisch sah, stand vor der Tür zur Ersteinschätzung und hielt ein Funkgerät in der Hand. Dabei hatte er das Kinn leicht zur Seite gedreht, als sei er jederzeit bereit, sofort Instruktionen durchzugeben. Als er Josie und Alison sah, winkte er sie herbei. Nachdem er und das Pflegepersonal sich in der Ersteinschätzung vergewissert hatten, dass weder sie noch Alison medizinische Hilfe brauchten, ließen sie die beiden nach hinten durchgehen.

Noch bevor sie die zwei Schockräume erreichten, konnte Josie den Geräuschen entnehmen, dass die Ärzte und Schwestern verzweifelt versuchten, das Leben von Marlene Mills und des Täters, den Josie angeschossen hatte, zu retten. Die Schockräume waren größer als die mit Vorhängen abgetrennten Kabinen, hatten Glaswände und waren wesentlich besser ausgerüstet. In einem Raum lag der Mann regungslos auf einer Trage. Sein Hemd war von den Sanitätern aufgeschnitten worden und hing lose herab. Eine Krankenschwester hielt die beiden Paddles eines Notfalldefibrillators in den Händen und rief: »Achtung!«

Alle um das Bett herum hielten inne, hoben die Hände, als wollten sie sich ergeben, und traten zurück. Die Schwester schockte den Mann. Sein Brustkorb zuckte. Einer seiner Arme rutschte vom Bett und hing schlaff herab. Josie bemerkte eine Tätowierung auf dem Unterarm, eine merkwürdig gekringelte Schlange, die ihre rote Zunge aus dem Maul streckte. Es dauerte einen Augenblick, bis Josie die Form erkannte. War es ein Oval? Eine Kastenform? Ein Quadrat? Ein Rechteck? Oder, als sie genauer hinsah, während die Schwester den Mann ein weiteres Mal schockte, der Buchstabe D?

Alison, die sich weiter an Josie drückte, stöhnte entsetzt auf. Josie richtete ihre Aufmerksamkeit auf den zweiten Schockraum und bemerkte viel Blut – auf dem Boden, in weggeworfenen Mullbinden, in zerknüllten Leintüchern. Dann sah sie, wie Marlene Mills auf einer fahrbaren Trage herausgebracht wurde. Ihr blasses Gesicht war ausdruckslos, die Augen geschlossen. Ein Arzt und drei Schwestern liefen neben der Trage her und schoben sie durch eine offene Aufzugtür am Ende des Flurs. Sie wurde eilends in den Operationssaal gebracht.

Plötzlich hatte Josie einen Flashback. Sie sah sich vor eineinhalb Jahren am gleichen Ort stehen, als sie hatte miterleben müssen, wie das medizinische Personal sich um ihre – damals ebenfalls angeschossene – Großmutter gekümmert hatte, bevor man sie in die Chirurgie zur Operation gebracht hatte. Eine Operation, die sie letztlich nicht hatte retten können. Josie nahm Alison beim Arm und drehte sie weg. »Das sollten Sie nicht sehen.«

Alison reckte den Hals, blickte über Josies Schulter und entwand sich ihr, um einen besseren Blick zu haben. »Aber das ist meine Mom! Ist sie tot? Ich muss doch wissen, was passiert!«

»Sie erfahren es schon noch«, sagte Josie, schob sie in einen leeren, mit einem Paravent abgetrennten Bereich und schloss den Vorhang. Sie drehte sich zu Alison, packte sie an beiden Armen und sah ihr in die Augen. »Wenn sie es so eilig haben, bringen sie sie in den OP-Saal. Den möchten Sie nicht sehen, glauben Sie mir.«

Alison schob das Kinn vor. Mit ihrem lädierten, blau unterlaufenen Gesicht und dem trotzigen Gesichtsausdruck kam sie Josie eher vor wie eine Kriegerin, die gerade eine Schlacht geschlagen hatte, als eine verängstigte Siebzehnjährige. »Ich habe so etwas schon gesehen. Ich hatte mit meinem Dad und Onkel Billy einen Unfall und musste zusehen, wie sie versucht haben, Onkel Billy zu retten. Da war überall Blut. Ich halte das aus, das können Sie mir glauben.«

Josie spürte tiefes Mitleid. Sie drückte Alisons Schulter und senkte die Stimme. »Ich weiß, dass Sie es aushalten können, Alison, aber Sie sollten es nicht aushalten müssen.« *Niemand sollte das,* fügte eine Stimme in ihrem Kopf hinzu.

Sie führte Alison zu einem Stuhl neben der leeren Trage und bedeutete ihr, sich zu setzen, was sie auch tat. Josie atmete tief ein. »Lassen Sie ihnen etwas Zeit. Wir können jetzt nichts tun außer warten. Warum erzählen Sie mir nicht, was passiert ist?«

Alison wiegte ihren Oberkörper vor und zurück. Sie schlang die Arme um sich und blickte an Josie vorbei, als könne sie Marlene noch sehen. »Wir waren gerade nach Hause gekommen. Ich habe mit Dad telefoniert. Er war überglücklich, dass es mir gut geht. Er ist noch immer unterwegs, steckt aber inzwischen in Frankreich fest und versucht, kurzfristig einen Flug nach Philadelphia oder New York zu bekommen. Auf jeden Fall wollte Mom nicht in ein Hotel gehen, weil das zu teuer ist. Sie meinte, wenn jemand glaube, dass ich das hätte, wonach jeder sucht, dann würden sie nicht zu uns kommen, weil die ganze Sache in den Nachrichten ist und jeder davon weiß. So dreist seien die nicht, meinte sie. Ihre Freundin kam kurz vorbei, um zu sehen, wie es uns ging. Sie wollte uns überreden, bei ihr zu bleiben, aber Mom wollte nicht, dass sie in die Sache mit hineingezogen würde. Wir haben mit Sadie zu Abend gegessen, dann ist sie weg und ich bin nach oben, um zu Bett zu gehen. Mom ist unten geblieben. Sie ist beim Fernsehen auf der Couch eingeschlafen. Ich bin nach unten, um mir noch etwas zu essen zu holen, habe sie aufgeweckt und ihr gesagt, dass sie zu Bett gehen soll. Das wollte sie auch. Ich war gerade wieder unterwegs nach oben, da habe ich plötzlich überall Lärm gehört. Als ob etwas zerschlagen wurde und Glas zersplitterte und so. Ich denke, es kam von der Hinterseite des Hauses. Meine Mom ist von der Couch gesprungen. Sie hat nichts gesagt, sondern mich nur angesehen und mit dem Mund die Worte ›versteck dich‹ geformt. Ich bin zum oberen Treppenabsatz gelaufen und stehen geblieben, um zu hören, was passierte. Es war mir klar, ich riskierte damit, dass sie nach oben kommen und mich finden, aber ich musste doch wissen, was los war, denn ich wusste, dass ich etwas tun musste. Irgendetwas. Da hörte ich zwei Männerstimmen. Sie befahlen ihr, sich hinzusetzen und den Mund zu halten. Sie hat aber immer weitergeredet, Sie wissen ja, wie sie ist. Naja, vielleicht auch nicht ...«

Josie lächelte. »Doch.«

»Auf jeden Fall hat sie nicht aufgehört und die beiden wurden immer wütender. Sie hat Sachen gesagt wie: ›Tut mir nichts, nehmt, was ihr wollt und geht, aber lasst mich in Ruhe.‹ Sie haben gefragt, wo ich sei, doch sie hat gelogen und gesagt, ich sei nicht zu Hause. Dann hat einer der beiden zum anderen gesagt, dass sie mich nicht bräuchten, sondern einfach das Haus durchsuchen könnten. Meine Mutter hat weiter mit ihnen diskutiert und gesagt, dass sie nichts habe, was sie wollen könnten. Es kam mir so vor, als wollte einer nach oben gehen, weil der Boden im Wohnzimmer vor der Treppe geknarzt hat. Da bin ich weggelaufen. Ich bin in mein Zimmer und habe mein

Handy geholt. Dann dachte ich mir, wenn sie kommen und nach mir suchen, dann als Erstes in meinem Zimmer! Also habe ich mich mit dem Handy im Flurschrank versteckt. Ich wollte den Notruf wählen, aber mir fiel ein, dass sie mich dann reden hören würden. Also habe ich Ihnen eine Nachricht geschickt. Ich musste doch etwas tun, musste versuchen, meine Mom zu retten. Vielleicht hätte ich nach unten gehen und mit ihnen reden sollen. Dann wäre meiner Mom vielleicht nichts passiert. Mir geht noch immer die ganze Zeit Dina durch den Kopf und dass ich sie alleingelassen habe und sie jetzt tot ist.«

»Alison, das war nicht Ihre Schuld.«

Alison hörte auf, sich vor und zurück zu wiegen. Sie sah Josie in die Augen. »Doch, es war meine Schuld! Ich habe sie im Stich gelassen! Ich bin gelaufen und gelaufen und habe nicht einmal Hilfe geholt. Ich bin einfach weggelaufen und habe mich wie ein Feigling versteckt.«

»Alison ...«

»Was, wenn ich sie tatsächlich hätte retten *können*? Ich bin nicht Supergirl oder so, aber ich habe es nicht einmal probiert. Was, wenn ich ihn hätte aufhalten können? Wenn ich wenigstens sofort Hilfe geholt hätte. Vielleicht wäre sie dann noch am Leben. Das ist alles meine Schuld!«

Während sie sprach, traten ihr Tränen in die Augen. Aus ihrem rechten Auge rann eine Träne und lief über ihre zerschrammte Wange.

Josie setzte sich auf den Rand der leeren Trage. Sie sah das Mädchen an, das noch so jung war und schon eine so schwere Last zu tragen hatte. Wenn es um Schuldgefühle von Überlebenden ging, konnte Josie durchaus ein, zwei Wörtchen mitreden. Über ein Jahr nach Lisettes Ermordung spielte sie die Abläufe nach wie vor immer wieder in ihrem Geist durch und fand alles Mögliche, was sie hätte tun können, um zu verhindern, dass Lisette starb. Aber ganz gleich, wie viele Szenarien sie durchexerzierte, in denen Lisette sich nicht vor das Gewehr warf, um Josie vor den Kugeln zu schützen, Lisette blieb tot und Josie war noch lebendig.

»Alison«, beschwor Josie sie. »Selbst wenn Sie geblieben wären und versucht hätten, Elliott daran zu hindern, Dina anzugreifen, selbst, wenn Sie direkt Hilfe geholt hätten, wäre Dina vielleicht trotzdem gestorben.«

Alison sah Josie mit großen Augen überrascht an. »Soll ich mich deswegen besser fühlen?«

Josie lächelte schwach. »Denken Sie, dass ich etwas zu Ihnen sagen könnte, dass irgendjemand etwas zu Ihnen sagen könnte, was Ihre Schuldgefühle wegen Dinas Tod lindern würde?«

Langsam schüttelte Alison den Kopf.

»Manchmal stirbt bei einem tragischen Ereignis eine geliebte Person, selbst wenn man alles richtig macht«, sagte Josie.

Alison sah sie lange an. Dann sagte sie mit belegter Stimme: »Wie bei Onkel Billy.«

Das war keine Frage. Josie ließ ihr eine Minute, alles zu durchdenken. Alison fuhr fort: »Mein Dad hat gesagt, bei dem Unfall hätte nicht schneller Hilfe da sein können. Der Notruf ging sofort durch, mein Dad wusste, was zu tun war, um Onkel Billy am Leben zu halten, bis der Rettungswagen da war. Ich war da, um Dad zu helfen, damit er die lebensrettenden Maßnahmen nicht unterbrechen musste, um den Notruf abzusetzen, und sie sind in nicht einmal vier Minuten eingetroffen. Sie hatten alle medizinischen Geräte dabei, die nötig waren, um ihn am Leben zu halten, was auch gelang. Sie haben auf dem ganzen Weg zum Krankenhaus um ihn gekämpft. Selbst dort stand ein Unfallchirurg bereit und kümmerte sich sofort um ihn, als er eingeliefert wurde. Er ist trotzdem gestorben.«

Josie nickte. »Aber ich wette, Ihr Vater fühlt sich noch immer schuldig, nicht wahr?«

»Genau. Er war nun einmal während der Fahrt abgelenkt.

So ist es überhaupt erst zu dem Unfall gekommen. Auch ich gebe mir die Schuld an Dinas Tod. Wollen Sie mir sagen, dass ... dass die Schuldgefühle immer bleiben?«

»Ich weiß es nicht.«

Alison dachte darüber nach. »Was, wenn es so ist? Was, wenn sie nie weggehen?«

»Dann musst du damit leben«, antwortete Josie.

Alison legte sich eine Hand auf die Brust. »Damit leben? Das war's? Ist das Ihre Antwort? Was für eine Erwachsene sind Sie eigentlich?«

»Eine, die der Meinung ist, dass es Ihnen überhaupt nicht hilft, wenn ich Sie anlüge und Ihnen mit irgendeiner Plattitüde über Sterben und Trauer und Schuld komme. Mir hat es auch nicht geholfen. Alison, die Wahrheit ist, dass das, was Sie fühlen, Realität ist. Es ist da. Es ist hartnäckig. Es kann einen niederdrücken. Aber ganz egal, wie groß der Schmerz ist, wie stark Ihre Schuldgefühle, es ändert nichts. Absolut nichts. Nicht das kleinste bisschen.«

Alison starrte sie mit großen Augen an.

»Warum also stellen Sie sich diesen Gefühlen nicht?«, fuhr Josie fort. »Mit offenen Augen. Sagen Sie zu den übermächtigen Schuldgefühlen und dem Schmerz: ›Ich sehe dich.‹ Hören Sie auf, so hart dagegen anzukämpfen. Gegen alles. Sie können es nicht ändern. Das Leben geht weiter und auch Sie leben weiter, ob Sie wollen oder nicht. Schmerz? Schuld? Finden Sie einen Weg, damit zu leben. Ich weiß nicht, wie Sie es anstellen, aber Drogen oder Alkohol empfehle ich nicht.«

Alison lachte. »Jetzt hören Sie sich wie eine richtige Erwachsene an.«

Josie lachte trocken. »Vielleicht gehört dazu, dass Sie anders reagieren, wenn Sie wieder in eine solche Situation kommen. Wie bei Ihrer Mom.«

Wieder lief eine Träne über Alisons Gesicht. »Aber ich

habe bei Mom nicht anders reagiert. Sie liegt da drin und
kämpft um ihr Leben.«

»Das stimmt«, pflichtete Josie ihr bei. »Sie kämpft, Alison.
Sie hat eine Chance, weil Sie sich sofort mit mir in Verbindung
gesetzt haben. Weil Sie den Kerl mit einer Bratpfanne auf den
Kopf geschlagen haben, als er aus dem Keller kam. Das war
schon ziemlich krass, ist Ihnen das überhaupt klar?«

Alison wurde rot. Der Hauch eines Lächelns erschien auf
ihrem Gesicht.

»Was, wenn Sie sich nicht gleich bei mir gemeldet und die
Polizei gerufen hätten?«, fuhr Josie fort. »Ihre Mutter hätte
verbluten können. Was, wenn Sie dem Verbrecher nicht eins
übergebraten hätten? Er hätte ihr noch viel mehr wehtun
können. Er hätte uns allen etwas antun können.«

Alison zog eine Braue hoch. »Ich glaube nicht. Sie sind wie
ein Tier auf ihn losgegangen. Haben mit ihm gekämpft ... und
was Sie mit dem Toaster gemacht haben. Danach haben Sie
sich wieder auf ihn gestürzt und ihn aus der Küche vertrieben.«

»Weil Sie mir geholfen haben«, entgegnete Josie. »Sie haben
mir geholfen, mich gegen ihn zur Wehr zu setzen. So, wie Sie
Ihrer Mom geholfen haben. Jetzt hat sie noch eine Chance. Sie
haben dafür gesorgt, dass sie diese Chance hat.«

Man hörte Turnschuhe auf den Fliesen quietschen.
Stimmen kamen näher. Eine männliche Stimme sagte: »Jemand
muss Schockraum zwei reinigen.«

Josie zog den Vorhang zurück und sah Dr. Ahmed Nashat,
einen der Ärzte aus der Notaufnahme. Er hatte sich schon um
Josies Großmutter gekümmert. Jetzt stand er vor dem leeren
Schockraum.

»Detective Quinn«, begrüßte er sie.

»Die Frau, die soeben in diesem Raum war, heißt Marlene
Mills«, sagte Josie und deutete mit dem Kopf in Alisons Richtung. »Sie ist ihre Mutter.«

Dr. Nashat lächelte Alison grimmig an. »Ihr Mutter ist

stark. Sie hält durch, aber wir mussten sie sofort operieren. Sie hatte zwei Kugeln im Körper. Eine hat ihre Leber verletzt, die andere den Dünndarm. Diese Verletzungen müssen wir behandeln. Im Moment ist der Unfallchirurg bei ihr.« Er wandte sich wieder Josie zu.»Bei der anderen Schusswunde leider Ex. Dr. Feist wird ihn in Kürze übernehmen. Ich nehme an, Sie werden noch entsprechende Ermittlungen durchführen müssen.«

»Danke«, erwiderte Josie. »Rufen Sie mich an, wenn es Neues von Mrs Mills gibt?«

»Natürlich«, antwortete er und ging.

»Alison«, sagte Josie. »Sie müssen sofort Ihren Vater anrufen. Er muss wissen, was passiert ist. Außerdem müssen wir dafür sorgen, dass Sie bei jemandem bleiben können. Dazu brauchen wir Vorschläge von ihm und seine Einwilligung. Fürs Erste bleiben Sie bei mir. Ich muss noch etwas überprüfen und fahre dann eine Weile ins Revier.«

Sie standen weiterhin vor den Schockräumen. Josie ging in den ersten und machte rasch ein Foto von dem ungewöhnlichen Schlangentattoo des Toten. Dann trat sie wieder hinaus in den Flur. Alison sah Dr. Nashat nach. »Ex? Was bedeutet das?«

»Damit meint er einen der Männer, die Ihre Mutter angegriffen haben. Wir mussten auf ihn schießen, als er versucht hat, zu entkommen. Ex steht für Exitus. Er war schon tot, als er hier eintraf.«

»Was ist mit dem zweiten Mann?«, fragte Alison. »Haben Sie ihn erwischt?«

Josie warf einen Blick auf ihr Handy und scrollte nach unten, um zu sehen, ob Neuigkeiten hereingekommen waren. Nichts. »Nein«, erwiderte sie. »Noch nicht.«

SECHSUNDVIERZIG

Josie ließ Alison im Schwesternzimmer unter den wachsamen Augen der Stationsleitung zurück und trug ihr auf, sich mit ihrem Vater in Verbindung zu setzen. Dann ging sie zu Noah, der auf einem Bett hinter einem Vorhang lag. Das Stationspersonal hatte ihm einen Krankenhauskittel gegeben, doch trug er auch noch seine Jeans und Stiefel. Die Knie seiner Hosenbeine waren dunkel vor Blut und sogar an den Sohlen seiner Stiefel klebte eine rote Kruste. Er lächelte sie an, hob eine Hand und begrüßte sie mit einem »Hey«.

Sie musste sich beherrschen, nicht durch den Raum zu laufen und zu ihm aufs Bett zu springen.

Stattdessen ging sie zu ihm, setzte sich auf die Bettkante und sah ihn an. Er wirkte müde, aber aufmerksam und seine haselnussbraunen Augen funkelten. Tränen traten ihr in die Augen. Mit belegter Stimme sagte sie: »Komm mir nicht mit ›Hey‹. Auf dich wurde geschossen.«

Er hob seinen Kittel. Darunter waren zwei dunkle Hämatome zu sehen, die sich bereits labyrinthartig auf einer Seite seines Rumpfs auszubreiten begannen. »Ich habe zwei auf die Weste bekommen.«

»Auf dich wurde geschossen, Noah.«

Er versuchte, sich aufzusetzen, doch gelang es ihm nicht. Stattdessen sog er die Luft scharf zwischen zusammengebissenen Zähnen ein.

»Wie viele gebrochene Rippen?«, fragte sie.

Er hielt drei Finger in die Luft.

Josie stand auf und kam näher. Sie beugte sich über ihn, bis ihre Stirn die seine berührte. Zu ihrem Leidwesen rannen ihr einige Tränen über die Wange. Sanft hob Noah den Arm und legte ihr die Hand in den Nacken. »Ich bin okay«, flüsterte er ihr zu. Dann schob er das Kinn hoch und wischte mit seinen Lippen über ihren Mund.

»Man hat auf dich geschossen«, brachte sie krächzend hervor.

»Die Weste hat mich gerettet, Josie. Es geht mir gut. Ich habe versprochen, immer an deiner Seite der Gefahr entgegenzulaufen, erinnerst du dich?«

Sie seufzte in sein Gesicht und spürte, wie er mit dem Daumen ihre Tränen wegwischte. Plötzlich stöhnte er erneut vor Schmerzen auf. »Das war ein echt blöder Schwur«, sagte sie.

Er begann zu lachen, brach aber abrupt ab, atmete langsam und vorsichtig ein und sagte: »Der einzige sinnvolle.«

Sie küssten sich zärtlich. Dann richtete sich Josie auf. »Behalten sie dich hier?«

Er schüttelte den Kopf. Die wenigen Bewegungen hatten ihm ziemliche Schmerzen bereitet, denn er wurde immer blasser. »Ich rufe Drake und Trinity an«, sagte sie. »Sie sollen dich holen. Ich muss Alison irgendwo unterkriegen.«

»Mach nur«, erwiderte Noah. »Wir sehen uns zu Hause.«

Im Stationszimmer war Alison gerade dabei, ihrem Vater auf die Mailbox zu sprechen. Während Josie darauf wartete, dass sie fertig wurde, schrieb sie Trinity eine Nachricht. Ihre Schwester war sofort bereit, Noah zu holen und ihm jegliche

Pflege angedeihen zu lassen, die er zu Hause benötigte. Nachdem Alison ihre ausschweifende, emotionale Nachricht an ihren Vater abgeschickt hatte, fuhr Josie mit ihr zum Polizeirevier. Der Gemeindeparkplatz war fast leer, was nicht überraschte, denn die meisten Einheiten hielten sich entweder im Haus der Familie Mills auf, untersuchten den Tatort und befragten auf der Suche nach dem geflüchteten Täter die Nachbarschaft oder durchkämmten die Stadt nach dem dunklen SUV, mit dem er vermutlich entkommen war. Josie stellte ihr Auto auf dem Parkplatz ab, der der Tür zum Revier am nächsten lag. Gerade als sie den Schalthebel auf Parken stellte, rief Clint Mills auf Alisons Handy an.

»Mein Dad!«, rief Alison teils nervös, teils aufgeregt.

In dem Augenblick, da sie seine Stimme hörte, brach sie zusammen. Josie war froh, dass sie noch im Auto saßen. Alisons Körper wurde von Schluchzern erschüttert. Das Smartphone fiel ihr aus der Hand. Sie beugte sich vor, hob es vom Boden zwischen Alisons Beinen auf und drückte es an ihr Ohr. »Mr Mills?«

Seine Stimme zitterte. »Wer ... wer ist dran und was geht hier vor? Stimmt etwas nicht? Wo ist Marlene? Geht es meiner Tochter gut?«

Josie stellte sich so deutlich und ruhig wie möglich vor und erläuterte ihm, was passiert war. Sie hörte ein Rascheln am anderen Ende und ersticktes Weinen. Geduldig wartete sie, hielt das Handy weiter mit einer Hand an ihr Ohr und strich mit der anderen beruhigend über Alisons Rücken. Clint Mills beruhigte sich schneller als seine Tochter. Wieder war ein Rascheln zu hören, dann ein lautes Schniefen. Schließlich sagte er: »Es tut mir leid. Ich habe einen Augenblick gebraucht. Ich versuche, so schnell wie möglich zu Hause zu sein. Ich ... mein Gott. Alison. Was soll sie machen? Sie kann nicht nach Hause zurück. Sie dürfen sie dort nicht hinschicken. Wo ist sie? Wo sind Sie?«

»Wir sind gerade im Polizeirevier«, antwortete Josie. »Alison bleibt bei mir, bis wir entsprechende Vorkehrungen für sie getroffen haben.«

»Entsprechende Vorkehrungen? Ach so, Sie brauchen einen Platz, wo sie bleiben kann, bis ich zurück bin.«

»Ich muss dafür sorgen, dass sie in Sicherheit ist, aber ja, sie braucht einen Ort, wo sie bleiben kann. Sie ist erschöpft. Gibt es jemanden, den wir anrufen können?«

»Die beste Freundin meiner Frau, Sadie.«

Alison richtete sich auf und sagte: »Mom wollte nicht, dass sie mit hineingezogen wird.«

Am anderen Ende hörte Josie Clint schnauben. »Bitte. Die beiden sind unzertrennlich. Sagen Sie Alison, dass ich sie anrufe, okay? Ich rufe sie gleich an. Wenn Sadie der Meinung ist, dass sie bei ihr nicht sicher ist, dann bezahle ich die Unterbringung der beiden an einem sicheren Ort. Einem Hotel oder anderswo. Ich sage Sadie, dass sie zum Revier fahren und sie abholen soll, okay?«

»Das wäre in Ordnung«, meinte Josie.

»Können Sie mir meine Tochter noch einmal geben?«

Josie reichte Alison das Handy und wartete, bis sie beiden ihr Gespräch beendet hatten. Als Alison auflegte, wirkte sie schon wesentlich ruhiger. Sie wischte sich die Nase mit dem Ärmel ihres Hoodies ab und meinte: »Wir hätten gleich zu Sadie gehen sollen.«

»Kommen Sie«, sagte Josie. »Wir gehen nach drinnen und warten dort auf sie. Ich muss noch ein paar Anrufe erledigen.«

Zehn Minuten später saß Alison auf einem Stuhl am Tisch im Konferenzraum und hatte den Kopf auf ihre verschränkten Arme gelegt. Schon nach wenigen Augenblicken fielen ihr die Augen zu. Ihre Nase pfiff mit jedem Atemzug. Nachdem Josie das Licht gedimmt hatte, ließ sie das Mädchen allein und ging den Flur hinunter, um dem Sergeant vom Dienst, Dan Lamay, Bescheid zu geben, dass Alison im

Konferenzraum döste und sie in den ersten Stock gehen würde, um zu telefonieren.

»Wenn sie kommt und mich sucht, schick sie hoch«, sagte Josie.

»Alles klar, Boss«, antwortete Dan.

Oben ließ sich Josie auf ihren Schreibtischstuhl fallen. Sie rief das Foto auf, das sie von dem Tattoo des Toten gemacht hatte, und sah es sich genau an. Es bestand wenig Zweifel, dass die Männer, die in das Haus der Familie Mills eingedrungen waren und Marlene niedergeschossen hatten, auch diejenigen waren, die Dina Hale gefoltert hatten und in der Nähe von Max Combs' Haus gesehen worden waren, bevor und nachdem er ermordet worden war. Josie war überzeugt, dass sie irgendeiner Bande oder, noch wahrscheinlicher, einem Zweig der Mafia angehörten. Alles an ihnen sah nach organisiertem Verbrechen aus: ihr Erscheinungsbild, ihr Auftreten und was sie getan hatten. Die Frage war nur: Für wen arbeiteten sie?

Josie hoffte, dass sie nach der Tatortanalyse und der Autopsie des Täters einen Ausweis oder ein Handy finden würden, das ihnen zumindest einige Informationen lieferte. Aber im Augenblick hatte sie nichts weiter als die Tätowierung. Es verriet ihr vielleicht nicht, wer er war, gab aber vielleicht einen Hinweis auf seinen Auftraggeber. Leider existierte keine Datenbank, in die sie das Foto hätte eingeben können. Die Strafverfolgungsbehörden von Pennsylvania speicherten Tätowierungen zwar in ihrer Gefängnisdatenbank und einige Countygefängnisse fotografierten Tattoos, wenn sie Gefangene überstellt bekamen. Aber für eine Suche in diesen beiden nicht allzu umfangreichen Archiven brauchte man mehr Informationen als ein einfaches Foto. Die Datenbank des Staatsgefängnisses zum Beispiel wäre nur von Nutzen, wenn der Träger der Tätowierung aktuell Insasse dort wäre. Da ihr Unbekannter aber auf einem Seziertisch im Leichenschauhaus lag, half das nicht weiter. Das FBI entwickelte seit Jahren eine nationale

Datenbank, in der die Strafverfolgungsbehörden Tattoos mithilfe von Fotos suchen konnten, doch sie war noch nicht online. Deshalb blieben Josie nicht viele Möglichkeiten.

Allerdings war da noch eine Quelle, die sie anzapfen konnte, wenn auch nur inoffiziell.

Sie schrieb Drake eine Nachricht.

Du hast doch schon einige Fälle von Bandenkriminalität bearbeitet, oder? Fälle, in denen die Mafia eine Rolle spielte?

Kurz darauf kam seine Antwort.

Ja, wenn auch nur sehr wenige. Was gibt es?

Sie schickte ihm das Foto.

Ich versuche herauszufinden, ob dieses Tattoo etwas zu bedeuten hat oder ob der Kerl, der es getragen hat, lediglich ein Faible für seltsam verdreht dargestellte Schlangen hatte.

Wieder verging nur ein kurzer Augenblick.

Ich kann mich für dich erkundigen. Inoffiziell.

Danke, schrieb ihm Josie.

Sie schloss die Nachrichten-App und rief im Krankenhaus an. Marlene wurde nach wie vor operiert. Neuigkeiten gab es nicht. Als Nächstes rief sie Noah an. Er lag zu Hause hochgelagert im Bett, neben sich Trout und jede Menge Schmerzmittel an Bord. Sie unterhielten sich mehrere Minuten, bis er sich schläfrig anzuhören begann. Sie beendete das Gespräch und rief Gretchen an, die berichtete, dass die Spurensicherung nach wie vor mit dem Haus der Familie Mills beschäftigt war und weder der zweite Mann noch der dunkle SUV gefunden worden waren, aber der Chief genehmigt hatte, dass die Suche die ganze Nacht fortgesetzt wurde.

»Gretchen, wir wissen, dass die Kerle seit mindestens einer Woche mit diesem Geländewagen in Denton unterwegs sind und eine Spur aus Mord und Verwüstung hinterlassen. Als sie Dina entführten, haben sie sie nicht in ein Gebäude gebracht. Sie haben an einem abgelegenen Ort draußen geparkt.«

»Was bedeutet, dass sie keine feste Operationsbasis hier haben«, folgerte Gretchen.

»Genau. Was, wenn sie gar nicht von hier sind? Wenn sie von außerhalb kommen?«

»Du denkst, sie übernachten in einem Hotel? Hier in der Stadt?«, fragte Gretchen.

»Ich weiß es nicht. Vielleicht auch außerhalb. Wir sollten Einheiten zu allen Hotels der Stadt schicken, damit sie sich dort nach den Männern und ihrem SUV erkundigen. Hast du etwas über den Kerl im Leichenschauhaus herausgefunden?«

»Einen Ausweis hatte er nicht. Ein Handy, aber ein Wegwerfmodell, von dem aus nur eine einzige Nummer angerufen wurde. Wir haben sie ausprobiert, aber sie ist nicht länger gültig.«

»Ich schätze, sie gehörte dem zweiten Typen«, meinte Josie. »Und der hat sein Handy inzwischen wahrscheinlich entsorgt.«

»Genau«, pflichtete ihr Gretchen bei. »Mit Sicherheit. Hör zu, ich schicke Einheiten zu den Hotels vor Ort, okay? Mal sehen, ob wir in dieser Richtung weiterkommen.«

Josie dankte ihr und legte auf. Sie stand auf und streckte sich. Erst jetzt merkte sie, was ihr alles wehtat. Das Kreuz, die Schultern, Beine, die Hüfte. Sie kramte in einer ihrer Schreibtischschubladen, bis sie eine halbvolle Dose Ibuprofen fand. Sie schluckte zwei Tabletten trocken und ging wieder nach unten. Der Konferenzraum war geschlossen. Sie sah den Flur auf und ab. Im Gebäude war es ebenso still wie draußen, denn alle verfügbaren Einheiten suchten nach dem zweiten Mann. Josie drehte den Knauf und drückte gegen die Tür, doch sie ließ sich nicht ganz öffnen. Sie konnte nur durch einen schmalen Spalt in den Raum sehen. »Alison?«, rief sie.

Alles, was sie erkennen konnte, war eine Hälfte des langen Tischs. Alle Stühle standen noch dort. Bis auf einen. Er stand neben der Tür und war mit der Lehne unter den Türgriff geklemmt worden.

»Alison!«

Josie hörte ein Keuchen, dann einen unterdrückten Schrei, ein Stöhnen und schließlich einen lauten Knall. Ihr Herz begann wie wild zu schlagen. Blitzschnell drehte sie den Kopf und schätzte die Entfernung von der Tür zur Eingangshalle und zurück ein. Hatte sie Zeit, Sergeant Lamay zu mobilisieren, damit er ihr half? Josie rief seinen Namen so laut sie konnte, trat zurück und warf sich gegen die Tür. Sie erbebte in ihrem Rahmen, aber ging nicht auf.

Da drang Alisons Stimme zu ihr. »Hil...« Sie brach abrupt ab.

Als Josie erneut zurücktrat, hörte sie, wie im Konferenzraum Stühle umfielen. Sie hob das Bein und trat mit dem Stiefel unterhalb des Griffs an die Tür.

»Polizei!«, schrie sie. »Öffnen Sie die Tür!«

Wieder wackelte die Tür, ging jedoch nicht auf. Josie trat weiter dagegen, während sie gleichzeitig nach Sergeant Lamay rief und die Person auf der anderen Seite der Tür aufforderte, sie zu öffnen.

»Boss?« Lamay kam so schnell wie möglich über den Flur gelaufen, was angesichts seines Alters und lädierten Knies relativ lang dauerte.

In diesem Augenblick löste sich der Stuhl auf der anderen Seite durch Josies Tritte und die Tür öffnete sich ein Stück. Sie zwängte sich hindurch. In der einen Hälfte des Raums, den sie nicht hatte überblicken können, drückte ein dunkelhaariger Mann Alison zwischen umgeworfenen Stühlen an die Wand.

Er hatte beide Hände um ihren Hals gelegt. Alisons Beine baumelten in der Luft. Sie zappelte und versuchte, ihn zu treten, aber er war zu groß. Er ging einfach ein Stück weit nach hinten, während er sie weiter würgte. Sie krallte sich in seine Hände und versuchte, sie von seinem Hals wegzuziehen. Die Augen traten ihr aus den Höhlen.

»Wo ist es?«, knurrte der Mann.

Es dauerte einen Augenblick, bis Josie alles erfasst hatte. Hinter ihr schrie Dan den Mann an. Für Josie begannen die Sekunden wie in Zeitlupe zu verstreichen. Sie registrierte das Wirrwarr umgeworfener Stühle, sprang auf den Tisch und lief über die glänzende Oberfläche. Von dort warf sie sich auf den Mann und rammte ihm einen Ellbogen direkt unter seine erhobenen Arme in die Seite. Seine Rippen brachen mit einem befriedigenden Knacken. Schockiert taumelte er, ließ Alison los und stolperte nach hinten. Josie fasste ihn am Handgelenk und schleuderte ihn zum Tisch. Mit der anderen Hand packte sie ihn im Nacken und drückte sein Gesicht auf die Tischplatte. Er schrie auf, als sie seine Arme nach hinten riss und seine Handgelenkte fixierte. So hielt sie ihn, bis sich Dan durch das Dickicht aus Stühlen gekämpft und ihm Handschellen angelegt hatte.

»Sie sind verhaftet«, sagte Dan.

Josie wandte sich Alison zu, die zu Boden gerutscht war und sich mit beiden Händen den Hals rieb. Als sie die Hände wegnahm, sah Josie rote Druckstellen. Sie kniete sich vor sie. »Sind Sie okay?«

Alison nickte. »Ich bin ... oh, ich ... uh ... Reden tut weh.«

»Dann sagen Sie nichts«, riet ihr Josie. »Wir bringen Sie wieder ins Krankenhaus und lassen Sie untersuchen. Können Sie aufstehen?«

Alison nickte erneut, stützte sich auf Josie Arme und zog sich wankend hoch. Ihre Augen blickten suchend über Josies Schulter zu dem Mann. Nun, da Josie wusste, dass Alison wohlauf war, sah sie sich den Angreifer genauer an. Als Erstes bemerkte sie sein volles Haar. Es war also nicht der geflüchtete Einbrecher.

»Los«, sagte Dan und zog den Mann hoch.

»Oh, Shit«, flüsterte Josie.

Alison drückte ihren Arm. »Was ist?«, krächzte sie.

Dan manövrierte den Mann auf dem Weg hinaus zur anderen Seite des Tisches, damit er Josie und Alison nicht zu nahe kam. Josie wartete, bis sie den Raum verlassen hatten und ihre Schritte sich im Flur entfernten. Dann sagte sie: »Das ist Pierce Fuller. Ein Stadtrat.«

Josie döste auf dem Plastikstuhl neben Alisons Bett in der Notaufnahme. Eine der Schwestern hatte das Licht direkt über ihnen ausgeschaltet und die Vorhänge zugezogen, damit sie etwas Ruhe hatten. Trotzdem war der hektische Lärm aus der Notaufnahme noch zu hören. Pflegepersonal und Ärzte riefen sich Anweisungen zu. Patienten läuteten, weil sie Hilfe oder Medikamente brauchten oder Schmerzen hatten. Leere Infusionsgeräte piepsten und schrillten. Rufglocken klingelten und Geräte zur Überwachung der Vitalfunktionen gaben Fehlalarm. Trotz des hohen Geräuschpegels war Alison fast sofort eingeschlafen. Josie kämpfte gegen den Schlaf. Sie hatte die Augen geschlossen, sich jedoch vorgenommen, nicht in Tiefschlaf zu fallen.

Der Vorhang raschelte und riss Josie aus dem Halbschlaf. Sie sprang auf, kampfbereit. Aber dann trat eine kleine, kräftige Frau hindurch. Sie hielt ihre Handtasche an ihre Hüfte gepresst und machte ein besorgtes Gesicht.

»Sadie«, sagte Josie.

Sadie sah Alison an und flüsterte: »Wie geht es ihr? Ich bin nach meiner Schicht zum Revier, wie Clint mich gebeten hatte.

Aber dort sagte man mir, es sei etwas passiert und Alison sei hier. Ich habe mir solche Sorgen gemacht. Und Marlene! Clint hat mir von ihr erzählt. Wissen Sie, wie es ihr geht?«

Josie bedeutete ihr, sich auf den Stuhl zu setzen, aus dem sie gerade aufgesprungen war. Sadie ließ sich darauf nieder, nahm den Blick aber nicht von Alison.

»Marlene wurde operiert. Es ist gut gelaufen, hieß es, aber sie befindet sich nach wie vor in einem kritischen Zustand und muss noch mindestens ein, zwei Tage auf der Intensivstation bleiben. Sie ist noch nicht über den Berg. Alison ist nicht ernsthaft verletzt und hat nur Blutergüsse.«

Sadie beugte sich vor und berührte Alisons Hand. Selbst im Schlaf erschrak sie und zuckte zurück. Sadie wirkte geknickt.

»Sie hat in den letzten Tagen viel durchgemacht«, sagte Josie. »Sie wird eine Weile recht dünnhäutig sein.«

»Natürlich«, pflichtete Sadie ihr bei. »Wird sie heute Abend entlassen?«

»Ja«, meinte Josie. »Ich müsste die Entlassungspapiere jeden Augenblick bekommen.«

Wieder raschelte der Vorhang und ging auf. Vor ihnen stand Chief Chitwood im grellen Neonlicht des Flurs. »Quinn«, sagte er. »Ich bin so schnell wie möglich hergekommen. Sergeant Lamay hat mir alles erzählt.« Er sah sich um, bemerkte, dass Sadie da war, und verstummte.

Josie stellte die beiden vor. »Ich bin nur gekommen, um sie mit nach Hause zu nehmen. Vielleicht sollten wir besser in ein Hotel gehen.«

»Ich bin froh, dass Sie gekommen sind, Mrs Bacarra«, sagte der Chief. »Es ist Ihnen hoch anzurechnen, dass Sie Alison aufnehmen möchten, nach allem, was passiert ist. Aber ich denke, für Ihre Sicherheit und die von Alison ist es besser, wenn wir Alison in Schutzgewahrsam nehmen, insbesondere nach dem, was heute Abend passiert ist.«

Sadie stand auf. Ihre Finger spielten mit dem Riemen ihrer

Handtasche. »Schutzgewahrsam? Was? Wie das Zeugenschutz-
programm?«

Der Chief lächelte. »Nein, nichts dergleichen. Ich möchte
nur, dass Alison fürs Erste in der Obhut der Polizei bleibt.
Außerdem will ich sichergehen, dass Sie und Ihre Familie nicht
in Gefahr geraten. Wir nehmen Alison nur in Gewahrsam, bis
wir die Sache unter Kontrolle haben.«

Sadie sah Alison an und dann wieder den Chief. »Ich habe
ihrem Vater versprochen, mich um sie zu kümmern.«

»Ich denke, ihr Vater wäre damit einverstanden, dass wir
uns um Ihrer beider Sicherheit kümmern.« Er drückte ihr eine
Visitenkarte in die Hand. »Sie können mich jederzeit anrufen,
wenn Sie Fragen oder Bedenken haben. Aber jetzt möchte ich,
dass Sie nach Hause fahren. Schließen Sie Ihr Haus sehr gut ab
und wählen Sie sofort den Notruf, wenn Sie auch nur den
leisesten Verdacht haben, dass etwas nicht in Ordnung ist.
Okay?«

Sadie sah auf die Karte, dann zu Alison und schließlich
wieder zum Chief. »Sie glauben, ich bin in Gefahr?«

»Nein«, antwortete der Chief. »Aber Alison. Und wir
wollen nicht, dass auch Sie dadurch gefährdet werden. Wie
gesagt, es ist nur solange, bis wir den Fall geklärt haben.«

»Wo bringen Sie sie hin?«, fragte Sadie.

Der Chief lächelte, ging zu ihr, legte ihr eine Hand unter
den Ellbogen und führte sie aus der von einem Vorhang
umschlossenen Kabine. »Lassen Sie das mal unsere Sorge sein,
okay? Wir stehen in ständigem Kontakt mit ihrem Vater.«

Josie sah zu, wie der Chief Sadie zum Ausgang brachte. Als
er zurückkehrte, fragte sie: »Schutzgewahrsam?«

Der Chief winkte sie nach draußen in den Flur außerhalb
Alisons Hörweite, obwohl Josie an den pfeifenden Atemgeräuschen aus ihrer Nase erkennen konnte, dass sie tief und fest
schlief. »Ein amtierender Stadtrat marschiert in unser Revier
und versucht, eine Siebzehnjährige umzubringen. Quinn, bevor

wir nicht genau wissen, was zum Teufel in dieser Stadt abgeht, lassen wir Alison Mills nicht mehr aus den Augen. Verstanden?«

Josie nickte. Sie glättete mit einer Hand ihr Haar. »Und wie wollen Sie das anstellen?«

»Sie beide bleiben vorerst bei mir.«

»Chief«, sagte Josie.

»Daisy habe ich schon bei Gretchen untergebracht. Paula ist bei ihr. Fraley hat mir erzählt, Sie beide hätten Gäste, die sich um ihn kümmern. Außerdem bin ich der Chief. Ich habe für Sie alle die Verantwortung. Sie bringen sie zu mir. Wenigstens für heute Nacht. Morgen sehen wir weiter.«

»Kein Hotel?«, fragte Josie.

Er schüttelte den Kopf. »Zu riskant. Zu exponiert. Zu viele Leute, die man überreden kann, für ein paar Dollar eine Zimmernummer preiszugeben. Ich weiß nicht, was zum Teufel hier los ist. Architekten und Stadträte greifen Kinder an, Mafiosi laufen durch die Stadt und erschießen Leute. Wir müssen dafür sorgen, dass dieses Mädchen am Leben bleibt. Sind wir uns darin einig, Quinn?«

Josie war zu erschöpft, um an etwas anders als ein weiches Bett und ein paar Stunden Schlaf zu denken. Das Haus des Chiefs war abgelegen und stand auf einer einige Morgen großen ehemaligen landwirtschaftlichen Fläche. »Klar«, antwortete sie. »Ich bin ganz bei Ihnen.«

ACHTUNDVIERZIG

Sie ist fast fünfzehn, als ihr Vater sein wahres Gesicht zeigt. Wieder sind sie in der Garage. Diesmal ist sie auf der Suche nach leeren Plastikwasserflaschen für ein Schulprojekt. In der Recyclingtonne müssten viele liegen. Es ist Nachmittag, ein ganz normaler Wochentag. Ihre Schule hat sie wegen einer Bombendrohung, bei der es sich lediglich um ein Gerücht handelte, wie sich später herausstellte, früher nach Hause geschickt. Ihre Freundinnen sind alle zum Essen gegangen, aber Pea ist zu Hause. Seit ihre Welt zusammengebrochen ist, hat sie keine große Lust mehr, viel zu unternehmen. Ihr Vater macht ihr jeden Tag Stress wegen der Schule, deshalb hat sie beschlossen, das Projekt früh anzugehen.

Dieses Mal aber ist keine Gruppe von Männern da. Stattdessen ist ihr Vater ganz allein. Er sieht auf das hinab, was er angerichtet hat. Seine Brust hebt und senkt sich. In seinem Gesicht erkennt Pea eine Mischung aus Blutdurst und absoluter Befriedigung, die einen Brechreiz in ihr hervorruft.

Bevor sie weggehen kann, bemerkt er sie. Er lächelt.

Eine Stimme in ihrem Kopf sagt ihr, dass sie weglaufen soll. Aber wohin? Hier gehört sie her. Hier spielt sich ihr Leben ab.

Das hier ist ihr Leben. Sie kann weglaufen, aber dieser Mann wird immer ihr Vater sein.

Sie hörte etwas tropfen, sieht, wie ihr Vater sich zu ihr dreht. Er lässt die Arme hängen und sagt: »Ich musste das tun, Pea.«

Sie will sich abwenden, will das Blutbad vor sich nicht sehen, aber sie kann nicht. Tief in ihrem Inneren hört sie Mug, wie er zu ihr sagt: *Niemand möchte kämpfen, Kleines. Aber manchmal muss man die Dinge selbst in die Hand nehmen.*

Wusste sie es schon immer? War sich ein verdrängter Teil ihrer Psyche immer darüber im Klaren, dass ihr Vater ein Ungeheuer war? Oder war sie nur ein dummes Kind, das unter den wachsamen Augen ihrer Mutter und Mugs ein Fantasieleben führte?

»Pea«, sagt ihr Vater. Seine Stimme ist belegt. Aber nicht vor Trauer oder Bedauern oder einer anderen menschlichen Regung, die Pea in diesem Augenblick verstehen würde. Nein, Hochgefühl macht seine Stimme rau. Und das verursacht Übelkeit in ihr.

Er tritt näher. »Meine Prinzessin.«

»Nicht.« Ihre Stimme klingt schrill. Sie überwindet den Kloß in ihrem Hals und presst hervor: »Bleib weg von mir. Komm mir nicht zu nahe. Nie wieder.«

NEUNUNDVIERZIG

Eine leichte Berührung an ihren Wangen holte Josie aus dem Schlaf. Vertraute Finger strichen ihr die Haare aus dem Gesicht. Sie glitt allmählich zurück in die Wirklichkeit. Noahs Berührung erfüllte ihren ganzen Körper mit Wärme. Sie lächelte, noch bevor sie die Augen öffnete. Als sie sie schließlich aufschlug, sah sie ihn, das Gesicht über ihrem. Mit seinen haselnussbraunen Augen blickte er sie besorgt an. »Hey«, flüsterte er.

Josie setzte sich auf und sah sich in der fremden Umgebung um. Die Erinnerung an die Ereignisse des vergangenen Tages kam zurück und traf sie wie ein Schlag. Alison und Marlene Mills. Der Überfall. Marlenes Verletzungen. Der Angriff des Stadtrats Pierce Fuller auf Alison. Der Chief hatte darauf bestanden, dass sie bei ihm übernachtete. Alison war noch im Halbschlaf gewesen, als Josie und der Chief sie aus dem Krankenhaus in Chitwoods Auto geführt hatten. Sie hatte keine Fragen gestellt. Als sie in sein Haus gegangen waren und er ihr das Bett gezeigt hatte, in dem sie schlafen konnte, hatte sie sich mit dem Gesicht nach vorn darauf fallen lassen. Schon nach wenigen Sekunden waren tiefe Atemgeräusche zu hören.

Josie hatte darauf bestanden, im gleichen Raum wie sie zu schlafen.

»Nicht aus den Augen lassen bedeutet genau das«, hatte sie dem Chief gesagt.

Er hatte ihr sogleich ein Campingbett mit Decke und Kopfkissen gebracht. Unter normalen Umständen hätte sie es als nicht gerade komfortabel empfunden, aber in den letzten vierundzwanzig Stunden – oder in diesem gesamten bizarren Fall – war nichts normal gewesen. Josie war viel zu müde, um sich unbehaglich zu fühlen. Sie drehte den Kopf und sah, dass Alisons Bett leer war. »Wo ist sie?«

Noah hatte auf dem Boden gekniet. Nun setzte er sich neben sie auf die schmale Liege. Er bewegte sich steif und verzog das Gesicht vor Schmerzen. »Unten beim Chief. Er macht ihr etwas zu essen.«

»Er kocht?«

Noah lächelte unsicher. »Ich weiß nicht, ob man das Kochen nennen kann, aber Alison scheint es nichts auszumachen.«

»Was machst du überhaupt hier?«, fragte Josie. »Du solltest zu Hause sein und dich erholen. Du hast sicher Schmerzen.«

»So schlimm ist es gar nicht«, beruhigte er sie. »Ich wollte dich sehen.«

Josie beugte sich vor und gab ihm einen Kuss. »Ich bin froh, dass du da bist. Gibt es etwas Neues? Hat man den zweiten Mann schon gefunden? Was ist mit dem SUV?«

»Der Geländewagen wurde in der Nähe der Autobahn verlassen gefunden. Ein Mietwagen. Gretchen versucht herauszubekommen, wer ihn wann gemietet hat. Sie sagt, ihre Nachforschungen in den Hotels hätten nichts ergeben, aber sie ist sich ziemlich sicher, dass jemand lügt. Vermutlich jemand in den schäbigeren Absteigen oder Motels, wo mit Bargeld bezahlt wird und niemand Fragen stellt.«

»Ja«, sagte Josie. »Das kann gut sein.«

»Von dem Kerl gibt es keine Spur, obwohl ein paar Verkehrskameras den SUV erfasst haben. Wir glauben, dass du recht hattest: Sie haben auf der Straße hinter dem Grundstück der Familie Mills geparkt und sind durch den Wald zum Haus gelaufen.«

»Das heißt, er ist über diesen Weg auch wieder zurück zu seinem Wagen, nachdem er in den Wald geflohen ist. Wenn ich nicht seine Spur verloren und mich verlaufen hätte, hätten wir ihn vielleicht geschnappt.«

»Josie«, ermahnte sie Noah.

Bevor er weitersprechen konnte, fragte sie: »Was ist mit dem Toten? Ist er schon identifiziert?«

Noah schüttelte den Kopf. »Nein.«

»Und was ist mit Pierce Fuller?«, wollte Josie wissen.

Noah wandte den Blick ab. So steif er sich im Moment auch bewegte, so konnte Josie seiner Körpersprache doch entnehmen, dass es ihr nicht gefallen würde, was er gleich sagen würde. »Ungefähr fünf Sekunden nach seiner Verhaftung hat er schon nach einem Anwalt geschrien. Du hast ihm eine Rippe gebrochen, weshalb er zur Behandlung in das Krankenhaus gebracht wurde. Auch sein Anwalt ist dorthin gekommen. Er wurde behandelt und dem Sheriff von Alcott County überstellt.«

Obwohl sie im Dentoner Polizeirevier eigene Zellen hatten, kamen alle, gegen die Anklage erhoben wurde, in das wesentlich größere und besser ausgestattete Gefängnis des County Sheriffs, wo man sie erkennungsdienstlich behandelte und festhielt, bis sie dem Haftrichter vorgeführt wurden.

»Er ist schon wieder draußen, stimmt's?«, fragte Josie frustriert.

»Ich befürchte, ja.«

»Er hat eine Siebzehnjährige umzubringen versucht. Ein wehrloses Mädchen. In einem Polizeirevier. Geht es noch dreister und durchgeknallter? Wie kann ein Richter so etwas anordnen?«

Noah seufzte. »Du weißt doch, wie das läuft, Josie. Er ist Stadtrat. Ein untadeliger, aufrechter Bürger mit blütenweißer Weste. Keine Vorstrafen. Nicht einmal einen Strafzettel wegen Falschparkens hat er je bekommen.« Seine Worte trieften vor Sarkasmus. Josie wusste, dass er Pierce Fullers Anwalt zitierte. »Ein hingebungsvoller Ehemann, bestens in seiner Gemeinde verwurzelt. Keinerlei Fluchtgefahr. Der Richter gab ihm die Möglichkeit, auf Kaution freizukommen, und seine Frau hat sie sofort bezahlt.«

Josie stand auf und strich ihr Poloshirt und ihre Jeans glatt, in denen sie geschlafen hatte. An ihren Hosenbeinen hafteten aus der Küche der Familie Mills noch Mehl und etwas, das aussah wie Haferflocken. »Unglaublich. Nicht einmal eine elektronische Fußfessel, um zu verhindern, dass er noch einmal in Alisons Nähe kommt?«

»Leider nicht.«

Josie überlegte, wie Alison es wohl aufnehmen würde, dass dieser Mann noch frei herumlief, nachdem er in ein Polizeirevier gegangen war und sie umzubringen versucht hatte. Sie dachte an Alisons Eltern und wie sich fühlen würden. »Was ist mit Marlene Mills?«, fragte Josie. »Gibt es von ihr etwas Neues?«

»Sie liegt weiterhin auf der Intensivstation. Ihr Zustand ist unverändert. Der Chief hat mit Clint Mills gesprochen. Er ist noch immer in Frankreich und meinte, wir sollten tun, was nötig sei, um dafür zu sorgen, dass Alison sicher sei, bis er nach Hause komme. Also, ich weiß nicht viel über Clint Mills, aber ehrlich gesagt bin ich mir nicht sicher, ob er es mit den Leuten aufnehmen kann, die derzeit die Stadt hier unsicher machen.«

Draußen waren Reifen auf Kies zu hören. Josie ging zum Fenster. Sie schob die Vorhänge beiseite und war erleichtert, als sie Trinitys winzigen Fiat Spider sah, der über Chief Chitwoods Einfahrt holperte. Sie parkte neben Noahs Auto. Die Fahrertür ging auf und Drake schälte sich aus dem Wagen.

»Drake kommt«, sagte Noah.

Er ging zur Tür, nahm eine Reisetasche von dort, hielt sie ihr hin und sagte: »Warum ziehst du dich nicht um und putzt dir die Zähne? Ich warte unten auf dich.«

Josie war sich nicht bewusst gewesen, wie mitgenommen sie aussah, bis sie im Badezimmer des Chiefs stand und sich im Spiegel sah. Eine Hälfte ihrer Haare klebte an ihrem Kopf, die andere stand in einer Form ab, die sich nicht definieren ließ. Sie gab ihr Bestes, um sich etwas frisch zu machen, bürstete ihr Haar, wusch sich das Gesicht und die Hände, putzte sich die Zähne und zog sich frische Kleidung an. Dann ging sie nach unten.

Alison war mit dem Chief in der Küche und schaufelte Essen in sich hinein. Auf dem Tisch stand eine große Schüssel mit Rührei und Schinken. Ihr gegenüber saß der Chief, vor sich eine halbvolle Tasse Kaffee. Noah und Drake waren stehen geblieben und lehnten sich an die Arbeitsplatte, die sich wie ein großes L durch den Raum zog.

Der Chief bedeutete Josie, sich zu setzen. »Essen Sie etwas«, bat er sie.

Sie hatte nicht gedacht, dass sie hungrig sein würde, aber der Essensgeruch machte ihr schlagartig einen enormen Appetit. Sie wusste, wo der Chief sein Geschirr aufbewahrte, seit sie ihn unterstützt hatte, als er sich vor mehreren Monaten von einer Verletzung erholte. Deshalb fand sie rasch einen Teller und eine Gabel und gesellte sich zu Alison an den Tisch. Während sie das Rührei aß, fragte sie Drake: »Hast du was über das Tattoo herausgefunden?«

Er verschränkte die Arme vor der Brust und nickte. »Allerdings.«

»Was für ein Tattoo?«, wollte der Chief wissen.

Josie erklärte es ihm.

»Die Schlange in Form des Buchstabens D«, begann Drake, »wird in der Regel auf den Unterarm tätowiert und ist das Kennzeichen der Verbrecherorganisation Discala.«

»Discala?«, fragte der Chief. »Sie meinen Johnny Discala?«

»Aus Philadelphia, ja«, antwortete Drake. »Seine Organisation operiert von New York bis Baltimore und nutzt Philadelphia als Drehkreuz. Drogen, Geldwäsche, Menschenhandel, Glücksspiel ... die ganze Palette. Er hat seine Hände in allem. Groß geworden ist er in der Lugo-Bande. Dort war er jahrelang Underboss, bis er Lugo ausschaltete und seinen Platz einnahm. Er ist für seine Brutalität bekannt.«

»Sind das nicht alle Mafiosi?«, meinte Noah.

Drake nickte. »Wahrscheinlich.«

»Glauben Sie, dass die zwei, die in meiner Stadt herumgerannt sind, Discalas Männer waren?«, fragte der Chief.

Drake hob abwehrend die Hände. »Ich glaube gar nichts. Josie hat mich gebeten, mir das Tattoo vorzunehmen. Wenn in Denton Typen mit dieser Tätowierung unterwegs sind, dann ja, dann sind es Discalas Männer. Soldati bekommen dieses Motiv verpasst, wenn sie in die Organisation aufgenommen werden.«

Alison hatte bis jetzt noch nichts gesagt, aber aufmerksam zugehört. »Soldati?«, fragte sie nun.

»Italienische Mafiaorganisationen haben eine bestimmte Struktur«, erklärte ihr Drake. »Ganz oben ist der Boss, der alles kontrolliert. Dann kommt sein Vize, der Underboss. Dann ist da noch der Consigliere, eine Art Berater und Mittler zwischen Boss und Underboss. Darunter rangieren die Capos, die eigene Gruppen befehligen, eigene Dinger drehen und bestimmte Gebiete unter sich haben. Jeder Capo hat Soldati, Soldaten, die ihm unterstehen. Das ist das Fußvolk, das Befehle entgegennimmt.«

Alison schluckte. »Sie glauben, die Mafia hat damit ...« – sie deutete auf ihr Gesicht, das noch immer von blauen Flecken übersät war, und dann auf ihren Hals, auf dem sich Fingermale abzeichneten – »… zu tun? Was mit mir passiert ist?« Sie sah Josie an. »Haben Sie nicht gesagt, dass Calvert ein Architekt sei und der Typ von letzter Nacht ein Stadtrat? Was hat die Mafia damit zu tun?«

»Das versuchen wir herauszufinden«, antwortete Noah. »Ihr ehemaliger Boss, Max Combs, hatte eine ganze Menge Spielschulden. Er könnte mit Discala in Verbindung stehen. Combs hat Elliott Calvert erpresst und vielleicht noch jemanden, wenn man nach dem Geld urteilt, das in seinem Besitz war.«

Der Chief meinte: »Jemand sollte sich Pierce Fullers Finanzen vornehmen und sehen, ob er das Eudora frequentiert hat oder je Kontakt zu Max Combs hatte. Womit könnte Fuller erpresst worden sein? Setzen Sie Mett und Palmer darauf an. Vielleicht graben sie etwas aus.«

Noah holte sein Handy hervor und verschickte ein paar Nachrichten.

»Okay, nehmen wir einmal an, Max Combs hat Calvert und vielleicht sogar Fuller erpresst, damit er seine Spielschulden bezahlen konnte«, sagte Josie. »Wenn er Schulden bei Discala hatte, ob ausschließlich oder zumindest teilweise bei ihm, warum hat Max Discalas Männern dann nicht das Geld gegeben, als sie bei ihm auftauchten, um ihn zu foltern und umzubringen?«

»Max ist tot?«, stieß Alison hervor.

Alle Köpfe drehten sich zu ihr.

»Shit«, fluchte Noah.

»Es tut mir leid«, sagte Josie. »Wir konnten Ihnen – oder auch anderen – das nicht sagen, bis seine Angehörigen verständigt waren. Ich weiß nicht, ob das schon passiert ist. Also behalten Sie es bitte für sich.«

Alison deutete durch den Raum. »Wem sollte ich es schon sagen?«

»Zurück zur Frage, mit der alles begann«, sagte Noah. »Was zum Teufel suchen diese Leute?«

Josie sah Drake an. »Johnny Discala versucht verzweifelt zu verhindern, dass etwas in die falschen Hände gerät, und schickt dazu seine Männer her. Was kann das sein?«

Drake dachte einen Augenblick nach, schüttelte aber dann den Kopf. »Ich weiß es nicht. Dem Kerl ist nichts nachzuweisen. Viele glauben, dass er ein paar Richter und Staatsanwälte in der Tasche hat, denn immer, wenn tatsächlich einmal Anklage erhoben wird, wird sie früher oder später fallen gelassen. Auch Beweismittel, die Discala und die meisten seiner Capos belasten könnten, neigen dazu, spurlos zu verschwinden.«

»Willst du damit sagen, selbst wenn es ein Video von Discala gäbe, wie er eigenhändig jemanden kaltblütig ermordet, wäre es nicht wirklich gefährlich für ihn?«, fragte Josie.

»Mord? Das wäre schon schwieriger, aber es würde mich nicht überraschen, wenn selbst dann die Anklage fallen gelassen würde. Natürlich müsste das Video ziemlich früh im Lauf der Ermittlungen verschwinden. Auch an die Presse gelangt nie etwas, wenn es um Discala geht. Vor ein paar Jahren hatte ein anderes Syndikat Zoff mit Discala. Sie haben seine Familie ins Visier genommen und seine Frau erschossen, als sie in der Kirche war. Discala ist völlig durchgedreht. Er hat fast das gesamte Syndikat mitsamt ihren Familien ausgelöscht. Es war ein Blutbad sondergleichen. Die Staatsanwälte dachten, sie hätten einen der Attentäter, aber dann ging plötzlich ein entscheidendes Beweismittel verloren und der Bezirksstaatsanwalt musste die Anklagen fallen lassen. Später verschwand auch der Angeklagte, wie vom Erdboden verschluckt. Discala hat Dutzende umgebracht und ist davongekommen, als sei es nichts.«

»Seine Männer haben Dutzende umgebracht«, warf der Chief ein. »Er hat nur die Anweisung dazu gegeben.«

Drake zuckte die Schultern. »Es heißt, ein paar habe er eigenhändig umgebracht – mitsamt ihren Familien. Natürlich gibt es keine Möglichkeit, das zu beweisen.«

»Wann war das alles?«, fragte Josie.

»Vor zwei, drei Jahren«, erwiderte Drake. »Vielleicht vier. In der Presse wurde darüber nicht viel berichtet. Ich meine, eine Zeitung hat einen Artikel darüber gebracht, aber das war's auch schon. Ihr könnt ja recherchieren, wann seine Frau genau ermordet wurde. Sie hieß Renatta Discala. Hört mal, ich muss los.« Er sah von Josie zu Noah und wieder zu Josie. »Da ihr bis zum Hals in einem anscheinend ziemlich komplizierten Fall steckt, fahren Trin und ich ein paar Tage zu euren Eltern.«

Josie stand, ging zu ihm und umarmte ihn. »Danke dir«, sagte sie.

Er wünschte ihr Glück und ging. Josie suchte ihr Handy, wusste aber nicht mehr, wo sie es gelassen hatte. Oder ob sie es überhaupt geladen hatte. »Suchen Sie Ihr Handy?«, fragte der Chief. »Es ist im Wohnzimmer. Ich habe es an mein Ladegerät angeschlossen.«

Josie schenkte ihm ein Lächeln und ging ins Wohnzimmer, um es zu holen. Zurück in der Küche suchte sie mit ihrem Browser nach Johnny Discala. Im Lauf der Jahre waren mehrere Artikel über ihn erschienen, in denen es auch darum ging, welche Verbrechen man ihm vorwarf: organisierte Kriminalität, Bestechung und Erpressung. Aber wie Drake schon gesagt hatte, verließ er den Gerichtssaal jedes Mal als freier Mann, entweder weil die Anklage fallen gelassen oder er freigesprochen wurde. In einem vor sieben Jahren erschienenen Artikel wurde sogar ein Foto von ihm gezeigt, als er ein Amtsgebäude in Philadelphia verließ. Journalisten umringten ihn, aber er überragte sie alle, ein großer, drahtiger Mann mit makellosem Dreiteiler. Er hatte dichtes schwarzes, nach hinten gekämmtes Haar und einen kräftigen Kiefer. Mit raubvogelartigen Augen

blitzte er in die Kamera, was so gar nicht zu seinem selbstzufrie-
denen Grinsen passte.

Bundesgericht spricht Discala nach Erpressungsvorwurf frei
lautete die Schlagzeile. Sie scrollte durch den ganzen Artikel
und erschrak, als sie zu einem weiteren Foto gelangte. Es zeigte
Johnny und einen anderen Mann, wie sie in eine schwarze
Limousine stiegen. Der zweite Mann stand hinter der offenen
Beifahrertür und blickte finster in die Kamera. Er war groß und
kräftig; vor seiner massigen Statur wirkte die Tür regelrecht
klein. Sein kahler Kopf glänzte im Sonnenlicht.

Josie las rasch die Bildunterschrift.

*Der mutmaßliche Mafiaboss Johnny Discala und sein Partner
Matteo »Mug« Marrone verlassen das Bundesgerichtsgebäude,
nachdem Discala überraschend freigesprochen worden war.*

Sie hielt Noah und dem Chief das Display hin und deutete
mit dem Finger auf Marrone. »Das ist er! Das ist der Kerl, mit
dem ich in Marlenes Küche gekämpft habe.«

Der Chief setzte eine Lesebrille auf und sah auf das Handy.
»Schöne Scheiße.«

Eine ganze Weile sagte niemand etwas. Dann fragte Noah:
»Wie wollen Sie das Ganze angehen?«

Der Chief nahm die Brille ab und sah sich in der Küche
um, als lägen die Antworten auf dem Tisch oder der
Arbeitsplatte.

»Chief?«, sprach ihn Josie an.

»Ich will nicht, dass die Presse davon erfährt. Noch nicht.
Ich schicke es allen unseren Leuten und sagen ihnen, dass er
der Kerl ist, nach dem wir suchen, aber dabei bleibt es. Vorerst.
Ich hole mein Handy.«

Er ging ins Wohnzimmer. Noah folgte ihm.

Josie schloss den Tab und öffnete einen neuen. Sie suchte
nach Informationen über den Tod von Renatta Discala. Es

dauerte nicht lange, bis sie eine Todesanzeige und den Artikel einer kleinen lokalen Nachrichtenagentur in Philadelphia gefunden hatte. Die Schlagzeile lautete: *Frau des mutmaßlichen Mafiabosses Johnny Discala in Kirche erschossen.*

Das Attentat hatte vor vier Jahren stattgefunden. Als sie den Artikel überflog, begann ihr Herz schneller zu schlagen.

»Verdammt«, murmelte sie.

»Quinn?«, sagte der Chief, als er in die Küche zurückkam.

Sie blickte von ihrem Smartphone auf und sah ihn an. »Können Sie hier bei Alison bleiben?«

Er sah sie einen langen Augenblick an und beschloss dann, sich ganz auf sie zu verlassen. »Ja«, antwortete er. »Wenn ich weg muss, kommt sie entweder mit oder ich lasse jemanden bei ihr.«

Josie spürte Alisons Hand auf ihrem Arm. »Ich will nicht bei jemand anderem bleiben. Ich möchte mit Ihnen mitgehen.«

»Nein«, sagte Josie bestimmt. »Das geht nicht. Sie sind hier sicherer.«

Alisons Stimme wurde eine Oktave höher. »Ich bin bei Ihnen sicherer.«

Josie legte nun ihrerseits die Hand auf Alisons Arm und lächelte. »Ich bin in ein paar Stunden wieder da, okay? Es ist wichtig.«

»Wo wollen Sie hin? Was haben Sie vor?«, fragte sie und zog ihre Hand zurück.

»Ich muss mit Johnny Discalas Tochter sprechen.«

FÜNFZIG

Der Campus der St. Catherine of Siena Academy befand sich auf einem zwölf Hektar großen, sanft hügeligen Gelände im Süden von Denton. Zur Anlage gehörten eine Kirche, zwei Schulgebäude, eine Bibliothek, ein kleines Gebäude mit der Aufschrift »Verwaltung« und ein Wohnheim, das einst als Grundschule gedient hatte und später in eine Unterkunft für die Schüler umgewandelt worden war. Die Flügeltür zum Wohnheim war verschlossen. An der Wand daneben befand sich ein schwarzer Kasten mit einem vermutlich für die Schlüsselkarten gedachten Schlitz, einer Kamera, einem Lautsprecher und einem Knopf. Sie drückte den Knopf und wartete.

»Bist du sicher, dass du das tun willst?«, fragte Noah.

»Es ist kein Zufall, dass Johnny Discalas einzige Tochter hier die Schule besucht und seine Handlanger durch Denton laufen und Leute erschießen.«

»Ich weiß, aber Discalas Tochter ist nicht ohne Grund hier. Eine exklusive Privatschule mit alles in allem vielleicht fünfzig Schülern mitten in Pennsylvania, die Zehntausende Dollar jährlich an Schulgebühren kostet. Sie ist hier, damit sie weg vom Schuss ist. Wir haben keinen Grund zu der Annahme, dass sie irgendwie in das verwickelt ist, was gerade abläuft.«

»Sie hat für einen Mann gearbeitet, der vermutlich von Discalas Männern umgebracht wurde.«

Noah hob die Hände. »Im Eudora arbeiten viele Leute. Discala wird nicht gerade darüber erfreut sein, dass die Polizei seine Tochter befragt.«

»Wir haben sie schon im Hotel befragt«, entgegnete Josie.

Aus dem Lautsprecher war eine Stimme zu hören. »Kann ich Ihnen helfen?«

Sie zog ihren Ausweis hervor und hielt ihn vor die Kamera. »Detective Josie Quinn, Lieutenant Noah Fraley. Dentoner Polizei. Wir würden gern mit Gianna Sorrento sprechen.«

»In ihrer Privatschule aufzukreuzen, um allein mit ihr zu sprechen, ist etwas anderes, als sie im Rahmen der Befragung aller Hotelangestellten zu vernehmen.«

»Einen Moment bitte«, sagte der Mann am anderen Ende.

Josie stützte die Hände in die Hüften und sah Noah wütend an. »Ich finde es nicht besonders nett, dass dieser Kerl seine Gorillas in meiner Stadt wüten lässt, und es ist mir auch völlig egal, ob er der größte Mafiaboss der ganzen Welt ist oder nicht. Wir haben ein totes Mädchen, einen toten Mann, eine Frau, die im Krankenhaus um ihr Leben kämpft, und eine weitere Jugendliche, die wir nicht aus den Augen lassen können, weil hier in dieser Stadt anscheinend ein Pack herumläuft, das sie wegen irgendetwas, von dem sie glauben, dass sie es hat, umbringen möchte. Ich mache meine Arbeit. Und dazu gehört, dass ich mit Gia Sorrento rede.«

»Ich mache Ihnen auf«, hörten sie die Stimme aus dem Lautsprecher.

Sie hörten ein Summen und gleich darauf ein Klicken, als sich die Tür entriegelte. Rasch hielt Noah eine der Türen auf und winkte Josie vor sich in den kühlen, hell erleuchteten Vorraum zwischen den Türen und der Eingangshalle.

Als sie auf einen Tisch zugingen, an dem ein Wachmann saß, drängte sich Noah eng an sie und flüsterte:»Die Tatsache, dass du dich von niemandem einschüchtern lässt, macht mich ein bisschen an.«

Sie schenkte ihm ein kurzes Lächeln.»Wir reden später.«

Der Wachmann sah sich ihre Ausweise eine ganze Weile an. Dann rief er im Polizeirevier von Denton an, um sich bestätigen zu lassen, dass sie tatsächlich diejenigen waren, für die sie sich ausgaben. Dann trug er sie in eine Liste mit der Überschrift »Besucher« ein. Schließlich scannte er beide Dienstausweise in seinen Computer ein. Josie verstand nun, warum Johnny Discala sein Geld für die Privatschule St. Catherine of Siena ausgab.

Der Wachmann deutete auf Josie.»Zimmer dreihundertsechs. Sie kann nach oben gehen.« Mit dem Zeigefinger deutete er auf Noah.»Er nicht.«

Noah wollte protestieren, doch Josie stoppte ihn.»Schon in Ordnung.« Sie wandte sich Noah zu und sagte:»Halte Ausschau nach unseren ›Freunden‹.«

Der Wachmann öffnete ihr die Tür zur Lobby, einem weitläufigen Raum mit vielen zusammengestellten Sofas, Stühlen und Couchtischen – vermutlich, um damit einen regen Austausch zwischen den Schülern zu fördern. An einer Wand waren Hochtische mit Stühlen darunter aufgereiht. Auf ihnen standen jeweils eine Armlänge voneinander entfernt Ladestationen. Auf der anderen Seite des Raums gegenüber den Tischen befanden sich Verkaufsautomaten. Eine Schülerin, die wesentlich jünger war als Gia, warf einen Dollar in einen. Sie sah nicht einmal auf, als Josie an ihr vorbei zu einer breiten Treppe ging.

Im zweiten Stockwerk machte sich Josie auf die Suche nach Zimmer dreihundertsechs. Seine schwere Holztür stand weit offen, als sie dort ankam. Sie klopfte trotzdem und wartete, bis Gia sie hereinbat. Gia trug einen rosa Trainingsanzug. Ihr Haar fiel ihr auf die Schultern. Josie hatte den Eindruck, einer völlig anderen Person als der gegenüberzustehen, mit der sie und Noah vor wenigen Tagen im Eudora gesprochen hatten. Gia streckte den Kopf durch die Tür nach draußen und sah in alle Richtungen. »Kommen Sie herein«, sagte sie.

Der Raum war relativ groß, auf jeden Fall großzügiger als so manche Einzimmerwohnung, die Josie gesehen hatte. Obwohl sie weder ein Badezimmer noch eine Küchenecke sah, bot er genug Platz für ein normales Bett, einen Schreibtisch und sogar eine kleine Couch. Das Sonnenlicht schien durch die großen Fenster, die sich über eine gesamte Wand zogen. Ein Schrank neben dem Bett quoll vor Kleidern, Schuhen und Handtaschen förmlich über. Weitere Kleider waren über die Couchlehne gelegt. Neben dem Schreibtisch stand eine halb offene Schulta-sche, während die Arbeitsfläche übersät war mit Kosmetika und einem kleinen Spiegel. Auf dem Holzboden lag ein dicker Teppich. Fast alles war in Rosa gehalten – der Teppich, die Couch und die Bettwäsche.

Gia stand zwischen Couch und Schreibtisch und hatte die Hände in die Hüften gestützt. »Was wollen Sie?«

»Sie sind Johnny Discalas Tochter.«

Gia sagte nichts.

»Die Leute Ihres Vaters wurden in dieser Stadt in letzter Zeit mehrfach gesichtet. Wir glauben, dass sie für mindestens einen Mord verantwortlich sind, möglicherweise auch zwei.«

»Sie sprechen mit der falschen Discala. Ich bin nicht einmal mehr eine Discala. Mein Dad war einverstanden, dass ich den Mädchennamen meiner Mutter annahm, als ich herge-kommen bin. Nach dem, was mit meiner Mom passiert ist, fand auch er, dass es zu gefährlich sei, meinen Namen zu behalten.«

»Sind Sie deswegen hier? Zu Ihrer eigenen Sicherheit?«

Gia verdrehte die Augen und ließ sich auf die Couch fallen. Sie bot Josie nicht an, sich zu setzen. »Ich bin hier, weil ich von meinem Vater wegwollte. Ich bin zwar nicht weit genug weg von ihm, aber er zahlt die Schulgebühren. Deshalb bin ich hier.«

»Wie viel wissen Sie über die Aktivitäten Ihres Vaters?«, fragte Josie.

Gia drehte den Kopf in Josies Richtung und grinste sie höhnisch an. »Denken Sie, dass Sie der erste Bulle sind, der versucht, Informationen über meinen Dad aus mir herauszubekommen? Denken Sie, ich bin blöd? Dass ich nicht wüsste, wer er ist oder für wen ihn alle halten?« Sie hob beide Hände und machte mit den Fingern Anführungszeichen in die Luft. »›Mutmaßlicher Mafiaboss‹. ›Berüchtigter Pate.‹ Wenn Sie etwas über meinen Dad wissen wollen, müssen Sie ihn selbst fragen.«

»In Ordnung«, meinte Josie. »Dann frage ich anders. Haben Sie Ihre eigenen Leibwächter? Sorgt Ihr Vater für Ihren Schutz?«

Gia lachte. »Hier? Nein. Er wollte, aber ich habe ihn davon überzeugt, dass es nicht nötig sei. Es ist schon schlimm genug, dass ich hier in der tiefsten Provinz festsitze. Man hat hier kein Leben. Nicht einmal Freunde. Aber wenigstens bin ich weg von ihm. Ich kann damit leben, dass ich in diesem langweiligen alten Internat in dieser langweiligen Stadt festsitze, wenn ich dafür keinen Kontakt zu meinem Vater haben muss. Ich würde es nicht aushalten, wenn seine Bodyguards ständig hinter mir herlaufen würden und ihm jede Bewegung von mir melden würden.«

»Sie kennen also niemanden in Denton, der eine Beziehung zu Ihrem Vater hat?«, bohrte Josie weiter.

Gia verdrehte wieder die Augen. »Ich habe Ihnen doch gesagt: Wenn Sie Fragen über ihn haben, fragen Sie ihn selbst.«

»Hat er Ihnen die Arbeit im Eudora besorgt?«

»Nein. Er will nicht, dass ich überhaupt arbeite. Ich habe online eine Anzeige gesehen, dass man dort Cateringpersonal suchte, und mich beworben.«

»Waren Sie mit Max Combs zusammen?«, fragte Josie.

Gia lachte laut auf. »Max? O Gott, nein.«

»Wurde Ihnen in den letzten Wochen eine schwarze Kuriertasche gestohlen oder ist sie während der Arbeit verschwunden?«

Gia starrte sie mit einem leeren Gesichtsausdruck an. Einem fast leeren. Ein winziges Zucken ihres Lids, eine kaum wahrnehmbare Bewegung ihrer Wimpern verriet Josie, dass sie etwas über die Tasche wusste. Hatte sie ihr gehört oder nicht? Josie war sich nicht sicher. Sie leckte ihre Lippen, bevor sie antwortete. »Nein.«

Josie machte einen Schritt auf den Schrank zu und deutete auf das Gewühl aus Kleidern, Schuhen und Handtaschen, die herausquollen. »Besitzen Sie eine Kuriertasche?«

»Wahrscheinlich«, sagte Gia und drehte sich, damit sie über die Lehne der Couch sehen konnte. »Ich habe viele Taschen. Kuriertaschen, Clutches, Tragetaschen. Normale Handtaschen. Rucksäcke. Die ganze Palette. Nennen Sie mir irgendeine Art von Tasche, sie ist mit Sicherheit dabei. Geschenke von Daddy. Schließlich kann er sich das hier leisten. Ich habe sogar Gucci-Zeug. Wollen Sie sich etwas borgen?«

Josie lachte. »Sehe ich wie jemand aus, der Gucci-Taschen trägt? Oder auch nur Coach-Taschen?«

»Eher nicht.«

»Ihr Vater kauft Ihnen alle möglichen Sachen, aber trotzdem arbeiten Sie noch im Hotel. Warum?«

Josies Blick wanderte wieder zurück zu Gia – gerade noch rechtzeitig, um einen kurzen Blick auf den schmalen Spalt nackter Haut über ihrer Hose zu erhaschen. Sie hatte einen Arm auf die Couchlehne gelegt und den Körper zum Schrank gedreht. Dabei war ihr Sweatshirt hochgerutscht. Links vom Nabel zog sich ein Band aus Sommersprossen S-förmig nach unten zu ihrem Hosenbund. Josies Herz begann schneller zu schlagen.

»Ich wollte eben etwas für mich«, antwortete Gia. »Mein eigenes Geld. Wollte mein eigenes Ding machen. Ich habe es satt, unter seiner Fuchtel zu stehen. Ich will nicht ewig von ihm abhängig sein. Ich wäre froh, wenn ich ihn nie wiedersehen würde. Aber er würde nie zulassen, dass ...«

»Warum haben Sie mich angelogen, als Sie sagten, Sie würden Elliott Calvert nicht kennen?«, unterbrach Josie sie.

Gia klappte verblüfft den Mund zu. Sie bekam große Augen. Ihr Blick wanderte zur Tür, als wolle sie abschätzen, ob sie es bis dorthin schaffen würde. Als sie nicht antwortete, fügte Josie hinzu: »Er hat nicht nur mit Ihnen geflirtet, nicht wahr? Sie hatten eine intime Beziehung mit ihm. Ein verheirateter Mann hat eine Affäre mit einer Minderjährigen – der Tochter von Johnny Discala. Ich kann mir vorstellen, dass Ihr Vater darüber nicht sonderlich erbaut wäre.«

Gia stand auf und verschränkte die Arme vor der Brust. »Woher wissen Sie davon?«

Josie trat näher an sie heran. »Elliott Calvert hatte Fotos von Ihnen auf seinem Handy, Gia.«

»Nein«, sagte sie.

»Doch«, entgegnete Josie.

»Sie können nicht beweisen, dass ich es bin. Er hat versprochen, nie mein Gesicht zu fotografieren.«

»Wie hat es angefangen, Gia?«

Sie sah auf ihre nackten Füße. »Wie denken Sie, dass so etwas anfängt? Ich habe Ihnen erzählt, wie es angefangen hat.«

»Mit einem Flirt in der Hotelbar«, sagte Josie. »Wie lange ging es?«

»Spielt das eine Rolle?«, fragte Gia.

Elliott Calvert verführt eine Minderjährige, dachte Josie bei sich. Er hat eine Affäre mit ihr und trifft sich dazu mit ihr im Hotel. »Wie hat Calvert die Zimmer bekommen?«

»Was?«

»Im Eudora. Sie haben sich dort getroffen. Er musste ein Zimmer dafür reservieren. Aber er ist nicht als Gast registriert.«

»Woher zum Teufel soll ich das wissen?«, fragte Gia. Sie drängte sich an Josie vorbei und begann im Zimmer auf und ab zu gehen. »Ich will nicht darüber reden. Sie können es niemandem sagen. Es spielt keine Rolle. Es ist vorbei.«

Max Combs hatte von Elliotts und Gias Verhältnis gewusst. Er hatte Elliott damit erpresst. Das bedeutete, dass Max Fotos oder sogar ein Video mit den beiden hatte – irgendetwas, das bewies, dass sie beide zusammen gewesen waren. Johnny Discala würde mit Sicherheit töten, um zu verhindern, dass es publik wurde.

»Aber es ist nicht vorbei, Gia«, sagte Josie. »Die Leute Ihres Vaters sind da draußen und suchen etwas. Etwas, das in einer Kuriertasche in Max' Büro war. Dina Hale hat es genommen und dafür mit ihrem Leben bezahlt. Sie wusste nicht einmal, was sie hatte. In der Tasche waren Drogen. Sie dachte, dass die sie in Schwierigkeiten bringen würden, und ist sie deshalb unter der East Bridge losgeworden. Aber um Drogen ging es nie. Ich schätze, die Killer Ihres Vaters suchen nach einem Beweis für Ihre Beziehung zu Elliott Calvert. Dina Hale ist Ihnen vielleicht egal – ich weiß, dass Sie nicht unbedingt Freundinnen waren. Aber letzte Nacht sind die Männer Ihres Vaters in Alison Mills' Haus eingebrochen und haben auf ihre Mutter geschossen. Sie liegt in diesem Augenblick im Krankenhaus und kämpft um ihr Leben. Alisons Mutter, Gia.«

Gia blieb abrupt stehen. Ihre Hände zitterten. Sie sah in Josies Richtung, aber ihr Blick blieb verschwommen und glasig. Als sei sie jemand anders. Nach ein paar Augenblicken blinzelte sie und Josie wusste, dass sie wieder in die Wirklichkeit zurückgekehrt war. »Was wollen Sie von mir?«, fragte sie.

»Ich muss wissen, was Sie wissen, Gia. Alles, was Sie wissen.«

»Ich habe Ihnen gesagt, was ich weiß. Was wollen Sie noch von mir? Was soll ich Ihnen sonst noch erzählen?«

Josies Gedanken drehten sich um den Fall. Sie hatte ihn fast gelöst, doch waren da noch einige Puzzleteile, die sich nicht in das Gesamtbild einfügten. Wenn Max das Erpressungsmaterial die ganze Zeit gehabt hatte, warum war durch die gestohlene Tasche alles ins Rollen gekommen? Wie hatten Discalas Männer davon Wind bekommen? Woher hatte es Calvert gewusst? Wie passte Fuller in das alles? Hätte Max tatsächlich so etwas Wichtiges in eine Kuriertasche gepackt und sie in seinem Büro im Hotel einfach herumstehen lassen? Er hatte sich immerhin die Mühe gemacht, sein Geld in einem Luftschacht zu verstecken. Warum sollte er so sorglos mit etwas umgehen, das ihn das Leben hätte kosten können? Das ihn vermutlich tatsächlich das Leben gekostet hatte? Oder hatte er vorgehabt, die Tasche jemandem zu übergeben, doch dann war Dinas Diebstahl dazwischengekommen? Hatten Discalas Männer deshalb von der Sache erfahren? Hatte Max sie ihnen oder sogar Elliott Calvert geben wollen, aber es nicht mehr gekonnt, weil Dina sie genommen hatte? Aber Dina hatte Discalas Leuten den Inhalt der Tasche gegeben, als sie das erste Mal bei ihr waren. Alison hatte gesagt, dass sie ihnen das Tablet gegeben hatte. Die Männer hatten es an sich genommen und sie am Leben gelassen. Erst als ihnen klar geworden war, dass es nicht das enthielt, wonach sie suchten, waren sie wieder zurückgekommen und hatten sie erneut gequält.

Ein weiterer Gedanke ging Josie durch den Kopf. Was, wenn Dina nicht die Wahrheit über den Inhalt der Tasche gesagt hatte? Alles, was sie über den Inhalt wussten und darüber, wonach Elliott Calvert, Discalas Leute und Pierce Fuller suchten, hatten sie aus zweiter Hand erfahren – von Alison. Was, wenn Dina ihrer Freundin gar nicht erzählt hatte, was sie gestohlen hatte? Und was war, wenn sie es doch getan hatte, und Alison diejenige war, die log? Elliott Calvert war auf die beiden Mädchen losgegangen, aber Discalas Handlanger und Pierce Fuller hatten gezielt Alison aufs Korn genommen, sogar nach Dinas Tod. Josie hatte angenommen, dass sie geglaubt hatten, Dina habe Alison etwas verraten oder ihr die entscheidende Sache gegeben.

Dina hatte etwas gehabt. Ihr Haus war durchsucht worden. Das war Josie von unabhängiger Seite bestätigt worden: von Guy Hale. Dina war gefoltert worden. Das stand zweifelsfrei fest.

Aber was sie nicht sehen, wissen und mess-, greif- und quantifizierbar beweisen konnten, hatten sie aus dem abgeleitet, was Alison ihnen erzählt hatte.

»Ich glaube, Sie sollten jetzt gehen«, sagte Gia und riss Josie aus ihren Gedanken. »Wenn Sie mich nicht wegen irgendetwas verhaften wollen. Ich habe nichts gemacht. Ich werde nicht gegen Elliott aussagen, also versuchen Sie es erst gar nicht. Er hat mich nie zu etwas gezwungen.«

»Kennen Sie Pierce Fuller?«, fragte Josie.

»Was?« Gia sah aufrichtig verdutzt aus.

»Er ist Stadtrat.« Josie holte ihr Handy hervor und suchte über ihren Internetbrowser auf der städtischen Website nach einem Foto von Fuller. Sie zeigte es Gia.

»Ich kenne ihn nicht.« Sie ging zur Tür und öffnete sie. »Bitte. Ich denke, dass Sie jetzt gehen sollten.«

Josie ging nach draußen, blieb aber in der Tür stehen. Sie sah Gia fest in die Augen. Wieder flatterten ihre Wimpern so unmerklich, dass Josie es nur erkennen konnte, weil sie so dicht bei ihr stand. »Gia«, sagte sie. »Ich glaube, dass Sie mir nicht alles erzählt haben, was Sie wissen. Liegt es daran, dass Sie Angst vor Ihrem Vater haben? Davor, was er tun könnte, wenn Sie sagen, was Sie wissen?«

Gias Unterlippe zitterte. »Mein Vater würde mir nie wehtun. Das müssen Sie verstehen. Er würde mir nie etwas tun. Aber, Detective, er würde die ganze Stadt dem Erdboden gleichmachen, wenn er wüsste, worüber wir geredet haben, oder wenn er auch nur wüsste, dass Sie hier waren und mit mir geredet haben. Ich habe keine Angst vor ihm. Aber Sie sollten welche haben.«

EINUNDFÜNFZIG

Josie stellte ihre frisch bepackte Reisetasche im Haus des Chiefs auf den Wohnzimmerboden. Noah schloss die Tür hinter ihr und sperrte sie ab, lehnte sich daran und sah sie mit locker verschränkten Armen an. Josie merkte ihm an, dass er ziemliche Schmerzen hatte, wusste aber, dass er alle Aufforderungen, nach Hause zu gehen und sich hinzulegen, ignorieren würde. Alisons zerschundenes Gesicht erschien in einem kleinen Schlitz in der Decke, die sie um sich geschlagen hatte. Der Chief saß in seinem Fernsehsessel und hatte die Augen auf sein Handy gerichtet. Er blickte erst auf, als Josie die Fernbedienung vom Couchtisch nahm und das TV-Gerät ausschaltete, sodass es mit einem Mal still im Raum wurde.

»Warum haben Sie so lange gebraucht?«, fragte Alison.

»Ich musste duschen und mich umziehen und war deshalb ein paar Stunden zu Hause. Außerdem habe ich im Krankenhaus angerufen und mich nach Ihrer Mutter erkundigt. Sie kämpft weiter.«

»Ich weiß«, sagte Alison. »Der Chief hat es mir erzählt. Haben Sie mit der Tochter gesprochen? Der Tochter dieses Mafiabosses?«

Josie ignorierte ihre Frage, ging um den Couchtisch herum und setzte sich neben Alison auf den Rand der Couch. »Was hat Dina aus Max' Büro mitgenommen?«

»Was?« Alison blickte von Josie zu Noah und dann zum Chief.

»Sehen Sie mich an«, sagte Josie zu ihr. »Ich bin Ihnen nicht böse. Sie stecken nicht in Schwierigkeiten. Ich muss nur die Wahrheit wissen. Was hat Dina aus Max' Büro mitgehen lassen? Es war keine Tasche, nicht wahr?«

»Doch. Das habe ich Ihnen doch gesagt.«

»Alison, lügen Sie uns nicht an.«

Sie zog die Knie an die Brust und blickte sich wieder flehentlich im Zimmer um. Ihre Stimme wurde um eine Oktave höher. »Ich lüge Sie nicht an. Das tue ich nicht. Dina hat eine Tasche genommen. Da war eine Tasche in Max' Büro. Genauso, wie ich gesagt habe.«

Noah machte ein paar Schritte auf sie zu, bis seine Schienbeine nur wenige Zentimeter vom Couchtisch entfernt waren. Seine Stimme war sanft. »Dann sagen Sie uns, was wirklich in der Tasche war, Alison.«

»Das habe ich doch. Ich habe es Ihnen gesagt. Also, ich habe es nicht gesehen. Ich weiß nur, was Dina mir erzählt hat. Sie sagte etwas von Drogen und einem Tablet ...«

»Max Combs wurde wegen des Inhalts dieser Tasche in den Kopf geschossen«, entgegnete Josie.

Alison erstarrte. »Aber ich sage die Wahrheit.«

»Max wurde wegen dem, was in der Tasche war, gefoltert. Nein, lassen Sie es mich anders formulieren. Er wurde gefoltert, weil er das, was in der Tasche war, nicht hatte. Er wurde nicht wegen Drogen oder Geld oder dem Tablet gequält, das Dina nach Ihrer Aussage darin gefunden hatte. Was war wirklich in der Tasche?«

»Kind«, schaltete sich der Chief ein. »Hören Sie auf, uns anzulügen, verstanden?«

Alisons Blick flackerte zu ihm, dann zurück zu Josie. Während sie warteten, war es still im Raum. Warten funktionierte, vor allem bei Jugendlichen, diese Erfahrung hatte Josie immer wieder gemacht. Sie konnten die Stille nicht ertragen. Sie mussten sie füllen. Aber Alison war entweder zu Tode verängstigt oder sehr stur. Oder beides. Sie sagte nichts.

Josie versuchte es wieder. »Alison, wir sorgen für Ihre Sicherheit, aber Sie müssen uns die Wahrheit sagen. Wir müssen wissen, womit wir es hier zu tun haben. Ihre beste Freundin ist tot. Ihr Vorgesetzter ist tot. Ihre Mutter liegt mit zwei Schusswunden auf der Intensivstation. Was verheimlichen Sie uns? Da draußen sind Männer, die Sie für das, was Sie verstecken, töten wollen. Ich kann Ihnen mit hundertprozentiger Sicherheit sagen, dass es nicht so wertvoll ist wie Ihr Leben.«

Alison sprach so leise, dass Josie sich anstrengen musste, sie zu verstehen. »Ich hätte nie gedacht, dass es ... so schlimm werden würde.«

In seinem Sessel seufzte der Chief lange und vernehmlich. Josie konnte Enttäuschung und Erleichterung zugleich heraushören. »Sagen Sie uns, was passiert ist, Alison«, bat Noah sie.

Sie kauerte sich zusammen, drückte ihren Rücken gegen die Couch und zog sich die Decke fest um den Körper. Als sie so dasaß, die Knie an die Brust gepresst, war sie nicht größer als eines der Couchkissen des Chiefs. »Es tut mir so leid. Wirklich.«

Josie hob eine Hand. »Im Augenblick wollen wir nur die Wahrheit hören. Das ist alles.«

»Wir sind keine Unmenschen, Mädchen«, sagte der Chief.

»Nein, aber Sie werden enttäuscht sein, das weiß ich schon jetzt. Das ist schlimmer, als wütend zu sein. Auch meine Eltern werden enttäuscht sein, wenn sie erfahren, was für einen Mist ich gebaut habe. Mein Gott.«

»Ihre Eltern werden froh sein zu hören, dass Sie in Sicherheit sind, Alison. Das allein zählt. Wir können nur für Ihre Sicherheit sorgen, wenn Sie völlig aufrichtig sind. War wirklich eine Kuriertasche in Max' Büro?«

Alison nickte. »Ja. Das stimmte. Das war alles wahr. Dina hat Max in der Bar mit Gia gesehen. Sie war eifersüchtig und wollte ihn zur Rede stellen, aber er war nicht da. Da hat sie eine Tasche hinter dem Schreibtisch auf dem Boden stehen sehen. Sie dachte, sie würde ihm für sein Rendezvous mit Gia so richtig eins auswischen, indem sie ihm die Tasche stahl.«

»Sie sagten, Sie glaubten nicht, dass Max etwas mit Gia gehabt habe«, warf Josie ein.

»Ich nicht, aber Dina. Deshalb hat sie die Tasche geklaut. Sie war wütend auf Max.«

»War da wirklich nichts drinnen, woraus sich schließen ließ, ob die Tasche Max gehörte oder nicht?«, fragte Noah.

»Das hat Dina mir erzählt. Ich habe die Wahrheit gesagt. Und es stimmte auch, was in der Tasche war: Oxy und dieses Tablet. Sie ist die Drogen losgeworden, hat das Tablet behalten und die Tasche in den Müllcontainer geworfen.«

»Als die Männer kamen, gab sie ihnen das Tablet«, sagte Noah. »Aber darauf waren sie gar nicht aus, denn sie sind zurückgekommen. War es so?«

Alison nickte heftig. »Genau! So war es. Aber als sie zurückkamen, wusste sie nicht, was sie ihnen sonst noch hätte geben sollen.«

»Sie haben gefunden, wonach sie suchten, nicht wahr? Als sie die Tasche wieder aus dem Container gefischt haben.«

Alison nickte. »Im Boden der Tasche war ein kleines Fach. Es sah aus wie eine Naht, hatte aber einen Klettverschluss. Ich habe es zuerst gar nicht gesehen, bis ich mir das Futter angesehen habe. Dina hatte gesagt, ich solle die Tasche aufschneiden, aber das habe ich nicht gemacht. Nicht, nachdem ich dieses Fach entdeckt habe.«

»Was war darin?«, fragte der Chief.

Alison seufzte. »Irgendein blödes Buch, okay? Ich weiß nicht, warum alle so scharf darauf sind.«

»Was für ein Buch?«, wollte Noah wissen.

»Ich weiß es nicht. Es sah aus wie ein kleines Tagebuch oder so etwas. Mit einem einfarbigen blauen Einband. Ungefähr so groß wie eine Karteikarte, vielleicht etwas größer. Darin standen nur Namen und Nummern.«

»Wessen Namen?«, fragte Josie.

»Ich weiß es nicht, okay? Ich habe sie mir nicht angesehen. Ich habe es nur einmal schnell durchgeblättert. Ich wusste nicht einmal, ob es das war, worauf alle so aus waren.«

»War sonst nichts drin? In dem Fach? Ein USB-Stick? Eine SD-Karte?«

Verdutzt sagte Alison: »Nein. Nur dieses bescheuerte Buch.«

»Haben Sie die Handschrift erkannt?«, fragte Noah.

»Nein.«

»Sie haben Quinn erzählt, Sie hätten die Tasche wieder in Max Combs' Büro zurückgestellt«, sagte der Chief. »Das Buch auch?«

Alison sah sie schuldbewusst an und kroch wie eine Schildkröte, die sich in ihren Panzer zurückzog, noch weiter in ihre Decke. »Die Tasche habe ich zurückgestellt, aber das Buch habe ich behalten.«

»Sie wussten, dass Ihre beste Freundin gefoltert und ihr Leben in Gefahr war, aber trotzdem haben Sie ihr nichts von dem Buch erzählt?«, hakte Noah nach.

»Ich hatte es vor. Ich schwöre es!«

Josie berührte eines ihrer Knie. »Und warum haben Sie es nicht gemacht?«

Alison schlüpfte noch weiter in die Decke hinein. »Weil es etwas wert war.«

»Was meinen Sie damit?«, fragte der Chief.

Alison hielt ihre Augen weiter auf Josie gerichtet. »Es

musste etwas wert sein, wenn die so schreckliche Dinge taten, um es zurückzubekommen, oder? Wenn diese Männer eine Jugendliche am helllichten Tag entführten und ihr Nadeln unter die Nägel stachen, dann würden sie dafür zahlen, um es zurückzubekommen, dachte ich mir.«

Noah zog eine Augenbraue hoch. »Sie dachten, Sie könnten die Männer, die Dina zugesetzt hatten, damit ... erpressen?«

Sie gab keine Antwort.

»Warum haben Sie Ihre beste Freundin und sich selbst so sehr in Gefahr gebracht, um diese Leute zu erpressen?«, wollte Josie wissen. »Was hatten Sie mit dem Geld vor?«

»Ich wollte meiner Familie helfen. Wir sind total klamm. Meine Mom würde es nie jemandem erzählen, aber seit dem Unfall sind wir bis über beide Ohren verschuldet. Deshalb war mein Dad auch in Hongkong. Er hatte keine Wahl. Er musste diese Arbeit übernehmen. Wir hätten sonst unser Haus verloren. Wahrscheinlich alles. Er muss jetzt monatelang, wenn nicht sogar jahrelang in Hongkong bleiben. Wir hätten ihn vielleicht eineinhalb Jahre lang nicht gesehen! Alles wegen mir! Er wurde bei dem Unfall nicht verletzt. Ich schon. Sein Unternehmen zu verlieren war eine Sache – er hat Mom erzählt, er schulde anderen noch immer Geld deswegen –, aber dann kamen noch die ganzen Behandlungskosten dazu.«

»Sie wollten tatsächlich Mafiosi erpressen, um die Behandlungskosten zurückzahlen zu können?«, fragte Noah ungläubig.

Alison verdrehte die Augen. »Ich wusste ja nicht, dass es die Mafia war! Ich wusste nicht einmal, ob ich damit durchkommen würde. Ich habe nicht groß geplant. Ich dachte nur ... ich weiß auch nicht, was ich dachte. Das Problem war, nachdem ich Dina gesagt hatte, dass ich nichts gefunden hätte, konnte ich ihr schlecht sagen, dass ich sie angelogen hatte. Das hätte alles ruiniert. Ich dachte mir, sie hatte keine Ahnung von dem Buch, sie wusste nicht, dass es überhaupt existierte, und wenn der Container schon geleert worden wäre, hätte auch ich nichts davon gewusst. Und wenn sie nichts wusste, konnten sie sie deswegen nicht umbringen. Sie würden es ja nicht bekommen.«

Josie schloss kurz die Augen. Als sie sie wieder öffnete, sah sie zu Noah hinüber. Sie sah ihm an, dass er seine Wut nur schwer zügeln konnte. Die Naivität eines Teenagers hatte sie in diese Situation gebracht und die vielen Katastrophen herbeigeführt. Josie wusste, er hätte Alison genau wie sie selbst nur zu gern vorgehalten, wie haarsträubend dumm sie gewesen war und wie völlig unlogisch sie gehandelt hatte. Aber das würde sie überhaupt nicht weiterbringen. Alison musste ihnen noch helfen. Ihr Vorwürfe zu machen war dem nicht unbedingt förderlich.

Alison sah, dass sie Blicke wechselten. Sie schob ihren Kopf aus der Decke und sagte: »Ich weiß, dass das blöd war, okay? Jetzt weiß ich es auch. Ich wusste es irgendwie schon, nachdem ich das blöde Buch genommen und Dina angelogen hatte. Wie hätte ich mich mit den Typen, die danach suchten, überhaupt in Verbindung setzen sollen? Wie viel sollte ich überhaupt verlangen? Und wie hätte das gehen sollen, so eine Geldübergabe? Sobald die wussten, dass ich das Buch hatte, was hätte sie daran hindern sollen, mich umzubringen und es einfach zu nehmen? Selbst wenn ich die Sache wie durch ein Wunder tatsächlich hätte durchziehen können, was hätte ich dann machen sollen? Mit einer Tasche voller Geld heimkommen und es meinen Eltern geben, nach dem Motto: ›Tataaa! Seht her, hier ist genug Geld, damit Dad nicht mehr in Hongkong arbeiten muss?‹ Als ob sie dann keine Fragen stellen würden! Ich weiß, wie dumm sich das alles jetzt anhört. Aber damals hatte ich ... ich dachte eben, ich könnte meiner Familie helfen. Das war alles. Als ich gemerkt habe, dass ich nie den Mut aufbringen würde, Dina die Wahrheit zu sagen, dachte ich, ich schaffe das Buch einfach beiseite, und dann wäre es, als sei es nie passiert. Als sei nichts von alledem geschehen.«

»Was haben Sie mit dem Buch gemacht?«, fragte Josie.

Noah und der Chief sahen sie erwartungsvoll an.

»Ich habe es versteckt«, antwortete Alison.

»Wo?«, fragte Josie. »Wo ist es jetzt?«

»In Dinas Haus.«

»Sie haben das Buch bei Dina versteckt?«, hakte Noah ungläubig nach.

Alison sah ihn an, als begreife er überhaupt nichts. »Na ja. Ihr Haus war ja schon durchsucht worden. Das hätten sie wohl kaum noch einmal gemacht. Sie wussten bereits, dass dort nichts zu finden war. Ich habe es in ihrem Schlafzimmer versteckt.«

Der Chief stand auf und deutete auf Alison. »Heben Sie Ihren Hintern. Wir holen uns das Buch.«

ZWEIUNDFÜNFZIG

Im Revier saß Alison mit nach hinten gekipptem Kopf, geschlossenen Augen und offenem Mund an Josies Schreibtisch. Josie hörte an ihren pfeifenden Atemgeräuschen aus der Nase, dass sie tief und fest schlief. Sie war panisch geworden, als der Chief vorgeschlagen hatte, bei den Hales vorbeizufahren. Also hatten sie Mettner hingeschickt, damit er das Buch holte. Alison hatte ihm genau beschrieben, wo er es finden konnte. Nun standen Josie, Noah, Gretchen und der Chief um Mettners Schreibtisch.

In der Hand hielt er einen Papierbeutel mit der Aufschrift *Beweismittel.* »Es war nicht schwer zu finden«, sagte er. »Ich habe Hummel mitgenommen. Er denkt, er kann Fingerabdrücke sichern, aber ich weiß, dass ihr es zuerst sehen wollt. Habt ihr Handschuhe?«

Vor Josies Gesicht erschien ein Paar. Sie drehte sich zur Seite und sah, dass Noah sie ihr hinhielt. »Danke«, sagte sie und streifte sie über.

Mettner machte auf seinem Schreibtisch etwas Platz frei und Gretchen holte ihr Handy heraus, um Fotos schießen zu können. Josie nahm das Büchlein aus dem Beweissicherungsbeutel und legte es auf den Schreibtisch. Die ersten Seiten waren leer. Dann kamen Seiten mit Listen. Als Erstes der Name eines Mannes. Darunter eine Telefonnummer, vermutlich die des Mannes. Dann Initialen, gefolgt von Datumsangaben. Neben jedem Datum war ein X.

»Das verstehe ich nicht«, meinte Mettner.

Josie blätterte die Seiten durch, bis sie auf Elliott Calverts Namen stieß. Die Einträge begannen vor knapp sechs Monaten. Die Initialen unter seinem Namen waren immer die Gleichen:

G.S. 13.4. X

G.S. 27.4. X

G.S. 1.5. X

G.S. 20.5. X

So ging es weiter. Manchmal war zwischen den Datumsangaben ein längerer Zeitraum, aber nie länger als drei Wochen.

Als Nächstes stießen sie auf Pierce Fuller. Seine Liste war wesentlich länger und reichte fast ein Jahr zurück. Josie zählte mindestens vier verschiedene Initialen unter seinem Namen: A.P., G.M., R.C. und G.S. Alle Einträge waren mit X markiert.

Erleichtert stellte Josie fest, dass die Initialen A.M. in dem Buch nicht vorkamen.

»Ist es das, was ich denke?«, sagte Gretchen.

»Was?«, fragte Noah.

Der Chief schob Gretchen beiseite und sah sich die Seiten an, während Josie umblätterte. Manche Namen kannte sie, die meisten aber nicht. Übelkeit stieg in ihr hoch. »Mein Gott.«

Mettner sah sie sich näher an. »Moment mal. Das kann nicht sein, oder? Das gibt es doch nicht.«

»Erstellen Sie eine Liste mit allen Namen, unter denen G.S. steht«, sagte der Chief. »Wir müssen wissen, wie viele da noch sind. Und ich will eine Liste jedes Mädchens, das in der Catering- und Veranstaltungsabteilung arbeitet oder gearbeitet hat, ganz egal, wie weit diese Datumsangaben zurückreichen. Wir vergleichen sie und bringen sie zum Reden.«

»Was machen Sie da?«, fragte Alison, als sie gegähnt hatte. Sie streckte die Arme über den Kopf und drehte sich auf Josies Stuhl zu ihnen. Da fiel ihr Blick auf das Buch in Josies Händen.

»Oh«, sagte sie.

Josie sah ihr ins Gesicht, das inzwischen ein bunter Flickenteppich aus Gelb- und Grüntönen war, die mit den blauen und schwarzen Flecken an ihrem Hals und um ihre Augen verschmolzen. »Wissen Sie wirklich nicht, was das alles bedeutet?«

Alison schüttelte den Kopf. »Denken Sie, ich lüge schon wieder?«

»Das ist sehr wichtig«, beschwor Josie sie. »Sie bekommen keine Schwierigkeiten. Wissen Sie etwas davon?«

Alison hob beide Hände und ließ sie klatschend auf ihre Schenkel fallen. »Ich sage Ihnen jetzt die Wahrheit. Ja, ich habe gelogen, aber jetzt nicht mehr. Es lohnt sich nicht, wie Sie schon gesagt haben.«

»Wissen Sie wirklich nicht, was das alles bedeutet?«, bohrte Noah nach.

Alison verdrehte die Augen. »Nein, ich weiß es nicht. Sollte ich?«

»Alison, haben Sie nicht gemerkt, dass Max einen ...«, begann Gretchen.

»Palmer«, unterbrach der Chief rasch. Er sah sie an und schüttelte kurz den Kopf, woraufhin Gretchen verstummte. Sie befanden sich noch mitten in laufenden Ermittlungen und obwohl sich Alison in ihrer Obhut befand, musste sie nicht alles darüber wissen. Auf jeden Fall nichts, was noch nicht an die Öffentlichkeit gelangen sollte.

»Alison«, sagte Josie. »Als Sie uns das erste Mal von diesem Buch erzählt haben, meinten Sie, dass Sie die Handschrift nicht kennen würden. Meinten Sie, dass Sie nicht wüssten, wessen Handschrift es ist, oder dass sie nicht wie Max' Handschrift aussah?«

Sie zuckte die Schultern. »Beides. Ich habe sie nicht erkannt, weil sie keiner Handschrift ähnelt, die ich kenne.«

Josie hielt das Buch mit aufgeschlagenen Seiten hoch, sodass Alison sie sehen konnte. »Wollen Sie damit sagen, dass das nicht Max' Handschrift ist?«

Alison blickte sich im Raum um, als suche sie Unterstützung. Als keine kam, antwortete sie: »Also, ich kann es nicht mit Sicherheit sagen, aber für mich sieht es nicht nach seiner Handschrift aus.«

Josie drehte das Buch um und schüttelte es. Dann klappte sie den vorderen Buchdeckel auf, tastete auf der Innenseite herum und suchte nach einer Naht oder einem Schlitz. Das Gleiche machte sie mit dem hinteren Deckel.

»Was machst du?«, fragte Mettner.

»Ich suche nach einer SD-Karte«, antwortete Josie. »Nur so eine wäre klein und schmal genug, um in das Buch zu passen und gleichzeitig genug Speicherplatz für Videoaufnahmen zu haben.«

Sie schloss das Buch und untersuchte die Außenseite. Am oberen Ende des Rückens war eine kleine Öffnung. Josie schob Mettner beiseite und hielt das Buch unter seine Schreibtischlampe.

Sie seufzte. »Nichts.«

»Kein Video?«, fragte Noah.

Der Chief senkte die Stimme so weit, dass Alison ihn nicht hören konnte. »Das Buch reicht als Beweis aus, wenn wir genug Informationen zusammenbekommen, die den Inhalt belegen.

Da stehen die Namen von Männern. Wir schaffen jeden einzelnen hierher. Wenn Max einen Partner hatte, weiß einer von den Herren vielleicht, wer es ist.«

Josie überlegte fieberhaft. Sie versuchte, die neuen Informationen in das Gesamtbild einzuordnen. Wie der Chief flüsterte nun auch sie. »Aber es erklärt nicht, was passiert ist.«

»Wie meinst du das?«, fragte Mettner, ebenfalls mit leiser Stimme. »Das ist doch ziemlich krank, was der Typ in dem Hotel angestellt hat.«

Josie legte das Buch wieder in den Beweissicherungsbeutel. »Aber das allein ist für niemanden gefährlich. Nicht für Gia Sorrento. Nicht für Johnny Discala. Ganz anders wäre es, wenn es Videoaufnahmen von ihr mit diesen Männern gäbe.«

»Das stimmt«, wisperte Gretchen. »Ich könnte mir vorstellen, dass er alles tun würde, um dafür zu sorgen, dass das Videomaterial vernichtet werden würde.«

»Außer, er hat gar nicht nach Filmmaterial gesucht«, meinte der Chief. »Vielleicht war er nur auf die Liste aus.«

»Damit er sie umbringen konnte«, ergänzte Noah. »Wenn es stimmt, was Drake uns erzählt hat – was er nach der Ermordung seiner Frau mit der rivalisierenden Bande angestellt hat –, dann kann ich mir gut vorstellen, dass er auch die Männer, mit denen Gia sich getroffen hat, ins Jenseits schicken will.«

»Das würde erklären, warum Calvert und Fuller alles taten, um das Buch zu bekommen«, sagte der Chief. »Max muss ihnen erzählt haben, dass es gestohlen worden war. Dann hat er versucht, sie zu erpressen. Er wusste, dass Dina die Tasche genommen hatte. Um sie wiederzubekommen, hätte er ihr nur schöne Augen machen müssen. Aber in der Zwischenzeit konnte er Calvert und Fuller um Hunderttausende erleichtern. Er drohte ihnen wahrscheinlich, dass er sie an Discala verraten würde. Aber dann hat Dina die Tasche weggeworfen und alles ging den Bach runter. Vermutlich war es Max, der Calvert und Fuller auf Dina angesetzt hat.«

»Oder er erzählte beiden, er würde ihnen verraten, wer das Buch hatte, wenn sie ihm Geld geben würden«, mutmaßte Gretchen. »Und sobald er es hatte, gab er ihnen Dinas Namen. Es war ihm egal, was mit ihr passierte.«

»Aber was haben Discalas Männer damit zu tun?«, fragte Josie. »Jemand muss es ihnen ebenfalls gesteckt haben. Sie haben schließlich auch danach gesucht.«

»Irgendetwas fehlt uns noch«, sagte der Chief.

Josie durchdachte den ganzen Fall noch einmal und versuchte, die verschiedenen Teile, die sie bis jetzt hatten, in unterschiedlichen Konstellationen zusammenzusetzen, in der Hoffnung, dass sich etwas ergab, was sie bis jetzt noch nicht berücksichtigt hatten. »Als ich mit Gia geredet habe, sagte sie, ihr Vater würde die ganze Stadt dem Erdboden gleichmachen, wenn er wüsste, dass sie mit mir redete. Nur mit ihr redete. Nicht, dass ich mit ihr darüber redete, was mit Elliott Calvert gelaufen war. Nur meine Anwesenheit dort im Wohnheim würde ihn so in Rage versetzen. Als seine Frau umgebracht wurde, hat er Dutzende Leute ermordet.«

»Und?«, fragte Mettner.

»Wenn er also von dem Buch wüsste«, folgerte Noah, »würde er in der ganzen Stadt morden. Er würde nicht bloß zwei Typen schicken, die das Buch still und heimlich zurückholen würden.«

»Er hat nicht irgendwelche ›zwei Typen‹ geschickt«, sagte der Chief. »Einer ist Mug Marrone. Nach den Recherchen, die ich angestellt habe, seit Quinn uns das Foto gezeigt hat, auf dem er zu sehen ist, arbeitet er als Discalas Underboss.«

»Trotzdem, bei einer so heiklen Sache hätte Discala mehr als nur ein paar Leute geschickt«, meinte Josie. »Discala hat die beiden gar nicht geschickt, damit sie die Sache mit Gia bereinigen. Discala weiß vielleicht gar nichts davon.«

»Ist das dein Ernst?«

»Wenn Discala sie nicht geschickt hat, wer zum Teufel dann?«, fragte Gretchen.

»Gia.«

Sie starrten sie alle an. »Wir müssen noch einmal mit ihr reden«, sagte Noah.

»Ich gehe«, sagte Josie. »Diesmal kann Gretchen mich begleiten. Ihr bleibt hier und bewacht Alison. Geht die Liste der Namen im Buch durch.«

DREIUNDFÜNFZIG

Der Wachmann in der Eingangshalle des Wohnheims von St. Catherine of Siena runzelte die Stirn, als er Josie und Gretchen sah. »Miss Sorrento ist nicht hier.«

»Woher wissen Sie das?«, fragte Gretchen und deutete auf seinen Computer. »Haben Sie nachgesehen?«

»Ich muss nicht nachsehen. Sie ist vor einer halben Stunde mit ihrer Mutter weg.«

Josie und Gretchen sahen sich an. »Woher wissen Sie, dass es ihre Mutter war?«, fragte Josie.

»Sie sagte, sie sei Miss Sorrentos Mutter«, erklärte er, als sei es die offensichtlichste Sache der Welt.

Josie beugte sich über seinen Schreibtisch, sodass ihr Gesicht direkt vor seinem war. »Als ich vor ein paar Stunden mit meinem Kollegen hier war, haben Sie unsere Dienstausweise mindestens dreimal geprüft. Sie haben sie in Ihren verdammten Computer eingescannt und im Revier angerufen, nur um sicherzugehen, dass wir die sind, für die wir uns ausgeben. Aber heute marschiert hier irgendeine Frau herein, behauptet, sie sei Gias Mutter, und Sie haben damit kein Problem?«

»Sie wollte nicht nach oben gehen«, erklärte der Wachmann, nun schon mit leicht unsicherem Blick. »Sie bat mich nur, Miss Sorrento anzurufen und ihr zu sagen, dass ihre Mutter hier sei. Das habe ich getan. Miss Sorrento ist fünf Minuten später heruntergekommen und sie sind zusammen weggegangen.«

Gretchen tippte auf seinen Monitor. »Ein Video. Wir brauchen ein Video von der Frau, wie sie hier im Eingangsbereich steht.«

Er breitete die Hände aus. »Das kann ich Ihnen nicht geben. Sie brauchen eine richterliche Verfügung.«

Vor Ärger wurde Josie von ihrem Kragen bis zu den Haarwurzeln rot. »Ist Ihnen klar, dass Gia Sorrento in Gefahr sein könnte? Womöglich sogar in Lebensgefahr. Wollen Sie Ihre Zeit mit bürokratischem Unsinn verschwenden? Wollen Sie Gias Vater, einem Mafiaboss, erzählen, dass Sie uns bei der Suche nach ihr mit der Forderung nach einer Verfügung aufgehalten haben?«

»Boss«, ermahnte Gretchen sie leise.

Der Wachmann sank auf seinem Stuhl zusammen. »Es tut mir leid. Ich muss mich an die Vorschriften halten. Wenn nicht, werde ich gefeuert.«

Gretchen nahm Josie beim Arm und versuchte, sie vom Tisch wegzuziehen. »Also gut«, sagte sie zum Wachmann. »Wir kommen mit einer richterlichen Verfügung zurück.«

Josie rührte sich nicht vom Fleck. »Wie hat sie ausgesehen? Um die Frau zu beschreiben, brauchen Sie keine Verfügung.«

Er zuckte die Schultern. »Weiß ich nicht. Durchschnittlich groß, durchschnittliche Figur. Blond.«

»Auf einer Seite rasiert?«, fragte Josie und dachte an Felicia Koslow.

Wieder Schulterzucken. »Weiß nicht. Ich habe nicht darauf geachtet.«

»Haben Sie überhaupt darauf geachtet, ob sie alt genug

aussah, um Gias Mutter sein zu können?«, wollte Gretchen wissen.

»Keine Ahnung. Wahrscheinlich war sie alt genug.«

Josie holte ihr Handy heraus und rief Felicia Koslows Instagram-Feed auf. Sie fand ein Selfie von Felicia, das sie im Stadtpark zeigte. »Ist sie das?«

Er sah es sich ein paar Sekunden an. »Nein. Das war sie nicht.«

Gretchen zog Josie wieder am Arm. »Gehen wir und holen wir die richterliche Verfügung, Boss.«

Im Auto kochte Josie vor Wut.

»Was meinst du, wer die Frau ist, die sich als ihre Mutter ausgegeben hat?«, fragte Gretchen.

»Das frage ich mich auch«, erwiderte Josie. »Welche Frau, die so alt ist, dass sie als ihre Mutter durchgeht, kennt Gia in Denton?«

»Ich weiß es nicht«, antwortete Gretchen. »Denkst du, dass Gia in Gefahr ist?«

»Keine Ahnung.«

Josie ging den Fall nun mit neuen Vorzeichen durch – mit Gia als derjenigen, die die Fäden zog. Wie hatte sie von dem Buch erfahren? Von Max? War sie Max' Partnerin im Hintergrund? Oder war die Person im Hintergrund diejenige, die sich als Gias Mutter ausgegeben hatte? Warum sollte sie sich die Mühe machen, sich als ihre Mutter auszugeben? Hoffte sie ebenfalls, an das Buch zu kommen?

Wieder ließ das Buch Josie keine Ruhe. Dass es existierte, konnte Gia nicht überrascht haben. Josie fragte sich, ob es sie überhaupt interessierte. Es war eine altmodische, technikfreie Möglichkeit, etwas aufzuzeichnen. Damit ließ sich ein digitaler Fußabdruck vermeiden, was bedeutete, dass nicht überall Kopien in der Welt kursierten oder durch das Internet geisterten. Aus dem Kontext gerissen bewies es sowieso nichts. Ihr

Name war darin nicht zu finden, lediglich ihre Initialen. Sie konnten für irgendjemanden stehen.

Was übersah Josie?

»Mett sagt, er sorgt dafür, dass die richterliche Verfügung umgehend aus- und zugestellt wird«, sagte Gretchen.

Josie hatte nicht einmal bemerkt, dass Gretchen telefoniert hatte. »Okay«, erwiderte sie.

»Trotzdem kann es eine Weile dauern. Was möchtest du jetzt tun?«

»Wir fahren zum Krankenhaus«, antwortete Josie. »Ich möchte mit Elliott Calvert reden.«

VIERUNDFÜNFZIG

Vor Elliott Calverts Zimmer wachte inzwischen ein anderer Beamter. Er saß auf einem Plastikstuhl und scrollte durch sein Handy. Als Josie an ihm vorbei in das Zimmer rauschte, nickte er. Calvert saß aufrecht im Bett. Den gebrochenen Arm hatte er in einer Schlinge auf seinen Bauch gelegt, die Augen auf den Fernseher an der Wand gegenüber seinem Bett gerichtet. Aus einem kleinen Handgerät, das an seinem Bett befestigt war, kam der blecherne Ton zur Show. Er machte große Augen, als er sie sah. Mit seiner gesunden Hand tastete er zur Fernbedienung und drückte mehrere Knöpfe, bis das Gerät stummgeschaltet war.

»Raus«, sagt er.

»Wir sind nicht wegen Dina Hale oder Alison Mills hier«, sagte Josie.

»Das ist mir egal. Raus.«

Josie ignorierte ihn und trat an sein Bett, bis ihr Oberteil das Bettgestänge berührte. Sie verlas ihm seine Rechte. Als sie ihn fragte, ob er sie in der Form, in der sie ihm übermittelt worden waren, verstanden hatte, antwortete er: »Das spielt keine Rolle. Ich rede nicht mit Ihnen.«

»Ich habe nicht gefragt, ob Sie mit mir reden wollen«, sagte Josie. »Ich habe gefragt, ob Sie Ihre Rechte verstanden haben, als ich sie Ihnen vorgelesen habe.«

»Himmel«, brummte er und sah wieder auf den tonlosen Bildschirm. »Sie sind aber auch hartnäckig. Gut. Egal. Ich habe sie verstanden. Sind Sie fertig?«

»Ich weiß, was passiert ist, Elliott.«

Er ignorierte sie und schaltete den Ton wieder an. Das Konservengelächter einer Spielshow erfüllte den Raum.

»Sie haben das Eudora frequentiert, um sich mit einem Mädchen zu treffen. Mit Gia Sorrento. Nur geschah das nicht in ... gegenseitigem Einvernehmen.«

Er drückte wieder die Stummschalttaste. Nun sah er sie an. Seine Lippen zuckten. Eine kurzen Augenblick lang sah er so aus, als überlege er, ob er antworten solle oder nicht. Schließlich erwiderte er widerwillig: »Es war in beiderseitigem Einvernehmen. In völligem.«

»Weil Sie für Gia bezahlt haben«, sagte Josie.

Er sagte nichts und wandte sich wieder dem Fernseher zu.

Josie fuhr fort: »Max Combs stellt Mädchen für die Catering- und Veranstaltungsabteilung ein. Er flirtet mit ihnen, sieht, wie weit er gehen kann, was sie zulassen und was nicht. Manche sind offen – vielleicht nicht für seine Annäherungsversuche, aber für die Vorstellung, die er ihnen in die Köpfe setzt, nämlich, dass sie viel zusätzliches Geld verdienen können. Er besorgt die Kunden – solche wie Sie –, überprüft sie, reserviert die Zimmer unter dem Namen eines Kollegen, damit er nie damit in Verbindung gebracht werden kann, und ... die Mädchen warten dort schon, wenn Sie kommen, nicht wahr? Oder sind zumindest in der Nähe.«

Er sagte nichts.

»Gia Sorrento war ein Escortgirl. Sie waren ihr Kunde.«

Noch immer blieb er stumm. Sein Finger schwebte über dem Stummschaltknopf, doch er drückte ihn nicht.

»Max hat die Mädchen angeworben und Kunden abge-checkt, aber das Geschäft nicht selbst betrieben, oder? Dafür war jemand anders zuständig. Eine Frau. Sozusagen eine Kupplerin. Sie führte ein Buch mit Namen und Terminen und kreuzte jede Zusammenkunft an, wenn dafür bezahlt worden war. Sie führte keine elektronische Liste, weil sie nicht wollte, dass es auf sie zurückfällt. Ein Buch kann man verbrennen, sodass nichts mehr von ihm bleibt. Es gibt davon keine elektronische Kopie. Keine Möglichkeit, zurückzuverfolgen, wem es gehört.«

Sein Blick wanderte vom Bildschirm zum Fenster. Seine gesunde Hand begann leicht zu zittern, die Finger krallten sich in die Bettwäsche.

»Sie hat Sie angerufen, nicht wahr?«, fragte Josie. »Oder haben Sie sie angerufen, um ein Treffen zu vereinbaren, und dabei herausgefunden, was passiert war? Oder hat Max es Ihnen erzählt?«

Er biss sich auf die Unterlippe und fuhr mit den Zähnen über die rissige Haut.

»Es war Max«, folgerte Josie. »Er hat es Ihnen erzählt, nach dem Motto: Jemand hat das Buch genommen und übrigens ist das Escortmädchen, mit dem Sie sich in den letzten Monaten getroffen haben, die minderjährige Tochter eines gefährlichen Mafiabosses. Vielleicht hat Max Ihnen sogar den Namen verraten. Womöglich haben Sie ihn gegoogelt. Da hatten Sie sicher eine angenehme Zeit.«

Er sah sie rasch an. Sie konnte einen kurzen Anflug von Panik in seinem Blick erkennen, bevor er sich wieder dem Fernseher zuwandte. »Ich bin kein ... bin kein schlechter Mensch«, stieß er zwischen zusammengebissenen Zähnen hervor.

Josie musste sich beherrschen, um ihn nicht daran zu erinnern, dass er seine Frau, die gerade die gemeinsame Tochter zur Welt gebracht hatte, mit einem minderjährigen Escortgirl betrogen hatte, bevor er ein weiteres Mädchen erwürgt hatte, um sein erstes Verbrechen zu vertuschen. Doch es war ihr egal, was er dachte. Sie brauchte Informationen.

Sie ignorierte seine Beteuerung und fuhr fort. »Max hat Ihnen gesagt, dass er das Buch zurückbekommen könnte und nie jemand herausfinden würde, was darin stand. Er wusste, wer es genommen hatte. Ein Mädchen, das im Catering- und Veranstaltungsteam arbeitete. Dieses dunkelhaarige Mädchen, das immer in seiner Nähe war und an seinen Lippen hing, kaum dass er etwas sagte. Sie wusste nicht, was es mit dem Buch auf sich hatte, sie hat es ihm nur weggenommen, weil sie wütend auf ihn war. Er musste lediglich seinen Charme spielen lassen und sie hätte es ihm zurückgegeben, das wäre kein Problem gewesen. Aber er wollte es nicht umsonst machen. Er hat Sie erpresst. Sie haben ihm gegeben, was Sie kurzfristig von Ihrem Konto abheben konnten – zweihundertdreizehntausend Dollar. Dafür wollte er das Buch wieder zurückholen. Zugleich drohte er, wenn Sie ihm das Geld nicht geben würden, würde er direkt zu Johnny Discala gehen und ihm alles erzählen, was Sie mit seiner einzigen Tochter angestellt haben.«

Elliott errötete. »Bei Ihnen klingt das so ... schäbig. Aber so war es nicht. Ich mochte Gia. Sehr sogar.«

Josie war sicher, dass er davon überzeugt war. Natürlich »mochte« er ein junges Mädchen, das dafür bezahlt wurde, ihm schöne Stunden zu bereiten. Er gab sich einer Illusion hin, war aber zu dumm, das zu erkennen. Dennoch ging Josie nicht auf den Unsinn ein, den er von sich gab.

»Wie dem auch sei«, sagte sie. »Vielleicht hatten Sie gar nicht vor Max Angst. Vielleicht auch nicht davor, dass Ihre Frau es herausfinden und Sie verlassen würde. Vielleicht hatten Sie nicht einmal Angst vor einem Strafverfahren. Denn all das wäre Ihnen, verglichen mit dem, was Johnny Discala mit Ihnen gemacht hätte, wie eine Erholung vorgekommen.«

Elliott sah sie wieder an. »Ich habe über ihn gelesen, okay? Wirklich. Ich habe ihn gegoogelt, um herauszufinden, ob Max mich nicht austricksen wollte. Wissen Sie, was er mit anderen macht? Gut, nichts davon lässt sich beweisen, aber man kann eins und eins zusammenzählen. Wussten Sie, dass die Kerle, von denen er annahm, dass sie seine Frau umgebracht haben, teilweise gehäutet und mit abgeschnittenen ... nun ja, Teilen gefunden worden waren? Er hat sie gefoltert, bevor er sie erschoss. In einem Artikel, den ich gelesen habe, sagte der Rechtsmediziner, er glaube, dass eines seiner Opfer schon gestorben sei, bevor es erschossen worden war – an den Folterungen. Ja, ich habe Angst vor Johnny Discala. Ja, ich wollte das Buch zurück. Vor allem aber wollte ich nicht, dass Discala es je in die Hände bekommt und meinen Namen darin findet.«

»Aber Sie haben das Buch nicht bekommen«, sagte Josie. »Sie haben Max das Geld gegeben, aber er hatte das Buch noch nicht. Sie sind ein paarmal in das Hotel, um herauszufinden, was zum Teufel vorging, und da hat er noch mehr Geld von Ihnen verlangt. Aber Sie hatten es nicht und beschlossen daher, die Sache in Ihre eigenen Hände zu nehmen. Er hatte alles bei dem Mädchen gelassen, sozusagen als Lebensversicherung. Nichts hätte Sie – oder andere Männer, die er erpresste – aufgehalten, das Buch aus ihm herauszuprügeln oder ihn sogar umzubringen. Aber wenn ein namenloses Mädchen es besaß, war ihm nicht beizukommen. Es wäre ihm niemals in den Sinn gekommen, dass Sie oder die anderen, die er erpresste, verzweifelt genug waren, sie selbst aufzuspüren oder ihr sogar wehzutun. Es war nicht schwer, herauszufinden, von welchem Mädchen Max gesprochen hatte – es war diejenige, die ihm auf Schritt und Tritt folgte, ihn anhimmelte und mit ihm flirtete. Er hatte sie Ihnen ja schon beschrieben. Sie mussten ihr nur nachstellen.«

Und nachdem Dina Hale nicht mehr lebte, war es für diejenigen, mit denen Max sein gefährliches Spielchen gespielt hatte, nicht mehr allzu schwer gewesen, herauszufinden, dass ihre beste Freundin, Alison Mills, entweder das belastende

Buch besaß oder zumindest wusste, wo es war. Sie waren ebenso verzweifelt gewesen wie Max. Insbesondere Pierce Fuller, der sogar riskiert hatte, Alison auf dem Polizeirevier anzugreifen.

Elliotts Stimme war leise. »Ich würde lieber ins Gefängnis gehen, als Discala in die Hände zu fallen.«

»Ihr Wunsch wird Ihnen erfüllt werden«, sagte Josie.

»Nein«, widersprach Elliott. »Auch im Gefängnis bin ich vor ihm nicht sicher. Wenn er das mit mir und Gia herausfindet und weiß, was passiert ist, schickt er jemanden, der mich umbringt. Und wahrscheinlich vorher foltert. Ich habe nur versucht, das Buch zu bekommen. Wenn ich verhindern könnte, dass Discala es in die Hände bekommt, dann wäre nicht einmal das Gefängnis so schlecht.«

Josie musste dazu nichts sagen. Beide wussten, dass er recht hatte. Wahrscheinlich hatte auch genau diese Überlegung Pierce Fuller dazu gebracht, auf Alison im Revier loszugehen.

Elliott öffnete seine geballte Faust, mit der er sich das Laken gekrallt hatte, und schüttelte die Verkrampfung aus seiner Hand. Er fuhr sich mit der Hand durch das fettige Haar. »Ich bin am Arsch«, sagte er.

Josie widersprach ihm nicht.

»Sie sind nicht hergekommen, um mir zu erzählen, was ich schon weiß. Was wollen Sie?«

»Wer war die Kupplerin?«

»Ich sollte sie wirklich nicht verr... Ich meine, sie hat nichts Schlimmes getan. Es war Max. Alles ist nur Max' Schuld.«

Josie wunderte sich schon längst nicht mehr über seine Doppelmoral. »Sie haben sie per Handy kontaktiert, wenn Sie einen Termin brauchten, nicht wahr?« Sie nannte ihm die Nummer des nicht mehr existierenden Wegwerfhandys, die sie in seinen Verbindungsdaten entdeckt hatten. »Sie versuchten, sie anzurufen, nachdem Sie herausgefunden hatten, dass ihr Kundenbuch verloren gegangen war. Aber die Nummer war nicht mehr gültig. Sie wollten sichergehen, dass sie Sie nicht an Discala verriet, wie Max gedroht hatte. Was haben Sie getan?«

»Wenn ich Ihnen sage, wer sie ist, gerät sie dadurch nur in Gefahr.«

Josie packte das Bettgestänge und beugte sich zu ihm. »Wenn Sie mir nicht sagen, wer sie ist, gerät vielleicht Gia in Gefahr.«

Er wirkte unschlüssig. Josie versuchte zu erkennen, ob er wirklich innerlich mit sich kämpfte. So widerwärtig das Ganze war, so schien er doch echte Gefühle für Gia Sorrento entwickelt zu haben.

»Ich kenne ihren Namen nicht«, sagte er. »Sie hat ihn mir nie genannt. Ich habe auch nicht gefragt. Sie hat nie ein Namensschild getragen. Sie arbeitet im Hotel. Beim Reinigungspersonal.«

FÜNFUNDFÜNFZIG

Gia ist siebzehn, als sie zum Abbild ihres Vaters wird. Sie will nicht, dass jemand verletzt wird, kann aber nicht riskieren, dass er oder sonst jemand herausfindet, was sie getan hat. Dass etwas nicht stimmt, merkt sie zum ersten Mal, als die Arbeit immer weniger wird. »Wir müssen unauffälliger vorgehen«, heißt es. »Wir bekommen viel Gegenwind.«

Aber die übrigen Mädchen machen ganz normal weiter, wie sie feststellt.

Sie wehrt sich. Sie darf diese Arbeit nicht verlieren. Bald wird sie achtzehn und macht ihren Highschoolabschluss. Dann wird ihr Vater sie nach Hause zurückholen. Sie hat Angst davor, was dort auf sie wartet. Seit ihre Mutter tot ist, sieht er in ihr seine perfekte, unantastbare Prinzessin. Als sei sie ein exotisches Tier, das er in einem Glaskasten halten und vor der Welt schützen müsse. Was er sich als Idealbild ausmalt, ist inzwischen so weit von der Realität entfernt, dass sie Angst vor dem hat, was passieren wird, wenn sie ihn unweigerlich enttäuscht. Er wird ihr nicht wehtun, nicht körperlich, dessen ist sie sich sicher. Aber er kann andere Dinge mit ihr tun. Kann sie anders verletzen. Kann ihr Freiheiten nehmen.

Seit sie in die Garage gekommen ist und gesehen hat, was er mit den Männern getan hat, die er verdächtigt hat, ihre Mutter umgebracht zu haben, hat sie an nicht viel anderes gedacht, als sich dem Einfluss ihres Vaters zu entziehen. Sie hätte zur Polizei gehen und ihr erzählen können, was sie gesehen hat, was sie weiß. Hätte hoffen können, Zeugenschutz zu bekommen. Irgendwo ein neues Leben anfangen. Aber der Staat hätte die Bedingungen diktiert. Sie wäre nur von einem unsichtbaren Gefängnis zu einem anderen gelangt.

Gia aber wollte Unabhängigkeit. Handlungsfreiheit, wie ihre Mutter es immer nannte. Sie wollte verschwinden, denn nur so konnte sie ihrem Vater wirklich entkommen. Selbst aus dem Gefängnis heraus hätte er sie in der Hand. Aber sie wollte nach ihren Bedingungen leben. Dafür brauchte sie jeden Cent, den ihr die Arbeit einbrachte.

Als sie darauf hinweist, dass die anderen noch arbeiten, erfährt sie zum ersten Mal die Wahrheit: Max hat herausgefunden, wer ihr Vater ist. Nun ist er nervös. Deshalb soll sie gehen. Verärgert geht sie zu Max und bittet ihn, sie weiterarbeiten zu lassen. Es spielt keine Rolle, dass ihr Vater Johnny Discala ist. In Denton wissen nur sie und Sadie die Wahrheit über ihre Identität. Sadie hat es schon immer gewusst und es war nie ein Thema für sie. Sie hat Gia sogar die Arbeit angeboten. Gia braucht diese Arbeit. Sie braucht das Geld. Weil Max in sie verliebt ist, sagt er, sie solle ihm etwas Zeit lassen, dann hole er sie zurück. Das glaubt sie zumindest. Sie erkennt erst viel später, dass er mit ihr eigene Pläne hat.

Sie alle haben ihre eigenen Pläne.

Dass etwas nicht stimmt, erkennt sie ein weiteres Mal, als sie von dem verschwundenen Buch erfährt. Sie ist nicht die Einzige, die von dem Buch weiß. Irgendwo da draußen gibt es einen Beweis dafür, was sie getan hat. Was Johnny Discalas perfekte Prinzessin, seine kleine Pea, getan hat. Zur gleichen Zeit findet sie heraus, dass nicht nur das Buch verschwunden ist. Etwas anderes wurde ebenfalls gestohlen. Etwas, das für sie noch viel wichtiger ist als das Buch. Etwas, das ihr versprochen wurde. Sie hat monatelang mit allen Tricks, durch Schmeicheln und Drängen, versucht, es zu bekommen. Sie hat sogar auf einen Teil ihres Lohns verzichtet, um sicherzustellen, dass sie es bekommt. Sie war so nahe dran. Dann war es weg, zusammen mit dem Buch. Es wurden Entscheidungen darüber und über sie getroffen, ohne dass man Rücksicht auf sie nahm, ja, sogar ohne ihr Wissen.

Sie braucht Handlungsfreiheit.

Sie ruft Mug an. Er war immer mehr Vater für sie als ihr eigener Dad. Ihr ganzes Leben lang war er stets der Einzige, dem sie bedingungslos vertraut hat. Als sie ihm aufträgt, das Buch und das, was für sie so wichtig ist, wiederzubeschaffen – »aber erzähl nichts meinem Vater« –, stellt er keine Fragen. Er urteilt nicht. Er zögert nicht.

SECHSUNDFÜNFZIG

Josie stand vor den Aufzugtüren und drückte auf den Knopf nach unten, während sie Gretchen erzählte, was sie von Elliott Calvert erfahren hatte. Das Aufzugsignal ertönte und die Tür ging auf. Josie und Gretchen warteten, bis alle den Lift verlassen hatten. Als sie allein drinnen waren, meinte Gretchen: »Wir wissen also jetzt, wer Gias ›Mutter‹ ist. Ich rufe im Revier an und sage allen Bescheid. Mett kann nachsehen, welches Auto auf sie zugelassen ist, und jemanden bei ihr zu Hause vorbeischicken. Allerdings bezweifle ich, dass sie im Moment dort ist. Wir können sie zur Fahndung ausschreiben.«

Gretchen erledigte den Anruf, während sie den Aufzug im Erdgeschoss verließen und zum Parkplatz gingen. Im Auto saß Josie regungslos da, die Hände auf das Lenkrad gelegt.

»Boss?«, fragte Gretchen.

Josie überlegte fieberhaft, griff jedes Puzzleteil im Fall auf, legte es gedanklich weg und beschäftigte sich wieder damit. »Was übersehen wir?«, murmelte sie.

»Was willst du damit sagen?«, fragte Gretchen. »Wir haben doch alles. Die Sache ist klar. Sadie und Max betreiben mit minderjährigen Mädchen aus der Catering- und Veranstaltungsabteilung einen Escortservice vom Hotel aus. Felicia war Max' Strohfrau. Ein genauerer Blick auf sie hätte nichts gebracht. Aber wenn wir die Escortsache unter die Lupe genommen hätten, hätte sich ziemlich schnell herausgestellt, dass sie diejenige war, die die Zimmer reservierte. Das hätte Max Zeit gegeben, sich ein paar Lügen auszudenken oder, wer weiß, vielleicht sogar zu flüchten. Allerdings glaube ich, dass Felicia Max auch mit Drogen versorgt hat. Unabhängig vom Escortservice.«

»Ja, ich denke, du hast recht«, räumte Josie ein.

»Aber du bist noch nicht mit dem zufrieden, was wir herausgefunden haben«, sagte Gretchen. »Das sehe ich dir an.«

Josie lächelte sie an.

Gretchen holte ihr Notizbuch heraus und blätterte die vielen Einträge zu diesem Fall von hinten nach vorn durch. »Dina hat die Kuriertasche genommen, in der Sadies Auftragsbuch war, wie wir jetzt wissen. Dadurch ist die ganze Sache ins Rollen gekommen. Deine Theorie entspricht wahrscheinlich genau den Tatsachen: Max hat Elliott Calvert wegen des Buchs erpresst und gedroht, zu Discala zu gehen, wenn er nicht zahlte. Nachdem Calvert gezahlt hatte, hat Max das Buch trotzdem nicht wiederbeschafft. Calvert hat wahrscheinlich im Hotel ein paar Informationen eingeholt, daraus geschlossen, dass Dina das Buch hatte, und hat ihr und Alison nachgestellt. Fuller war vermutlich in der gleichen Situation: Er hat Max in der Annahme bezahlt, dass er das Buch zurückholen würde, aber das hat Max nicht gemacht. Fuller wusste nicht, wer das Buch hatte, bis Dina umgebracht wurde ...«

»... und Alison verschwand«, ergänzte Josie. »Es war in den Nachrichten. Da hat er angefangen, dem Chief wegen der Hundestaffel Honig ums Maul zu schmieren. Die Staffel war ihm völlig egal – es ging ihm nur darum, an Insiderinformationen über die Ermittlungen zu gelangen.«

Gretchen blätterte in ihrem Notizbuch zweimal um und

überflog ihre Aufzeichnungen. »Genau. Unterdessen beschließt Gia, die Dinge selbst in die Hand zu nehmen. Sie beauftragt die Handlanger ihres Vaters, das Buch wiederzubeschaffen. Aber sie muss einen Tipp bekommen haben.«

»Von Sadie«, schloss Josie.

Gretchen sah von ihrem Notizbuch auf. »Ja. Gia erfuhr wahrscheinlich erst von Sadie, dass es verschwunden war. Ich bin sicher, Sadie hat Max zur Rede gestellt, als ihr klar wurde, dass es fehlte.«

»Also war es Sadies Tasche«, sagte Josie.

»Vielleicht«, meinte Gretchen.

»Nein, nicht vielleicht«, widersprach Josie. »Das Buch war in einem Geheimfach versteckt und nicht einfach beiläufig hineingeworfen worden. Es muss Sadies Tasche gewesen sein. Das Oxycodon gehörte wahrscheinlich ebenfalls ihr. Möglicherweise hat Felicia Max und Sadie mit Drogen versorgt. Vielleicht ist Sadie selbst von Oxycodon abhängig.«

Gretchen nickte, während Josie sprach. »Das würde Sinn ergeben. Sie hat vielleicht sogar das Oxy von Max bekommen, der wiederum von Felicia versorgt wurde. Das würde erklären, warum die Tasche in seinem Büro stand.«

Josie beobachtete eine Familie, die über den Parkplatz zu ihrem Auto ging. Mutter, Vater, Tochter. »Könnte hinkommen. Sadie und Felicia hassten sich. Wesentlich wahrscheinlicher ist, dass Sadie Drogen von Max gekauft hat. Sie betrieben da schon das Escortgeschäft. Sie lässt ihre Tasche in seinem Büro, er steckt die Drogen hinein, sie nimmt sie später wieder mit. Und niemand bemerkt etwas.«

»Bis die Tasche verschwindet«, sagte Gretchen. »Was für Sadie eine ebensolche Katastrophe gewesen wäre wie für Calvert und Fuller. Zumindest konnte es ihr alles andere als recht sein, dass das Buch irgendwo durch die Weltgeschichte wanderte.«

Mutter und Vater standen zu beiden Seiten des Mädchens

und fassten sie bei der Hand. Zusammen schwangen sie sie in die Luft. Sie kreischte vor Vergnügen. Josie konnte aus der Ferne schwach hören, wie sie rief: »Noch mal, noch mal!«

»Aber Gia hat die Schergen ihres Vaters nicht auf Sadie angesetzt«, hob Josie hervor.

»Weil Sadie das Buch ganz offensichtlich nicht hatte.«

»Aber sie hat sie auf Max angesetzt. Wieso? Max war ihr Partner in der ganzen Escortgeschichte. Warum sollte sie das Buch von ihm zurückhaben wollen? Was für ein Druckmittel hätte er gehabt? Wenn er ihrem Vater von der ganzen Sache erzählt hätte, wäre das sein Todesurteil gewesen. Das muss er gewusst haben. Was für einen Grund gab es für Gia, ihm die Kerle auf den Hals zu hetzen, damit sie seine Wohnung auf den Kopf stellten, ihn folterten und umbrachten?«

Gretchen atmete lang und hörbar aus. »Es ging gar nicht um das Buch.«

»Für Calvert und Fuller ging es um das Buch. Aber nicht für Max«, sagte Josie.

»Da muss noch etwas sein«, meinte Gretchen.

Die Mutter und der Vater schwangen das Mädchen wieder in die Luft, noch höher als zuvor. Die Kleine stieß einen spitzen Schrei aus. Alle lachten. »Da muss noch etwas sein außer dem Buch«, pflichtete Josie ihr bei. »Etwas sehr, sehr Wichtiges.«

»Aber die Gorillas wissen nicht, was es ist. Nicht einmal Gia weiß es«, folgerte Gretchen. »Sonst hätten sie Dina gezielt danach gefragt.« Rasch blätterte sie in ihrem Notizbuch nach vorn. »Dina hat ihnen das Tablet gegeben. Sie haben es genommen, aber ein paar Tage später kamen sie zurück und behaupteten, sie hätte sie angelogen. Sie wissen nicht genau, wonach sie suchen. Verdammt. Was zum Teufel kann das sein? Denkst du, Alison war nicht ganz ehrlich zu dir, als sie dir von dem Buch erzählt hat?«

Josie schüttelte den Kopf. »Nein, ich glaube, das war alles, was in der Tasche war, als sie ihr in die Hände fiel. Was immer es auch war, Dina hatte es.«

»Aber sie hat es nicht hergegeben, nicht einmal, nachdem sie zweimal gefoltert worden war?«

Die Familie war inzwischen beim Auto angelangt. Die Mutter öffnete die hintere Tür der Beifahrerseite und beugte sich hinein. Sie stützte sich mit einem Knie auf den Sitz und machte sich am Sicherheitsgurt zu schaffen. »Weil sie es schon losgeworden war. Sie wusste nicht einmal, dass es wichtig war.«

»Die Drogen?«, mutmaßte Gretchen.

»Nein. Etwas anderes. Etwas, was sie gar nicht haben wollte.«

»Okay«, meinte Gretchen. »Und was hat sie damit gemacht?«

Vater und Tochter standen neben dem Heck des Autos und redeten, während die Mutter den Sicherheitsgurt in Ordnung brachte. Nach einigen Sekunden kam sie wieder heraus, streckte sich und bedeutete ihrer Tochter, einzusteigen. Der Vater sah zu seiner Tochter hinunter, lächelte sie an und zerzauste ihr Haar.

»Der Dreckskerl«, sagte Josie, als ihr die Erkenntnis kam.

»Was?«

Wut stieg in ihr hoch. Sie startete den Motor und rief: »Dieser Mistkerl.«

Sie rammte den Fuß auf das Gaspedal und das Auto schoss aus dem Parkplatz. Kurz darauf fuhren sie die lange Hügelstraße hinunter, die vom Krankenhaus in die Stadt führte.

Gretchen hielt sich am Griff der Beifahrertür fest. »Wer?«

»Needle«, sagte Josie.

SIEBENUNDFÜNFZIG

Die Abendsonne stand nur noch knapp über dem Horizont. Eine kühle Brise strich bereits über das Land. Am Ufer unter der East Bridge peitschte noch mehr kalte Luft über die Oberfläche des rauschenden Flusses. Gretchen hatte alle Mühe, mit Josie mitzuhalten, als sie von einem wackeligen Unterschlupf zum anderen stapfte und Needles Namen rief. »Zeke! Zeke! Hier ist JoJo. Ich weiß, dass du hier irgendwo bist. Komm sofort raus.«

Nach mehreren Minuten schlüpfte eine Frau aus ihrem Zelt und sagte: »Zeke ist nicht da. Er übernachtet hier nicht. Wenn ihr mit ihm reden wollt, müsst ihr in diese Richtung gehen.« Sie deutete auf den flachen Felsen, auf dem Josie und Noah ihn vor einigen Tagen gefunden hatten, als er in der Sonne gelegen hatte. »Er hat eine kleine Hütte im Wald da drüben, nicht weit vom Wasser. Ihr müsst aber vielleicht ein bisschen warten, denn es sind schon ein paar Leute bei ihm.« Sie musterte Josie und Gretchen von oben bis unten. »Ein paar Frauen wie ihr. Scheint gefragt zu sein, der Typ.«

Josie dankte ihr und änderte die Richtung. Schnaufend

schloss Gretchen zu ihr auf. »Paula hat recht«, keuchte sie. »Ich muss wirklich mit dem Laufen anfangen.«

»Zwei Frauen«, sagte Josie, während sie über schlammverkrustete Steine stieg. »Sadie und Gia.«

»Woher wissen sie, dass hier etwas zu holen ist?«, fragte Gretchen.

Josie seufzte. »Ich habe ihr gesagt, dass Dina zur East Bridge gegangen ist, um die Drogen loszuwerden. Sie ist vermutlich aufs Geratewohl hergekommen. Die beiden haben sich durchgefragt, bis jemand in Zekes Richtung deutete.«

Gretchen holte ihr Handy heraus. »Ich sage Bescheid. Du hast sonst keine Autos oben auf der Brücke gesehen, oder?«

Sie kamen an dem flachen Felsen vorbei. Dahinter begann schlammiger Grund. »Nein«, antwortete Josie. »Aber es gibt noch andere Parkmöglichkeiten – hier in dieser Richtung direkt am Ufer. Von dort kann jeder kommen. Am besten, du forderst Einheiten an, die von beiden Seiten zu uns stoßen.«

Das Ufergelände wurde immer schmaler, bis sich zwischen Fluss und Bäumen nur noch ein wenige Schritte breiter Streifen schlammiger Grund entlangzog. Gretchen rief an, dann marschierten die beiden durch die Bäume. Die Luft war frisch, aber Josie bekam den Geruch von Feuer, faulenden Lebensmitteln und Körperausdünstungen in die Nase. Sie waren fast da.

»Das kann man wohl kaum als Hütte bezeichnen«, flüsterte Gretchen, als sie eine kleine Lichtung entdeckten.

In der Mitte stand ein heruntergekommenes Holzhäuschen, nicht größer als ein Gartenschuppen. Die Bretter hatten sich verzogen, zerfaserten und hielten kaum noch zusammen. Die Scharniere am Eingang waren weggerostet und was von der Tür übrig war, lag schief auf der dunklen Öffnung. Das halbe Dach war eingestürzt. Hier war der Gestank noch schlimmer.

Josie legte die Hand auf ihr Holster, öffnete es und trat einen Schritt vor. »Nee... Zeke!«, rief sie. »Hier ist JoJo.«

Gretchen öffnete ihr Holster ebenfalls und sah Josie an. »Polizei. Mr Fox, kommen Sie bitte heraus.«

Keine Antwort. Josie bedeutete Gretchen mit einer Handbewegung, näherzukommen. Sie blieben vor der Tür stehen und bezogen links und rechts davon Stellung. Josie schob die Reste der Tür beiseite. »Komm schon, Zeke. Wir müssen reden.«

Drinnen war ein Rascheln zu hören, dann Flüstern. Gretchen zog ihre Pistole und Josie tat es ihr nach. Sie hielten sie auf die Tür gerichtet. Einen Augenblick später kam Zeke barfuß und in abgetragener Kleidung heraus. Er ging langsam und vorsichtig und streckte die Arme in die Luft. Zunächst glaubte Josie, er halte sie ihretwegen hoch, aber als er über die Schwelle nach draußen getreten war, sah sie, dass der Lauf einer Waffe an seinen Hinterkopf gedrückt war.

Trotz seiner misslichen Lage lächelte er Josie an, als seien sie alte Freunde. »Die kleine JoJo«, sagte er. »Kommt, um mich zu retten. Wie finde ich das?«

Der Lauf wurde nach vorn an seinen Kopf gestoßen, sodass er strauchelte. Er ruderte mit den Armen, rutschte aus und wäre fast gefallen. Als er sich wieder gefangen hatte, wagte er einen Blick hinter sich. Sadie Bacarra hatte ihre Waffe direkt zwischen seine Augen gerichtet.

»Mrs Bacarra«, sagte Josie. »Legen Sie die Waffe weg.«

Sadie antwortete nicht. Sie behielt Zeke im Auge, der sich nun ganz zu ihr umdrehte. Mit erhobenen Händen grinste er sie an. »Sie haben sie gehört. Legen Sie die Waffe weg.«

Hinter Sadie trat Gia aus dem Verschlag. Im hellen Licht blinzelte sie. Ihre und Josies Blicke kreuzten sich für einen kurzen Augenblick, dann sah sie auf ihre Füße.

»Was für eine Scheiße«, murmelte Sadie.

»Mrs Bacarra«, rief Gretchen. »Waffe runter, sofort. Waffe weg und Hände hoch. Jetzt.«

Gia sprach leise. »Sie sind zu viele, Sadie. Lass ... lass es einfach gut sein.«

Sadies Augen verengten sich zu Schlitzen. Ihre Hände umklammerten die Pistole noch fester. »Das sagst du so leicht, du privilegiertes kleines Miststück. Wenn ich die Waffe weglege, bin ich diejenige, die ins Gefängnis wandert. Es ist deine Schuld, dass ich überhaupt hier bin. Alles deine Schuld.«

Gia trat nach vorn und ging um Sadie herum, damit sie ihr direkt ins Gesicht sehen konnte. Sie stand etwa einen Meter neben Needle. Sadie musste ihre Pistole nur um fünfundvierzig Grad nach rechts schwenken, um auf Gia zu schießen. Josie und Gretchen blieben schräg hinter dem Trio links und rechts stehen, damit sie sich nicht gegenseitig trafen, wenn sie feuern mussten. Sie hatten ihre Waffen auf Sadie gerichtet.

»Legen Sie jetzt die Waffe weg«, wiederholte Josie.

Gia machte mit wütendem Blick einen Schritt auf Sadie zu. »Meine Schuld? Du denkst, das ist meine Schuld? Du hast die verdammte Tasche herumliegen lassen. Das wäre alles nicht passiert, wenn du nicht so unvorsichtig gewesen wärst. Du wusstest, was drinnen war. Du wusstest, wie wichtig es für mich war.«

»Denkst du, ich wollte, dass sie gestohlen wird? Du hast keine Ahnung, was ich tun musste, um es zu bekommen. Nicht die leiseste Ahnung!«

»Bacarra!«, rief Gretchen, nun schon lauter. »Legen Sie jetzt die Waffe weg und heben Sie die Hände.«

»Ich werde allmählich müde, Lady«, sagte Needle. »Hören Sie, ich habe Ihnen gesagt, ich würde Ihnen zeigen, wo ich es versteckt habe, aber entspannen Sie erst einmal. Sie haben es nämlich jetzt mit JoJo zu tun.« Er gluckste. »Das wird Ihnen nicht gefallen.«

»Halt's Maul«, herrschte ihn Sadie an.

»Wo ist es?«, fragte Gia.

Bevor er antworten konnte, hörten sie von hinten eine weitere Stimme. Eine Männerstimme. Ruhig, fast amüsiert. »Nun sieh dir dieses Durcheinander an.«

Johnny Discala und Mug Marrone traten auf die Lichtung. Beide trugen Jeans, schwarze Stiefel und einfarbig schwarze T-Shirts. Jeder hielt in fast lässiger Pose eine Pistole in der Hand. Josie wandte ihren Blick kurz von ihnen ab und sah Gretchen an. Sie hatten inzwischen so lange miteinander gearbeitet und so viele gefährliche, unwägbare Situationen erlebt, dass sie nicht mehr mit Worten kommunizieren mussten. Josie nickte unmerklich und richtete ihre Aufmerksamkeit wieder auf Discala, während Gretchen Sadie im Auge behielt, die leichenblass geworden war und die Augen vor Schreck weit aufriss. Trotzdem hielt sie ihre Pistole weiter auf Needle gerichtet.

»Daddy«, sagte Gia. Ihre Stimme war so brüchig, dass Josie sie für den Bruchteil einer Sekunde ansah. Alle Farbe war aus ihrem Gesicht gewichen. Sie wirkte erschrocken und niedergeschlagen zugleich. Josie fragte sich, wie sicher Gia wirklich war, dass ihr Vater ihr nie etwas antun würde.

Josie sah wieder zu Discala. Ein freudloses Lächeln lag auf seinen Lippen. »Prinzessin, hast du wirklich gedacht, dass du meine Männer und Ressourcen nutzen kannst, um das kleine Durcheinander, das du hier verursacht hast, wegzuräumen, und ich nichts davon erfahre?«

Gia ging an Josie vorbei, achtete dabei aber darauf, nicht vor den Lauf ihrer Waffe zu laufen. Sie trat vor Mug. Eine Träne lief ihr über die Wange. »Wie konntest du das tun?«

Mug sah sie nicht an.

Johnny packte Gia grob am Arm, riss sie herum und schüttelte sie. »Sieh dir diese Sauerei an. Sieh an, in was für einen Schlamassel du uns gebracht hast. Das ist Polizei, Gianna! Bullen! Wie kann man nur so dämlich sein?«

Gias Nasenflügel blähten sich. Zornig sagte sie: »Als ob es dir etwas ausmachen würde, Polizisten umzubringen.«

»Johnny«, sagte Mug.

»Ich werde allmählich wirklich müde, Leute«, meldete sich Needle zu Wort. »Es ist mir völlig egal, was ihr untereinander auszutragen habt, aber ich gebe euch, was ich habe, und dann könnt ihr wieder gehen.«

Johnny deutete mit seiner Pistole zu Josie und dann zu Gretchen. »Ihr beiden Polypen seid in der Unterzahl.«

Aus den Augenwinkeln konnte Josie sehen, wie Sadies Schultern vor Erleichterung etwas absackten.

»Legt eure Waffen auf den Boden und schiebt sie zu uns herüber«, sagte Mug.

Josie und Gretchen hatten bereits entschieden, wie sie weiter vorgingen. Sie mussten nur lange genug am Leben bleiben, bis Verstärkung hier war. Eine Schießerei auf einer kleinen Lichtung, bei der sie in der Unterzahl waren und zwei Unschuldige, Unbewaffnete gefährden würden, erschien ihnen zu riskant. Schweigend gingen sie in die Hocke, legten ihre Waffen auf die Erde und stießen sie mit dem Fuß zu Mug und Johnny hinüber. Discala fuchtelte mit der Waffe herum wie ein Fluglotse, der auf dem Rollfeld den Verkehr regelt, trieb sie zusammen und ließ sie mit dem Rücken zu Needles Hütte neben der Tür stehen.

»Gut«, sagte er mit zufriedenem Lächeln. Er drückte Gias Oberarm, bis sie vor Schmerz aufschrie. Dann sagte er: »Hier sind zwei Ladys, die klug genug sind, zu wissen, was gut für sie ist. Ganz im Gegensatz zu dir.« Er riss Gia beiseite und trat an Sadie heran.

Josie sah, dass Sadie zu zittern begann. »Und du Wichtigtuerin. Du hattest eine Aufgabe: auf meine Tochter aufzupassen. Auf meine Prinzessin. Ich habe dich nach der Scheiße, die du mit Antonys Frau abgezogen hast, leben lassen. Du durftest hierherziehen, damit du meine Gianna im Auge behalten konntest. So dankst du es mir?«

Sadies Arme zitterten. Sie umfasste den Pistolenknauf so

fest, dass ihre Knöchel weiß hervortraten. »Sie ist zu mir gekommen, Johnny. Es war ihre Idee.«

Er sah kurz zu Gia, die vor Schrecken erstarrt war und den Mund zu einem kleinen O formte. »Ich glaube dir, dass meine Prinzessin dich gebeten hat, deine Affäre mit Antony zu nutzen, um Licht in die Ermordung ihrer Mutter zu bringen. Sie ist davon besessen, seit es passiert ist.« Wieder sah er Gia an. Sie zuckte unter seinem Blick zusammen. »Anscheinend wird das, was ich in dieser Angelegenheit unternommen habe, nicht gewürdigt.«

Josie überlegte fieberhaft, wie diese neuen Informationen in das Bild passten. Sadie selbst hatte ihnen gesagt, dass sie in Philadelphia gelebt hatte und erst kürzlich nach Denton gezogen war. Felicia hatte ihnen verraten, dass Sadies Ehe nach einer Affäre zerbrochen war.

Einer Affäre mit einem von Johnny Discalas Männern.

Gia formte ein paar Sekunden lang Worte mit den Lippen, bevor sie zu sprechen begann. »Du hast wahllos und ohne Grund Menschen umgebracht. Du hast Moms Tod als Rechtfertigung benutzt, um deine ... Feinde zu töten. Beweise waren dir schon immer egal. Du hast die Leute umgebracht, ganz gleich, ob sie etwas mit Moms Ermordung zu tun hatten oder nicht. So viele Menschen. Weswegen?«

Johnny starrte sie wütend an.

Sie schob ihm trotzig das Kinn entgegen.

Er sagte: »Denkst du, ich hätte nicht nach Beweisen gesucht? Ich habe jeden Mann, den ich hatte, darauf angesetzt, herauszufinden, wer deine Mutter umgebracht hat.«

»Du hast keine Beweise gesucht«, entgegnete Gia. »Du hast sie gestohlen. Du hast sie von der Staatsanwaltschaft gestohlen, damit der Mörder freigelassen werden musste. Und dann ... dann hast du ihn nicht einmal so behandelt wie die anderen. Ich habe gesehen, was du mit den Männern gemacht hast, von denen du dachtest, dass sie Mom umgebracht hätten.« Sie ballte eine Faust und schlug sie sich seitlich an den Kopf. »Es ist in meinem Gedächtnis eingebrannt. Jedes Mal, wenn ich die Augen zumache, sehe ich es. Ich werde die Bilder nicht los, was ich auch tue. Dann wurde der mutmaßliche wirkliche Mörder freigelassen und ist einfach verschwunden. Das war's. Warum? Was verschweigst du?«

»Kleines«, sagte Mug.

Sie ignorierte ihn.

Johnny warf ihm einen bösen Blick zu, woraufhin er nichts mehr sagte.

»Es steht dir nicht zu, mir Fragen zu stellen, Gianna.«

Sie biss die Zähne zusammen und stieß einen Laut zwischen Stöhnen und Grollen hervor. »Ich weiß. Ich soll ja nur deine Prinzessin sein. Das Maul halten und hübsch sein.«

Er wandte sich wieder Sadie zu. »Hat Antony dir gesagt, was es war? Der Beweis, den er mir in deinem Auftrag stehlen sollte?«

Sie schüttelte den Kopf. »Nein. Ich habe keine Fragen gestellt. Gia wusste, dass du jemanden beauftragt hattest, in Renattas Fall Beweise aus dem Büro des Staatsanwalts zu stehlen. Sie hat mich gebeten, mich darum zu kümmern.«

»Gebeten?«, rief Gia. »Ich habe dich angefleht. Und als das nicht funktioniert hat, habe ich dich mit dem bezahlt, was ich verdient habe.«

Johnny überging Gias Ausbruch und sah weiter Sadie an. Sie fuhr fort: »Ich habe mit Antony geredet und ihn überredet, es mir zu beschaffen. Er brachte es mir in einer Schachtel. Ich wollte es Gia geben. Das ist alles. Ich habe nicht einmal hineingesehen.«

Johnny schüttelte den Kopf. Mit einem Seufzer sagte er: »Wie kann ich dir glauben, Sadie? Du hast mich betrogen. Hast einen meiner Männer benutzt, um mein Vertrauen zu missbrauchen. Und dann, was du mit meiner Prinzessin gemacht hast. Du hast sie angeboten wie eine Straßennutte.«

»Sie wollte es so«, schrie Sadie. »Sie wollte weg von dir. Wollte Geld sparen, um dich für immer zu verlassen.«

Blitzschnell hob er die Pistole, hielt sie Sadie an den Kopf und drückte ab.

ACHTUNDFÜNFZIG

Sadie sackte zu Boden. Alle außer Gretchen und Mug zuckten zusammen. Needle sprang zurück und fiel auf den Hintern. Gia hielt sich die Ohren mit den Händen zu und schrie.

Mug trat an sie heran und berührte sie an der Schulter, doch sie schüttelte sie ab. »Rühr mich nicht an!«, brüllte sie.

Josie spürte, wie Gretchens Hand die ihre touchierte. Mit einem Finger tippte sie fünfmal auf die Innenseite von Josies Handgelenk. Fünf Minuten, bis die Einheiten an der Brücke sein würden. Das bedeutete vermutlich noch zehn, fünfzehn Minuten, bis sie sie hier ausfindig gemacht hatten. Würden sie so lange am Leben bleiben können?

Johnny trat gegen Needles nackte Füße. »Steh auf, Junkie. Du hast etwas, das mir gehört. Ich will es zurück.«

Schweigend kämpfte sich Needle auf die Beine. Er ging zur anderen Seite des Hütteneingangs, wo der klägliche Rest der Tür lag, schob sie beiseite, kniete sich hin und räumte mit den Händen Erde, Steine und Moos direkt unter der Hüttenwand weg. Ein schuhschachtelgroßes Loch wurde sichtbar. Needle legte sich auf den Boden, rollte sich zur Seite und schob den

Arm bis zur Schulter hinein. Josie blickte verstohlen zu Mug, um zu sehen, ob er sie und Gretchen noch immer beobachtete. Gia stand wie erstarrt mitten auf der Lichtung. Zwischen ihr und der Hütte lag Sadies Leiche. Sie sah, wie Johnny Needles andere Schulter mit dem Lauf seiner Waffe anstieß. »Keine Tricks, Junkie. Verstanden?«

Needle winkte Johnny unbeeindruckt weg. Mit einem Grunzen zog er eine kleine metallene Schließkassette heraus. Als er wieder aufgestanden war und sie Johnny gegeben hatte, bedeutete Mug ihm mit einer Geste, sich neben Josie zu stellen, was er auch tat. Dabei streifte er sie mit der Schulter. Er stank widerwärtig.

Johnny klemmte sich die Kassette unter den Arm und wedelte mit der Pistole zu Josie, Gretchen und Needle. »Komm schon, Mug. Kümmern wir uns um die drei und dann nichts wie weg hier.« Zu Gia gewandt sagte er: »Du kommst jetzt mit mir. Wir reden noch darüber, was mit dir passieren soll.«

Gia hob einen zitternden Finger und deutete auf die Kassette. »Ich möchte sehen, was darin ist.«

»Du hast mir gar nichts zu befehlen, Gianna.«

Er machte einen Schritt von der Hütte weg. Gia stieß einen wilden, wutentbrannten Schrei aus, der aus den tiefsten Tiefen ihrer Seele kam. Sie warf sich nach vorn, schlug ihm die Kassette unter der Achsel weg und schubste ihn zurück. Dann fiel sie auf die Knie und riss den Deckel der Kassette auf. Mug machte einen Schritt nach vorn, aber Johnny hob die Hand, um ihn zu stoppen. Mit resigniertem Blick sah er zu, wie Gia etwas aus der Kassette holte.

»Nein.« In diesem einen Wort lag der ganze Schmerz der Welt. Er durchfuhr Josie wie ein Messer, das in ihren Bauch gerammt wurde. Gia hielt den Gegenstand vor sich wie eine Opfergabe und starrte ihn an, als sei er ein abgetrennter Kopf. Stumme Tränen liefen ihr über das Gesicht.

Josie reckte den Hals, um zu erkennen, was sie in der Hand

hielt. Eine Pistole mit graviertem Knauf. Von da aus, wo sie stand, sah die Gravur wie ein weiblicher Sensenmann aus.

Gia drehte die Waffe in ihren Händen und fuhr mit dem Finger über die andere Seite des Knaufs. Sie steckte einen Fingernagel in die Vertiefung, an der dem Totenkopf ein Zahn fehlte.

Gretchen tippte an Josies Handgelenk. Einmal. Die Verstärkung musste bald hier sein. Wahrscheinlich waren sie bereits unter der Brücke, um die Leute zu befragen, und auf der anderen Seite des Flusses, wo Discala und Marrone vermutlich geparkt hatten.

Gia sah ihren Vater an und versuchte, ihre Gesichtsmuskeln wieder unter Kontrolle zu bekommen. »Deine Pistole?«, keuchte sie. »Du hast Mom umgebracht?«

Johnny lächelte. Josie hatte alle Mühe, dabei nicht zusammenzuzucken. Was er als Nächstes sagte, schien ihm große Befriedigung zu bereiten. »Nicht ich, Prinzessin.« Er sah bedeutungsvoll zu Mug, der den Kopf senkte und es vermied, Gia in die Augen zu sehen.

Zum ersten Mal beachteten Joe und Mug weder Gretchen noch sie. Josie versuchte, die Entfernung von ihrem Standort zu ihrer mehrere Schritte entfernt liegenden Pistole abzuschätzen. Sie würde es nie rechtzeitig schaffen. Mug oder Johnny – oder beide – würden sie erschießen, bevor sie die Waffe überhaupt aufgehoben hatte.

»Nein«, sagte Gia. »Das glaube ich nicht.«

»Sag es ihr«, drängte Johnny.

Mug hob mit verzerrtem Gesicht den Blick. »Ich war es. Sorry, Kleines. Du musst das verstehen ...«

»Halt's Maul, Mug«, unterbrach ihn Johnny. »Du siehst, Prinzessin, Mug ist mir gegenüber loyal. Du nicht.«

»Warum?«, schrie Gia. »Warum? Meine Mutter! Sie war deine Frau!«

»Sie wollte dem FBI gegenüber auspacken, Gianna«, sagte

Johnny. »Sie hätte uns alle vernichtet. Ich wollte, dass sie wusste, was es heißt, mich zu verraten. Ich wollte, dass die Arbeit ordentlich erledigt wird. Deshalb habe ich Mug geschickt. Deshalb habe ich ihm meine Pistole gegeben. Damit deine Mutter Bescheid wusste. Bei allem, was Mug dir beigebracht hat, das Wichtigste hat er dir nie verraten, nicht wahr?«

Gia fragte nicht, was das war. Mit zitternden Händen legte sie die Pistole in die Kassette zurück und schloss langsam den Deckel.

Johnny beantwortete die unausgesprochene Frage trotzdem. »Nichts passiert, ohne dass ich es will.«

Seine Worte hingen in der Luft.

Needle sagte kaum hörbar zu Josie. »Die bringen uns um, JoJo. Du solltest etwas tun.«

Josie widerstand dem Drang, ihm einen Ellbogen in die Rippen zu stoßen. Er hatte recht. Sobald diese Vater-Tochter-Wiedervereinigung vorüber war, würden sie alle sterben. Bevor Josie sich einen Plan ausdenken konnte, kroch Gia an ihrem Vater vorbei zu Sadies Leiche. Sie packte die Pistole, die Sadie fallen gelassen hatte, schwang sie in Johnnys Richtung und zielte auf seine Brust.

Josie wusste nicht, ob er es instinktiv tat oder seiner Tochter tatsächlich wehzutun gedachte, aber er hob ebenfalls seine Waffe.

»Gia!«, rief Josie.

Von nun an lief für Josie alles in Zeitlupe ab. Mit perfekter Klarheit sah sie, wie Gias Finger sich um den Abzug krümmte. In Johnnys Gesicht waren Überraschung und Verwirrung zu erkennen. Auch er legte seinen Zeigefinger an den Abzug. Josie sprang nach vorn und warf sich in Discalas Richtung. Er stand ihr am nächsten. Sie konnte ihn aus dem Gleichgewicht bringen, konnte dafür sorgen, dass er sein Ziel verfehlte. Aus den Augenwinkeln sah sie, wie Mug seine Waffe hob und auf sie zielte. Gia betätigte den Abzug. Einmal, zweimal, dreimal. Verschwommen nahm Josie wahr, wie sich eine Gestalt zwischen sie und Mug schob. Ein vierter Schuss fiel. Needle und Johnny Discala brachen gleichzeitig zusammen.

Josie blinzelte und fand wieder in die normale Zeitwahrnehmung. Die Geräusche und Gerüche des Augenblicks kehrten zurück. Irgendwie hatte es Gretchen geschafft, zu ihren Pistolen zu gelangen. Sie war an Mug vorbeigekommen, während er auf Josie geschossen hatte. Nun stand sie neben ihm, richtete ihre Dienstwaffe auf ihn und rief ihm etwas zu. Josie konnte es nicht verstehen, da ihr das Echo der Schüsse noch in den Ohren dröhnte. Dennoch war ihr nur zu deutlich bewusst, dass seine Pistole nach wie vor auf ihre Brust zeigte. Ihr Herz pochte wie wild und erschütterte ihren Brustkorb.

Gia hatte Sadies Pistole weiterhin dorthin gerichtet, wo Johnny kurz vorher noch gestanden hatte. Ihre Brust hob und senkte sich. Als sie sich Mug zuwandte, sagte Josie: »Nein, Gia. Legen Sie sie weg. Es ist vorbei.«

Gia schniefte. »Vorbei ist es erst, wenn er tot ist.«

»Tun Sie es nicht, Gia«, sagte Josie und trat näher an sie heran. Der Lauf von Mugs Waffe folgte ihr. »Das ist es nicht wert.«

»Ganz ruhig, Kleines«, beschwichtigte Mug sie.

»Maul halten«, rief ihm Gretchen zu. »Waffe runter und Hände hoch. Jetzt.«

»Warum?«, fragte Gia, als seien sie und Mug die einzigen Anwesenden. »Warum hast du das getan? Ich habe dir vertraut. Mehr als jedem anderen.«

Mug schüttelte mit geschürzten Lippen den Kopf. Josie wusste, dass es keine Antwort gab, die Gia je zufriedenstellen würde, vor allem nicht die offensichtlichste: dass er ein kaltblütiger Psychopath war. Statt ihr zu antworten, sagte er nur: »Es tut mir leid, Pea.«

Josie stand abwartend zwischen Gia und dem Lauf von Mugs Waffe. Zu ihren Füßen lag Needle auf der Seite und rang nach Luft. Unter ihm sickerte Blut in die Erde. Der Anblick erzeugte in den tiefsten Tiefen ihrer Seele eine unerwartete Angst. Sie hasste sich dafür. »Gia«, sagte sie. »Bitte. Legen Sie die Waffe weg. Machen Sie für sich nicht alles noch schlimmer, als es schon ist.«

Gia bewegte sich nicht.

Josie wandte sich Mug zu. »Marrone, Sie können mich erschießen, aber dann sind zwei Waffen auf sie gerichtet. Selbst wenn Gia ihre Pistole weglegt, haben Sie es noch immer mit meiner Kollegin zu tun. Und Sie können sich nicht schnell genug umdrehen, zielen und auf sie feuern, bevor sie Sie erschießt. Jede Sekunde muss Verstärkung hier sein. Solange Sie bewaffnet sind, kommen Sie nicht lebend davon. Sie können mich mitnehmen, aber Sie werden trotzdem erschossen. Dann sind Sie lediglich der Kerl, der eine unbewaffnete Frau umgebracht hat, bevor er selbst getötet wurde.«

»Eine unbewaffnete Frau wie meine Mutter«, fügte Gia hinzu.

Alle Energie schien Mug zu verlassen. Er ließ die Schultern hängen, senkte den Kopf und warf seine Waffe weg. Dann, als hätte er es schon hundertmal gemacht, fiel er auf die Knie und verschränkte die Finger hinter dem Kopf. Auch Gia ließ die Waffe sinken. Sie setzte sich dort, wo sie gestanden hatte, auf den Boden, zog die Knie an die Brust und begann zu schluchzen, während sie sich vor und zurück wiegte. Josie half Gretchen, Mugs fleischige Handgelenke mit Kabelbindern zu fesseln. Dann kniete sie sich neben Needle und sah nach ihm. Seine Haut fühlte sich kalt und klamm an. Sie drehte ihn auf den Rücken. Seine Augen waren geöffnet. Sie drückte zwei Finger auf seinen Hals und stellte erleichtert fest, dass sein Herz noch schlug.

»JoJo«, krächzte er.

»Ich bin hier, Zeke«, sagte sie. »Halt durch, okay?«

»Jetzt geh raus und spiel, JoJo«, flüsterte er, bevor er das Bewusstsein verlor. »Geh raus und spiel.«

NEUNUNDFÜNFZIG

EINE WOCHE SPÄTER

Josie klopfte an die Tür von Zimmer vierhundertsieben. Als niemand antwortete, klopfte sie erneut. Eine Stimme bat sie, hereinzukommen. Im Krankenzimmer lag Needle auf seiner Bettdecke. Er trug lediglich einen Krankenhauskittel. Seine Arme und Beine waren dünner, als Josie gedacht hatte, aber vielleicht zum ersten Mal in seinem Leben wirkte er sauber. Eine der Schwestern hatte ihm sogar den Bart gestutzt. Der Geruch nach antiseptischer Krankenhausseife war ein regelrechter Genuss.

Er grinste sie an und tippte mit dem Finger auf den Tabletttisch neben sich. »JoJo, was bringst du mir?«

Sie wuchtete den Rucksack, den sie heute Morgen gekauft hatte, auf den Tisch und öffnete ihn. Während sie den Inhalt hervorholte und auf die Tischplatte stellte, zählte sie auf, was sie für ihn erstanden hatte. »Zwei T-Shirts, zwei Hosen, Socken, Unterhosen, Deodorant – und echt, Zeke, wenn du nur eines in diesem Rucksack benutzt, dann bitte dieses Deodorant –, Zahnbürste, Zahnpasta. Und ein Kamm. Für dich etwas ganz Neues, ich weiß.«

Er hob eine buschige Augenbraue. »Niemand mag Klugscheißer, JoJo.«

Josie hielt inne, während sie die Hand noch im Rucksack hatte. »Also, das stimmt nicht. Ich mag Klugscheißer. Sie sind lustig.«

Er schüttelte den Kopf. »Was hast du sonst noch?«

Sie fuhr mit der Präsentation des Inhalts fort. »Ein neues Paar Stiefel.«

»Also nichts Gutes.«

»Und eine Stange Zigaretten.«

»Das hört sich schon besser an.« Er nahm ihr die Stange aus der Hand und strahlte wie ein Kleinkind an Heiligabend.

»Du darfst hier drinnen aber nicht rauchen«, erinnerte Josie ihn.

»Mach ich auch nicht«, erwiderte er, riss die Verpackung auf und nahm eine Schachtel Zigaretten heraus. Dann atmete er tief ein. »Aber nachher, wenn sie mich entlassen.«

Josie trat einen Schritt vom Tisch zurück. Sie warf einen Blick auf den Stuhl neben dem Bett, beschloss aber, sich nicht zu setzen. »Heute? Bist du sicher?«

»Ja. Ich soll in irgendeiner Notunterkunft bleiben und mir die Wunde ein paarmal in der Ambulanz verbinden lassen, bis es mir besser geht. Sie haben gesagt, wenn ich damit einverstanden wäre, könnte ich heute noch gehen.«

Josie wusste jetzt schon, dass er mit Sicherheit nichts davon tun würde.

Er holte eine Zigarette heraus und rieb sie sich unter die Nase. Josie überlegte gerade, ob sie ihn damit allein lassen sollte, da sagte er: »JoJo, was ist mit dem hübschen Mädchen passiert? Die ihren Daddy erschossen hat?«

»Gia Sorrento? Sie hat im Moment jede Menge Probleme mit der Justiz, aber ihr Vater hat ihr viel Geld hinterlassen und ihr Anwalt glaubt, dass er auf Selbstverteidigung plädieren kann. Und wenn sie dazu beiträgt, dass die ganzen Freier bei dieser Zuhältergeschichte eingebuchtet werden, kommt sie womöglich mit Bewährung davon.«

Er nickte. »Das ist gut, sehr gut.«

Gia würde damit auf jeden Fall glimpflich davonkommen, aber immer, wenn Josie an die weitreichenden, gravierenden Folgen dachte, die der Fall nach sich gezogen hatte, überkam sie Traurigkeit. Die Polizei hatte alle Mädchen ausfindig gemacht, die für Sadie und Max als Escorts gearbeitet hatten. Die meisten waren bereit, gegen ihre Freier auszusagen, aber ihr Leben würde nie wieder dasselbe sein. Clint Mills war endlich zu Hause angekommen. Marlene war aus dem Krankenhaus entlassen und seiner Obhut übergeben worden. Sie hatten höhere Arztrechnungen denn je und Alison musste mit ihrem Verrat an Dina und allem, was sonst noch passiert war, leben. Aber sie waren noch am Leben. Und nach wie vor eine Familie. Die Hales dagegen waren durch den Verlust ihres Kindes für ihr Leben gezeichnet. Selbst Tori Calvert und die süße kleine Amalise mussten mit den Folgen von Elliotts Treuebruch und seinen Verbrechen leben.

»Schau nicht so traurig, JoJo«, sagte Needle und holte Josie wieder in das Hier und Jetzt zurück. »Du hast gute Arbeit geleistet. Und einen weiteren großen Fall gelöst!«

»Zeke«, sagte Josie. »Warum hast du mir nicht gesagt, dass Dina Hale dir auch eine Pistole gegeben hat, als du die Drogen von ihr bekommen hast?«

Er grinste und blinzelte ihr zu. »Du hast mich nicht gefragt.«

Sie öffnete den Mund, um ihm heftige Vorwürfe zu machen. Der ganze Fall hätte wesentlich früher gelöst werden können, wenn er ihr nur die Wahrheit gesagt hatte. Aber da zwitscherte das Handy in ihrer Tasche. Sie zog es heraus und sah eine Nachricht von Trinity.

Wo bist du? Essen ist fast fertig. Alle sind da. Zwölf Sieben-
jährige und zwei erwachsene Männer auf einer Hüpfburg.
Das willst du dir nicht entgehen lassen.

Josie lächelte und tippte: *Bin schon unterwegs.*

Als sie aufblickte, sah Needle sie traurig an. »Ich weiß, dass
du gehen musst, JoJo. Das ist schon okay. Du warst wirklich
nett zu mir, seit ich hier bin, und ich weiß das sehr zu schätzen.«

Josie spürte ein Brennen in ihrer Kehle. Er bot ihr die Gelegenheit, sich davonzumachen. Jede Zelle ihres Körpers wollte
sie nutzen. Sie wollte sich umdrehen, zur Tür gehen, hinaus-
treten und hoffen, dass sie ihn jahrelang oder überhaupt nicht
mehr wiedersehen würde.

Aber ihre Beine wollten nicht. Sie öffnete den Mund und
die Worte sprudelten aus ihr heraus. »Du hast mir das Leben
gerettet, Zeke.«

Nun schon zum dritten Mal, fügte sie innerlich hinzu.

Er schien überrascht von dieser Erkenntnis, obwohl er sich
vor sie geworfen hatte, um sie vor einer Kugel zu bewahren.
»Sieht ganz so aus, JoJo.«

Das folgende Wort fiel ihr nicht annähernd so schwer, wie
sie gedacht hatte. »Danke.«

MEHR VON BOOKOUTURE DEUTSCHLAND

Für mehr Infos rund um Bookouture Deutschland und unsere Bücher melde dich für unseren Newsletter an:

deutschland.bookouture.com/subscribe/

Oder folge uns auf Social Media:

facebook.com/bookouturedeutschland

twitter.com/bookouturede

instagram.com/bookouturedeutschland

EIN BRIEF VON LISA

Vielen Dank, dass ihr *Mädchen vermisst* gelesen habt. Wenn euch das Buch gefallen hat und ihr über meine neuesten Veröffentlichungen informiert werden möchtet, meldet euch einfach unter nachstehendem Link an. Eure E-Mail-Adresse wird auf keinen Fall weitergegeben und ihr könnt euch jederzeit wieder abmelden.

deutschland.bookouture.com/subscribe/

Es hat mir wie immer sehr viel Spaß gemacht, ein weiteres Buch der Josie-Quinn-Reihe für euch zu schreiben. Ich empfinde das als großes Privileg. Wie bei allen bisherigen Bänden habe ich mich nach bestem Wissen und Gewissen darum bemüht, die Polizeiarbeit so authentisch wie möglich darzustellen. In der Regel müssen allerdings ein paar Dinge geopfert, verändert oder übergangen werden, damit der Unterhaltungswert stimmt, denn letztlich ist es Fiktion – eine erfundene Erzählung. Nicht vergessen solltet ihr auch, dass Fehler und Ungenauigkeiten in diesem Buch ganz allein auf mein Konto gehen.

Es ist kein Geheimnis, wie sehr mir meine treuen Leser:innen am Herz liegen. Ich höre sehr gern von euch. Ihr könnt mich über meine Website oder die unten genannten sozialen Medien und über meine Goodreads-Seite kontaktieren. Freuen würde ich mich auch, wenn ihr meine Bücher bewerten, rezensieren und *Mädchen vermisst* oder andere Josie-

Quinn-Titel vielleicht sogar anderen Leser:innen ans Herz legen würdet. Rezensionen und Weiterempfehlungen aus erster Hand tragen wesentlich dazu bei, alle, die meine Bücher noch nicht kennen, auf sie aufmerksam zu machen. Wie immer danke ich euch sehr für eure Begeisterung, die ihr der Serie entgegenbringt. Sie bedeutet mir sehr, sehr viel. Ich bin so froh, dass ich euch habe! Hoffentlich bis zum nächsten Mal!

Herzlichen Dank, eure

Lisa Regan

www.lisaregan.com

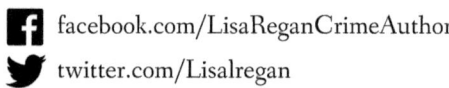

facebook.com/LisaReganCrimeAuthor

twitter.com/Lisalregan

DANKSAGUNG

Ihr fantastischen Leser:innen! Wie immer danke ich euch als Erstes, denn ohne eure anhaltende Begeisterung für die Reihe gäbe es dieses Buch nicht. Ich würde es am liebsten überall hinausschreien, dass ihr die Besten der Welt seid! Und ich meine das so. Ich hoffe, ihr wisst das und behaltet es im Hinterkopf. Danke, dass ihr mit Josie (und mir) diese Abenteuer durchlebt.

Ein besonderer Dank geht an meinen Ehemann Fred. Das war das erste Buch, das ich rechtzeitig abgegeben habe, seit mein Dad gestorben ist, und das verdanke ich größtenteils meinem hingebungsvollen Mann, der mich in der Spur gehalten, mich motiviert und mich zum Schreiben ermuntert hat. Er hat zu diesem Buch vieles kreativ beigetragen, nicht nur, indem er sich überlegt hat, wie ich bei der Sache bleiben konnte, sondern auch zur Story selbst. Er hatte einige großartige Ideen für die Handlung, die ich mit eingearbeitet habe. Außerdem war er die ganze Entstehungszeit hindurch an meiner Seite und half mir immer wieder, schwierige Handlungsfäden zu lösen. Ich sage ihm ständig, dass er den Beruf verfehlt hat. Er sollte irgendwo in einem Zimmer sitzen und fesselnde Geschichten schreiben. Dazu stehe ich.

Ein weiterer Dank gilt wie immer meiner sehr geduldigen Tochter Morgan, die mir eine große Stütze war und immer genau wusste, wann sie mich in Ruhe lassen und wann sie mich unterbrechen musste. Sie sagt stets exakt das Richtige zur richtigen Zeit, um mich aufzurichten. Ich danke außerdem meinen

Erstleserinnen Katie Mettner, Dana Mason, Nancy S. Thompson und Torese Hummel. Vielen Dank auch euch, Matty Dalrymple und Jane Kelly. Einen besonderen Dank verdient meine liebe Freundin und großartige Assistentin Maureen Downey für alles, was sie getan hat. Sie weiß immer, was ich denke und will, noch bevor ich es sage. Sie war eine Stütze für mich, hat meine Ängste ausgehalten, mich zum Lachen gebracht und sich als kritische Erstleserin bewährt. Ferner danke ich meinen Großmüttern Helen Conlen und Marilyn House, meinen Eltern Donna House, Joyce Regan, dem verstorbenen William Regan, Rusty House und Julie House, meinen Brüdern und Schwägerinnen Sean und Cassie House, Kevin und Christine Brock sowie Andy Brock und meinen lieben Schwestern Ava McKittrick und Melissia McKittrick. Zu Dank verpflichtet bin ich außerdem den üblichen Verdächtigen für ihre unablässige Unterstützung und Werbung für mich: Debbie Tralies, Jean und Dennis Regan, Tracy Dauphin, Claire Pacell, Jeanne Cassidy, Susan Sole, den Regans, den Conlens, den Houses, den McDowells, den Kays, den Funks, den Bowmans und den Bottingers! Wie immer danke ich den vielen fabelhaften Bloggern und Bloggerinnen, Rezensenten und Rezensentinnen, die für jeden von Josies Fällen wieder nach Denton zurückkehren und mich so großzügig unterstützen.

Ein besonderer Dank geht auch diesmal an Lt. Jason Jay, weil er mir meine wirklich endlosen Fragen beantwortet hat. Du bist so geduldig und hilfsbereit und ich bin dir so dankbar. Bedanken möchte ich mich auch bei Lee Lofland, weil er mir meine seltsamen Fragen zu Strafrecht und Strafverfolgung beantwortet hat. Außerdem treibt er immer die besten Experten und Expertinnen für mich auf, wenn ich welche brauche. Vielen Dank auch, Stephanie Kelley, meine großartige Strafverfolgungsberaterin, die meine vielen Fragen so freundlich und gründlich beantwortet hat, auch noch das ganze Buch gelesen hat und etliche detaillierte Anmerkungen und Anregungen hatte. Ich habe so viel von dir gelernt und bin so dankbar für deine Hilfe. Ein Dank geht an den Architekten Jaime Kelly, der mir bei der Beschreibung von Stamoran geholfen hat. Weiter danke ich Kisber Mettner und Sylvia Knorr für ihr medizinisches Know-how in allen Fragen der Notfallversorgung. Danke auch, Dana Conlen, für den Namen der Hotelbar beziehungsweise des Hotelrestaurants Bastian's! Ein weiteres Dankeschön geht an Michelle Mordan für ihre wertvolle Beratung zu allem, was Rettungsdienste anbelangt. Den folgenden netten Leserinnen danke ich für ihre Namensvorschläge: Candice Gold für das Cadeau, Michele Taylor für die Lotus Lounge und Amanda Schmeltzer für das Locke-Heights-Projekt!

Schließlich danke ich Jenny Geras, Noelle Holten, Kim Nash und dem gesamten Bookouture-Team einschließlich meiner liebenswerten Redakteurin Jennie sowie meiner Korrektorin Jenny Page, die wie immer brillant waren. Last not least – vor allem nicht »least« – gebührt der besten Lektorin der Welt, Jessie Botterill, Dank. Was kann ich noch sagen, was ich nicht schon gesagt habe? Du rettest mich mit jedem Buch und holst irgendwie immer das Beste aus mir heraus. Danke, dass du nie den Glauben an mich verlierst und immer so geduldig bist. Ich wäre ohne dich völlig verloren und bin dankbar für jeden Tag, den wir zusammenarbeiten!